W0304358

Gallmeister

BOSTON TERAN est le pseudonyme d'un auteur new-yorkais qui a pris soin d'entretenir le mystère autour de sa personne, et dont on ne sait pratiquement rien si ce n'est qu'il aurait collaboré avec l'ancien candidat démocrate à la Maison Blanche, John Kerry. Révélé en 1999 par *Satan dans le désert* (totem n°132) lauréat de nombreux prix (dont le John Creasey Dagger), finaliste de l'Edgar, il a depuis écrit plusieurs autres romans traduits en français. Il aurait déménagé au Mexique.

Méfiez-vous des morts

Crépite de l'énergie d'un orage d'été.

THE NEW YORK TIMES BOOK REVIEW

La tension s'accroît comme sous la torture d'un maître inquisiteur.

VAL McDERMID

Les mecs, que ces pages ont du punch !

DETROIT FREE PRESS

Boston Teran : la nouvelle voix du pulp.

DENNIS LEHANE

Un roman qui ressemble à un laboratoire de meth qui explose dans une chambre de motel.

L.A. WEEKLY

Un virtuose du pulp avec un goût pour le gothique.

PUBLISHERS WEEKLY

Cauchemardesque mais extrêmement captivant.

BOOKLIST

DU MÊME AUTEUR, CHEZ LE MÊME ÉDITEUR

Satan dans le désert, totem n°132

Boston Teran

MÉFIEZ-VOUS DES MORTS

Roman

Traduit de l'américain
par Frank Reichert

Gallmeister

TOTEM n° 176

Titre original : *Never count out the dead*

Copyright © 2001 by Brutus Productions Inc.
All rights reserved

Première publication en français : Éditions du Masque, 2001

© Éditions Gallmeister, 2021, pour la présente édition

ISBN 978-2-35178-738-0
ISSN 2105-4681

Illustration de couverture © Rui Ricardo
Conception graphique de la couverture : Valérie Renaud

Dédié à :

G.O. ————————————

———————— Fille en cage

Un des nombreux Landshark de l'existence,
qui s'efforcent de la faire avancer.

Et :

Aux périodiques locaux d'Amérique. Aux plus petits quotidiens, hebdomadaires et journaux gratuits, qui réussissent à informer, éduquer, éclairer et divertir avec un personnel sous-payé ou bénévole et des budgets pas plus gros qu'une tête d'épingle.

Merci pour l'alternative.

Toute victoire contient en germe une future défaite.

C. G. JUNG,
Aspects psychologiques de l'archétype maternel

PREMIÈRE PARTIE

L'ultimatum

1

26 septembre 1987, San Frasquito Road

Bientôt minuit et pas de lune. Les lèvres épaisses d'Alicia Alvarez s'activent faiblement tandis qu'elle tente de dissiper ses peurs. Le San Frasquito Canyon est le dernier endroit au monde où elle a envie de se trouver. Surtout en ce moment.

Les lumières des quelques fermes disséminées çà et là n'affectent nullement le paysage et, sans lune pour l'éclairer, la route sinueuse qui traverse une partie de la forêt du parc national n'est qu'un trou noir dans lequel les phares parviennent difficilement à mordre. Elle ne comprend que trop bien pourquoi ce canyon isolé est connu pour être la décharge où sont abandonnés les cadavres des victimes de meurtre.

Le San Frasquito Canyon relie la vallée de San Fernando au lac Hughes et à la lisière du grand désert. C'est là que les aqueducs entament leur métallique escalade à travers les montagnes, pour aller irriguer cette fourmilière urbaine connue sous le nom de Los Angeles.

Elle avait supplié Charlie de ne pas l'obliger à venir. C'était trop risqué, avec cette audience prévue dans moins de dix jours. Il était sans doute surveillé. C'était dangereux pour elle, et dangereux pour Burgess. Ça les mettait tous en danger — si jamais un lien était…

Ses phares ratissent les arbres dans un virage. Un édifice gothique se matérialise derrière eux dans les ténèbres. Deux étages de béton blanc. Sa brutale apparition dans ce silence opaque lui coupe le souffle, jusqu'à ce qu'elle comprenne :

c'est l'annexe du Service des eaux et de l'électricité que Charlie lui a donnée comme point de repère.

Elle ralentit. Les phares font ondoyer le sol. Le San Frasquito se recourbe dans son dos et un étroit dégagement apparaît du côté ouest de la route, exactement là où Charlie avait dit qu'il serait.

Elle s'y engage. Les cailloux crissent sous ses pneus quand elle freine. Elle coupe les phares et jette un regard en arrière vers le canyon ténébreux, comme si d'une manière ou d'une autre quelqu'un était susceptible – ou capable – de la suivre.

Enfin convaincue que rien ne va surgir de la chambre noire de la route, elle reporte son attention sur le cul-de-sac bordé d'arbres. Charlie lui a expliqué que le petit hameau était constitué d'une poignée de maisons appartenant au Service des eaux et de l'électricité et louées aux employés travaillant dans le secteur.

Elle remonte la route, tous phares éteints. Un bungalow California délabré se dresse à la sortie du premier virage sur la droite. C'est là que doit vivre un des dealers de Charlie, celui qui travaille dans le désert. Juste après le bungalow et également sur la droite, une enfilade de ces garages de bardeaux collés les uns aux autres qui servent de dépôt au Service des eaux. Elle se gare devant le premier, comme on le lui a demandé.

Alicia se glisse hors de la voiture, prise d'une terreur morbide à la perspective d'être vue. Elle regarde, tend l'oreille. Perçoit le cliquetis d'un mobile en provenance de la véranda défoncée, et distingue l'unique ampoule nue qui éclaire le seuil comme une étoile moribonde. D'énormes pins surplombent tout cela; sous eux, l'air est sombre et humide.

Un sifflement léger la fait pivoter sur place. Une silhouette qui fume sous un linceul de branches lui fait signe.

— Charlie…

Ses hauts talons se déplacent aussi silencieusement qu'ils le peuvent sur l'asphalte. Charlie Foreman et elle s'embrassent. Il est mal rasé et a le visage tiré, mais on ne peut se méprendre sur cette colère débraillée, qui a auguré plus d'un scénario ravageur.

Alors qu'il l'entraîne plus profond dans les bois, Alicia demande :

— Qu'est-ce qui ne va pas ?

Il lui décoche un regard qui la saigne à blanc.

— Je m'apprête à me taper sept ans de taule. Qu'est-ce qui pourrait bien aller, c'est ça la question.

— Ton avocat ne peut pas… ?

— Il n'en fait pas plus que ce qu'il est payé pour faire. J'ai des antécédents pour trafic de drogue, tu te souviens ? (Il balance son mégot dans le noir d'une pichenette et lui prend les bras.) J'ai besoin de savoir une chose, chérie. J'ai besoin de savoir que tu es avec moi.

— Seigneur, Charlie, comment peux-tu…

— Non, je veux dire, comme à l'époque où ton ex se servait pratiquement de ta chatte comme d'une cible de tir, jusqu'à ce que je le déglingue. Avec moi comme ça, d'accord ?

— Qu'est-ce que je t'ai dit quand on s'est rencontrés ? L'un est le corps, l'autre les ailes. Rien n'a changé.

Elle l'étreint, mais elle a peur. Il fait courir ses doigts sur la peau sombre de son visage puis sur l'épais rembourrage de sa cage thoracique.

— J'ai pas envie d'être forcé à le faire, d'accord ? Ça me déplaît, de te mêler à tout ça. Mais j'ai besoin que tu parles à Ridden, OK ? Tu lui diras… Il faut qu'il me débarrasse de cette inculpation.

Une émotion dense, nocive, lui noue les tripes.

— Je ne comprends pas. Comment Burgess pourrait-il…

— Va les trouver, lui et cette connasse de Storey qui le mène par le bout du nez. Elle comprendra mieux que lui. Ils peuvent travailler avec mes gars. Même s'ils doivent tuer cet enfoiré à Baker. Je veux que cette affaire soit étouffée dans l'œuf. Je peux plus retourner en taule, tu comprends ? Je peux plus. Je vais péter un putain de câble, si j'y retourne.

Ses muscles se gonflent.

— Va dire à Ridden et Storey que s'ils ne m'aident pas, j'irai trouver le procureur, d'accord… et… que je sauverai mon cul en lui révélant la juteuse magouille de la 56e Rue.

Les lèvres d'Alicia blêmissent à la perspective de s'engager dans ce cauchemar.

— Qu'est-ce que je deviens, là-dedans ?

Les yeux de Charlie sont injectés de sang, conséquence de tout ce qu'il a bu et fumé.

— L'un est le corps, l'autre les ailes, lui rappelle-t-il.

Elle ferme les yeux et s'appuie contre sa poitrine. Respire l'odeur aigre et forte de sa transpiration.

— C'est Dee, lâche-t-elle. Elle me fait peur.

— Tu lui dis, d'accord. S'ils ne me donnent pas un coup de main ou s'ils essaient de te chercher des crosses, je vais concocter un putain de cocktail mortel et on va tous devoir l'avaler.

Le piège

2

1er octobre 1987, Echo Park, Los Angeles, Californie

SHAY Storey est assise à la table de la cuisine, face à sa mère. Minuit règne aux fenêtres et des traces de buée s'accrochent aux vitres. Elle regarde sa mère nettoyer le semi-automatique qui servira au meurtre. Shay Storey vient d'avoir treize ans.

La pièce n'est éclairée que par une petite lampe de bureau posée sur la table. Tout l'avenir de Shay semble suspendu à cet obscur arcane que sont le visage et les mains de sa mère, qui s'emploie à lubrifier le mécanisme de tir du Parabellum dont elle vient d'étaler les pièces détachées sur le Formica d'un gris laiteux.

— Tu suis bien mes gestes ?

— Je regarde.

Sa mère s'écarte du faible faisceau de la lampe. Ses yeux, pour fixer le visage lunaire de sa fille, ne sont plus que de minuscules graines noires.

— Je t'ai pas demandé si tu regardais. On peut regarder sans comprendre le moindre putain de truc. Je t'ai demandé si tu suivais bien tous mes gestes. Tu vas devoir apprendre à démonter et à remonter toi-même ces engins. Sinon, tu te retrouveras à la merci du premier connard qui se prendra pour un cador.

— J'apprendrai, répond Shay d'un air de défi… J'apprendrai.

Dee Storey est une femme qui agit toujours sur un coup de sang. Elle inhale une bouffée de sa cigarette et transperce sa fille du regard, assez longtemps pour lui faire comprendre qu'elle a bien l'intention que tout se passe comme elle le désire.

Shay sent la présence de sa mère envahir et saturer l'espace alentour. Puis, lentement, s'insinuer en elle et investir son espace intérieur. Cela avec une puissance tacite, d'un simple et mortel effort de volonté. Souligné d'un regard et d'un soupir. D'une attitude exprimant une affectueuse détermination.

— Je suis ce que tu fais, maman. Continue.

Dee se remet à l'ouvrage. Ses doigts s'activent, animés de gestes sûrs et fermes, et rendent sa forme à l'arme. Shay observe sans mot dire. Entre les mains de sa mère, le monstre d'acier bleu-noir a presque l'air d'un jouet. Pas quelque chose dont il faut avoir peur, mais un bibelot inoffensif d'une drôle de forme et de style. Pas un objet de terreur, mais une chose qu'on peut dompter et contrôler. Une chose dont on pourrait se servir pour mettre fin à tous les racontars qui courent sur nous.

Le mécanisme de tir est logé dans la poignée. Chien, étrésillon et ressort, depuis le levier de chargement jusqu'à l'éjecteur. Le dernier cri en matière de mort à vendre. Propre et efficace. Dee remonte le semi-automatique.

— Tout se met en place, déclare-t-elle. Plus besoin de faire avortement sur avortement pour pouvoir vivre, si on fait ça bien. Le lac Piru et ta fichue grand-mère… c'est du passé. Les livraisons en douce au Mexique… du passé. Dormir dans la voiture à Torreon, survivre d'eau et de jus de pastèque, emballer les tortilla chips et putasser avec les clandestins… tout ça, c'est du passé. Montrer nos culs à la caméra pour ces sacs à foutre de North Hollywood… du passé. Dormir dans ce taudis sordide et rosâtre… du passé. On peut se débarrasser de tout ça d'un seul…

Le sol se met à trembler. Les murs, les vitres, les appliques, les portes, tout est secoué de ce Parkinson surnaturel qui accompagne la vie le long des lignes de faille.

— Encore un tremblement de terre, tu crois ?
— Juste une réplique, probablement, répond Dee.
Une secousse de magnitude 5,9 s'était produite le matin. L'épicentre en était Whittier, en Californie, qui avait accueilli les gangsters les plus tristement célèbres d'Amérique. Le tremblement de terre avait rempli huit cimetières et abattu des douzaines d'immeubles. Les secousses avaient été ressenties jusque dans L. A. et les Elysian Hills. L'une d'elles avait fait choir Shay de son lit.
Pendant qu'elles attendent que les répliques s'apaisent, l'affrontement de l'après-midi avec Alicia commence de porter à ébullition toute cette rage qui habite Dee. Shay entend sa mère marmonner :
— Putain de ratée.
Shay n'est pas certaine qu'on parle d'elle.
— Qui est une ratée ? demande-t-elle. Moi ?
— Je parle de l'autre rastaquouère, répond Dee. Une grosse merde, avec rien dans le bide, et Foreman... Il se fait serrer par un connard de shérif, et ils nous balancent un foutu ultimatum comme si on était des...
La terre s'apaise et Dee se tourne vers Shay.
— Va chercher mon speed et la tondeuse.
— Qu'est-ce que tu veux faire d'une tondeuse ?
— Te raser la tête.
— Pourquoi ?
— Parce que je ne veux pas qu'on te reconnaisse demain, voilà pourquoi ! Va chercher la tondeuse...
Shay s'enfonce dans le couloir.
— Et n'oublie pas mon speed.
Dee pivote sur sa chaise et regarde à travers les barreaux de la fenêtre de la cuisine. La petite pièce aux murs crépis roses où elles dorment se dresse sur Laguna Avenue, sur le versant en pente douce de la colline. De là, elles voient jusqu'au lac d'Echo Park, par-dessus le toit des Sir Palmer Apartments.

Dee contemple l'horizon sud de la ville, puis son regard remonte Glendale Boulevard jusqu'à l'énorme œuf blanc du temple de l'Angelus, avec sa terrasse blanche marquée d'une croix sur fond de ciel nocturne. Le quartier faisait partie du Los Angeles d'antan, de l'époque où on vous vendait encore le paysage changeant, le climat et la qualité de vie. Il suffisait de poser son cul et, pour un prix modique…

Pour en arriver là aujourd'hui, il faut se décarcasser largement plus que ça.

— Voilà la tondeuse et ton speed.

Shay pose la tondeuse et le flacon sur le Formica. Dee empaume deux comprimés de 15 mg, harponne une bouteille de Southern Comfort sur le comptoir de l'évier et fait passer les pilules de deux gorgées nonchalantes.

Shay patiente à côté. Dee s'arrache à l'humeur maussade et fébrile qui la tenaille et attire son bébé contre elle. Toutes deux sentent l'air frais de la nuit s'infiltrer par la fenêtre.

Dee désigne la vitre.

— On fait pas une belle paire, ma petite loqueteuse ?

Shay regarde la vitre. Seuls les barreaux de la fenêtre brouillent leur reflet. Leur peau blanche qui forme avec leurs yeux très noirs un saisissant et poudreux contraste. Leurs cheveux d'un noir lustré, éphémère. Si noir, si éphémère. Leur bouche en forme de cœur, leur visage suffisamment translucide pour échapper à la capture du regard, dans l'encadrement lumineux et humide de rosée de la vitre. Dee a donné le jour à Shay alors qu'elle n'avait que quinze ans et encore aujourd'hui, à vingt-huit, elle a l'air d'être sa grande sœur.

— On va tuer un homme demain soir… Ça ne sera pas facile, je sais. Je le sais… Et je sais que tu as peur. Il fallait s'y attendre. Ce n'est pas grave. Moi aussi, j'ai un peu peur, mais… je dois pouvoir compter sur toi, Shay. Je dois…

Deux mondes, mère et fille. Deux mondes qui se regardent dans la vitre, les yeux dans les yeux, avec le lac, les plants de lotus et les pédalos de location pour toile de fond et, au-delà, les bungalows décrépis et couverts de graffitis, refuges d'avant-garde d'un étage, nichés dans le flanc d'une colline retenant une ligne de gratte-ciel qui n'existaient pas quinze ans plus tôt.

Dee passe la main sur les cheveux de Shay.

— Désolée de devoir te tondre, mais ça repoussera.

Elle caresse la joue de sa fille, puis cette bouche qu'elles ont en commun. Shay sent le parfum citronné que porte sa mère et, sur ses doigts, l'odeur du solvant dont elle s'est servie pour nettoyer l'arme. Dee pose la tête sur l'épaule de Shay et ferme les yeux. Les minutes passent. Toute l'essence de Shay n'est plus qu'espace-temps écorché vif affrontant d'atroces ténèbres. Elle regarde passer sur Glendale Boulevard la lente procession des feux de position, qui traîne sa nasse au travers des reflets de leurs traits dans la vitre. Branchés d'Echo Park se rendant au Club Lingerie et michetons en quête d'un étalon. Puis la voiture pie solitaire qui décroche du boulevard pour aller fouiller le lac d'un lent pinceau lumineux et vicelard.

Près du pont de l'autoroute, une fresque murale dépeint un certain nombre de stéréotypes hip-hop de toutes les couleurs de peau se livrant à une série de micmacs riches d'espoir. Des gosses réussissant dans tous les domaines de la vie… en jouant le jeu selon les règles. Tout ce délire s'inscrit dans un aphorisme peint à la bombe : la vie est un chef-d'œuvre qu'il ne tient qu'à nous de peindre… ou de gaspiller.

Rien qu'un fantasme illustré, histoire de refuser la réalité, songe Shay.

Elle remarque que l'autre main de sa mère repose sur ses genoux et que ses doigts tracent des mots dans le langage des signes des sourds-muets, ultime vestige de l'enfance de Dee au bord du lac Piru, auprès d'une mère brutale et malentendante.

Shay essaie d'imaginer sa mère sous les traits de la sauvage gosse des rues de quatorze ans qui s'est arrachée à un univers de haine et de souffrance. Dès que Dee est stressée ou que le speed rallume ces souvenirs sépia de vieux films, qui sortent alors de l'ombre pour revenir hanter sa psyché, ses doigts recommencent à s'activer. Il faut qu'ils s'expriment, qu'ils accouchent, qu'ils gueulent.

Shay tend la main et prend celle de sa mère. Dee ouvre les yeux.

— J'étais en train de parler dans le vide ?

— Ouais, mais c'est pas grave.

Dee s'étire un peu, toise son bébé.

— T'es plus forte que moi. Tu ne le sais pas encore, mais c'est vrai.

— Ça m'étonnerait.

— Oh que oui. Tu pourrais survivre sans moi. Mais moi, je ne durerais pas longtemps sans toi. Tu es ma ligne de vie. Tu es…

Shay voit Dee chasser d'un haussement d'épaules une pensée vagabonde.

— On fait pas une belle paire ? marmonne-t-elle de nouveau.

— Où que ça nous mène, répond Shay, on s'en sortira.

Dee hoche la tête puis aborde les sinistres moments de la nuit du lendemain.

— Il ne suffit pas de tuer quelqu'un. Ce n'est même pas le plus difficile. Non. La préparation, oui… et le nettoyage, après. C'est là qu'il ne faut pas se planter. Les détails… c'est le plus important. C'est ce qui fait toute la différence entre l'impunité et la chute. Entre crever et survivre. Il faudra t'en souvenir…

Shay voit les yeux d'ardoise noire de sa mère s'emplir de feu liquide et comprend que le speed commence à faire effet.

— Je m'en souviendrai.

3

2 octobre 1987, Baker, Californie

Le shérif John Victor Sully, assis dans sa voiture de patrouille devant le Davenport Motel Coffee Shop, contrôle les plaques d'immatriculation du flot de véhicules qui quitte l'autoroute à la sortie de Baker.

Baker (Californie) est l'une de ces atroces bourgades du désert échouées à la frontière nord de la réserve nationale du Mojave. C'est un authentique goulet d'étranglement pour la circulation sur la I-15, entre Los Angeles et Vegas.

Une ville de quatre cents habitants, survivant uniquement d'une mascarade de stations d'essence ouvertes vingt-quatre heures sur vingt-quatre, de fourrières et de chaînes de fast-foods et de motels. Elle héberge l'infâme Bun Boy Restaurant, dont le panneau publicitaire, sur le bord de la route, est environ cinq fois plus grand que le piège à touristes qu'est ce boui-boui. Le mieux que Sully puisse dire de Baker, c'est que cette ville se trouve au mauvais endroit au mauvais moment.

Sully n'a que vingt-cinq ans. Il a passé le plus clair de son existence aux environs de Baker. Il exècre les limites que la providence lui a imposées et exerce ses responsabilités à force de subtiles indécisions et de rêves inaboutis. Il a vu sa mère mourir ici en 1985, et son beau-père l'été dernier. Il s'est occupé d'eux pendant leur maladie et vit à présent dans le mobile home qu'ils lui ont légué. Tout seul. Sully peine à croire que le destin puisse avoir le mauvais goût de lui faire traverser les années à la remorque des plaques d'immatriculation qu'il épingle.

— VOILÀ le putain de cadavre, déclare Dee.

Elle le désigne de ses jumelles. Elle est assise au volant d'une Cherokee garée à une centaine de mètres à l'est du Davenport, près des toilettes d'une station-service Shell.

Elle passe les jumelles à Shay. Une rangée de dattiers déplumés clôture le périmètre de la station-service et Shay doit zoomer pour voir au travers. Elle fait le point sur la voiture de police au moment précis où une remorque chargée de bétail pour l'abattoir s'engouffre dans le terrain vague et lui bouche la vue. Elle attend. La remorque passe son chemin et lorsque le nuage de sable soulevé par ses roues retombe, elle le repère enfin.

Il a des traits doux et des cheveux d'un brun sale et mat plaqués sur le front. Elle en a vu à présent plus qu'elle ne le désirait. Le soleil sanglant que reflète le pare-brise annonce un crépuscule imminent. Le meurtre n'est prévu que pour dans quelques heures. Les signes avant-coureurs d'une nausée révulsent déjà son estomac.

Au moment où une femme sort du Davenport, la mère de Shay la désigne et dit :

— Celle-là. La fausse blonde qui tient un gobelet en plastique… (La femme se dirige vers le côté conducteur de la voiture de patrouille.) C'est la femme de l'autre shérif. Faut pas qu'on ait quoi que ce soit à faire avec eux. Et ne te fais pas voir de cette pétasse…

KAREN Englund tend le gobelet de polystyrène à Sully.

— Hugh vient d'appeler, alors ne t'éloigne pas. Il veut te parler.

Sully parvient tout juste à faire passer le gobelet par la vitre ouverte. Karen remarque une photo de ses parents fixée au tableau de bord.

— Un ajout récent ? demande-t-elle en le montrant du doigt.

Il hoche la tête puis semble s'emmailloter de silence.

— Ça te dirait de venir chez Hugh et moi ce week-end, juste pour glander un peu ?

— Je serai à Barstow les deux jours. Je dois rencontrer le procureur pour l'audition Foreman.

Elle s'incline légèrement sur le côté pour l'obliger à la regarder dans les yeux, mais il prend soin de consacrer toute son attention au tableau de bord.

— Tu vis à Baker depuis trop longtemps, Sully. (Il refuse de la regarder.) Tu m'entends ?

Il continue de fixer le tableau de bord, comme si de prométhéennes réponses l'attendaient derrière ce luisant panneau noir.

— D'abord le boulot, poursuit-elle. Puis la maladie de ta mère. Puis de nouveau ton boulot. Ensuite ton beau-père. Tu n'aimes même pas vraiment ce bled.

— La championne des bonnes intentions entonne de nouveau sa rengaine, laisse-t-il tomber.

Elle se penche tellement en avant qu'il est contraint de tenir compte de sa présence.

— Tu as toujours eu la trouille… (Elle voit ses mâchoires se crisper.) Je ne te dis pas ça pour te faire de la peine. Mais parce que tu es mon ami et celui de Hugh. Et qu'on s'inquiète pour toi. (Ses mâchoires se serrent un peu plus.) Tu dois découvrir ce qui te fait si peur. Ce qui te pousse à rester ici. Tu as été à la fac, tu as ton diplôme. Toi, tu peux vivre autre chose que ces… plaques d'immatriculation. Et tu le mérites.

Il s'efforce de trouver une réplique suffisamment cinglante pour lui clouer le bec, une remarque tranchante qui battrait en brèche tout ce qu'elle vient de dire, mais il ne réussit qu'à contempler le fond de son gobelet et à se brûler la langue en sirotant de petites gorgées.

Elle assiste à son petit drame intime, puis se redresse.

— La mort met un point d'interrogation à toutes nos existences, Sully. (Elle montre la photo.) Profites-en.

Au moment de rendre les jumelles à sa mère, Shay surprend sa nouvelle image dans le rétroviseur. Le crâne rasé, un pull blanc sale et trop grand pour elle : carrément le croisement d'une rescapée du Dôme du tonnerre avec la petite marchande d'allumettes éclatée au crack.

Ses yeux, pourtant… ces escarboucles noires comme le charbon dans leur écrin lunaire. Nul besoin d'un outil de lapidaire pour évaluer leur peur panique. La vitrine absolue d'une âme d'enfant à deux doigts de craquer.

Une 240 Z marron cabossée s'engouffre dans le parking de la station-service Shell. Elle passe en dérapant devant la Cherokee et ralentit. Shay respire d'ici ses gaz d'échappement. Et son conducteur : un type rabougri avec une queue-de-cheval, dont on jurerait qu'il doit encore présenter sa carte d'identité pour s'asseoir dans un bar.

Il passe devant elles, klaxonne une fois. Dee se tourne vers Shay.

— Les jeux sont faits, maintenant…

Shay regarde la Z reprendre la route de Baker et disparaître dans l'ombre opaque d'une rangée de fast-foods.

— C'était qui ?

— Un dealer de coke qui bosse pour Foreman. (Dee passe le bras par-dessus le dossier.) J'ai dit à Alvarez de veiller à ce que ses lascars entrent dans la caravane de ce flic pour y planquer un peu de poudre que les autres retrouveront plus tard.

Dee ramène une casquette de base-ball violette et toute froissée de la banquette arrière.

— Là… coiffe ça.

— On est vraiment obligées de faire ça? demande Shay pendant que Dee cherche le Parabellum sous le siège.

Dee se redresse et pose sur le tableau de bord le semi-automatique emballé dans un sac en papier. Elle fixe sa fille. Son expression passe de l'impassible à l'acariâtre.

— Non… on n'est pas obligées de le faire, réplique-t-elle. On pourrait appeler Ridden et lui dire qu'on ne marche pas. Lui dire de garder le fric. (Sa voix est si calme qu'elle achève de faire perdre ses moyens à Shay.) On pourrait lui dire: "Calmos, Burgess. On est vraiment désolées que toute ta putain de vie se barre en sucette, mais Shay et moi, on a décidé… que nous, on préférait s'inscrire à l'école de commerce et devenir de putains d'apprenties yuppies."

Le geste qui suit ses paroles est une unique explosion de violence dissimulée derrière un visage en fils barbelés. Shay s'écarte, persuadée qu'elle va s'en prendre une, mais Dee se contente d'appuyer brutalement sur la poignée de la portière. Celle-ci s'ouvre à la volée. Shay recule instinctivement. Sa mère tente de la pousser dehors, dans le parking.

— Sors de là, sale gosse!

Shay se recroqueville sur son siège pour ne pas tomber la tête la première sur le macadam.

— Qu'est-ce que tu veux dire?

— Que je vais le faire sans toi! T'es toute seule, maintenant, sale gosse!

Shay redevient une toute petite fille. La terreur inonde chaque fibre de ses muscles et de ses os. Son visage n'est plus qu'un triangle d'angoisse aux sourcils crispés. Son corps conserve encore le souvenir de la semaine que sa mère l'a obligée à passer dehors, dans la rue, et une cascade de réminiscences l'assaille. L'horrible châtiment de devoir dormir près du bac à ordures, derrière le Pescado Mogado Grill, agressée par de vieux dégueulasses, de se planquer sous les voitures quand des hordes de violeurs sillonnent le quartier en quête de jeunes proies blanches pour une tournante. Dieu tout-puissant…

Ses doigts s'agrippent à la portière et au tableau de bord pour lui éviter d'être balancée dans la nature. Elle hurle, mais sa mère ignore la pitié. Dee n'est plus, à cet instant précis, que pure fureur ordurière.

Le corps de Shay tout entier n'est plus qu'un faisceau de volonté, un nœud de chair convulsée, bandée dans le seul but de préserver quelques précieux centimètres de son moi.

— Non, supplie-t-elle. Ne fais pas ça. C'est juste que j'ai peur.

— Je me suis toujours efforcé de conserver de bonnes relations avec toi à cause de Karen, déclare Hugh. Mais je dois te faire voir la réalité en face.

Sully et Hugh se tiennent devant la voiture de patrouille, à quelques pas de la vitrine du Davenport. Dans le café, Karen s'affaire à la caisse enregistreuse tout en les regardant discuter.

— En face ? De quoi veux-tu parler ?

— De l'audition Foreman. Dans ton rapport, tu déclares avoir contrôlé la plaque d'immatriculation de ce "Foreman" alors qu'il sortait de l'autoroute pour faire le plein à la station-service "Payez moins cher", sur Van Ella, quand tu t'es garé sur le bas-côté pour l'interpeller. Puis tu as fouillé sa voiture et découvert cent cinquante grammes de cristaux de cocaïne dans sa boîte à gants, et tu prétends ne jamais lui avoir adressé la parole avant de lui demander sa carte grise et son permis devant ces pompes à essence.

— On frôle la vérité biblique.

Hugh est costaud. Il a joué un temps au football pour le Redlands College, en troisième division. Au poste d'arrière extérieur, en défense 3-4. À vingt-huit ans, il a encore les épaules carrées. Il gratifie Sully de la pose qu'il réserve d'ordinaire aux cas difficiles : bras croisés, attitude de dur à cuire et masque sombre de chef de guerre. Sully est mort d'angoisse.

— Sully, as-tu jamais... ou participes-tu, encore aujourd'hui, à un quelconque trafic de drogue ?

Sully cligne des paupières. Instinctivement, il jette un coup d'œil à Karen. Celle-ci est en train de rendre la monnaie derrière la caisse. Ils échangent un bref regard.

— Karen ne t'aidera pas à répondre, Sully.

Sully contourne l'obstacle. Il a l'impression que sa gorge est obstruée au point de lui interdire toute déglutition.

— Je vois mal comment on pourrait parvenir à cette conclusion.

— Deux journalistes ont téléphoné au capitaine. L'avocat de Foreman prétend que son client sortait du Burger King quand il a vu ta voiture garée sur Community Avenue, dans le terrain vague. Tu étais avec deux dealers d'Inland qu'il a reconnus. Et tu l'aurais suivi, lui, jusqu'à cette station-service où il avait laissé sa caisse, pour le menacer et lui ordonner d'oublier tout ce qu'il avait vu. Et lorsqu'il t'a envoyé te faire foutre, tu l'aurais poursuivi. Tu aurais trouvé un prétexte pour fouiller sa voiture et planqué ce crack dans sa boîte à gants afin d'anéantir sa crédibilité et de sauver ta peau avec ces dealers.

Sully nourrit un nombre considérable de pensées fugitives et vénéneuses. Il a l'impression qu'on le repousse vers l'abîme, au bord du monde connu.

— Je peux me défendre sans problème d'un tel ramassis de conneries.

— Même avec un témoin oculaire ?

Hugh constate que Sully passe un très mauvais quart d'heure.

— Parce qu'il y en a un. Un employé de la CalTrans qui rentrait de Vegas. Il est réglo. Il était en train de prendre de l'essence dans cette station-service, et corroborera les dires de Foreman. À la barre des témoins.

Sully a soudain peur. Très, très peur.

Le meurtre

4

L'AIR du haut désert en automne lui glace le dos, mais Sully est en sueur. Il s'adosse à la voiture de patrouille et boit le restant de son café tiède. Au fond de lui s'éveillent les signes avant-coureurs d'un âpre tumulte. Et d'une incrédulité rance. Il jette un œil vers le café, mais Karen s'est éloignée de la caisse.

"Tu as vécu ici trop longtemps, Sully." Se pourrait-il que ces paroles aient eu un sens caché ? Était-elle au courant ? Hugh lui avait-il fait part de ses insinuations ? Et ce ton belliqueux qu'il a employé... Môssieur le prince des flics du désert ! Le ciel et la terre se seraient-ils coalisés pour lui envoyer quelque horrible message ?

C'est à peine s'il entend la voix dans son dos :

— Excusez-moi, monsieur...

Il ne sait trop si c'est un garçon ou une fille qu'il voit planté là, le crâne rasé et coiffé d'une casquette de base-ball violette.

— La voiture de ma tante est tombée en panne dans le désert... (C'est une fille.) Et elle est restée à la voiture.

D'une voix pâteuse et hésitante, Sully demande :

— Où est-elle ?

— À Indian Springs Trail.

— Tu as fait tous ces kilomètres à pied ?

— Ouais. Je suis passée à la station Shell... (Sully se surprend à jeter un coup d'œil vers la caisse.) Mais personne ne pouvait m'aider. Leur dépanneuse est sortie... (Karen n'est toujours pas revenue.) Ma tante s'est cassé la jambe et... (Au-dessus de la caisse, on a installé un poste de télé pour les gens qui mangent au bar.) Et il commence à faire nuit. (Un de ces journalistes au large sourire s'est lancé dans son laïus et désigne une rangée de magasins délabrés, détruits par le séisme de Whittier.) Vous pouvez m'aider ?

Sully est conscient que ce n'est pas uniquement le foutu sol qui risque de s'effondrer. Sa tête et son estomac se révulsent.

— Allons chercher ta tante, déclare-t-il.

Et ils grimpent dans la voiture tandis qu'il s'efforce de s'éclaircir les idées. Il ne remarque pas que Shay s'est recouvert la main de la manche de son pull trop large, afin de ne pas laisser d'empreintes sur la poignée de la portière.

— Indian Springs Trail ? demande-t-il.

À présent, c'est sa voix à elle qui traîne et défaille.

— Ouais, Indian Springs...

LA voiture de patrouille file plein sud sur la route de la vallée de la Mort, qui devient Kelbaker Road après l'I-15. Ils continuent vers le sud-est et entrent dans la réserve. Ils pénètrent dans une contrée calcaire horriblement défigurée par des crevasses et des éboulis. Un paysage desséché de cônes de cendres et de ravins abrupts, privé de lumière et déserté par l'homme.

Shay prend alors la mesure de l'ingéniosité de sa mère. Hormis les deux voitures de la police de la route qui patrouillent sur l'Interstate, il n'y a que deux shérifs qui couvrent à eux seuls une zone de la Californie orientale plus vaste que le Connecticut tout entier. L'un d'eux n'est pas en service, et l'autre... L'autre fixe un néant sans pareil, à quelques minutes de trouver la mort.

Et c'est elle qui l'y conduit. Une enfant et un inconnu. Un inconnu et une enfant. À travers des étendues embrasées de roche et de sable réduits à l'état de lave. Dans la contrée terrifiante où nul ne vous entend crier.

Shay éprouve une ardente envie de s'enfuir en courant. Elle craint que le mieux qu'elle puisse espérer, c'est que plus tard, tout ceci se révélera n'être rien de plus que le souffle ténébreux d'un cauchemar, dont elle pourra se réveiller et qu'elle finira par oublier.

Les pires éventualités murmurent à l'oreille de Sully. Son esprit est comme fendu en deux, d'une oreille à l'autre. Il sait que Karen a dit la vérité. La championne des bonnes intentions a le don béni de ressentir les chagrins intimes.

Oui, Sully sait qu'il a peur et emporte cette peur sur lui partout où il va, comme une vieille photo dans son portefeuille. Il sait qu'il n'est pas assez sûr de lui pour aller de l'avant, qu'il n'est en sécurité qu'à l'intérieur de la coquille de sa voiture de patrouille. La réalité est une plaie béante, qui peut vous saigner à blanc.

Mais cette affaire Foreman…

On dirait qu'il y a toujours un Rubicon à franchir – ou dans lequel se noyer. Ils atteignent Indian Springs Road et Sully stoppe la voiture. Cet ancien lac du désert est devenu une plaine sans limites, qu'il scrute des yeux.

— Je ne vois pas de phares, déclare-t-il. Ta tante est encore loin ?

— Plutôt.

— Tu as marché bien longtemps…

Elle hésite.

— Ça ne m'a pas paru si long.

Pour la première fois, Sully entend réellement la voix de la fille ; et les tremblements qu'il y perçoit, il les prend pour la manifestation d'une émotion sincère.

Sully active la radio de la police. Il appelle le Q.G. de Barstow. Dee a prévenu Shay que ça se produirait et qu'il ne faudrait pas qu'elle fonce tête baissée en cédant à la panique. Shay s'efforce de respirer régulièrement, tout en fixant les balafres de clair de lune qui zèbrent le capot.

Au cœur du Mojave, la radio crépite. Sully explique où il se trouve et ce qu'il est venu y faire. S'ensuit un long silence, le temps d'interpréter ses paroles, puis une voix le met en garde contre l'état de la route.

Sully repart et appuie sur le champignon. Indian Springs Trail n'est rien d'autre qu'une fosse sédimentaire dans laquelle les pneus de la voiture dérapent en grinçant sur le sable et le gravier. Ils louvoient entre les dunes érigées par le vent et tout est offert au froid et aux ténèbres. Tout sans exception.

— Que diable ta tante allait-elle faire si loin ?

— C'est… une obsédée de la nature. On est venues de l'Arizona pour rendre visite à mon grand-père. Il sort de l'hôpital. Ma tante… Elle avait besoin de sa dose de désert.

Shay a si souvent répété sa petite partition qu'elle sonne presque vraie, même à ses propres oreilles. Sully l'écoute. Il y croit.

Les faisceaux des phares jaillissent et font ondoyer les âpres contours du paysage. La voiture de patrouille oscille et cahote. Shay sent contre elle le fusil à pompe, incliné dans son râtelier. Le radiateur de la voiture fonctionne à plein régime, mais elle est prise de frissons.

À l'est, le sol marbré monte vers Devil's Playground*; à l'ouest, la crête de dents ébréchées des Providence Mountains se découpe sur un fond de ciel faiblement lumineux, émanant des casinos installés à la frontière du Nevada. Mais le monde qui environne les faisceaux des phares, ce tunnel de ténèbres, épouse le châssis bleu-noir du semi-automatique qui va réduire en poussière la vie de cet homme.

Afin de s'écarter du canon du fusil, elle se plaque contre la portière et prend soin d'abriter soigneusement son visage et ses yeux sous la visière de la casquette violette. Elle déroule

* Littéralement: “Le terrain de jeu du diable”: une région de dunes au cœur du désert des Mojaves. (Toutes les notes sont du traducteur.)

en elle-même un silencieux monologue. Se persuade qu'il ne s'agit que d'un petit secret. Une cachotterie insignifiante qui ne passera pas la nuit. Un mystère à usage privé et sans conséquence. Dis-toi bien que le plus clair de cette affaire incombe à ta mère.

Dans la désolation absolue, des signaux de phares. Indistincts dans ces ténèbres caverneuses. Allumés, éteints. De nouveau allumés.

— La voilà, fait Sully.

Il pointe le doigt. Shay opine du chef. Elle passe ses dernières heures d'enfance et les phares d'une singulière étoile du Berger les guident vers une crèche funèbre. Vers l'heure des crânes.

Ils traversent une faible élévation de formations rocheuses, amassées le long de la route tels les émissaires de quelque enfer biblique s'apprêtant à frapper. Silhouettes de géants bandées comme des ressorts, que les phares de la voiture parviennent à peine à éclairer en totalité.

La route oblique à travers un pierrier encroûté et la Cherokee apparaît. La voiture ralentit puis s'arrête à une cinquantaine de pas de l'autre véhicule, et Shay se verrouille entièrement. La poussière soulevée par les roues monte vers le ciel sur plusieurs mètres, dans le faisceau des phares, et les portières de la voiture de patrouille s'ouvrent. Sully en descend et Shay attend, attend, attend. Puis il appelle :

— M'dame...

Le mot reste un instant en suspension dans les ténèbres glacées puis se dissipe. Shay descend à son tour de la voiture. Sa bouche en cœur s'emplit d'air glacé. Sully inspecte la Cherokee du regard, cherchant la femme, puis appelle de nouveau :

— M'dame...

Pour toute réponse, le silence charrié par le vent.

Sully se tourne vers Shay :

— Où est-elle ?...

Il la voit trembler. Voit sa tête s'agiter comme la flamme d'une bougie fouaillant l'obscurité, tandis qu'elle recule, recule, recule encore…

Subitement, la voix de Sully se coince dans sa gorge et s'enroue sur le mot… *piège.*

Le corps de Sully démarre au quart de tour quand il entend résonner derrière lui des bruits annonciateurs de morts, l'avertissant: crissements de bottes écrasant rapidement le sol encroûté, suivis par le cliquetis métallique de la détente d'un semi-automatique.

Sully se retourne brusquement. À travers le faisceau des phares, il distingue une puissance maléfique qui prend la forme d'une silhouette de femme braquant un pistolet sur lui. Une batterie de réflexes surentraînés se déclenche. Il porte la main à son revolv…

Un éclair orange vaporeux déchire les ténèbres. Sully est projeté en arrière contre le hayon de la Cherokee. La balle lui lacère le bassin. Shay hurle et se jette au sol, rampant le long de la voiture de patrouille.

Sully se cramponne au hayon, impuissant… Une pensée paniquée… *Qu'est-ce que j'ai fait… ?* Sa main se crispe sur la patte de son étui. *Je ne suis pas celui que vous cherchez…* Un éclair orange plus proche illumine la nuit et la lunette arrière explose… *Impossible…*

Shay regarde le corps s'effondrer d'un seul coup, dans un singulier et maladroit ralenti. Dans une obscurité aussi épaisse que celle d'un tableau noir, elle voit sa mère charger. Elle entend le grondement de sa respiration. Supersalope s'apprête à expédier M. Sans Visage dans les étoiles.

Shay perçoit jusque dans sa cage thoracique la déflagration du troisième coup de feu. La balle déchire le dos de Sully, s'ouvre une mortelle route au fer rouge à travers son poumon droit. Sa mâchoire tombe, comme pour vomir le choc qui vient de le frapper. Un jet de sang jaillit de sa bouche tandis qu'il contourne en titubant la Cherokee.

Shay n'arrive pas à détacher les yeux des cinq pieds carrés où se déroulera l'hallali. Elle sent la nausée retourner ses tripes.

Dee fait le tour de la Cherokee au pas de charge, s'attendant à trouver la carcasse échouée d'un homme mort. Le reste d'une vie fonçant vers la tombe en quatrième vitesse.

Mais le souvenir moribond de la vie, cette aiguille brûlante d'adrénaline plantée dans le cœur, ce putain de moteur à tripailles qui rallume les ultimes forces d'un homme est toujours à pied d'œuvre. Sully se redresse péniblement en s'appuyant au pare-chocs et à la poignée de la portière. Il vacille, mais se retourne pour affronter ce qui cherche à le tuer. Pour se défendre comme un couguar acculé contre ce qui compte le bazarder.

Et, avec tout ce qui lui reste dans le ventre, la tête vide et la bouche pleine de sang, pataugeant dans les débris de ce qui lui était si précieux, doublement désespéré et cassé en deux, il table sur un unique plongeon.

Shay le voit la première. Avant sa mère. Elle veut crier. La prévenir. Mais elle ne le fait pas. Ne peut pas. Ne veut pas.

Sully plonge. Et Dee fonce dans le tas…

Le désert tout entier se transforme en un lit d'agonie. Bouches vociférantes et yeux exorbités d'électrocuté. Un coup de feu résonne férocement et un pistolet s'égare quand les deux corps entrent en collision. Ils basculent rudement au sol, enlacés dans une étreinte mortelle. Homme et femme. Tueuse et flic. Supersalope et M. Sans Visage.

Le meurtre a pris une tournure équitable lors de l'impact. Bottes flagellant la poussière, entrelacées de bras fouettant l'air ; mains griffues, lacérant gorges et poitrines. Le langage patent de la violence humaine.

Dee hurle, appelle sa fille à l'aide. Lui crie de s'emparer du pistolet pour le tuer. Sully tente de planter ses dents dans la gorge de Dee. D'enfoncer ses incisives dans sa chair blanchâtre. De lui arracher la jugulaire.

Shay entend sa mère crier, mais elle est incapable de réagir. La peur incise la dure argile de son être. Pourtant, elle ne bouge pas.

Les visages qui s'offrent à elle sont dominés par une terreur démoniaque. La reptation désespérée de sa mère, les affolantes et surhumaines contorsions de son corps, tandis qu'elle tente de ramper en griffant le sol de ses ongles, de ramper ventre à terre pour atteindre le caillou qu'elle aperçoit, presque à sa portée.

Dee sent sur sa gorge la bouche brûlante et ensanglantée de Sully. Il puise dans ses toutes dernières forces. Se sert de son poing comme d'un poignard à ours pour l'assommer, tandis qu'il referme autour de son cou l'étau de l'autre, afin de le maintenir en place pour y planter ses dents.

La tête de Dee fouette l'air de droite et de gauche. Elle hurle à sa fille de ramasser le flingue et de le tuer… Chope ce putain de flingue et achève-le…

Shay veut le faire, mais n'y arrive pas.

Un effroyable gémissement lui apprend que sa mère a peut-être été tuée. Un féroce cri de désespoir, qui la réveille et l'oblige à remonter de l'abîme. Elle entreprend de ramper vers le pistolet, de ramper vers ce tourbillon de poussière qui monte de l'inextricable et volcanique mêlée.

Elle aperçoit le Parabellum, gisant dans le sable froid et cendreux. Elle continue de progresser, millimètre par millimètre, tandis que Dee sent les dents de Sully se refermer sur sa chair.

Il faut faire vite et Shay ne trouve pas le recoin caché où puiser la force dont son bras manque pour s'emparer de l'arme et tirer. Dee peut voir son enfant, figée sur place, agenouillée dans le sable et fixant le pistolet, la tête baissée. Elle se sent doucement partir, s'affaiblir, s'affaiblir toujours plus…

Mais le souvenir de la vie agonisante est là aussi pour elle, sa propre et brûlante aiguille d'adrénaline plantée dans le cœur, ce putain de moteur à tripailles capable de raviver les dernières forces d'une femme et de remettre son corps en marche. Et avec le peu d'énergie qui lui reste, elle agrippe la pierre glacée de ses doigts.

Un coup. Un seul. La matraque grise atterrit pile sur le nez et le crâne de Sully. Tout s'illumine sous sa voûte crânienne. Brûle. Et s'éteint.

Dee le retourne sur le ventre et s'arrache à son étreinte comme une bête d'un piège. Elle se tourne vers sa fille, l'empoigne et la soulève.

— Sale petite froussarde. Espèce de putain de petite poltronne…

Elle transforme en rage toute la terreur qu'elle a ressentie. Shay s'abrite de ses bras pour se protéger des coups qui pleuvent.

— Faut qu'on se tire d'ici, supplie-t-elle. Faut qu'on s'en aille… Tout de suite !

Dee s'efforce de reprendre contenance. D'évacuer speed et adrénaline. De vomir le flash aveuglant du meurtre pour reprendre la situation en main.

Son visage est poisseux du sang de Sully. Elle suffoque, hoquette pour remplir ses poumons d'oxygène. *Respire*, s'exhorte-t-elle. *Respire… Merde !*

Elle se tourne vers sa fille :

— Va chercher la putain de pelle ! (Elle la propulse en avant d'une bourrade.) Bouge-toi !

L'enterrement

5

Elles le tirent par les pieds jusqu'à la tombe peu profonde. Avec ses deux bras qui traînent derrière lui, il évoque la queue de quelque énorme animal, laissant dans son sillage une large ornière à travers le continent. Elles s'agenouillent au bord du trou et poussent le cadavre vers le haut du remblai de sable coagulé qu'elles ont extrait du sol.

Le corps escalade le petit talus. Elles sont ivres de fatigue et leurs forces s'épuisent. Le corps inconscient de Sully reste suspendu au bord du trou. C'est en grognant sous l'effort qu'elles lui font dévaler, roulant sur lui-même, les derniers centimètres.

— Pousse ! hurle Dee.

Sa voix vibre d'une férocité et d'une volonté si folles que Shay ne peut que s'exécuter. Le sable cède et la chair tendre dégringole dans la fosse, emportant avec elle un pan de terre, puis retombe avec fracas contre la paroi abritée du vent.

Dee se relève, encore essoufflée. Elle agrippe Shay.

— Comble le trou… Je dois… (Le souffle lui manque de nouveau.)… m'assurer que nous n'avons rien oublié… (elle essuie l'écume qui s'est formée aux commissures de sa bouche)… dans la bagarre qui puisse… qui puisse… (elle s'empare d'une pelle, la tend à Shay)… nous trahir.

Sa mère regagne les deux voitures au pas de course et Shay reste seule, la pelle à la main. Elle entreprend de pelleter la terre, la gorge serrée, aussi sèche et racornie que du cuir. Les phares avant de la voiture de patrouille projettent des faisceaux obliques de lumière crue sur son dos et le trou et, juste avant que Dee ne les coupe de son corps, l'espace d'une seconde qui lui semble s'étirer interminablement et à travers un brouillard spectral et grumeleux, Shay voit se soulever la poitrine de Sully.

Elle cligne des paupières, puis se raidit pour s'assurer qu'il ne s'agit que d'une délirante hallucination. Elle se penche sur la tombe et voit le sang couler du nez de Sully, puis ses narines se pincer et frémir.

Ses yeux, ce poste avancé du cerveau, se referment brusquement. Ils ne supportent pas le spectacle. Terrorisée, elle se remet farouchement à le couvrir de terre. Pelletée après pelletée. La pelle cliquette contre la roche comme des osselets sur la pierre.

Elle n'arrive pas à combler le trou assez vite et craint que sa mère revienne, s'en aperçoive et lui adresse des reproches. Revienne et exige de sa fille qu'elle fasse ses preuves sur cet objet sans défense qui a naguère été un homme.

Fais comme si c'était juste un secret, se répète-t-elle sans relâche. Comme la fois où tu as posé nue avec toutes ces petites fleurs jaunes, et écarté les cuisses pour que des hommes adultes puissent photographier ta chatte imberbe de gamine. Fais comme si c'était un secret comme les autres. Sans plus.

À chaque jet de terre, un trou s'ouvre en elle pendant que se referme celui devant lequel elle se tient. La trouille que ces deux trous ne communiquent. Pantelante, elle continue de pelleter aveuglément, de recouvrir ce poème fantoche d'une vie massacrée.

La fuite

6

Le cliquetis de la pelle sur la roche s'atténue. La terre pleut sur lui. Et son sang coule, rctournant à la terre même dont il est issu. Le bref voyage de la vie arrive à son terme. Il va bientôt aborder le dernier quai, aux confins de l'existence.

Le sol est d'un froid étouffant, à travers lequel il ressent…

Oui. Dans les cavernes sans étoiles de son crâne, une chose innommable surgit. Une chose qui est plus que de la peur. Ses poumons sont cuisants de douleur, comme si un serpent de métal chauffé au rouge, aux écailles tranchantes comme des rasoirs, se traînait dans les replis les plus intimes de son futur cadavre.

Cette chose innommable sort de ses propres ténèbres et le visage de ses parents vient s'enrouler autour de son cœur. Il sent leur dernier souffle se mêler au sien.

Combien il devait être avide pour survivre à tout ça ! Pour survivre au mobile home et à Baker, Californie. À la voiture de patrouille et à la généreuse simplicité avec laquelle sa mère et son beau-père l'avaient averti que le monde était trop vaste, trop rude et trop instable pour lui.

— Oui, fils, tu t'en tireras bien mieux en restant où tu es.

Autour de sa gorge, il porte les cicatrices de cette chose innommable, et suffoque. La terre qu'engloutissent ses poumons l'asphyxie et son corps se recroqueville, comme si cette terre elle-même tentait de le réveiller.

La mort n'a pas de partenaire et quête avidement les piètres défis que nous lui lançons. Elle veut dévorer la totalité du monde, et pas seulement quelques miettes.

Mais quelque chose s'est incarné en lui, qui incite ses doigts à bouger. À fouiller le sable comme une autochenille et à en jaillir. À creuser l'argile poudreuse vers la nuit.

Mais où est le haut ? De quel côté la maison ? Il n'y a pas ici de panneaux de signalisation. Rien pour indiquer où est l'horizon, sinon le besoin de respirer.

Il se fraie un chemin à travers la souffrance, pour survivre à ce qui n'est ni rêve, ni prémonition. Il se fraie à grands coups de griffes un chemin à travers la souffrance pour ôter de son corps tout ce poids de terre.

Tout au fond de cet océan brun et fiévreux, il voit sa mère descendre le boulevard des Rêves, cette route du désert qui mène là où tout ira bien, à condition de manger correctement, de penser droit et de vivre convenablement…

Mais tout ne va pas bien. Et il n'y a pas de pitié pour les justes. Nous sommes tous arrimés au ciel, qui s'effondre sur ceux qui s'y attendent le moins.

Je ne veux pas mourir…

Il entend en lui ces mots mort-nés, en même temps que ses doigts s'activent et griffent, traçant la carte de son évasion à travers les sédiments pulvérulents.

Ils fouillent et creusent. Le sol cède, cède, puis s'ouvre. Le périscope de chair crève la surface et jaillit dans l'air glacé du désert. Il en ressent le froid dans tout le corps. Presque une brûlure.

Il serre le poing, un poing bien faible, et livre une partie de bras de fer contre le sable encroûté. Fore des trous dans le moelleux couvercle de son tombeau. Entend un moteur gronder et chauffer, puis la terre trembler près de sa tombe, tandis que la Cherokee fonce à travers le pierrier et s'éloigne.

Sa main rencontre un rocher à l'aveuglette. Il l'empoigne de son mieux et commence à tirer, tirer, tirer. Se hisse hors de son trou comme un bœuf halant un plein tombereau de corps ensanglantés dans la boue.

Le supplice à hurler que ses blessures lui infligent racle sa langue. Mais il continue de monter. La terre s'ouvre au-dessus de sa tête comme la coquille d'un œuf négligemment brisé. Ses yeux portent un regard trouble juste au-delà de son nez martelé et brisé.

La radio de bord…

La lune et d'invisibles créatures le regardent se servir de ses coudes comme de béquilles, pour grignoter le terrain centimètre par centimètre.

La radio de bord…

Il se fraie à grands coups de griffes un chemin de vingt pas qui lui paraît s'étirer sur vingt kilomètres, laissant dans son sillage la même traînée de sang que celle qu'il a abandonnée derrière lui lorsqu'elles l'ont tiré jusqu'à sa fosse.

Il revient vers la vie pour plus de violence.

Il atteint enfin la voiture de patrouille. La portière côté chauffeur est restée ouverte. Il se hisse jusqu'à la poignée, puis sur le siège. Le cuir craque et l'altitude lui donne le vertige. Le sang qui coule dc son nez et de sa bouche ruisselle sur son menton. Il le voit tomber au goutte-à-goutte sur le cuir du siège, tandis qu'il se cramponne fermement et appuie sur le commutateur.

Il est si loin. Ça crépite. La voix qui lui répond est quasiment incompréhensible. Il approche le visage, le plus près possible, pour se faire entendre. Ses paroles sont suspendues au plus ténu des fils.

— Policier à terre… Policier à terre…

7

Si l'on part du principe que L.A. est un critère en matière de félicité humaine, Burgess Ridden devrait être un putain d'imbécile heureux.

Hollywoodien de la seconde génération, il va sur ses vingt-cinq ans. Éduqué à "The Oakes", il a tété aux mamelles des beaux-arts et de l'expression libre, tout en ne se voyant infliger qu'un sermon très laxiste sur la responsabilité. Son apparence est assez plaisante pour qu'on lui pardonne les défauts habituels inhérents au personnage. Il est propriétaire de son domicile et, lorsque le prêt hypothécaire du Onzième District se fait un tantinet trop teigneux, ses parents téléportent le capitaine Chéquier depuis le vaisseau Iredell, lieu-dit où est stationné leur foyer de près d'un demi-hectare, à la sortie de Laurel Canyon et à trois pâtés de maisons de la propriété de Gene Autrey.

Ses parents lui téléphonent pour l'inviter à dîner. Il s'agit d'une célébration anticipée, une petite fête qu'ils donnent pour le congratuler de s'être défoncé la pastille dans une affaire dont ils peuvent s'enorgueillir.

Ils l'avertissent que ce sera à la bonne franquette – le dîner, pour être précis. Juste deux trois hors-d'œuvre et plats fournis par La Serre, l'un des bistrots les plus prestigieux de la vallée*.

Ses parents recourent à leurs plus subtiles tactiques de persuasion pour le convaincre de prendre ce vol de dix minutes au-dessus de Coldwater, mais il forge un bobard

* La San Fernando Valley, en l'occurrence.

délicieusement alambiqué. Un authentique ramassis de conneries de la plus belle eau, comme quoi il est censé s'assurer que son dossier du Los Angeles Unified School District pour le chantier de l'école de la 56e Rue est convenablement bouclé. Que les plombages tiennent la route et ainsi de suite, afin que le contrat avec la ville soit signé haut la main et sans à-coups.

Après avoir raccroché, il s'attarde un instant dans l'entrée devant son bureau. Pas de lumière à part les ombres et les éclairs projetés sur le mur qui fait face au téléviseur, lequel diffuse le J.T. Le son est coupé, de sorte qu'entrée et bureau ne forment plus qu'un lugubre bocal saturé d'éclairs de couleur, tandis que se succèdent les flashs d'information.

Pour être tout à fait franc, Burgess Ridden n'est foutrement pas en état de prendre ce vol de dix minutes au-dessus de Coldwater. C'est déjà beaucoup lui demander que d'essayer de garder la maîtrise de ses émotions en attendant de recevoir des nouvelles du meurtre.

BURGESS vit à Franklin Canyon, qui remonte jusqu'à Mulholland Drive, du côté boîte postale de Beverly Hills de la ville. C'est depuis la fin des années 1980 le fief des BMW, des labradors dorés et des sentes naturelles. La seule tache au blason de cette localité, qui appartenait jadis au domaine Donehy, étant le cadavre que l'Étrangleur de la colline balançait tranquillement dans l'herbe, de temps en temps, le long de la route de terre et d'asphalte qui conduit au réservoir.

Bien entendu, tout cela peut changer ce soir. Burgess va peut-être pouvoir ajouter sa petite infamie personnelle au folklore criminel de Los Angeles.

En attendant le retour de Dee, pour éviter que la tension ne devienne trop toxique, il sort fumer sur le perron. Le petit couple de la maison voisine fête un anniversaire dans son patio.

Ils travaillent dans la télévision de pointe, elle en tant qu'agent littéraire de sa boîte et lui en tant que cadre supérieur d'une chaîne. C'est également un fan des Allman Brothers et, ce soir, ils épuisent tout le catalogue des standards de leur répertoire.

Burgess s'appuie à la rambarde de séquoia et, à travers un tunnel entre les arbres, lui parviennent les accents cool de ces *slide guitars* sudistes. Du pur Dickey Betts et Greg Allman : *Pick up your gear and gypsy roam**...

Burgess écoute ces voix écorchées vives et sait qu'elles n'ont rien en commun avec les deux jeunes friqués qui se la racontent sous les brûleurs à gaz et les lampes dorées.

Il sait que tout là-dedans n'est qu'affaire de triche et de fraîche. D'un assaut névrosé de bonnes manières de patio, manœuvrant dans le registre "Qu'est-ce que ça me rapporte ?" De mégalomanie galopante distillée à un niveau supérieur. Il n'est pas moins tendre envers lui-même. Il sait que lorsqu'il signera sous son vrai jour, ce sera la typique signature d'un égocentrique, d'un adorateur consentant du Veau d'or s'efforçant, pour conclure un marché, de se défausser de certaines conventions sociales superfétatoires.

Ses terminaisons nerveuses sont à deux doigts d'imploser, à force d'attendre des nouvelles, quand des phares remontant le canyon accrochent son œil. Ils clignotent puis disparaissent derrière les arbres qui épousent le virage de Beverly en direction de Desford. Vu la façon dont ces phares se démènent, ce pourrait bien être le flop. Au moment où une Granada cabossée se gare devant sa maison, Burgess sait déjà.

Le garage et la haute palissade de bois donnent sur la rue. Dee descend de voiture, prend un sac de sport dans le coffre et ordonne à Shay d'entrer. Shay emboîte les foulées rapides de sa mère, qui franchit un portail, traverse un petit

---

* "Rassemble ton barda et erre comme un Gitan..."

jardin pavé de briques et pénètre dans le garage par la porte de derrière.

C'est une de ces maisons partiellement bâties à flanc de colline, de sorte que son rez-de-chaussée est également une manière de sous-sol. Un petit atrium intérieur s'ouvre à côté du garage, avec un escalier conduisant à l'étage supérieur. Une chambre et une salle de bains se trouvent derrière l'escalier.

Dee pousse Shay vers la chambre.

— Va te changer. Enlève tes vêtements et fourre-les dans le sachet en plastique qui est dans ce sac. Et douche-toi. Récure-toi, quelque chose de sérieux !

Dee lui tourne le dos. Shay la rappelle, blême et affolée.

— Me laisse pas toute seule ici, m'man...

Dee la fait taire d'un geste de la main et elle a déjà gravi la moitié de l'escalier lorsqu'elle aperçoit Burgess, planté sur le palier du dessus.

— Alors ?

Elle ne répond pas. Se contente de gravir les marches. Il n'arrive pas à savoir si elle le fait attendre dans un de ses vicieux petits jeux de pouvoir, ou si elle est juste complètement lessivée.

Lorsqu'elle arrive enfin à sa hauteur dans le noir, il lui tend la main.

— Alors ? redemande-t-il

— Fais gaffe, le prévient-elle. J'ai peut-être encore un peu de sang sur moi.

Au mot "sang", il écarte la main, quasiment par réflexe.

Elle se dirige vers un petit bar, logé dans une alcôve près du bureau, pour se servir un verre. Elle remplit un grand verre de Southern Comfort. À ras bord.

— Je sens une catastrophe qui arrive.

Burgess s'approche.

— Tu t'es occupée de la Cherokee ?

— La dernière fois que je l'ai vue, elle n'était pas plus grosse qu'un paquet de viande congelée.

Elle boit. À petites gorgées, vite englouties. Burgess est juste derrière elle, à présent. Lorsqu'elle se retourne… Une moue distante.

Il la voit vraiment pour la première fois, grâce aux clignotements de la télévision sur le mur de l'entrée. Ses yeux sautent frénétiquement de ses narines engluées de sang jusqu'à sa bouche enflée et déchirée, puis à la marque de dents, ovale et affreusement tuméfiée, qui décore sa gorge.

Elle crispe les mâchoires en le voyant regarder son cou.

— Ce fils de pute n'est pas mort facilement.

8

Shay, debout dans la douche, contemple ses pieds. Et l'eau qui ruisselle le long de ses jambes, sur le petit rebord de sa toison pubienne et la pointe de ses mamelons, emportant crasse et sable. Elle se tient sous le jet, à l'orée de la maturité féminine, hantée par une vision indésirable.

Elle s'accroupit et enlace ses genoux. Les carreaux roses sont beaucoup trop brillants. Elle ferme les yeux et tente de découvrir, pour s'y cacher, quelque noire et silencieuse allée mentale. L'eau cingle son dos. Elle est si chaude qu'elle l'ébouillante, mais elle utilise cette douleur pour révoquer le spectacle de cette poitrine spectrale, qui cherche péniblement son air, tandis que les narines palpitent comme le cœur d'une minuscule créature sans défense.

Par-dessus les voix, par-dessus les bruits de ses pas. Une minuscule créature sans défense. Pourquoi justement cette image ? Ses ongles mordent la chair de ses cuisses, lorsque le téléphone sonne dans la chambre à coucher.

Burgess s'empare du téléphone mobile posé près du bar. Reconnaissant la voix de son père, il s'adosse au chambranle de la porte de son bureau.

— Papa… Que se passe-t-il ?

— Je suis seul au premier. (La voix de son père est singulièrement sourde et prudente.) L'argent que je t'ai donné pour t'occuper de ces documents… C'est réglé, hein ?

Burgess tourne le dos à Dee, comme si cela pouvait l'empêcher de détecter la moindre fêlure dans sa voix. Il n'arrive pas à imaginer ce qui se passerait si son père découvrait jusqu'où l'affaire est allée. Il ferme les yeux.

— C'est réglé.

— Tu es bien sûr, fiston ?

Dee observe Burgess, qui s'encadre dans l'embrasure. Elle le sent chavirer légèrement sous la pression. Les éclairs du poste de télévision colorent le mur derrière lui de bleu cobalt, de jaune, puis de nouveau de bleu cobalt.

— Tout à fait sûr, papa.

Avant qu'il ait pu finir sa phrase, la voix de sa mère retentit à l'arrière-plan, demandant à son père à qui il parle. Pendant qu'il patauge dans le petit bobard de son père, selon lequel "je demandais juste à ton fils s'il désirait qu'on lui fasse parvenir un petit colis de chez La Serre…", Burgess constate que l'écran de la télé est devenu un carton bleu cobalt portant les mots : FLASH INFO.

Alors que la voix de sa mère s'émeut encore, virtuellement, à l'idée de faire expédier des victuailles sur l'autre versant de la colline, l'écran montre un reporter debout dans le parking venteux d'un hôpital, près du gyrophare d'une voiture de patrouille. Mais le seul détail qui lui arrache les tripes est un panneau apposé au-dessus de la porte des urgences sur lequel on lit : HÔPITAL COMMUNAUTAIRE DE BARSTOW.

Bon, Barstow, sur la I-15, est l'âme sœur de Baker, Californie. Juste le temps d'une petite mousse rapide, à l'ouest du théâtre du meurtre, de sorte qu'il empoigne la télécommande. Il monte le volume, suffisamment pour entendre le reporter déclarer :

— Un shérif a été très grièvement blessé cette nuit et enseveli dans une tombe peu profonde dans la réserve nationale du Mojave…

Pris de panique, Burgess pivote sur ses talons. Il bâillonne le micro du téléphone, claque des doigts à l'intention de Dee et lui montre le téléviseur. Sans cesser pour autant d'entretenir avec ses parents une petite partie de ping-pong verbal, le temps d'expliquer à son papa qu'il n'a pas faim, d'attendre que son père ait transmis l'information à sa mère, et que celle-ci veille encore une fois à ce que son père rappelle à leur rejeton combien ils sont fiers de ses exploits. Puis Burgess raccroche ce putain de téléphone.

Côte à côte, dans un silence mortel, Burgess et Dee écoutent depuis le seuil un officier supérieur de la police répondre aux questions qu'on lui pose sur les premiers détails connus de l'affaire : tous les indices portent à croire que cette tentative de meurtre est un contrat lié à la guerre de la drogue ; la pure, simple et expéditive liquidation d'un de leurs hommes. L'officier supérieur biaise habilement pour éviter tout commentaire réel sur les faits.

Burgess fixe Dee. Le shérif n'est pas mort. Les traits de Burgess se convulsent lorsqu'il prend conscience de cette certitude à glacer le sang. Ceux de Dee affichent un pur dégoût à l'idée qu'une telle chose ait eu l'audace de se produire.

— Tu as laissé vivre cet enfoiré ! lui hurle Burgess.

En entendant les bottes de sa mère cliqueter sur le plafond de la chambre à coucher à la poursuite de Burgess, Shay relève les yeux. Elle perçoit un concert de voix blanches, les entend grossir jusqu'à se transformer en hurlements courroucés. Encore humide, elle met un T-shirt et file à toute allure dans le couloir tel un frêle oiseau effrayé.

Ses pieds humides laissent des traces sur le tapis de l'atrium. Elle se faufile sous les lattes de l'escalier pour s'y cacher et écoute les échos de la bagarre qui lui parviennent par la lucarne ouverte et noire du salon.

— S'il survit, on est complètement foutus.

— S'il survit, rétorque Dee, ils découvriront que ce n'était qu'un fumier de dealer de came du désert, qui se faisait passer pour un type réglo. Il est cuit dans tous les cas, pas vrai ?… Pas vrai ?! ?

Burgess s'affale sur le divan. Dans le noir, la pièce lui fait l'effet d'une rue morte et déserte, qui ne commence nulle part et ne mène strictement à rien.

— De tous les types de Los Angeles avec qui Alvarez aurait pu coucher, il a fallu qu'elle choisisse Foreman.

Dee s'agenouille devant lui.

— Tu vas pas tourner pisseuse !

— De tous les gens avec qui j'avais besoin de me mettre en cheville pour ce boulot, il a fallu que je choisisse Alvarez.

— Burgess, tu vas pas tourner pisseuse, bordel !

Il n'écoute pas. Il reste assis là, pétrifié tel un comateux à l'agonie, dont la bouche n'est plus qu'une mer blanche de dents crispées.

— Burgess, je vais pas te laisser rester sur le cul comme une de tes lopettes de copains juifs, qui ne savent que râler ou tomber dans les pommes quand ça tourne mal pour eux.

— La ferme avec ça ! (Son bras et son poing adoptent une attitude éloquente, comme s'il allait cogner.) Tu adores me faire chier avec ça juste parce que ma mère est juive et que tu me prends pour une lavette.

Il se soulève et lui donne un coup de genou dans la poitrine.

— Pisseuse !

— Je t'emmerde. (Il rentre dans le bureau.) Tu voulais t'en charger toi-même. Pour le fric, rappelle-toi. C'est ta faute s'il est encore vivant. Et s'il s'en sort, il pourra peut-être t'identifier… toi ou Shay. Réfléchis aux conséquences. Comment on va… Comment *tu* vas t'en dépêtrer ?

Sous l'escalier plongé dans le noir, Shay croit voir dans les yeux de sa mère le cadavre s'extraire du caveau, petit, noir et menaçant, pour l'accuser. Lui reprocher de ne pas s'être emparée du pistolet. De n'avoir pas les couilles de tuer.

Sa mère saura. Même dans le silence absolu du mensonge, elle saura. Elle sera capable de lire en elle la plus fluctuante et éphémère émotion, de mettre en question le moins tangible des battements de cils. Mère lionne et fille agnelle. Et comment pardonner à la plus inoffensive des créatures, quand ses faiblesses sont trop nombreuses pour qu'on les énumère ?

BURGESS, revenu s'encadrer dans l'embrasure de la porte du bureau, s'efforce d'élucider la fin du flash d'infos.

> *Le bureau du shérif de Barstow signale que l'adjoint Sully aurait appelé peu de temps avant la tentative de meurtre sur sa personne, et qu'il s'apprêtait à reconduire une jeune auto-stoppeuse auprès d'une parente qui l'attendait dans un véhicule en panne, quelque part dans la réserve naturelle. Mais… nous n'avons pour l'instant aucune autre confirmation et jusque-là… aucun témoin !*

— Ils sauront exactement qui il était demain matin, déclare Dee.

Burgess se tourne vers elle. Elle est épuisée et en descente de speed, mais ses yeux brillent d'une lueur de cinglant mépris. Elle ingurgite un peu plus de Southern Comfort et attend sa réponse. Ne voyant rien venir, elle renchérit :

— Pas vrai… Pas vrai ?

Au fin fond de son esprit, Burgess réussit à construire quelque chose qui ressemble vaguement à un semblant d'assurance, mais il se contente d'éructer :

— Si jamais mon père s'aperçoit que je lui ai menti… Découvre jusqu'où c'est allé. Les conneries que j'ai faites…

Elle repose violemment son verre et le prend par les épaules :

— Un flic qui trafiquait de la came a été abattu par un tueur à gages. Pour de bon. Et c'est ce qu'ils en concluront demain matin. C'est la vérité toute conne et c'est comme ça que ça s'est passé, bordel !

Burgess s'arrache brutalement à son étreinte.

— Ouais, mais il est encore vivant et, tant qu'il n'est pas mort, nous, on risque d'y passer.

Sa mère va le lui faire payer. Shay le sait. Ça commencera par ces gesticulations hystériques de locomotive emballée et ensuite, gaffe… va savoir comment ça peut tourner.

Elle pourrait parfaitement finir comme l'un de ces tarés dont Dee lui rebat sans arrêt les oreilles et qui passent le reste de l'éternité sous forme d'abat-jour parce que quelqu'un avait une dent contre eux.

Dee regarde Burgess se laisser glisser au sol, adossé au chambranle de la porte. Il appuie sur la télécommande et coupe le son. Dans Hollywood Central, une maison plus bas, les Allman Brothers se la donnent. *I'm no angel… I'm no stranger to…*

Burgess pose sa tête sur ses deux poings serrés. Dee voit bien qu'il est en train de disjoncter. Qu'il s'apprête à emprunter l'allée mentale qui mène à la terrifiante contrée de l'impuissance, de la culpabilité et de la peur. Pas de ligne blanche ici non plus. Personne pour vous guider, personne pour grommeler. Rien que des ombres grises et la porte d'une cellule qui résonne comme un coup de feu, lorsqu'elle se referme à votre nez en vous claquemurant le cœur.

Dee se penche vers lui, fourre son visage sous le sien. Assez près pour respirer l'odeur de sa trouille.

— Regarde-moi, Burgess. Tu me vois ? Tu vois mon visage ? Lève les yeux ! Tu vois ces marques ? (Elle le tient pour qu'il ne puisse se soustraire au gros plan sur ses blessures.) C'est le prix du meurtre. Navrée, mais c'est la putain de vérité vraie. Alors tâche de pas virer pisseuse. On tient encore les rênes, toi et moi.

— C'est juste que je flippe un peu, d'accord ?

Il se libère de nouveau. Respire pesamment.

— Rappelle-toi, poursuit-elle, l'époque où j'étais barmaid au Blue Flame et au Pistol Dawn, et où tu t'incrustais toutes les nuits au Nu-Art comme un putain de zombie parce que ton existence ne te menait nulle part... Et où tu allais t'arsouiller dans les rades en pleurant sur mon épaule, pour te plaindre de tous tes petits yuppies de copains qui touchaient le jackpot. Qui t'a remis sur les rails, Burgess ? Qui ?

— Toi.

— Tu as monté ce micmac dans ma chambre et dans ma cuisine. Et qui était tout le temps là pour t'aider ?

— Toi.

— Qui s'est chargé de Tills ?

Il ferme les yeux en entendant ce nom.

— Toi.

— Quand Alvarez a donné la preuve qu'elle était une putain de péteuse, qui a déniché son avocat à Foreman ? Qui s'est décarcassé pour essayer de nettoyer ce bordel ? Qui s'est trimballé tous les documents falsifiés pour ta petite gueule ?

— Toi.

— Y a intérêt, putain de merde. Je fais plus partie de ta famille maintenant que...

— Je ne m'attendais pas, en allumant la télé, à découvrir qu'il était encore vivant, voilà tout ! Comment ça a pu se produire ?

Elle a l'œil chassieux, elle est crevée et aurait bien besoin d'une autre mignonne Black Beauty* pour rallumer le feu en elle, parce qu'il y a encore dans cette "tentative de meurtre" une foultitude de petits détails qui exigent d'être rabotés aux

* Beauté noire : surnom de la capsule noire de biphétamine, préparation à base de dexamphétamine.

entournures. Elle se fait une assez bonne idée de la raison pour laquelle le shérif est encore vivant, mais elle est suffisamment futée pour ne pas la confier à Burgess.

— Il respirait plus, répond-elle, quand je l'ai enterré.

Elle se lève.

— Et s'il réussit à t'identifier ?

— On s'est fait une promesse, quand on a commencé, toi et moi. Je prends tout sur moi, tu prends soin de Shay. Ils peuvent bien me fracasser comme une putain de *pinata*, je te couvrirai tant que tu la protégeras. Mais si jamais tu manques à ta parole…

— Bien sûr que je prendrai soin de Shay. De quoi on parle, là ? Et je ne veux pas non plus qu'il t'arrive quoi que ce soit. Tout va bien se passer, nom de Dieu.

Mais, de nouveau :

— Et s'il réussit à l'identifier, elle ?

Dee boit une dernière gorgée de Southern Comfort et repose son verre. Une idée fait frétiller ses doigts.

— Personne ne l'identifiera. Pas là où je l'envoie.

9

Dee dévale les marches si rapidement qu'elle surprend Shay en train de se faufiler en douce par l'atrium. Ses yeux la toisent durement.

— Sois dans la voiture dans cinq minutes. Et n'oublie pas le sac plastique qui contient tes fringues.

— Où on va?

— Ne pose pas de questions, Shay. Pas ce soir. J'ai la tête farcie d'idées noires, ma fille, alors me cherche pas!

Shay regagne la chambre en courant. Dee attend Burgess dans l'escalier. Lorsqu'il la rejoint, elle se tourne vers lui. Il s'efforce de son mieux de contrôler ses entrailles.

— Où l'emmènes-tu?

— Vaut mieux que tu le saches pas.

— Dee? s'inquiète-t-il subitement.

Refusant d'être questionnée ou acculée, elle se contente de répéter:

— Mieux vaut pour toi que tu ne connaisses pas la réponse, Burgess. Donc ne pose pas de question.

Il tente de déchiffrer ce regard buté, aussi tranchant qu'un rasoir, mais n'y parvient pas. Elle s'étire et, avant de partir, l'embrasse en plaquant sa bouche tuméfiée à la sienne avec une sensualité grossière.

Puis, en une rare démonstration de tendresse, elle se penche en arrière et lui essuie délicatement la bouche de l'index:

— Tu as un peu de mon sang sur les lèvres.

Burgess est encore assis au pied des marches quand Shay retraverse l'atrium. Elle avance comme une réprouvée au cœur lourd, tenant le sac de sport d'une main et le sac en plastique de l'autre. Un spectacle à fendre le cœur.

Elle s'arrête, puis demande :

— Il ne va rien m'arriver ?

La question dissimule une tombe béante, mais tout ce qu'il arrive à articuler, c'est :

— Tout se passera bien.

— Ouais… Tu parles.

On dirait que sa voix doit se frayer un chemin à travers des ronces pour sortir. Elle reste plantée sur place, le dos voûté.

Burgess se lève et la serre contre lui. Il essaie de s'imaginer en train d'affronter son propre père et fait doucement glisser ses mains le long de son dos.

— Tout se passera bien, mon cœur, murmure-t-il.

Dee emprunte Sunset Boulevard jusqu'au 405 puis met les gaz plein sud. Tout le trajet n'est que sombre et atroce mutisme, vitres entrouvertes et vent glacé car Dee, sous l'effet du speed qu'elle s'est envoyé en quittant le Yuppieville Canyon, commence à transpirer à grosses gouttes.

De l'aéroport LAX jusqu'à Long Beach, le silence n'est brisé que par la respiration de sa mère, pareille à un poêlon crépitant, et le cerveau de Shay commence à bouillonner des visions d'un meurtre, rejoué par des cauchemars à visage humain.

Son esprit ne cesse de se repasser en boucle la conversation qu'elle a surprise. Et si le policier avait survécu ? S'il pouvait l'identifier ? Si on la retrouvait ? Et s'ils essayaient de se servir d'elle contre sa mère ?

Son cerveau commence à saturer, pris sous les feux croisés de la panique et de la paranoïa, tandis que la Granada crasseuse traverse en cahotant, en direction de 1 Orange County, le rideau de signaux de fumée émanant de son pot d'échappement mangé de rouille. Pourquoi sa mère n'a-t-elle pas dit à Burgess où elle la conduisait ? Pourquoi est-ce qu'elle ne le lui a pas dit, à elle ? Et si elle avait l'intention de la tuer ?

La gorge parcourue de frissons sous l'effet du vent glacé qui balaie le tableau de bord, elle s'efforce de s'arracher à cet affolant carrousel d'émotions en contemplant la nuit qui défile le long de l'autoroute : rien que des panneaux publicitaires aux slogans démoniaques vantant *tacos* et Toyota, des réclames au néon agressives telles des balises signalant entrepôts de discount, parkings à caravanes et autres Motel 6, les infâmes et démentes couleurs d'un pays dont l'objectif est de vous pendre aux cordons de votre propre bourse.

Ce monde semble si présent, si enraciné et bien arrimé et pourtant, à peine une nuit plus tôt, il était secoué jusqu'au tréfonds par le séisme de Whittier. Malgré tout… il est là. Dans toute sa promesse d'Arlequin électrique vulgairement bariolé. Et il n'a pas encore été recraché au visage du Créateur. S'il peut survivre, pourquoi pas elle ?

À Long Beach, Dee quitte l'autoroute au niveau de Cherry Avenue et s'engage dans une ruelle noire qui passe derrière un 7-Eleven. Elle ordonne à Shay de l'attendre pendant qu'elle va acheter des cigarettes. Pendant tout le trajet, Dee lui a donné l'impression d'être totalement désaxée et, pour la première fois de sa vie, Shay envisage une fugue.

Elle remonte la vitre et allume le chauffage. Le chuintement des ventilateurs la ramène dans la voiture de patrouille qui roule vers les rochers noirs déchiquetés. Soudain, elle n'est plus que nausée déboussolée. Elle tente d'opposer à cette horreur qui la submerge – l'éventualité que sa mère puisse lui faire du mal – l'espoir têtu que cette dernière se retrouverait, sans sa fille, confrontée à un vide inexorable. Qu'elle, Shay, représente tout ce qu'elle a au monde. Même si rien ne les rattache plus l'une à l'autre que sa venimeuse tyrannie.

Shay sursaute en entendant s'ouvrir la portière de derrière. Dee grimpe à l'arrière. Elle se déshabille. Fourre ses fringues dans le sac en plastique. Une fois nue, elle se penche et inspecte dans le rétroviseur la marque en râteau que les dents de Sully ont imprimée dans sa gorge. La plaie ressemble à un dérangeant tatouage, auquel elle réagit par une grimace amère.

Dee s'appuie au dossier et enfile un T-shirt et un jean. Lorsqu'elle est certaine qu'il n'y a pas de témoins, elle se faufile hors de la voiture et enfouit profondément le sac en plastique dans un bac à ordures bourré à ras bord.

Dee revient s'asseoir au volant et fixe le néant droit devant elle. Shay, elle aussi, attend en regardant dans le vague. Au bout de cette longue impasse, derrière une palissade en treillis métallique, se dressent les immenses réservoirs argentés d'une raffinerie, reliés entre eux par une passementerie de tuyaux.

Dee allume une cigarette. Sous l'effet du speed, ses mains sont prises de tremblements saccadés, mais elle n'en déclare pas moins sur un ton sourd et menaçant :

— Tu as surpris notre conversation à la maison, donc tu sais que le flic a survécu.

Leur reflet plat et stoïque dans la noire table de jeu du pare-brise évoque deux figures d'un jeu de cartes. Deux reines, chéri. L'une sur le trône, l'autre appelée à régner. Si elle survit assez longtemps.

Dee avale la fumée puis la recrache par le trou de sa bouche, pas plus gros qu'une pièce de dix sous.

— Mais tu le savais déjà, de toute façon. (Elle regarde Shay dans le rétroviseur.) Tu le savais putain de parfaitement. (Sa voix est presque inaudible.) Ouais, tu le savais déjà dans le désert. Tu l'as fermée parce que… je t'aurais ordonné de le tuer. Ça aussi, tu le savais.

Le regard de Shay s'attarde sur la longue ruelle noire, où la vapeur qui monte de la raffinerie de béton s'amasse au-dessus de la lumière bleue, pareille aux esprits liquides d'un vent d'orage. L'espace d'une fulgurante seconde d'égoïsme, ou de simple instinct de survie, consciente qu'il ne servirait à rien de mentir sous le trébuchet de ce regard, elle répond :

— Ouais, m'man… je savais… (Elle inspire une goulée d'air.) Alors, maintenant, tu peux me cogner si ça te chante.

Dee carre sa cigarette entre ses lèvres et met le contact. La Granada bafouille, puis démarre. Dee regarde Shay droit dans les yeux.

— Eh bien, ma petite loqueteuse, ça va être un drôle de voyage.

10

BURGESS est étendu dans le noir. Involontairement, il est traversé du désir que Dee et Shay meurent. Un sursaut d'incrédulité le fait tressaillir par réflexe lorsqu'il prend conscience d'avoir été envahi par cette pensée. Ses entrailles se révulsent de façon obscène à l'idée d'être si lâche que ce venin toxique puisse empoisonner ainsi ses sentiments pour elles.

Il tente de chasser cette pensée d'un verre de vin, puis d'un joint. Mais, alors que l'herbe commence à peine d'engourdir les recoins de son esprit, la lanterne et les lampes de la fête voisine font danser une gigue effrénée aux arbres assoupis derrière sa fenêtre.

Comme si la Nature elle-même s'était mis en tête de semer la pagaille dans son cerveau. De lui doigter le mental sans vaseline. Il a peur de détourner les yeux et peur de ne pas le faire. Il sursaute même à un moment donné, persuadé d'avoir distingué un visage dans les branches mouvantes qui grattent férocement la vitre au-dessus de sa tête.

Il voudrait tant oublier cette frousse. Qu'elles crèvent. Qu'ils crèvent tous. Et par "tous", c'est même à son père qu'il pense – son père qui, il le sait, lui a communiqué cette trouille ignoble qui fait de lui un raté.

PENDANT les deux heures qui suivent, alors qu'elles longent le littoral à toute allure, Shay regarde défiler les sorties de l'autoroute. Sa mère vilipende silencieusement Burgess, pour avoir refusé de l'écouter quand elle le mettait en garde contre cette grosse salope de Latino et son petit copain. Elle n'a jamais fait confiance à Alvarez, jamais fait confiance à Foreman. Et n'a pas manqué de le dire. Cette connasse était déjà prête, pour un rien, à divulguer l'existence des documents falsifiés… Et Dee était certaine qu'ils plieraient bagage tous les deux si ça tournait mal. Et regarde-moi où ils en sont aujourd'hui ! Foreman est prêt à les enterrer tous pour sauver son cul, tous autant qu'ils sont, y compris sa grosse pétasse bronzée.

Lorsqu'elles atteignent Palm City, juste après San Diego, Shay a plus ou moins pigé où elles allaient et commence à flipper pour de bon.

Dee la fait descendre de voiture derrière un bâtiment de brique noir de suie, un peu en retrait de l'autoroute.

— On va au Mexique, c'est ça ?

Dee ouvre le coffre.

— J'y vais pas.

— Grimpe.

La gamine est comme frappée par une onde de choc. L'abîme béant de ce coffre la pétrifie : une vraie tombe à détritus puants, bourrée de fringues, de déchets, d'une roue et d'un cric. Aveuglée par la peur, l'amertume, à peine capable de… Elle secoue violemment la tête comme un âne qui refuse d'avancer.

— J'y vais pas.

— Pas question qu'on se fasse serrer à la frontière parce que ce flic aurait pu t'identifier et qu'ils ont…

— J'y vais pas ! hurle encore Shay, et son hurlement porte à travers tout un néant d'entrepôts désaffectés.

Toutes deux forment une mêlée bariolée, veillée par une muraille de fenêtres murées et barricadées. Pas question d'amener le drapeau blanc dans cette bataille. C'est le cobra contre la mangouste. Mais finalement, le couvercle du coffre se referme en claquant sur une gamine hargneuse et recroquevillée.

Shay continue de crier, de sorte que sa mère cogne violemment le couvercle du poing.

— Si tu continues à brailler comme ça, on passera jamais le poste frontière.

Shay, elle aussi, répond à sa mère d'un coup de poing. En représailles, Dee martèle le même endroit du coffre.

— Cesse immédiatement, ou je roule jusqu'à l'océan et je nous noie toutes les deux.

À L'INTÉRIEUR de ce cercueil roulant à tombeau ouvert, de cette fosse à la lumière exsangue, le monde ne tarde pas à se gauchir derrière les yeux de Shay. Les cahots, l'odeur d'essence, la roue qui s'enfonce dans son dos et le fatras de détritus qui lui égratignent le visage chaque fois que la Granada vire en épingle à cheveux, tout cela fait de son caveau un enfer.

Elle entend sa mère agonir Burgess à travers la mince plaque métallique qui la sépare de la banquette arrière. Elle le déchire à belles dents, lui reproche d'avoir chié dans son froc, uniquement parce que son père risquait de découvrir qu'il lui avait menti. Merde, quoi… Si ç'avait pu lui rapporter dix pour cent de dégrèvement d'impôts, ce vieil empaffé vous aurait découpé en rondelles avec son argenterie à la table familiale.

Autour de Shay, l'espace semble aspiré par un vide invisible, jusqu'à ce qu'elle se retrouve au sein d'un cocon de noirceur violacée.

Environ cinq cents mètres en amont, sous d'énormes lampes fluorescentes, la frontière devient une vaporeuse ligne orangée de kiosques adossés au linceul du Mexique.

La Granada ralentit.

— On arrive, beugle Dee à l'intention du coffre. Pas un bruit.

Les doigts et les orteils de Shay n'éprouvent plus aucune sensation. Une panique torrentueuse inonde ses poumons.

À cette heure, on voit plus de gardes que de voitures au poste frontière. Malheureusement, ils se sont regroupés en un nombre peu rassurant autour des quelques stands ouverts du côté mexicain, et bavardent entre eux.

Shay n'est plus que deux narines frémissantes aspirant à un peu d'oxygène et sa poitrine, un lourd halètement, luttant contre la pesanteur d'une mort confinée.

La mort, ce noir sacrement, rôde dans son esprit, laissant de petits recoins tendres où peuvent se faufiler de funèbres images de carnage.

Dee ouvre la boîte à gants et y pioche un bandana. Elle le noue autour de son cou, consciente qu'un garde-frontière pourrait s'approcher assez près pour distinguer ce romantique suçon. Quant à sa bouche tuméfiée… Bah…

Shay ne parvient pas à fermer assez hermétiquement son esprit aux lugubres visions de massacre qui défilent sur cet écran de ciel noir, dans les profondeurs du coffre. Quelque chose en elle fusionne avec ce flic agonisant : une sorte de litanie obsédante de la condition de victime, qu'elle ne peut que pressentir sous forme d'images et de sons.

Elle voudrait sortir du coffre. En crève d'envie. N'est pas encore prête pour la terre glacée. À être enfermée à jamais, engloutie. Ses doigts ont commencé à griffer le couvercle quand la Granada pile subitement.

Ces gardes, autour du kiosque, leurs visages blasés dans la lumière abricot. Une meute de mâles. Rien que des mâles, qui soupèsent collectivement Dee du regard. L'un d'eux lui pose quelques questions d'un ton indifférent, ne serait-ce que pour laisser à ses potes le temps de se rapprocher suffisamment pour voir les cannes et les nibards que planque cette nana dans ce tas de boue. Ils contrôlent sa vignette pour s'assurer qu'elle est à jour.

Dee les affronte, sourire aux lèvres. Ne se donne même pas la peine de dissimuler derrière une main foireuse sa lèvre enflée et amochée. Elle réussit à glisser une repartie ironique entre deux bouffées de cigarette. La reine du sang-froid, jusqu'à ce qu'un lascar bedonnant s'avise de contourner la Granada. C'est là qu'elle se rend compte qu'on ne peut pas se permettre de flipper comme une gonzesse si on veut survivre.

Par-dessus les voix étouffées qui retentissent à l'avant, Shay entend des pieds racler le sol. Des ongles tapotent le flanc de la voiture jusqu'au réservoir d'essence, puis ce léger tapotis se mue en un martèlement malveillant sur le couvercle du coffre.

— Eh, votre pare-chocs pendouille à l'arrière.

Le cœur de Shay se serre dans sa gorge. Elle se recroqueville en position fœtale pour essayer de repousser la peur. De refouler le plus gros de sa torture.

Dee se penche légèrement par la vitre.

— C'est pour ça que je vais à Tijuana. Le beau-frère d'une copine à moi tient une carrosserie. Il va me remettre cette carcasse à neuf.

— Les seules carrosseries ouvertes si tard sont spécialisées dans le démontage des voitures volées, la coupe un des gardes. Cette Granada n'aurait pas été volée, au moins ?

Dee n'a pas besoin de déchiffrer la morne couperose de ces visages pour comprendre qu'ils se paient sa fiole. Elle a déjà eu l'occasion de pratiquer ce style de bourrage de crâne. Des petits mariolles, des fouteurs de merde qui, en fin de nuit, s'efforcent de transformer une simple rencontre en spectacle forain.

— Eh bien, fait-elle, j'aurais peut-être mieux fait de prendre la Mercedes que j'ai volée hier au soir, au lieu de celle-là. Je serais sans doute déjà rendue à Tijuana.

Une longue minute s'écoule, tandis que d'autres gardes, devant d'autres postes, font signe à d'autres voitures de passer, dès qu'ils ont vérifié l'attestation d'assurance du conducteur… et que Shay gît dans le coffre tel un morceau de barbaque avariée, à quelques millimètres du sonar d'un ongle qui martèle un *tap, tap, tap!* délibéré.

— Ouais, rétorque le garde. Ce pare-chocs m'a l'air à deux doigts de se péter la gueule.

Là-dessus, il pose une botte sur le bout de ferraille et pèse dessus de tout son poids, en se balançant pour voir s'il va céder.

Oh, Seigneur! songe Dee.

Shay ravale son souffle pour retenir un hoquet, tandis que les brutales secousses imprimées à l'arrière de la voiture tassent les suspensions qui couinent méchamment et que le cric mal arrimé dévale le plancher du coffre pour la cueillir sous le menton.

Tiens bon, bébé… Dee tente de joindre sa fille par télépathie, pour l'exhorter à ne pas péter les plombs. À ne pas craquer pendant que ce gros tas s'évertue à déglinguer ce pare-chocs en beauté.

— Arrêtez de secouer cette caisse, lui crie-t-elle. Vous allez me donner le mal de mer.

— Vraiment?

Shay continue de retenir sa respiration, afin que nul ne sache qu'elle est là. De la retenir jusqu'à ce que son corps tout entier, sous l'effort, blanchisse aux jointures. Elle se boucle hermétiquement, à en tomber dans les pommes.

Dee est consciente qu'elle doit réagir. Elle est engagée dans une mortelle course contre la montre avec la poisse. C'est un pur instinct de survie qui se met en branle. Elle va leur faire franchir la frontière à force de volonté.

Elle est déjà à moitié sortie de la voiture avant même d'avoir coupé le moteur et arraché la clé de contact. Elle se dirige vers le coffre en s'efforçant de maîtriser toute cette tempête de colère et de speed.

— Vous avez un problème avec moi? demande-t-elle au garde dont la botte continue de malmener le pare-chocs.

Très bien, réglons-le. Parce que je suis vraiment vannée ce soir. Mon petit ami m'a arnaquée et ne m'a laissé que ce tas de ferraille que vous êtes en train de démolir... (Elle porte brusquement la main à sa bouche meurtrie.) Sans compter ce ravissant coquart, que vous avez certainement tous remarqué.

Elle décoche à Gros Lard et aux autres un coup d'œil glaçant, comme si l'un d'eux se sentait capable d'honorer une nana d'une douce raclée.

— Ma fille est à L. A. J'ai besoin d'une bagnole en état de marche pour bosser. Et il me reste une dent branlante de ce tabassage en règle. (Elle leur tend les clés à portée de main.) Vous voulez fouiller ma voiture ? Très bien. Vous voulez voir mon permis et tout le bordel, très bien. Sinon, s'il vous plaît... (Sa voix retombe, exprimant à présent un chagrin parfaitement maîtrisé.) Laissez-moi repartir. Je veux retrouver ma fille.

UNE amie de Dee, de l'époque où Shay et elle vivaient près de Torreon, se terre à présent à San Luis Rio Colorado. Elle travaille comme cuisinière dans un bar-restaurant et habite avec ses deux gosses dans un motel, sur la voie de passage qui amène les journaliers aux fermes et aux usines de Batáquez.

SHAY attend dans la voiture pendant que sa mère prend des dispositions pour son séjour sur place. La portière est ouverte. Assise sur la banquette avant, les jambes hors de la voiture et complètement H. S., elle racle des pieds le sol poussiéreux. La terre est encore plongée dans l'obscurité. Elle contemple la rangée de bungalows qui va devenir son nouveau foyer.

C'est un lieu de désespérance. Des clapiers crépis aux toits-terrasses et aux *vegas* incrustées de gaz d'échappement des tracteurs et de poussière de Sonora. Les miséreux qu'il héberge commencent à se réveiller. Shay les voit se préparer pour la journée, à la lueur crue des lampes qui éclairent leurs fenêtres.

Elle fixe derechef la porte ouverte, sur le seuil de laquelle discutent Honora et sa mère. La femme, tout en lui prêtant l'oreille, berce gracieusement un bébé dans ses bras, et Dee ne tarde pas à regagner la voiture.

— Tout est arrangé. Alors, écoute-moi bien.

Shay détourne les yeux pour exprimer sa désapprobation. Dee s'accroupit et s'appuie aux jambes de sa fille.

— Pour moi non plus, ce n'est pas facile de te laisser ici. Mais...

— Emmène-moi, alors. Ramène-moi à la maison.

— Je peux pas !

— Menteuse.

— Seigneur ! Tu *dois* rester ici. Si ce flic est mort ou qu'on est sûres qu'il ne pourra pas t'identifier, ça change tout. Mais tant que je n'en saurai pas plus, tu devras rester ici. Au moins jusqu'à ce que tes cheveux aient repoussé et que personne...

— Mais tu rentres bien, toi !

Dee refuse d'en dire plus long à Shay. Et refuse – ça c'est sûr – de lui dire que quelqu'un doit rester à L.A., quelqu'un dont Alvarez et Foreman ont la trouille. Et qu'ils pourraient bien se retrouver avec la gorge tranchée avant les vacances, s'ils n'ont pas surmonté cette crise d'ici là.

— J'ai des trucs à régler, préfère-t-elle lui mentir.

Shay frappe la portière du poing. Elle regarde au-delà de sa mère et son regard se rive sur un clébard attaché à la carcasse pourrie d'une ambulance montée sur des parpaings. Et, juste derrière, près du mur d'un bungalow, sur une vieille femme tout emmitouflée, assoupie sur un vieux divan au dossier démantibulé.

Home, sweet home, ma fille. Tu peux porter un toast à ça, avec un zeste d'*agua de sandia* et de mort-aux-rats.

— Honora prendra soin de toi.

Shay ne répond pas.

— Je ne le fais que pour te garder en vie. C'est pour ça que je n'ai même pas dit à Burgess où je t'emmenais, au cas où… Personne ne te retrouvera ici, mon cœur. Promis.

— Je devrais être contente que tu partes. Comme ça, je n'aurai plus rien à faire foirer. Et tu ne pourras plus me regarder comme si c'est moi qui fais tout foirer. Tu es la seule qui comptes, de toute façon, pas vrai ? Comme toujours.

Shay barbote dans la nullité, dans la rage. Elle se cache le visage dans ses mains. Elle voudrait pleurer. De Silverlake à Sonora, tout ça en l'espace d'un meurtre. Elle voudrait supplier sa mère de ne pas l'abandonner, mais ne peut se résoudre à l'implorer encore.

— Je me connais, ma fille. Je ne me raconte pas d'histoires. Tâche de ne pas l'oublier. Je suis mauvaise et accro aux speeds. Tâche de ne pas l'oublier. J'ai tué et tu es ma fille. Tâche de ne pas l'oublier. C'est… la stricte vérité. Rien n'est plus vrai. Et si on me charcute pour chercher mon cœur, tu sais ce qu'on trouvera ? Une étagère vide… Avec ton portrait dessus.

Elle tend les bras et serre Shay contre elle. Celle-ci se débat pour essayer de se libérer, mais sa mère refuse de lâcher prise. Le speed et cette nuit aussi longue qu'une entière existence l'ont laissée si fragile et cassante qu'elle craint de se briser les dents sous l'effort, en s'interdisant de chialer.

Elle embrasse sa fille, une seule fois, puis se lève.

— Tu ne peux pas m'appeler. Je téléphonerai à Honora, au bar, pour te parler.

Elle attire Shay hors de la voiture, ferme la portière, contourne la caisse pour aller s'asseoir au volant d'un unique mouvement à la fois brusque et fluide. Mais une fois au volant, elle hésite.

Shay reste plantée dans la vapeur blanche des faisceaux des phares, les bras croisés. Dee s'appuie au volant et croise aussi les bras, avec raideur.

Toutes deux, à cet instant, semblent l'incarnation même du drame. L'âpre frontière entre l'origine et la fin. La force que lui confèrent sa liberté toute neuve et la haine qu'elle éprouve à se sentir rejetée habite Shay. L'espace d'un bref instant, ses yeux et ceux de sa mère ne font qu'un.

— Eh, ma petite loqueteuse, lui crie Dee d'une voix fêlée par l'émotion.

Puis, en langage des signes, elle dit à son bébé :

— Je t'aime… Et c'est la voix du sang qui parle.

Shay pourchasse un temps l'éclair aveuglant des phares qui dévale la route poussiéreuse, puis lui tourne le dos. Elle se campe au beau milieu de la rue, à proximité du bar, et regarde leur faisceau éblouissant crever les profondeurs bleutées d'un paysage dévasté par la pauvreté.

La voilà seule, silhouette spectrale plantée sur l'asphalte lunaire, à pleurer et crier vengeance. Alors qu'elle hurle encore le prénom de sa mère, l'aube rouge s'éveille derrière elle à la vie. Elle aimerait pouvoir regagner quelque utérus en rampant, et renaître à nouveau, pure et sans tache, mais ne peut se départir de l'impression qu'elle sera à tout jamais écartelée.

Le vent désolé du désert, ce clébard qui aboie depuis que la voiture est passée devant, Honora qui berce son bébé sur le seuil… telles sont les cartes de vœux qu'il lui faut affronter lorsqu'elle tourne le dos à la route.

Mort vive

11

John Victor Sully n'est pas mort, mais une maladie morale s'est déclarée, qui va détruire tout ce qu'il reste de lui.

Nul esprit calme et posé ne peut l'aider. Nul déploiement de force, nul talent, quel qu'il soit, ne peut le sortir de là. Il se trouve aux confins de ce monde chamboulé où les faits bruts vous estropient un homme.

Tandis qu'il subit deux petites interventions chirurgicales destinées à rafistoler les ornières dont les deux balles ont ravagé sa chair, quelques membres de la police de la route et du bureau du shérif se retrouvent sur les lieux de la tentative de meurtre. Ils cherchent, tels des spectateurs mystifiés, à reconstituer le crime. À la lumière des torches, leurs silhouettes irréelles butent sur des détails qui ne cadrent pas.

Le sol, de la tombe de Sully à sa voiture de patrouille, a été balayé avec des broussailles, ne laissant dans le sable aucune trace de botte ou de pied. Les seules empreintes relevées dans la voiture sont celles de Sully et de Hugh Englund, ce qui semble infirmer l'appel radio de Sully, selon lequel il aurait été abordé devant le Davenport par une très jeune fille, qu'il aurait conduite dans la réserve pour y chercher une parente en détresse et son véhicule en carafe. Et pourquoi le fusil à pompe a-t-il été arraché à son râtelier et volé ?

Au matin, Hugh Englund et les autres policiers ont déjà œuvré de nombreuses heures. Personne au Davenport – Karen Englund comprise – n'a vu une jeune fille ou une jeune femme aborder Sully. Aucun employé de station-service, dans un rayon de cinq cents mètres autour de la sortie de Baker, ne se souvient d'une quelconque jeune fille ou femme qui aurait demandé une dépanneuse pour la réserve. Ajoutez à la singulière aura qui entoure ces circonstances l'imagerie obscène de ce trou peu profond dont Sully s'est extrait à grand renfort de coups de griffes, et vous comprendrez pourquoi les policiers étaient confrontés à la vague impression que cette affaire reproduisait de manière étrange une paire de meurtres survenus l'été précédent, que l'empire local de la drogue avait utilisés pour servir d'avertissement à l'un de ses hommes.

HUGH fixe des yeux sa radio de bord. Déverse une bordée de jurons fébriles avant de passer son appel. Jusque-là, la scène du crime s'est révélée un véritable nœud de contradictions. Les reflets du soleil sur la *playa* saline lui crèvent les yeux. Épuisé, il a enfin son capitaine en ligne. Il entreprend de lui exposer par le menu sa dernière conversation avec Sully, celle qui portait sur les auditions Foreman et s'est déroulée quelques heures avant la tentative de meurtre.

Ce n'est pas tant la teneur des propos de Sully qui a remué le couteau dans la plaie que représentait pour Hugh l'obligation d'avoir une telle discussion avec un ami et collègue, mais bien plutôt son ton, son absence de colère face à ses insinuations lorsqu'il l'a accusé de trafic de drogue.

— Si ce que dit l'avocat de Foreman est vrai, ajoute-t-il, ça pourrait avoir des répercussions sur le crime.

Dans la mesure où la réponse à toutes ces questions n'est plus qu'une affaire de temps, Hugh demande à son capitaine la permission de divulguer ces informations aux enquêteurs restés sur place. S'ils s'abstiennent de les prévenir, lui rappelle-t-il, on finira par penser qu'ils auront voulu couvrir Sully.

Un coup de fil du procureur confirme qu'un travailleur de la CalTrans du nom de Jon Pettyjohn a été interrogé et que sa déposition corrobore le plus clair des dires de Foreman, y compris un fait stupéfiant : il aurait entendu Sully exiger qu'on fouille le véhicule de Foreman et ce dernier s'y opposer fermement. Il ne faut pas longtemps aux enquêteurs, accroupis autour du capot d'une voiture, pour édifier un échafaud d'hypothèses auquel ils pourraient pendre Sully.

Et si sa discussion avec Englund avait fait flipper Sully ? Et s'il avait aussitôt appelé ces trafiquants pour les avertir, ou leur demander de l'aider à faire taire Foreman ? Et s'ils étaient convenus d'un rendez-vous ? Et si ce rendez-vous n'avait été qu'un leurre destiné à l'attirer dans la réserve pour l'abattre ? Peut-être ont-ils craint que Sully n'ait été manœuvré par le proc, et qu'il ait compté les enfoncer pour se soustraire à une possible inculpation ?

Peut-être son appel radio n'était-il qu'un bluff pur et simple, forgé à la va-vite parce que le rendez-vous avait été fixé à la dernière minute. À moins qu'ils n'aient compris qu'il ne prendrait jamais le risque de s'aventurer aussi loin dans la réserve, et ne lui aient dépêché une de leurs petites copines camées, avec ce bobard de voiture en panne, pour l'appâter et le liquider ?

Tandis qu'un hélicoptère de la télé ballotte dans les courants thermiques, Hugh regarde les enquêteurs entreprendre avidement d'emballer l'affaire. Après en avoir délibéré entre eux pendant près d'une heure, ils parviennent à un total consensus et exigent, en se fondant sur l'hypothèse qu'il trafiquait bel et bien, un mandat de perquisition pour fouiller la caravane de Sully.

Ainsi, tandis qu'on emporte Sully pour une seconde séance de bistouri, les voitures de la police foncent vers le mobile home de Mesquite Road, à travers les ondes de chaleur de cette fin d'après-midi.

LORSQUE Karen se gare, une petite foule constituée des voisins de Sully s'attroupe autour de la grande caravane. Sa demeure est devenue zone irradiée pour les enquêteurs. Le moindre placard, le moindre tiroir, la moindre armoire sont livrés aux assauts de ces hommes mal rasés et d'humeur massacrante.

Ça ne les mène nulle part, et Karen aimerait assez les voir balancer aux ordures l'idée que Sully ait pu…

À l'intérieur, des têtes se tournent vers une voix désincarnée. Dehors, par les carreaux, les voisins voient les enquêteurs se déverser comme autant de lemmings dans une travée menant aux chambres à coucher sur l'arrière. Un bon moment s'écoule, assez long pour qu'on entende monter des chuchotements témoignant d'une assurance ébranlée ; puis un ami des parents de Sully marmotte :

— Une chance qu'ils soient partis tous les deux. Des gens comme eux, ils n'auraient jamais supporté.

UNE torche plante le décor : une ornière de plancher de cagibi défoncé. Une main vêtue d'un gant chirurgical se tend vers un reflet scintillant coincé dans l'espace sanitaire.

Deux torches viennent en renfort de la première : une boîte à café est ramenée à la lumière. On soulève son couvercle, dévoilant la surface convexe et ridée d'un film plastique transparent.

Silence. Regards tragiques et fort peu romanesques, devant le petit paquet compact de poudre d'une blancheur de neige, puis un enquêteur se fend d'une déclaration vindicative :

— Une tombe s'ouvre, une autre se creuse.

Tandis qu'on enfonce dans ses narines une nappe de tuyaux destinés à drainer ses plaies, on découvre les empreintes de Sully sur la boîte à café, mais pas sur le sachet de plastique dans lequel était emballée la coke. Lorsqu'il reprend conscience et ouvre les yeux pour scruter les ténèbres mouvantes de la salle de soins intensifs, un jeune employé de la CalTrans aux dehors ravagés et portant catogan a déjà confirmé sa première déposition informelle, portant sur les faits dont il a été témoin à la station d'essence de Baker. Pendant que Sully affronte la tragédie de la solitude et que nul parent ne veille à son chevet, l'adjoint du procureur abandonne les charges contre Foreman, au motif raisonnable et prosaïque qu'elles risquent de ne jamais emporter l'intime conviction d'un jury.

Le lourd fardeau d'être si peu en vie, d'avoir concédé à la balle la moitié inférieure de son poumon droit et d'avoir été balancé comme un sac d'ordures dans un trou paumé le fait basculer la tête la première à la vue des policiers qui s'attroupent un beau matin autour de son lit et entament la lente trajectoire d'un interrogatoire.

C'est à peine si son esprit peut sonder ce raz-de-marée de questions précises, d'ordinaire réservées aux suspects en puissance. Mais à chaque nouvel éclair de conscience, chaque nouvelle dérive vers la lucidité, il comprend un peu plus clairement ce qu'expriment les traits des inspecteurs. Il n'est plus à présent que l'humaine contrefaçon de celui qu'il était naguère.

À l'idée que sa survie ne l'ait mené qu'à ça, il essuie un sursaut d'intense stupeur. Il tente vainement de rassembler quelques mots pour sa défense et de leur faire franchir le labyrinthe de tubes et de tuyaux qui obstruent son larynx. Il lui faut, pour protester de son innocence, réprimer haut-le-cœur après haut-le-cœur. On doit bientôt interrompre l'interrogatoire: une mare de sang s'élargit sur sa poitrine, là où les sutures de sa plaie ont cédé sous le coup de la fureur qui l'anime, devant cette manipulation éhontée des faits.

Au cours des quelques instants qui suivent, alors qu'il gît sur son lit, tout en écoutant s'affairer les médecins et les infirmières qui tentent de ravauder sa chair, Sully commence enfin à prendre toute la mesure de son malheur : son univers s'est littéralement effondré sous lui. Il est désormais plus terrifié qu'il ne l'a été à la seconde où il a reçu la balle, parce qu'il ignore totalement comment combattre *ceci,* comment y survivre. Il n'existe à sa connaissance aucune carte routière permettant de traverser le chaotique territoire des soupçons, des mensonges et des preuves forgées de toutes pièces qui se liguent contre lui.

12

Dee et Burgess font profil bas pendant que la justice entame sa valse sanglante sur la piste de la réalité. Les chaînes locales ne se lassent pas de diffuser des photos d'hélicoptère de cette tombe béante et de cette voiture de patrouille saccagée. En guise de serre-livres à une enquête approfondie des inspecteurs de la Criminelle, destinée à découvrir des suspects dans cette tentative de meurtre, les charges contre Foreman sont officiellement abandonnées, tandis qu'une enquête administrative est lancée à l'encontre de John Victor Sully.

Le *Daily News,* principal quotidien de la San Fernando Valley, coiffe le *L. A. Times* au poteau en publiant le premier portrait-robot intégral de la prétendue complice qui aurait attiré Sully dans le désert. Sorti en droite ligne de la banque de mémoire de Sully, il ne ressemble en rien à Shay et est assorti d'une légende complétant son signalement : "Pourrait avoir environ dix-sept ans et être d'origine mexicaine." Quant à la femme qui a tiré sur lui, Sully n'a gardé aucun souvenir de son apparence physique.

En novembre, Burgess et Dee commencent à mieux respirer et à comprendre l'effet que ça fait d'avoir avalé les premiers gros obstacles dans une tentative de meurtre. Lors de la cérémonie d'inauguration dans South Central, sur la 56e Rue, les parents de Burgess servent d'orgueilleuse toile de fond à la première grande réussite du rejeton qui fait leur joie et leur fierté. Mais le seul fait de poser pour une caméra devant quelques pelletées de terre solennellement arrachées à un terrain vague éveille en Burgess une petite réminiscence empoisonnée en lui faisant penser aux fétides origines de toute cette putain d'affaire, qui fait courir un frisson le long de son épine dorsale.

La cérémonie achevée, Harold Ridden donne dans la salle de réception "Le Petit Trianon" du Beverly Wilshire Hotel une fête pour une centaine de second couteaux du Los Angeles School District. Entre deux fanfaronnades à propos de son fils, Harold réussit au moins à lui glisser en aparté, derrière le paravent de sa main, une remarque perfide sur ses goûts en matière de partenaires de plumard :

— Même quand tu la mets sur son trente et un, elle a toujours l'air d'une pute de bas étage.

Durant la soirée, Alicia Alvarez accueille avec grâce et courtoisie les éloges de ses collègues du ministère de l'Éducation, qui la félicitent de tous les mois de pénible labeur qu'elle a dû abattre pour donner le jour à l'école de la 56e Rue, lorsque Dee se faufile entre Alicia et ses admirateurs et demande si elle peut accaparer quelques minutes l'objet de l'attention générale.

Dee guide Alicia le long de l'allée pavée qui sépare les parties avant et arrière de l'hôtel. C'est une journée automnale particulièrement venteuse, qui fait un enfer du travail des ouvriers qui s'emploient à installer les guirlandes de Noël. Constatant qu'elles atteignent Rodeo Drive et que Dee continue d'avancer, Alicia lui demande nerveusement où elle l'emmène.

Dee poursuit sur sa lancée jusqu'à l'allée de service qui passe derrière l'hôtel. Lorsqu'elles se retrouvent enfin seules et suffisamment éloignées de la circulation pour parler, Dee se retourne. À toiser cette pétasse ringarde, elle est subitement confrontée à son propre passé et au souvenir de sa vieille salope de mère, et déclare à Alicia, en espagnol du ruisseau :

— Rocker de garage et Neiman Marcus* sur Rodeo Drive, hein ? Ça, c'est du melting-pot qui te fait grimper les

* Marque de prêt-à-porter féminin.

échelons ! (Puis son ton se durcit.) Il me semble qu'un peu de sang versé fait de nous presque des parentes, pas vrai, *cholla* ?

— Je ne veux pas de problèmes supplémentaires, fait Alicia, effrayée.

Le ton de Dee, quand elle poursuit en espagnol, est suffisamment cinglant pour qu'elle la boucle.

— Tu sais pourquoi j'ai embarqué le fusil à pompe de ce flic ?

Alicia refuse d'être mêlée à ça et tente de s'éloigner, mais Dee ne l'entend pas ainsi.

— Parce que si jamais vous essayez encore de nous faire des emmerdes, Foreman et toi, je t'enfonce ce fusil dans ton gros cul de salope et j'appuie sur la détente. Ensuite, je m'occupe de lui. Puis je rentre chez moi et je me branle avec le putain de canon. Pigé, *cholla* ?

13

La nouvelle année semble bien décidée à présenter au public un nouvel homme ravagé, puisque tout l'univers de Los Angeles se répand "Là-bas en bas". "Là-bas en bas", c'est le surnom de ces zones du désert de Californie qui s'étendent à l'est de San Bernardino.

Lorsque Sully sort en claudiquant du San Bernardino Community Hospital, c'est pour essuyer le bombardement de questions de ces vampires de journalistes et photographes. Il se voit à présent réduit à une leçon de civisme sur la symbolique des conflits non résolus. Il assiste à la conversion de l'homme qu'il était en morceau d'espace vide destiné à remplir les espaces vides. En carcasse que se disputent deux tribus en guerre : ceux qui voient en ce flic un protecteur des innocents injustement condamnés et ceux qui voient en lui un pourvoyeur de nos plus sombres instincts. Quant à la valeur légale de sa propre condition humaine, elle n'est même plus cotée.

La commission d'arbitrage vise impitoyablement à l'inculper et il semble qu'il fonce tout droit dans la gueule du loup d'un grand jury quand son défenseur, l'avocat Joseph Stinson, ex-enquêteur de la Criminelle, déterre une preuve à décharge "négligée" par les enquêteurs. Une petite lucarne de la seconde chambre à coucher de Sully porte les traces d'une éventuelle… *éventuelle*… effraction.

Ce grain de sable ne réussit pas à le sauver, mais suffit à enrayer l'engrenage.

Sully est assis tout seul dans son salon, tel un être dépossédé de tout, quand le coup de fil arrive. Son avocat lui annonce que la commission d'arbitrage a décidé qu'il devait être pensionné. Incapacité permanente. Trente pour cent de son salaire, à vie. L'avocat le prie de considérer ce résultat comme une petite victoire, une manière d'étroite ouverture pour le temps qu'il lui reste à vivre.

Sully lui répond qu'il ne voit dans ce résultat que ce qu'il représente : l'effacement, efficace et discret, du fardeau qui pesait sur leur conscience. Lui, en l'occurrence. Une façon polie de l'exécuter, puisqu'ils ne peuvent ou ne veulent se résoudre à le disculper honnêtement. Son avocat le mettant en garde contre cet état d'esprit suicidaire, Sully se met à beugler dans le téléphone :

— C'est moi qui suis sorti en rampant de cette putain de tombe pour affronter un peloton d'exécution, parce qu'on m'avait tendu un traquenard ! Pas vous !

Rempli d'amertume, il raccroche violemment le téléphone. Trente pour cent. Il a perdu le même pourcentage d'un poumon. Combien font trente pour cent de son salaire ? Grosso modo sept cents dollars par mois. Juste de quoi prétendre au titre de "rebut pour parking à caravanes", à moins de décrocher un autre boulot.

Pour Baker et ses environs, Sully n'est bientôt plus qu'une silhouette fantomatique, dont on parle plus qu'on ne lui parle. Hugh et Karen Englund eux-mêmes se sentent obligés de maintenir une distance polie. Sully, encore raide de sa blessure au bassin, marche à présent d'un pas saccadé. Sa respiration est désormais rauque et stertoreuse, à cause de ce bout de poumon qui manque à l'appel.

L'enquête sur la tentative de meurtre dont il a fait l'objet a atteint le stade où elle se réduit à quelques procédures automatiques sans réel objectif, de sorte qu'il utilise sa pension d'invalidité pour financer sa propre investigation à laquelle il consacre d'innombrables heures. Il exige beaucoup trop de lui-même, au-delà de toute possibilité de récupération, et finit par carburer au scotch et au Percodan. Il se lance dans une discrète filature de Charles Foreman et de Jon Pettyjohn, en s'efforçant d'établir un lien entre les deux hommes. Puis, un certain soir, alors qu'il file Pettyjohn, Sully est interpellé par le LAPD sur l'autoroute d'Hollywood.

Sa carte d'identité vérifiée et son identité dûment établie, sa notoriété entre rapidement en jeu. Les flics inspectent la voiture, armés de torches. Alors qu'il patiente sur le bas-côté en contemplant les files de voitures du samedi soir qui ralentissent pour mater, il se retrouve brusquement ramené à Baker, le soir de sa rencontre avec Foreman. Sauf que, cette fois-ci, c'est le rôle de Foreman qu'il joue.

Le faisceau d'une torche accroche le goulot d'une bouteille de scotch ouverte, planquée sous le siège avant. S'ensuit une fouille en règle de la voiture, où l'on découvre un .38 non déclaré coincé dans la boîte à gants.

N'EN jetez plus, la cour est pleine ! Il a son compte de mauvaises nouvelles. Une arrestation pour détention d'arme, assortie de conduite en état d'ivresse. Encore des journalistes. Encore des honoraires à verser à l'avocat.

Il exècre à présent son pays natal. Charles Springer, le radio-évangéliste que ses parents suivaient dans le désert, à la sortie de Baker, disait souvent : "Derrière toute tragédie se dissimule un bienfait qui vous guérira avec le temps."

Du temps, il n'en a pas. Pour honorer ses dettes, Sully hypothèque son mobile home et emprunte de quoi payer l'avocat. Il croule sous les factures d'hôpital et les notes du magasin de spiritueux, et l'on massicote sa carte bancaire. Il n'exècre pas seulement son pays natal, il déteste ses parents. Il les hait d'avoir empoisonné son esprit, en lui inculquant qu'il n'avait pas la trempe nécessaire pour affronter le monde au-delà de Baker.

Il traverse à l'aveuglette un cauchemar imposé. Se rend compte qu'il ne peut plus passer la journée sans avaler une poignée de Percodan. Qu'il ne trouve plus en lui assez d'assurance pour traverser cette mauvaise passe. Aucune certitude morale, aucune certitude du tout. Est pris d'une atroce panique lorsqu'on lui signifie sa saisie. La fureur ronge les ténèbres pour atteindre son cœur. Il voudrait tuer quelqu'un, et pas forcément quelqu'un qui aurait commis un crime. Il n'est plus qu'une tranche saignante de virilité violée, écorchée vive et sombrant rapidement, de sorte que sa panique empire. Il souffre de palpitations et de cauchemars, dans lesquels deux silhouettes sans visage émergent des terrifiants canaux d'une pierre tombale en fusion pour l'agresser. Il boit sans répit, jusqu'à ce que de pleins sacs de cadavres de bouteilles de scotch encombrent le perron de sa porte de service. Alors qu'il n'est plus qu'à quelques semaines de finir SDF, il envisage de boire un ultime cocktail de scotch et de Percodan, pour tuer une bonne fois ces chimères de chair et de sang.

Il passe des journées entières à fixer le mur, à regarder les reflets du soleil sur les toits de tôle qui l'entourent, les grains de poussière qui s'élèvent derrière la moustiquaire de sa contre-porte dans la chaleur estivale. À contempler vainement, futilement et sans ressentir la moindre émotion, un néant désolé où rien ne surnage, sinon un silence plus parlant que les mots. Où il ne trouve nulle consolation, sinon le crépuscule intermittent qui engloutit son âme et ses yeux. Il est en train de se changer en pierre et il en est conscient.

Il remplit un verre de scotch et prépare les comprimés qui vont changer en sel le fleuve de son existence. Mais lorsque le moment arrive d'avaler la vérité, il recrache la mixture dans l'évier puis récupère le Percodan afin de livrer de nouveau, malgré lui, un nouvel assaut à sa volonté de rester en vie.

Les terribles serres qu'il s'impose laissent leur marque en lui, tant dans son désir d'effacer sa vie que dans l'instinct qui le pousse à survivre. À tel point que, piégé entre les parois intangibles d'une tombe vivante, il décide de fuir.

Il bourre deux petites valises et les charge dans sa Ranchero, laissant tel quel tout ce qui subsiste dans sa maison, univers à mi-étage abandonné aux shérifs et aux déménageurs. Vêtements, meubles, photos de famille, lessive dans le sèche-linge, climatiseur soufflant son air froid, vaisselle sale dans l'évier. Et, tandis que Mesquite Road repose assoupie dans l'obscurité, il prend la tangente.

Onze ans s'écouleront entre la nuit du 27 octobre et le retour de Sully à la source de son anéantissement. Entre-temps, il aura changé de nom et on ne le connaîtra plus que sous celui de Victor Trey. Onze ans après cette nuit, presque jour pour jour, il s'assoira dans le hall du Sunshine Hotel, sur Texas Street, et se souviendra de ce qui s'est passé en lui. Il fixera le lointain à travers les rideaux de pluie et les ténèbres nocturnes, au-delà des fluctuantes étendues d'El Paso, vers un Rio Grande noir et vitreux, quand le directeur viendra lui annoncer qu'on le demande au téléphone.

Ce coup de fil lui sera adressé par un chroniqueur agoraphobe à qui il n'aura jamais adressé la parole et qu'il n'aura jamais rencontré. Un chroniqueur qui prétendra s'appeler Landshark et détenir des informations sur certain complot qui se serait joué dans la nuit du 27 octobre 1987, dans la réserve du Mojave.

DEUXIÈME PARTIE

L'ultimatum

L'ultimatum

14

24 septembre 1998, passe de Santa Susanna, Chatsworth, Californie

— IL nous a baisés, Charlie. Burgess nous a salement baisés.

Du haut de leur patio à flanc de colline, Charlie Foreman se roule un nouveau joint, tout en contemplant la ville où s'est déroulée sa jeunesse.

— Sa société a empoché un demi-million de dollars de la MTA pour avoir établi un rapport d'expertise pour ses employés et sous-traitants... Et comment je m'en aperçois ?

— Burgess Ridden dressant un rapport moral... pour le métro... ? Quelle arnaque !

Le ton détaché de Foreman ne fait qu'exacerber la colère d'Alicia :

— L'arnaque, c'est que ça s'est passé il y a plusieurs semaines. Mais je l'ai appris par une fuite dans la presse. C'est un véritable camouflet, pour nous deux.

Foreman lèche la feuille de papier à cigarette puis la lisse pour la refermer hermétiquement.

— Je l'ai appelé tout de suite après. Il y a un emploi de consultant exécutif qui fait partie du deal. Six mille dollars. J'aurais pu torcher ce rapport en cinq semaines. Cinq semaines, six mille dollars. De toute façon, ce document n'est là que pour servir d'alibi à un pot-de-vin. Il ne sera probablement jamais rédigé.

— Qu'a-t-il dit quand tu as postulé pour l'emploi ?

— Qu'il me rappellerait. Et deux heures plus tard, j'ai eu Lady Macbeth au bout du fil: "Désolée, mais on a dû s'occuper en priorité du fiston d'Untel."

— Ce yuppie de merde.

Foreman inhale une longue bouffée du joint puis aspire quelques petites bouffées supplémentaires par les narines, pour faire bon poids. Peut-être s'est-il légèrement ramolli au fil des ans, mais on ne saurait se méprendre sur le masque dur d'ex-taulard qui crispe ses mâchoires et ses yeux.

— Avec tout le bordel que Storey a foutu, il a même pas fait une heure en taule. Tu parles d'un putain de deux poids, deux mesures.

Ses yeux éraillés brasillent à la pensée de tout le fric qui leur passe discrètement sous le nez.

— L'école de la 56e Rue… Belmont… Sans moi, rien de tout ça n'aurait été possible. Et Tills. Si je n'avais pas expurgé son rapport, rien de tout ça… Et maintenant, Burgess vit à Los Feliz dans je ne sais quel site classé, tandis que nous… Regarde où on en est, Charlie!

Sa voix vibre de ce bêlement désespéré et haineux qu'il aimerait envoyer valser jusqu'au pied de la colline d'un revers de la main, même si ça lui fait mal de l'entendre dans sa bouche.

— Il nous a baisés tous les deux, Charlie. Et ça va encore empirer si tu ne réagis pas.

Il laisse la fumée lui monter à la tête, tout en fixant la Susanna Pass Road en direction de Stoney Point. Au crépuscule, lorsqu'il a tété quelques taffes, tout ce qu'il peut réellement en voir, c'est le Chatsworth d'autrefois. Le Chatsworth d'avant le percement de l'autoroute 118, d'avant qu'on ne transforme ce qui était jadis le plus vaste plateau d'Amérique, connu sous le nom d'Iverson Movie Ranch et Corriganville, en un dédale de pavillons et de galeries marchandes délabrées. Il conduisait son pick-up par des chemins de terre coupant au travers d'énormes dunes de sable et de taupinières d'énormes blocs rocheux, empilés les uns sur les autres en une sauvage géométrie, dressant les frontières de l'art du délicat équilibre. Ce territoire avait naguère servi de référence à des films comme *La Chevauchée fantastique* ou *Fort Apache.* C'est là que le *Lone Ranger, Rintintin* et *Zorro* avaient écrit l'histoire du noir et blanc. Ce n'est plus désormais qu'une cité purgatoire de motels, de boutiques vendant de la bimbeloterie chrétienne, de chiromanciennes, de traiteurs thaïlandais… et de pollution. Un nuage de pollution si épais qu'il pouvait vous faire basculer un coucher de soleil dans l'embrasement rubescent de quelque malédiction funeste. Ils s'étaient crevé le cul, et tout leur fric ne les avait pas menés plus loin que ça.

— Tu vas te contenter de rester assis là, à te faire entuber ?

Les signes avant-coureurs d'une rage prête à se déverser.

— D'accord.

— L'un est le corps, l'autre les ailes. (Lorsque Alicia prononce ces paroles, sa propre voix la blesse.) Rappelle-toi cette nuit dans le San Frasquito Canyon, quand tu risquais une inculpation. (Sa lourde masse se bat avec la chaise de jardin.) Où tu m'as demandé si j'étais avec toi.

— Je m'en souviens parfaitement.

Elle voit qu'il commence à se sentir cerné et elle sait qu'elle peut l'atteindre quand il est dans cet état d'esprit.

— L'un est le corps, l'autre les ailes. Burgess s'est fait un tas de pognon.

Charlie fixe la 118, les mâchoires crispées. La circulation à l'heure de pointe n'est qu'un long tapis chuintant.

— Ça pourrait tourner vilain.

Soupir exaspéré.

— Encore une excuse pour ne rien faire ?

Le piège

15

24 septembre 1998, Toluca Street, district de Temple-Beaudry

Jon Pettyjohn est allongé dans l'obscurité de sa chambre à coucher, dans sa petite maison jaune de Toluca Street. Il est scotché à une vidéo porno au casting exclusivement masculin, tournée par un de ses partenaires. Le téléphone sonne et il se traîne jusqu'à lui pour décrocher.

— Charlie… Ce que je fais ? (Il regarde un corps flageller sur l'écran un membre viril turgescent.) Rien. Juste en train de me farcir la tête d'hérésies blasphématoires.

Pettyjohn écoute un petit moment puis coupe Charlie :

— Ça veut dire quoi, ce "Qu'est-ce que je fais pour gagner mon blé ?" Tu le sais parfaitement, ce que je fais.

Charlie continuant de se répandre, il s'énerve, harponne la télécommande, coupe la cassette et se redresse sur son séant.

— D'accord, j'ai déconné en refusant de vendre cette baraque aux promoteurs.

Les longs doigts effilés et bagués de Pettyjohn tâtonnent à l'aveuglette, dans le fouillis de fringues et de barquettes de fast-food qui se sont accumulées sur sa table de chevet, jusqu'à ce qu'ils dénichent une cigarette.

— Et c'est pour ça que tu m'appelles ? Encore pour me la fourrer dans la merde. C'est de ça qu'il s'agit ?

Pettyjohn fume sur son perron. Il examine sous toutes ses coutures le plan que Charlie a échafaudé, histoire de la carrer bien profond à Burgess Ridden.

Burgess est un petit garçon à sa maman. Une mule qu'ils ont tous chevauchée, pour ainsi dire. Quant à Dee Storey, elle l'inquiète beaucoup moins qu'elle n'inquiète les autres. Malgré ses grands airs de connasse, il sait très bien comment elle va devoir faire pour s'en tirer.

Debout dans la lumière qui se déverse par la porte ouverte de son perron, Jon Pettyjohn ignore totalement qu'à cet instant même, quelqu'un est en train de le prendre en photo.

16

24 septembre 1998, Nightland Silverlake, Californie

SHAY Storey s'emploie à aligner sur le comptoir du bar un front de cocktails corsés et de bouteilles de bière quand une des serveuses fend la foule, se penche par-dessus le comptoir et tente de lui beugler, dans le tonnerre assourdissant d'une guitare tronçonneuse, qu'on la demande d'urgence au téléphone. Shay déplie le bras derrière elle, vers le téléphone posé près de la caisse, et se le coince sous le menton, de façon à pouvoir continuer à mixer un lot fatal de doubles gimlets.

Entre le groupe qui se la donne et son mixer plein de glaçons, c'est à peine si elle perçoit le lamento familier de la voix de Burgess. Il est légèrement paniqué… Bon, à part ça, quoi de neuf? Il faut impérativement qu'il joigne Dee… En effet. N'a pas la moindre idée de l'endroit où elle se trouve… Rien de bien nouveau là-dedans non plus. Il a laissé une douzaine de messages sur son répondeur et la boîte vocale de son portable… Le *statu quo* règne en maître à Burgessville.

Avant qu'elle ait pu articuler le premier semblant de phrase, comme quoi elle n'a pas la moindre idée ni d'ailleurs rien à cirer de l'endroit où peut bien se trouver sa mère, Burgess se lance dans une hyperbolique diatribe sur la responsabilité, les affaires, les fiascos et le tour un peu trop tendu qu'ont pris leurs relations, de sorte que… Lorsque ses divagations pilent enfin dans un dérapage contrôlé, Shay répond en lui raccrochant tout bonnement au nez, pour s'affairer immédiatement à servir une jolie enfilade de dry-martinis.

24 septembre 1998, 8222 Grandview Drive, Laurel Canyon

DEE Storey est allongée sur le sol de sa salle de bains et se cogne un gamin qu'elle a levé au Club Reggae Soul. Pendant qu'elle se lave, alors que l'homme-enfant entame une version tendancieuse de son monologue sur le thème "On devrait peut-être se voir plus souvent, bla-bla, bla-bla...", elle lui balance une coupure ornée du portrait de M. Hamilton pour son retour en taxi.

Ensuite, et ensuite seulement, elle reporte son attention sur tous ces coups de fil.

24 septembre 1998, 3399 Valley Oak Drive, Los Feliz

UNE nappe de brouillard s'est abattue sur Los Feliz. Les collines qui surplombent Femdell Park ne sont plus qu'une marelle de lumières floues, émanant de maisons cernées de murs et de grilles. Les arbres qui bordent la route baignent dans une brume grumeleuse. Tout n'est que silence, à part le solitaire train de pneus qui remonte à toute allure les étroites rues humides.

Sur cet arrière-plan de moite et cotonneuse grisaille, le monument de béton blanc luisant de Lloyd Wright se détache à flanc de colline, tel un moderne échantillon d'art précolombien. La seule clarté qu'il diffuse, d'un blanc cru, provient de la salle de projection vidéo de Burgess, à proximité de la piscine, où il visionne pour tuer le temps le DVD de *Blade Runner* sur son home-cinéma haute définition. Ses tripes se retournent comme si elles étaient embrochées. Et lorsqu'il entend se relever la porte électronique bleu-vert de son garage, sa jalousie inextricable fore de nouvelles poches de souffrance.

Dee s'encadre dans l'embrasure de la porte de la salle de projection. Burgess refuse de la regarder, alors elle patiente. Ils forment à eux deux l'œil du cyclone d'un ouragan de silence, que seules viennent briser, brouillées par un rideau de pluie, les images projetées d'un Los Angeles cybernétique, qui suintent bleu électrique sur les murs blancs et viennent lécher et iriser, par la porte ouverte, la surface chatoyante de la piscine.

— On discute de cette histoire d'extorsion ou on regarde le film ? s'enquiert-elle.

Un regard, empreint de colère et de désir voraces.

— Où t'étais passée ?

Elle ne flanche pas et poursuit :

— Je t'avais demandé de lui verser l'argent de ses consultations, même si tu ne lui confiais pas le boulot. Je t'avais dit que je trouvais ça logique. Et qu'est-ce que tu m'avais répondu ?

Il insiste :

— T'étais sans doute avec un quelconque vibromasseur ramassé dans un rade.

— Ne crache pas sur les bars, chéri. (Elle sourit.) N'oublie pas que c'est comme ça qu'on s'est mis à la colle.

Une chaîne d'esclavage de réactions diverses lui secoue les entrailles. Il voudrait la baiser et lui faire du mal, la serrer contre lui et la foutre à la porte. Il reporte son attention sur le film.

Elle jette un coup d'œil sur l'écran, regarde le gigantesque androïde blond se retourner contre la figure du père qui ne peut pas ou ne veut pas prolonger son espérance de vie.

— Combien de fois as-tu déjà vu ce film ?

Silence.

— Je me rappelle que chaque fois qu'on le passait au Nu-Art, tu te pointais ensuite au Blue Flame et délirais sur ce que méritait "Papa", pour être toujours sur ton dos. Eh bien, si en passant ce film tu cherches à me faire avaler je ne sais trop quel symbolisme à la con, tu te plantes. Maintenant, on a des choses à régler, donc…

— Je sais, je suis la cause perdue de notre relation, c'est bien ça ? Rien qu'une putain de goutte d'eau dans ta bassine. Mais j'aimerais quand même te faire une petite remarque. (Son visage affiche une expression mauvaise.) Mettons que je sois Dee et que tu sois Shay. Sens-tu à quel point je ne peux m'immiscer en toi, exactement comme tu ne peux t'immiscer en elle et combien… – oserai-je employer ce mot ? – c'est douloureux ?

Une brève succession de réactions visibles et il comprend qu'il a frappé là où le bât blesse. *Ouais,* songe-t-il avant de revenir au film. Dee va s'asseoir à l'autre extrémité du divan. Ils contemplent tous deux l'écran, au moment où le blond répliquant embrasse son créateur puis entreprend de lui broyer le crâne.

— *Some need to use you, some need to be used by you**… chantonne Dee. Elle fait glisser sa jambe sur le divan, de façon que son mollet pèse sur sa queue.

Nouvelle série de signaux optiques… Mais de sa part à lui, cette fois-ci.

Et toutes ces petites plaies qui vous empoisonnent, vous infectent et vous infestent la cervelle apparaissent au grand jour. Ouais… Mais il sait encore autre chose. Il sait que c'est justement sa faiblesse, à lui, qui fait qu'elle reste accro. Alors, lequel des deux se sert de l'autre ? Lequel ?

---

* En anglais dans le texte, littéralement : "Certains veulent se servir de toi, d'autres veulent que tu te serves d'eux…" (Extrait de la chanson *Sweet dreams (are made of this)*, Eurythmics, Annie Lenox & David Stewart.)

17

25 septembre 1998, Scorecard Bar, Los Angeles centre

Foreman a demandé à Pettyjohn d'appeler Dee pour arranger la rencontre. Pettyjohn choisit un bar de pédés du centre-ville. Un petit bouge discret qui pourvoit aux besoins des tarlouzes et où Burgess Ridden ne risque pas de rencontrer ses chers et tendres.

Mais Dee sait aussi qu'il s'agit avant tout de décider qui mène le bal. C'est ainsi que les garçons aiment se prouver qu'ils ont la plus grosse bite. Message : Foreman et sa pétasse exigent tel lieu et telle heure, et Burgess a intérêt à se pointer.

Le Scorecard n'est qu'une porte cochère encastrée dans un mur de brique, du côté ouest d'un hôtel meublé à l'enseigne du Barclay. La porte du bar est toujours ouverte, de sorte que la rue y vomit assez de clarté pour qu'on distingue à peu près les tabourets de bar en acier chromé et le parquet délabré.

Burgess regarde le petit écriteau fixé au linteau de la porte qui dit, peint à la main en gothique : LE SCORECARD – UN CLUB DU CENTRE-VILLE POUR MESSIEURS. Quand on parle de juxtapositions grotesques.

Dee, depuis la voiture, regarde Burgess franchir fébrilement le seuil. Il ignore qu'elle l'observe. Il a voulu jouer les machos et s'y rendre seul, de sorte qu'elle s'est levée de bonne heure et s'est garée dans un parking, au coin sud-est de la

Quatrième et de Mainstreet, au cas où les premiers secours se révéleraient nécessaires.

Elle corse son café d'un zeste de speed. Se rend compte qu'elle ne parvient pas à s'ôter de l'esprit la remarque de Burgess, à propos de Shay. L'idée qu'elle ait pu perdre à tout jamais sa fille la déglingue. La dépouille du seul lien qu'elle conserve encore avec la féminité. Elle surprend soudain ses doigts à venir à la rescousse, avec tous les chagrins familiers.

Le bar est un trou noir, équipé d'une sono et de deux boxs dans le fond. Les rats eux-mêmes auraient besoin d'une lampe de mineur pour se rendre du comptoir jusqu'aux toilettes.

Burgess arrive le premier. Se voit contraint de commander une consommation au bar ; tout seul. D'éviter de regarder droit dans les yeux un gonfleur qui n'arrête pas de faire clignoter ses feux de détresse et donne l'impression d'avoir les bajoues rembourrées d'une espèce de silicone.

Burgess emporte sa bière et va se cacher dans le recoin le plus sombre qu'il peut dénicher.

Mainstreet est engorgée. Un pâté de maisons plus haut, Broadway n'est qu'un vaste chantier et, plus au sud, sur la Cinquième, une équipe de tournage met en place un tremplin de cascade pour filmer le plongeon d'une caisse, depuis le toit jusque dans un mur de caméras Panaflex.

Dee s'efforce de chasser son humeur massacrante en engrangeant les innombrables absurdités de la rue, lorsqu'elle remarque une jeune Chicana armée d'un appareil photo, à l'angle sud-ouest de la Quatrième et de Mainstreet. Probablement une crétine de midinette qui cherche à recharger son ego en tirant le portrait d'une célébrité quelconque.

L'obsédante, maléfique idée que Shay puisse la haïr revient vigoureusement à la charge. Une notion singulièrement vivace et pernicieuse, qui consume les minutes vitesse grand V. Dee est en train d'allumer une cigarette au mégot de la précédente quand la silhouette de Pettyjohn se découpe dans la lumière, sur le seuil du hall du Barclay qui donne sur Mainstreet.

Jon a viré total fondu avec les années. Il arbore à présent un anneau dans le nez et s'habille comme un de ces tarés qui tortillent du croupion pour Mother Fist. Pettyjohn se retourne pour s'adresser à quelqu'un qui vient à son tour de franchir les portes du hall. Lorsque Hugh Englund entre dans l'équation, Dee comprend que ça va devenir toxique. Une vraie bande de requins assoiffés de pognon!

Ils s'engagent en bloc dans la Quatrième, bavardant et respirant comme un seul homme. Dee sait qu'Englund a divorcé de sa femme quelques années plus tôt, lorsqu'il a cessé de bosser pour les flics de Baker. Elle se demande si l'autre blonde décolorée s'est jamais doutée qu'il était un faux cul dealer de coke qui préférait frotter sa bite dans le trou du cul d'un bel étalon.

Lorsqu'ils passent devant elle, les reflets du soleil sur les vitres crasseuses du hall du Barclay l'obligent à détourner les yeux. Et, à l'occasion de cette chute momentanée d'attention, ses yeux découvrent, brusquement révélés à eux, tout un panoramique de détails anodins…

La nana à l'appareil photo. Elle s'est rencognée dans la porte cochère d'une banque au rideau baissé. La porte est entièrement vitrée et Dee, à travers les vitres, en distingue suffisamment pour suivre du regard la ligne de mire du reflex à unique objectif.

Bordel… Impossible…

Un battement de cœur plus tard, les autres taches s'engouffrent à l'intérieur du Scorecard.

LE box est sombre et le papotage tendu. Les enceintes de la sono se trouvent immédiatement derrière eux et beuglent assez fort pour qu'ils soient contraints de se pencher pour s'entretenir discrètement.

Dee descend de voiture et se dirige à vive allure vers la palissade du parking. Elle voit la fille recharger son appareil, à travers le flot ininterrompu de camions et de bus.

— Alvarez est furieuse, donc Foreman aussi. Foreman est furieux, donc Alvarez aussi. Je connais la chanson, fait Burgess. Qu'est-ce que vous voulez ? Et où vous situez-vous tous dans cette affaire ? Seriez-vous tous… furieux ? C'est sans doute génétique : quand l'un de vous est furieux, les autres…

Pettyjohn saisit la balle au bond :

— Tu ne tiens pas à nous voir tous furieux, pas vrai ? Alors, tu ferais pas mal de mettre un bémol à ce regard et de changer de ton, sans ça…

Hugh le coupe avant que sa voix ne grimpe d'une octave, trop haut pour une petite réunion amicale dans un bar. Puis, s'adressant à Burgess :

— Tu t'es fait pas mal de fric, ces deux dernières années…

— Toi aussi. Et vous auriez pu en gagner foutrement plus tous les deux si vous n'étiez pas aussi cupides. Pas vrai ? La bicoque de Toluca Street ? Vous vous souvenez ? Je vous avais refilé le tuyau… Ils allaient raser le pâté de maisons pour construire des immeubles en copropriété. Je me suis occupé de vous. Je vous ai même aidés à trouver un prêt pour acheter une baraque. Vous pouviez vous faire deux cent mille dollars de gras vite fait, mais qui a essayé d'asticoter les promoteurs pour toucher davantage ? Où ça vous a menés ? Vous avez dilapidé vos chances, alors qu'ils vont bâtir tout autour. Que ça vous serve de leçon.

Peut-être que je me trompe, songe Dee. Peut-être que cette nana se contente de prendre des photos artistiques de l'immeuble, ou des reflets de la lumière dans les vitres du hall. Peut-être qu'elle photographie les passants. Peut-être que l'autre fondu et son ex-athlète de petit copain formaient un couple saisissant, qu'elle devait absolument immortaliser. Peut-être que… Mais pourquoi fait-elle le pied de grue dans ce recoin ?

— Écoute, Hugh, je n'ai pas l'intention de passer toute la matinée dans ce cloaque à tantouzes.

— Commence pas, le prévient Pettyjohn.

— Que veut Foreman ? Que veut Alvarez ? Que voulez-vous tous ? S'il s'agit de ce marché pour le rapport d'expertise, je n'y peux rien. Si elle pense, s'il pense et si vous pensez tous que vous vous êtes fait arnaquer…

— Deux millions de dollars, répond prosaïquement Hugh.

Le speed incite le moulin à gamberge de Dee à explorer toutes les éventualités : on élimine déjà toutes ces conneries rapport aux photos artistiques. Balançons également l'idée que la Chicana ait pu envisager de tirer le portrait d'une star, puisqu'elle ne porte aucun intérêt à l'action du film qui se déroule une rue plus bas. Elle ne photographie pas non plus les passants. Pas pour le moment, en tout cas. Ne reste plus qu'à se poser deux questions fondamentales. Deux. Pour quelle raison cette nana shoote-t-elle Hugh et Pettyjohn… Et qui est derrière cette raison ?

Trop sonné pour répondre, Burgess se contente de rester assis sans rien dire. Et, alors que la sono mouline un vieux tube de Meatloaf, *Bat Out of Hell*[*], qui se vrille dans sa nuque, tandis qu'un poivrot assis au bar éclate d'un rire rauque de fumeur, c'est à peine s'il parvient à contraindre son cerveau à établir un lien entre ce qu'ils exigent et… ce qu'ils exigent.

— Alicia, chuchote Hugh, a gardé tous les documents que tu as falsifiés dans l'affaire de l'école de la 56e Rue. Toute la paperasse de l'Agence pour la protection de l'environnement. Pareil pour le parking du Métrorail. Et le complexe scolaire de Belmont. Ainsi que les documents du LAUSD[**] qui t'ont servi à consolider ta position.

Elle fait trop jeune pour appartenir au LAPD. Trop débraillée pour répondre aux conneries d'exigences vestimentaires du FBI. Hugh et Pettyjohn auraient-ils repris le collier ? La DEA aurait-elle retourné cette Chicana en faisant pression sur elle pour un délit mineur, genre possession de drogue, afin de la manipuler ? Pourrait-il s'agir d'une enquête confidentielle d'assurance, ou encore d'un proc cherchant à lever un lièvre ? Merde… Les possibilités sont salement proches de l'infini. Et Burgess ? Si jamais il ressortait en même temps qu'eux ? Et se retrouvait impliqué à son insu, naïvement, dans une entreprise criminelle ? Toute cette adrénaline déclenche en elle un flash féroce. Et si toute cette histoire était liée à…

— Alicia ne tient pas à en arriver là, Hugh. Si elle divulgue tout ce merdier, qu'est-ce que je fais, selon toi ? Je la boucle, à ton avis ? Je la mouillerai dans toutes les charges qu'on retiendra contre moi.

— Elle fera comme si de rien n'était. Protestera de son innocence. Dira qu'elle a procédé à des vérifications parce

* "Chauve-souris sortie de l'enfer."
** Los Angeles Unified School District.

qu'elle émettait quelques réserves, maintenant que Belmont a mauvaise presse. Elle peut monter un dossier à sa décharge, tout ce qu'il y a de plus réglo.

— C'est toi qui as le plus à perdre, l'avertit Pettyjohn.

Burgess les fixe l'un après l'autre.

— Vous oubliez Baker, Californie ? Le petit problème de Foreman.

Silence accusateur. La lumière inexistante que diffuse la rue confère à ces visages l'aura d'un naufrage d'un autre temps, d'un autre lieu.

— J'aimerais assez vous entendre vous expliquer sur les relations que vous entreteniez à l'époque, poursuit Burgess. Lorsqu'on apprendra que le shérif et le témoin principal dans une enquête criminelle étaient un couple de…

— Ne prononce pas ce mot, le prévient Pettyjohn.

Hugh se penche en avant :

— Autre bonne raison de la payer.

— La payer, le payer… Qui t'es, toi, d'ailleurs ? Mon comptable ? Comment vous vous imbriquez dans cette affaire, au fait ?

— On s'imbrique comme on veut, merci, répond Pettyjohn.

Burgess aimerait assez enfoncer une pleine poignée de câbles à haute tension dans la gorge du petit Jonny. *Appelle Burgess sur son portable,* songe Dee. *Rien que pour lui dire de sortir immédiatement de ce bouge, et seul.* Burgess se lève. Il crève de rage parce qu'il est terrifié. Terrifié parce qu'il est conscient qu'on le manœuvre, et qu'on le manœuvre parce qu'il a la faiblesse de se laisser manœuvrer. Il affiche son plus beau masque de joueur de poker.

— Pourquoi n'allez-vous pas le dire à Alicia, tas de pédoques… (Il martèle carrément le mot.) On verra bien qui se retrouvera le cul à l'air.

Pettyjohn aurait volontiers niaqué Burgess sur le tas, rien que pour le punir de son "pédoques", mais Hugh le ceinture, alors qu'il se penche déjà au-dessus de la table. Dee pioche son portable dans la boîte à gants, à un doigt de composer le numéro de Burgess, toute affaire cessante, quand il surgit dans le cône de lumière du jour qui barre la façade de l'immeuble.

Dee l'aperçoit. D'abord seul, puis accompagné. Les trois hommes ne forment plus qu'une confuse mêlée verbale, un clash de visages et de poitrails. Charmant spectacle, toutes ces bites rassemblées pour palabrer.

Dès que la Chicana repère les deux prédateurs au petit pied, elle braque sur eux son objectif. Ce petit paquet de discorde, devant l'entrée du Scorecard, ne s'attarde certes pas très longtemps, mais bien assez pour que Dee, à travers les bus, les voitures et les pétarades enfumées de leurs pots d'échappement, à travers l'ondoiement de la lunette arrière, constate pour qui bande vraiment l'objectif de la donzelle.

Le meurtre

18

Lorsqu'il sort de son salon, Burgess est un homme dont l'esprit part dans deux directions à la fois. Paniqué à l'idée qu'il pourrait compromettre tout ce qu'il a, à cause d'Alvarez et de Foreman, et sercin parce qu'il sait détenir l'atout maître, la carte "J't'emmerde".

Assise sans bouger, Dee s'imprègne des bavardages poids mouche de Burgess, mais son être tout entier se focalise sur cette photographe dont elle doit encore lui parler.

Burgess s'interrompt tout net en remarquant le langage bancroche qu'expriment les doigts de Dee. Il s'agenouille devant elle :

— Je sais que tu vois des choses que je ne vois pas. (Il lui prend la main.) Tu es bien silencieuse. Qu'est-ce qui se passe dans ta petite tête ?

— Ils jouent un jeu de poule mouillée, mais sous pression. Tu t'en es bien tiré… aujourd'hui.

— Alicia n'est pas suffisamment timbrée pour aller trouver les flics.

— Tu as falsifié des documents. Tu lui en as remis. Elle pourrait se présenter comme une Latina inquiète, je la vois déjà les embobiner avec son air de biche au gros cul qui a flairé du louche dans tous ces rapports et mené elle-même sa petite enquête dans les paperasses pour découvrir de quoi il retournait.

— Elle a enterré elle-même le rapport de Tills sur le terrain.

Au nom du vieil homme succèdent quelques secondes d'un silence sanglant.

— Une chance pour nous, déclare Dee, qu'il soit mort à point nommé.

Burgess se voile le front.

— On a fait des choses horribles.

— Oui… *On.*

Son ton l'incite à se redresser.

— Je voulais seulement dire…

— Alvarez et Foreman. Ils sont exactement tels que je croyais.

— Tu crois qu'Alicia prendrait ce genre de pari ? Que Foreman lui permettrait d'aller trouver le proc ? Je pourrais les faire inculper.

— Bien sûr. Et tu sais sur quoi ça déboucherait ? On se retrouverait de nouveau dans le désert, avant même de s'en apercevoir.

— C'est exactement ce que je veux dire. Ils ne peuvent pas non plus en prendre le risque. Envoyons-les se faire foutre.

— Burgess. (Dee secoue la tête d'écœurement, de colère et de dépit.) On est déjà passés par là. Et s'il arrive quelque chose à Foreman. Et s'il se fait serrer et qu'on retrouve les papiers chez lui ? Suppose qu'il risque une longue peine de prison et qu'il balance des preuves à charge aux flics, pour négocier avec eux et sauver sa peau. Bon sang, la dernière fois, il était prêt à nous livrer tous, nous deux comme sa bourgeoise, si on ne nettoyait pas son merdier. Il faut absolument… toi et moi… qu'on récupère ces documents. Et il le sait.

— *Bordel!* glapit Burgess.

Les tics familiers de son langage corporel le reprennent. Elle l'attire à lui. Tente d'infuser, du bout des doigts, un minimum de relaxation dans ses épaules. Il laisse pendre sa tête entre ses seins.

Les faits bruts le paralysent subitement et, quand ça se produit, il plaque tout. Laisse tout tomber. Sauf elle. Se réfugie en elle, à l'abri de sa force exubérante, dans ce recoin où il peut se tapir. Exister sans condition en son essence même.

Les quelques minutes qui suivent ne sont que souffles, silences tranquillement entremêlés. Pendant que Dee s'efforce de défaire le nœud qui le crispe, elle puise ses forces dans leur image, reflétée dans une urne de verre à l'antimoine qui occupe un pan de mur. Tu parles d'une jaquette de disque de blues pour réprouvés !

Dee commence à ressentir un vague émoi dans le recoin le moins engourdi de son cœur. Un désir irrépressible. Elle ferme les yeux. Refuse d'en connaître le nom. Préfère se concentrer sur la dangereuse symétrie des événements qui se déroulent autour d'elle. Et sur cette fille et son appareil photo. Il va falloir composer avec cette troublante réalité de la rue.

Dans ces moments-là, Dee palpe quasiment la brutale architecture de sa propre mère. Cette muette en perpétuelle jachère, cette terre brûlée qui a pratiquement inventé le malheur. Qui…

Dee a besoin de boire un verre. Elle a besoin… de Shay. Besoin que sa fille réintègre le cercle de son existence. Exige de sa fille ce que Burgess exige de…

Nouvelle fulgurance. Nouvel et sombre, infime revirement dans la façon dont les cartes pourraient s'abattre.

— Je sais qu'on en a déjà parlé, fait-elle. Ton père sait qu'il y a eu des pots-de-vin dans l'affaire de l'école de la 56e Rue. Mais tu ne lui as jamais dit qu'il s'agissait d'Alvarez, n'est-ce pas ?

— Il ne voulait pas connaître les détails.

— Et… le reste ? (Burgess ne répond pas, mais sa nuque se crispe désagréablement.) Burgess ? (Les muscles de son dos expriment une authentique souffrance physique.) Trésor… ?

— Je préférerais mourir que de le leur apprendre.

Ouais. Elle voit le tableau, à présent. Comment l'effondrement pourrait se produire. L'effet que ça lui ferait – et pas seulement à lui – si cette image publique digne de *People* que ses parents ont si orgueilleusement placardée pendant toutes ces années était brusquement ternie.

Il relève timidement la tête :

— Pourquoi on parle de ça ?

— N'entends-tu pas d'ici Foreman penser : "Et si j'allais fourrer le nez de tes vieux dans ta merde, mec ?" Ça te descendrait totalement en flammes, à leurs yeux.

Affronter en face ce scénario instille davantage de sa panique habituelle en Burgess.

— Je n'aurais jamais dû m'embarquer là-dedans. J'aurais dû le faire dans les règles.

— Personne ne le fait dans les règles. Ton père est le roi des pots-de-vin. Il a accaparé l'héritage de ta vieille et s'est frayé un chemin jusqu'au sommet en soudoyant des gens. Ouais… Et qui chargeait-il de livrer le fric à sa place, comme un esclave docile ? À qui revenait la mission d'effectuer certains dépôts en pleine nuit, sinon à son obéissant lycéen de rejeton ?

— Ça va, tu en as assez dit.

— Tu as voulu sortir du rang, au lieu de végéter dans l'ombre de Papa.

— Les pots-de-vin sont une chose. Mais si j'avais su où ça allait nous mener…

— Parfois, tu es exactement comme ton père. Et c'est toujours quand il laisse aux autres le soin de se charger de la sale besogne qu'il est à son summum.

Burgess se relève d'un bond.

— Va te faire foutre !

— Je n'arrête pas.

— Oh, vraiment ?

— Ne regrette donc pas l'homme que tu n'as jamais été. (Elle se lève.) Tout ça s'arrangera. (Elle se dirige vers la porte.) Réunis soixante mille dollars. Moi, j'irai trouver Foreman et Alvarez et je leur ferai mon propre petit topo.

La marquise qui surplombe le parking du Nightland porte les mots : C'EST L'HEURE DU HIP-HOP POUR TOUS LES CŒURS REBELLES. Dans le bar, un raz-de-marée de visages en quête d'un rêve noctambule. Dee réintègre la cohue, d'où elle pourra surveiller sa fille sans se faire voir.

Elle constate que Shay s'est fait couper les cheveux court, à l'exception d'une petite tresse qui pend de sa tempe à la mode indienne, et tombe plus bas que son épaule. Ses cheveux sont lissés en arrière, et ses yeux et la moitié supérieure de son visage ont été peinturlurés en un masque noir, qui la fait ressembler à quelque mystique rat d'hôtel. Elle sert des bières à une rangée de piliers de bar lorsqu'elle repère Dee à travers une soudaine ruée d'ombres animées.

La lumière bleue du bar souligne sa douleur secrète, autour de sa bouche et de ses mâchoires. Prête souffrance et hantise à ces yeux dissimulés derrière une noire façade.

Crack Emcee s'affaire à faire reluire la sono en improvisant sur les maux de la société. Son épiphanie du ruisseau ne tient que grâce au ciment de *samplers* extraits du *Manchurian Candidate** et d'*American Pie*, saupoudrés d'un zeste de flashes d'infos et des confessions d'une pute éplorée. Une tranche saignante d'humanité, une parfaite bouffée délirante en guise de toile de fond à l'entrée de sa mère.

Dee ne se dirige pas vers Shay. En langage des signes, elle dit à sa fille, à travers un monde mouvant de voix et de rires éclairés par la rampe du bar :

— Il faut que je te parle.

Shay ne marche pas.

Nouvelles gesticulations de Dee :

— Tu ne sais donc pas à quel point je t'aime ? À quel point j'ai besoin de toi ?

---

* Thriller de politique-fiction de John Frankenheimer (1962), dont le titre français est *Un crime dans la tête.*

Lorsque Dee fait appel à toute cette résignation, à tout ce désespoir, Shay sent son cœur se resserrer. De ses longs doigts effilés, elle répond à son tour en langage des signes :

— Je t'aime, moi aussi, maman. Mais je t'en supplie, aime-moi de loin. Tu risques de me faire du mal… alors, s'il te plaît, aime-moi de loin.

Dee s'engouffre sur l'autoroute d'Hollywood par l'entrée de Silverlake et se glisse dans une file ininterrompue de feux arrière. Elle se rend à Hollywood proprement dit. Sur Sunset Boulevard. Dans un motel pour voyageurs itinérants connu sous le nom de Jardin d'Allah, jusqu'où, depuis le centre-ville, elle a filé la Chicana cet après-midi.

Elle fouille la boîte à gants, en quête d'un flacon d'amphétamines. Elle ne s'en enverra pas qu'un seul. Mais tout le tube d'assouplissant musculaire, avec une gorgée de Southern Comfort pour faire passer.

Au cours des dernières vingt-quatre heures, elle a été littéralement assommée de surprises. Il est largement temps de sortir la carapace de sa chambre froide. De raffermir un tantinet sa prise sur la crosse. De dépoussiérer ces yeux revolver. D'apprendre ce que trafique cette fille avec son appareil photo.

19

25 septembre 1998, Court Street, district de Temple-Beaudry

Le district de Temple-Beaudry se trouve juste à l'ouest du centre de Los Angeles. Au début du siècle dernier, ce n'était encore qu'une succession de collines basses et poussiéreuses, plantées de derricks et de cabanes à lapins. Au cours des soixante années qui suivirent, il s'est conformé à l'évolution ethnique de la ville, jusqu'à une conclusion peu enviable. Temple-Beaudry est devenu un foyer d'incendies raciaux, fait d'immeubles blèches et désaffectés. Des rangées entières de maisons avaient été rasées. Certaines sections à flanc de colline n'étaient plus que des escaliers conduisant au cratère béant des fondations. Les rues se terminaient en une étroite laisse de palmiers déracinés et de décombres; carcasses de voitures brûlées et gigantesques blocs de béton brisés. Vestige et témoignage de l'étendue de la misère et de la désaffection.

L'afflux d'argent de la fin des années 1980 a changé tout cela. Les promoteurs et spéculateurs ont vu dans cette aubaine de six hectares le théâtre de cent magouilles successives. Mais lorsque la récession des années 1990 a frappé, Temple-Beaudry est resté tel quel, hideux bubon planté à l'ouest d'un centre-ville revivifié. Jusqu'à ce que le chantier du Belmont Learning Project prenne son essor.

Le quartier qui se dresse au nord-ouest du chantier de Belmont n'est qu'un amas épuisé de vies télescopées: appartements saccagés, immeubles murés, monstruosités dévastées datant du début du siècle dernier et ne tenant plus que sur leurs dernières pattes de bardeau. Le tout cédant progressivement la place aux futurs immeubles en copropriété.

Sur le trottoir sud de Court Street, deux cents mètres de haute palissade métallique protègent le chantier. Sur le trottoir nord, toutes les maisons ont été rasées, en prévision de la construction d'immeubles de rapport. Toutes sauf une.

Magale Huapaya passe devant la petite maison jaune en s'efforçant de se faire aussi discrète que le peut une femme seule dans ce quartier, à la nuit tombée.

La maison se dresse sur un petit remblai, en retrait du trottoir d'environ six mètres. Quelques lampes sont encore allumées à l'intérieur. Mais elle ne distingue pas grand-chose derrière les fenêtres à barreaux voilées de rideaux. Elle poursuit son chemin, dépasse la maison et tourne le coin de la rue. Le jardin de derrière s'étend jusqu'à un bloc d'immeubles de rapport, tous à demi construits. Elle inspecte le jardin. Il est ceint d'une palissade coiffée de barbelés, qui protège une enfilade d'appentis communicants. Aucune lumière, du moins ce soir. Elle envisage d'aller jeter un petit coup d'œil en douce quand son portable sonne.

Elle palpe le sac à main suspendu à son épaule par une bandoulière, cherche son téléphone, l'ouvre.

— Ouais ?

— Comment ça se passe ? s'enquiert Landshark.

— Je suis près de la maison, au coin de Court et de Toluca.

— Aucun signe de Pettyjohn et d'Englund ?

— Quelques lampes allumées. Sans plus. Si j'étais certaine qu'ils sont absents, je me faufilerais à l'intérieur et je…

— Surtout pas. Pas après ce qui s'est passé ce matin.

— Tu as reçu les photos que j'avais prises devant le bar ?

— Un coursier vient de les rapporter du labo.

— Tu l'as appelé ?

— Non. Je ne sais toujours pas comment m'y prendre pour annoncer à un parfait inconnu que j'envisage de le ramener au pire moment de son existence.

Un bruit désincarné retentit, quelque part à proximité. Du gravier, sans doute… ou bien la palissade métallique trahissant un chat qui se glisse dessous. Magale scrute la rue. Sa Chevette rouge est la seule voiture garée le long de la palissade du chantier de Belmont School. Sinon, la rue est déserte.

Brusquement mal à l'aise :

— Je crois que je vais rentrer au motel.

— Bonne idée. Prends un bain et pomponne-toi. Je te rappelle dès que j'ai appelé El Paso. Oh… Magale…

— Oui ?

— Tu fais de l'excellent boulot… (Sa voix adopte soudain des inflexions humbles, presque contrites.) J'en arrive à être jaloux.

L'espace d'un instant, elle flirte avec l'orgueil.

— Première nouvelle. Mais c'est flatteur. Que dirais-tu de mentionner mon nom dans ta rubrique ?

— Rien qu'une citation ? Pas de cosignature ? Pas de contrat pour un bouquin ?

Modeste manifestation de juvénilité bien tempérée.

— On verra ça plus tard.

Elle referme le portable. Le glisse dans son sac à bandoulière. Traverse la rue déserte vers sa Chevette. Elle ferait pas mal de se méfier des coins sombres et des poches de silence. Ce n'est ni le lieu ni l'heure de s'endormir.

Mais pendant une brève seconde, alors qu'elle cherche ses clé de voiture dans la poche de sa veste, l'esprit de Magale se laisse aller à dériver dans le monde en apesanteur de ses lauriers futurs. Elle flotte sur un petit nuage, a sa signature en tête d'articles et de couvertures de livres, quand de rapides raclements se font entendre derrière elle. Stupéfaite, elle fait volte-face, mais trop tard.

Une main gantée atterrit férocement sur sa tempe. Sa mâchoire heurte rudement le capot. Le canon d'un revolver et une voix de femme dans son dos :

— Ne crie pas.

Une seconde main agrippe une poignée d'étoffe entre ses épaules. De nouveau la voix de femme :

— Te débats pas maintenant.

Dee décolle Magale de la voiture.

— Te débats pas. (Elle la pousse vers le trottoir.) Baisse la tête.

Magale se baisse. Dee la force à passer dans un trou de la palissade métallique. La veste de Magale se prend dans les barbelés.

— Je suis coincée. Je vous en prie.

— Ferme-la.

Dee tire sèchement sur le tissu de la veste. La palissade cliquette lorsque le corps de Magale passe au travers, lui écorchant le visage.

— Debout.

Magale se redresse. On la guide à travers la vaste étendue du chantier plongé dans l'obscurité. Vers le fond... Son souffle se fait apeuré, syncopé. Le paysage désolé de la rue disparaît de plus en plus dans les ténèbres. Le sol commence à céder sous ses pas. Une cuisante douleur balafre le côté droit de son visage. Toujours plus profond... Une pente glissante. Magale s'affale sur Dee, sur le revolver. Elles manquent de basculer, de s'étaler, mais Dee se rétablit. De plus en plus loin... Le sable est poreux. Et transpire. Un horizon lumineux de vitrail, ciel plombé et rues désertes, reculant de plus en plus dans le lointain.

Des hectares de terrain excavé – recouvert de bâches pour éviter que la poussière ne s'en échappe, éviter que la pluie n'éboule la terre – s'étirent à présent de part et d'autre. Tout espoir de secours est désormais futile et toutes les manchettes qui ont pu terrifier Magale alimentent à présent la nausée qui point dans ses tripes.

— Si c'est de l'argent que vous voulez..., plaide-t-elle. Mais je vous en supplie, ne me faites pas de mal.

— Ferme ton putain de clapet.

Autres images d'horreur. La lune échappe aux nuages l'espace d'une seconde. Mais ce n'est qu'une petite pendule dans une immense chambre noire.

Dee continue de la refouler vers le fond. À travers un corridor de pelleteuses et de camions-citernes, une double rangée de bulldozers et d'autochenilles. D'énormes machines. Silencieuses. Inertes.

Le sol cède de nouveau sous ses pieds comme un escalier vermoulu. Images de mort imminente, auxquelles elle s'efforce de fermer son esprit. Dee respire rapidement, très rapidement. Son cœur n'est plus qu'une noire palpitation contre le dos de la fille. Elles dévalent encore une petite pente. Magale se retrouve au fond d'une excavation. On lui fait contourner un entassement de rochers pyramidal, haut de près de dix mètres ; on la force à s'agenouiller sous la potence enténébrée d'un camion-grue.

Dee lui inflige quelques instants sa présence silencieuse et brutale, avant de la tirer par les cheveux.

— Regarde par là ! ordonne-t-elle. Regarde !

Elle fait brutalement pivoter la tête de Magale. Celle-ci sonde l'obscurité des yeux, vers les majestueux gréements de la cité, dont les mâts lointains et scintillants évoquent des portes percées dans le mur d'un ciel charbonneux. Des phares brasillent puis se dissolvent entre des rangées d'immeubles, ne laissant derrière eux que l'écho aigrelet d'une circulation éloignée. La vie poursuit son alchimie habituelle.

— Si jamais tu cherches à m'entuber, fait Dee, c'est la dernière fois que tu vois ce spectacle. Maintenant, allonge-toi, poursuit-elle en tirant les cheveux de la fille vers le bas. Allonge-toi !

Magale obéit. Dee s'agenouille sur sa forme prostrée. Magale sent le sable froid sur sa joue écorchée et cuisante. Elle entend monter du sol la sourde fugue que jouent le port et l'autoroute d'Hollywood, à quelques pâtés de maisons de là. Flux nocturne d'existences, fonçant à travers de lointains conduits de noirceur. Si seulement quelqu'un était au courant. Quelqu'un qui pourrait…

— Je sens ta trouille d'ici, chuchote Dee.

Magale est secouée de frissons irrépressibles.

— Ne me faites pas de mal, je vous en supplie.

Dee presse le canon du revolver contre la tendre fossette de sa nuque.

— Tu as pris des photos de ces hommes, en ville. Pourquoi ?

Les yeux de Magale se vident de tout espoir : il ne s'agit donc pas d'une agression crapuleuse ni… Elle s'efforce d'inventer rapidement un bobard pas trop branlant.

— Je n'ai photographié personne. Je…

Dee enfonce la crosse du revolver dans son échine. Grognement déchirant, puis Magale se met à pleurer toutes les larmes de son corps.

— Tu inspectais la maison. Je t'ai vue faire. Et tu as pris des photos ce matin. Je t'ai vue. Pourquoi ?!?

Tout le courage dont Magale se croyait capable est brusquement anéanti, et les mots lui échappent contre son gré.

— On m'a engagée pour les filer. D'abord lui, je veux dire. Pettyjohn. Mais ensuite…

Chaque phrase ébranle dangereusement des années de douillette sécurité et, à présent, Dee crache ses questions comme une mitrailleuse :

— Par qui… ? Qui désirait ces photos ? Pourquoi… quelqu'un… serait-il… Pourquoi quelqu'un tiendr… voudrait-il…

Un cri résonne soudain dans Toluca Street et tout le reste se fige net. Sûrement un tandem de jeunes loubards en maraude, remontant la rue qui longe le chantier ; ils tentent d'escalader la palissade, non sans lâcher des bordées de grossièretés à la face d'un univers sans méfiance. Dee la maintient solidement jusqu'à ce qu'ils aient déguerpi. Les yeux de Magale sont hermétiquement scellés, ses mains demeurent là où elles ont crevé le sable, mais elle les entend. Par-dessus le souffle précipité de Dee. Et si elle peut les entendre, la réciproque est vraie. Un cri, un seul. Ils pourraient l'entendre. Elle sait qu'elle va mourir. Son cerveau pourrait certes lui mentir, inventer un dénouement différent, mais le trou nauséabond qui se creuse dans son estomac sait, lui. Si seulement elle pouvait crier et se relever, d'un bond forcené, peut-être que…

Fais-le, c'est tout. Agis pendant que cette femme guette le départ de ces voyous. Tu ne vas pas devenir la photo de la prochaine affichette signalant une MYSTÉRIEUSE DISPARITION juste parce que cette putain de trouille te paralyse et t'interdit de passer à l'action. Vas-y…

Elle hurle. Hurle, se propulse vers le ciel et tamponne Dee en pleine poitrine. L'énergie du désespoir, carburant à l'adrénaline. Une ruade désespérée, fulgurante, puis… ramper, ventre à terre…

Sa voix stridente porte sur plusieurs hectares. Dee est projetée à la renverse, mais ne panique pas. Ne tire pas. Le cri porte comme un crissement de freins, au moment même où le bras de Dee s'abat, fauchant l'air. Une seule fois. Un seul coup, qui cueille férocement Magale à la tempe. Le glapissement suraigu est réduit au silence, étouffé par le ventre du calibre.

À l'instant où la fille défèque, Dee comprend qu'elle est morte. Elle se rejette derrière les roues du camion-grue pour guetter les vandales, lesquels se fraient encore un chemin à travers l'obscurité. Elle parvient tout juste à distinguer leurs silhouettes se découpant sur le fond vaporeux des lumières de la ville. Ils sont trois. Peut-être quatre.

Ils ralentissent le pas pour inspecter des yeux le chantier.

— On te voit, enfoiré ! hurle l'un d'eux.

Laisse filer. Ne flanche pas comme une gonzesse.

Nouveaux hurlements féroces :

— Si t'as de la chatte là-dessous, t'as intérêt à nous faire croquer !

Ton avenir est peut-être une question de minutes, alors tâche de gamberger malgré ton cerveau enfiévré.

— Peut-être qu'on va tout connement s'inviter.

Ce n'est pas tant le meurtre lui-même. Plutôt, comme tu l'as dit à Shay, après l'autre fois... une simple question de survie.

L'un d'eux escalade la palissade.

— T'es prévenu ! beugle-t-il.

Et il est quelques menus détails qu'il te faut encore apprendre... Comme, par exemple, qui est ce cadavre... Et qui l'a embauché. Pourquoi... Pourquoi... Quel rapport avec Pettyjohn... ? Le portable. Elle parlait à quelqu'un en regardant la maison.

Un autre voyou entreprend de racler la palissade avec un objet métallique, puis se lance dans un numéro de rap bidon :

— *Do what you gotta do to maintain**...

Dee s'extrait de sous le camion en se tortillant et rampe vers le cadavre. Elle tire doucement sur la bandoulière du sac. En prenant tout son temps. Le bras noueux refuse de lâcher prise. *Continue. Lentement. Continue. Les poches de la veste, maintenant. Ensuite...*

Un autre reprend en écho :

— *Do what you gotta do to that pussy***...

La puanteur qui monte des entrailles de la fille est insoutenable. Dee la retourne sur le ventre. Le corps inanimé retombe avec fracas. Elle fouille les poches du jean. Elles sont imbibées d'urine.

* "Fais ce que tu dois faire pour garder le..."

** "Fais ce que tu dois faire à cette chatte..."

Un autre voyou escalade la clôture et oscille là-haut tel un spectre glapissant.

Dee se glisse de nouveau entre les roues avant. *Attends. Attends que ça se passe, parce que tu dois gagner du temps. Tu vas devoir la charger dans ta voiture et la ramener dans sa chambre de motel. Il y a des choses que tu dois absolument savoir et tu vas devoir te débarrasser du corps. Et c'est l'unique argument qui peut te faire gagner du temps. Mais que se passera-t-il si ces blaireaux sautent la palissade et viennent te chercher des crosses ? Et si…*

Mais ils ne s'y aventurent pas. Quoi qu'ils aient pu ou cru voir. Entendre ou cru entendre. Que ce cri qui leur a été adressé soit la conséquence d'un geste amoureux ou d'un pur et simple viol, ce qu'il laisse entendre, c'est "T'approche pas trop près." Point barre. Parce que si des petits gars du coin s'approchaient un peu trop près, ils pourraient bien porter le chapeau et le savent. Ne tiennent pas à se faire tanner le cuir dans une bavure style Rodney King, et risquer une inculpation par-dessus le marché.

Dee se tapit dans son recoin jusqu'à ce que le hurlement des pneus d'une voiture démarrant sur les chapeaux de roues se fasse entendre sur Beverly. Puis se relève. S'efforce de rassembler ses idées.

Tu dois t'occuper de ce cadavre. Impérativement. Tu ne peux pas le sortir de là en le traînant. Tu ne peux pas non plus l'enterrer, parce qu'on creusera peut-être demain n'importe où dans cette fosse. Celui qui a embauché cette fille sait pourquoi elle était là-bas… Tu dois donc…

Un souvenir immonde, obscène, refait soudain surface. Cette nuit, dans le désert, où Shay et elle ont traîné le corps du shérif puis l'ont fait basculer dans sa tombe. Elle n'a pas gardé le souvenir d'une quelconque puanteur. Mort, il se serait chié dessus. Elle aurait dû le savoir. Elle n'a pas réfléchi. Elle a accusé Shay. A toujours considéré que c'était Shay qui avait tout fait foirer. Mais Dee sait à présent qu'elle n'avait pas suffisamment réfléchi.

Le vent se lève et des hectares de bâche plastique se mettent brusquement à onduler comme si une bête s'était réveillée, une énorme bête nocturne qui s'étirerait au sortir du sommeil.

Elle ferme les yeux une seconde. *Tous ces meurtres sont loin derrière. De l'histoire ancienne… Maintenant, il va falloir recommencer de zéro. Sauf que quelqu'un pourrait bien t'observer cette fois-ci… Quelqu'un qui en sait plus long sur ton compte que tu n'en sais sur le sien.*

Pas question de commettre une erreur. Pas la moindre. Tu dois essayer de faire dérailler… Non, il faut que tu fasses dérailler tout train de pensées reliant éventuellement ce meurtre à ces photos. De… Oui, mais comment ?

En tirant pragmatiquement parti d'une œuvre de violence. C'est une question de survie. Sinon, autant flancher comme une gonzesse et ramper près de ce cadavre tout flasque pour y attendre l'aube.

Creuse-toi les méninges. Trouve une réponse. Même si tu dois pour cela te déchiqueter le cerveau.

Elle se force à se pencher sur le corps. À le fixer. Puis… zigzaguant entre de démentielles improbabilités comme au travers d'une nova, aperçoit enfin le bout du tunnel.

Du prêt-à-penser pur jus. *Merci pour l'idée, les copains.* Ouais, elle se rappelle s'être retrouvée une certaine fois dans la posture de cette Chicana : gisant sur le sol dans une obscurité libidineuse et luttant contre des muscles vénéneux.

Elle s'agenouille au-dessus de la fille. Serre les dents à cause de l'ignoble puanteur. Commence par lui ôter ses chaussures. Puis son jean. Il faut carrément le lui arracher.

Il cède lentement, comme la mue d'un serpent. Passe ensuite à sa lingerie blanche souillée. Dee est à deux doigts de gerber.

Elle se lève. Entreprend de sillonner les ténèbres. Traverse le trou du chantier, pliée en deux. Elle sait qu'une immonde besogne l'attend encore, tandis qu'elle cherche quelque chose, n'importe quoi qui lui permettrait d'aggraver ce meurtre, d'en faire un viol.

LANDSHARK, assis à son bureau, contemple deux photos. Celle de Jon Pettyjohn qu'a prise Magale, où on le voit entrer dans sa petite maison jaune de Toluca. Et l'autre, prise également devant la petite maison jaune, mais onze ans plus tôt. Sur celle-ci, Charlie Foreman brandit une barre à mine et tente de fracasser le pare-brise qui le sépare du photographe invisible.

Landshark repose les photos. Il contemple le téléphone.

— Je ne peux pas me permettre d'échouer, cette fois-ci, se persuade-t-il avant de composer le numéro. Pas cette fois-ci.

L'enterrement

20

25 septembre 1998, Sunshine Hotel, El Paso, Texas

Vic regarde la pluie cingler la vitre du hall de l'hôtel. Derrière, une locomotive se fraie lentement un chemin à travers un dépotoir de brumeuse grisaille.

Il écoute les chômeurs à long terme assis à la table de jeu. L'habituel ramassis de perdants et de solitaires attablés pour la nuit autour d'un poker, devant des bières servies dans des gobelets en carton. Un ghetto blaster à moitié déglingué, récupéré dans une décharge puis rafistolé, repose sur l'appui de la fenêtre et passe une cassette de Seger* usée jusqu'à la trame.

— Hé, Vic !

Il se retourne sur sa chaise. Le gérant de nuit désigne le téléphone posé sur le buffet.

— C'est pour toi.

— Qui c'est ?

Le gérant hausse les épaules et se replonge dans ses magazines écornés. Vic suppose qu'il s'agit d'un des barmans du Bliss, qui voudrait savoir s'il aimerait se faire quelques dollars en faisant marcher droit la file des bikers.

— Allô ?

— Victor Trey ?

Une voix qu'il ne reconnaît pas.

— Ouais.

— Victor Trey, autrefois mieux connu sous le nom de John Victor Sully ?

* Bob Seger : célèbre chanteur de country et de variétés.

Quelqu'un a dû remuer la merde. Vic chasse nerveusement ses cheveux qui couvrent sa poche de chemise pour y piocher une cigarette.

— J'ai eu beaucoup de mal à vous retrouver, Vic.

La voix donne l'impression d'être soigneusement ripolinée. Vic allume sa cigarette.

— Je devrais sans doute me retourner dans ma tombe, hein ?

— Je comprends parfaitement que…

— C'est ce que vous croyez.

En voyant le gérant le fixer par-dessus le rebord de sa revue, Vic se rend compte qu'il a haussé le ton.

— C'est à quel sujet ?

— Je tiens une rubrique dans le *New Weekly*. Politique locale… ragots… révélations… enquê…

Fugace souvenir. Le *New Weekly* est un torche-cul au rédacteur en chef d'extrême gauche déjanté et affublé d'une surdose de pubs.

— Comment vous vous appelez ?

— Je me fais appeler "Landshark".

Seigneur, se dit-il. *C'est une blague, ou quoi ?* Il se met à chuchoter.

— Vous appelez pour déterrer un cadavre ? Rouvrir des plaies, juste pour quelques phrases accrocheuses ? Du style "Que sont-ils devenus depuis… ?" De toute évidence, si vous m'avez retrouvé, vous savez où je suis et qui je suis.

— Je n'aurai pas l'indécence de vous affirmer que je ne suis pas prêt à rouvrir vos blessures intimes pour quelques palpitantes déclarations, mais ce n'est pas pour ça que je vous appelle.

— En effet. Combien dois-je vous verser pour préserver tranquillement mon anonymat ?

À l'autre bout du fil, la voix reste aussi sereine que courtoise.

— Je détiens certaines informations, dont je crois qu'elles corroborent la thèse selon laquelle la tentative de meurtre perpétrée sur votre personne *pourrait avoir été – j'insiste sur le "pourrait" –*... un complot monté contre vous. Ce dont je n'ai jamais douté.

Vic est envahi par l'image de toutes ces portes verrouillées et du cataclysme qu'elles déclencheraient inéluctablement en se rouvrant. Il se met à trembler.

— Continuez.

— J'ai besoin que vous reveniez à Los Angeles. Pour examiner les preuves que je possède. Si elles tiennent la route – et j'en reste persuadé –, nous pourrions travailler ensemble à ce...

— Que désirez-vous réellement ?

— Moi ? Ce que vous désirez vous-même.

Un son qui n'a rien d'humain.

— Vous n'avez pas la moindre idée de ce que je désire. Ni de ce que je ressens.

— Victor... je peux deviner ce que souhaite un innocent après toutes ces années de souffrance. Et ce qu'il ressent. Si cinglé et inepte que ça puisse paraître, quand vous apprendrez à me connaître... si ça doit se produire... vous découvrirez que nous avons beaucoup de points communs. On m'a creusé ma tombe, à moi aussi...

Le corps tout entier de Victor se convulse involontairement et il raccroche. Tout en lui est totalement engourdi, insensible, à l'exception de ce petit coin de cercueil en ébullition, qu'il ne tenait en échec qu'en faisant fi de sa propre personne.

Il se dirige vers la fenêtre. Reprend courage en entendant la voix râpeuse de Seger : *Your thoughts will soon be wandering the way they always do**...

Il n'aurait pas dû raccrocher. Son reflet dans la glace lui rappelle qui il est. Pas le moindre espoir de jeunesse

* "Tes pensées se remettront bientôt à vagabonder comme d'habitude..."

là-dedans. Rien qu'un homme effondré, un autre humain que la pluie est en train de noyer.

Il n'aurait pas dû raccrocher. Mais pour qui se prend-il, cet homme qui ose lui demander de renier toutes ces années de tragique lucidité pour rentrer à Los Angeles et éveiller en sa chair un nouvel espoir de…

Il n'aurait pas dû raccrocher. Un saxo étouffé, et Bob Seger qui chante *Here, I'm on the road again*… Rêve tenace dépêché par une ville qui tient son fantôme par la gorge… *There I go, turn the page*[*]…

25 septembre 1998, 994, Andalusia Avenue, Mount Washington, Californie

WILLIAM Worth n'est pas un lâche. Jamais de la vie. C'est juste qu'il crève de trouille. Qu'il ne fait qu'un avec la peur. Celle-ci alimente le moteur de toutes ses actions ou, plutôt, dirons-nous, de toute son inaction. Elle est le protagoniste anonyme qui domine ses émotions. Ce qui l'a conduit à avoir l'impression – non, à être persuadé – que le monde est un nid de dangers et qu'il n'est à l'abri que chez lui, dans ses murs. Cette peur en est venue à gouverner à ce point sa vie publique et privée au cours des dix dernières années que c'est à peine s'il a quitté une douzaine de fois sa propriété d'un hectare, planquée et clôturée, et ce uniquement pour des raisons médicales. Autrement dit, en jargon psychiatrique de base, William Worth, mieux connu par son lectorat sous le sobriquet de "Landshark", est un agoraphobe particulièrement casanier.

Sa retraite de quatre étages du Mount Washington est bâtie sur une crête isolée, à flanc de colline, tout au bout d'Andalusia Avenue. Son bureau occupe entièrement un des

* "Me voilà de nouveau sur la route/Me revoilà parti, tournez la page…"

étages inférieurs. Par l'entremise d'une batterie de fenêtres s'ouvrant à 270°, il domine toute la ville où il s'est fait un nom. Depuis Glendale-Sud jusqu'aux gratte-ciel du centre-ville puis, à l'est, jusqu'à Boyle Heights et au Monterey Park. Certes, ce n'est point là le panorama huppé que prisent les Angelenos friqués. Le I de Mount Washington n'est pas suffisamment gros pour la plupart de leurs ego. Mais, pour lui, la vivante île de lumière qu'il embrasse du regard exacerbe l'espoir, aussi limité qu'illusoire, qu'il occupe d'une façon ou d'une autre le centre exact de tous les événements qui se déroulent sans lui.

Il fixe le téléphone en silence, comme s'il partageait avec un autre des enfants de Saturne quelques moments privilégiés. Il peut très bien comprendre pourquoi Vic lui a si abruptement raccroché au nez. Un inconnu t'appelle – en possession, sous forme de on-dit, de quelques lambeaux de la vie qui t'a été volée – et te demande de remballer toute ta frustration et ta colère rentrée et de revenir au pays du fric, pour y subir peut-être un nouveau tabassage en règle, une nouvelle trahison.

Il tente de répéter mentalement le prochain appel qu'il va passer à Victor quand il remarque deux hélicoptères se déplaçant à haute vélocité sur fond de mur peint, devant la façade d'une tour du centre-ville. Il se lève, s'empare de jumelles posées sur un classeur, sort sur le balcon qui court tout le long de la maison. Ce sont des hélicoptères de la police. Au sud-ouest, très exactement, des Elysian Hills et du Dodger Stadium. Les pinceaux de leurs projecteurs fouillent un petit cercle de pâtés de maisons. Il estime qu'ils doivent se trouver grosso modo dans le voisinage de Temple-Beaudry.

Ça l'incite à réfléchir. Il devrait actuellement s'y trouver en personne, à travailler lui-même sur le terrain plutôt que d'y envoyer une gamine exaltée de vingt ans. Il devrait affronter lui-même le danger, mais il n'est même pas capable de réprimer la panique qui lui retourne les tripes.

Il retourne s'asseoir à son bureau. Il lui apparaît qu'angoisse et envie seront décidément ses mots de passe privés aujourd'hui.

Assez d'apitoiement sur lui-même. Il avale une tiède rasade d'expresso puis agrippe brutalement le combiné et recompose le numéro d'El Paso.

21

SHAY fait seule la fermeture du Nightland. Elle préfère ça comme ça. Rien qu'elle et les gars des cuisines, tout au fond, pour récurer les lieux. Elle se prépare un bourbon *y rocas* puis inspecte les CD, en quête de ce qui pourrait prétendre au titre de tranquillisant.

Elle fait ses comptes derrière le bar tout en sirotant son bourbon, lorsqu'elle entend dans la cuisine une voix de femme claironnant son entrée en espagnol. Elle ferme les yeux et regrette de n'être pas invisible.

— Toi et moi, il faut qu'on parle, Shay.

Shay rouvre les yeux. Ceux-ci se relèvent de sa feuille de comptes pour se porter sur le miroir du bar. Derrière ce masque noir de maquillage se cache une colère prosaïque que Dee déchiffre sans aucun mal.

— Il me semblait qu'on a déjà assez parlé.

Sans attendre la réponse, Shay rassemble ses reçus et file vers le bureau. Ne reste plus à Dee qu'à patienter ou à repartir. Les minutes s'étirent, jusqu'à lui paraître plus longues que la Grande Muraille de Chine. Shay revient, maussade et taciturne. La bouche et les narines de Dee se pincent lorsqu'elle prend conscience que sa fille ne daignera pas lui accorder un regard, et qu'elle se contente d'éteindre toutes les lumières jusqu'à ce que seuls les néons du bar restent allumés.

— On va discuter toutes les deux ce soir même, bordel ! Que ça te plaise ou non, peu importe. Je veux que tu m'écoutes…

Shay interrompt son laïus d'une voix tranchante :

— Tu veux ?

Elle se retourne et coupe la sono en quelques machinales et rapides pichenettes. Se retourne vers sa mère :

— Plus je m'efforce de t'éviter et plus tu cherches à t'insinuer sournoisement dans ma vie. J'ai droit à un mois de tranquillité, deux grand maximum, puis tu déboules de nouveau. (Shay se met à singer Dee.) Shay, je suis déprimée… Shay, je suis mal foutue… Shay, je suis défoncée. (Shay fait mine de s'éloigner, pile, revient sur ses pas.) Tu ne comprends pas. J'essaie de survivre ici, d'accord ? Je m'efforce de mon mieux de me cramponner. Putain ! Ça ne représente donc rien pour toi ?

— Ça représente tout pour moi. Et tu n'as pas la moindre idée de…

— La moindre idée ? Tu crois ça ? J'ai la tête suffisamment farcie de conneries pour remplir un putain de fourgon de malades mentaux, mais… je tiens bon. (Elle ferme les yeux, les rouvre.) Je me cramponne. (Elle a l'impression de parler toute seule.) J'essaie de tenir bon, voilà tout. (Puis, s'adressant à sa mère.) Tu vas cesser une bonne fois de me faire flipper. J'ai fait un tas de choses pour toi… (Elle agrippe son verre et s'enfile autant de bourbon qu'elle en peut avaler.) Tu sais quoi, maman ? Chez les Chinois et les Esquimaux, quand la disette menace…

— Pas question de te laisser me balancer à la tête tes salades et tes putain de bouquins. C'est pas le moment. Vraiment pas le…

— Quand les vivres commencent à manquer, les Chinois et les Esquimaux commencent par tuer celles de leurs filles qui viennent de naître.

Shay se penche par-dessus le bar, rapproche son visage de celui de sa mère, assez près pour qu'il passe pour son reflet remanié.

— Tu aurais mieux fait de me tuer ou d'avorter. Ça nous aurait facilité la vie à toutes les deux.

Le corps tout entier de Dee éprouve brutalement une douleur fulgurante. Elle crispe les poings en entendant cette déclaration.

Puis elle abat si violemment ses mains à plat sur le comptoir que Shay se rejette en arrière. Ce soir, il n'y aura pas de jalouses. Tout le monde en prendra pour son grade.

— J'essaie de sauver notre peau, espèce de sale petite ingrate… (Qu'elle soit ou non sur la sellette, Dee parvient à se contenir. Jette un coup d'œil vers la cuisine pour s'assurer que ces crasseux d'émigrés ne l'entendent pas.) On risque de sérieux ennuis. Moi… et toi. Pire que la taule. Tu commences à piger? (Respiration fébrile, brefs frissons.) Lis-moi, Shay. Regarde!

Le masque peint autour des yeux de Shay se fronce légèrement. Elle aimerait partir en courant, mais elle a peur. Et pourtant, même si elle a peur, autant savoir dans quel abîme sa vie risque de basculer à son insu. Elle croise les bras.

— Accouche!

Dee jette de nouveau un regard vers la cuisine pour s'assurer qu'on ne surprendra pas ses paroles. Puis s'en prend haineusement à "l'Espingouine et à Foreman", vitupère vigoureusement le rapport d'expertise et casse un peu de sucre au passage sur le dos de Burgess, pour "n'avoir pas réglé Alicia rubis sur l'ongle". Ses mains s'agitent en un fébrile sémaphore pour exposer à Shay l'ultimatum que leur ont posé "les deux autres tantouzes". Mais c'est lorsqu'elle en vient à la fille à l'appareil photo que le masque noir se fronce vraiment autour des yeux de Shay, en même temps que ses lèvres se retroussent et se plaquent contre ses dents.

Lorsqu'elle narre la dispute sur le trottoir et ajoute que la Chicana s'en est fourré plein l'objectif, Dee n'est plus désormais que pur instinct monté sur pattes, fixant un kaléidoscope de lumières nickelées. Elle explique ensuite à Shay qu'elle l'a filée en pleine heure de pointe jusqu'au motel le Jardin d'Allah, sur Sunset, et l'a pistée cette nuit même jusqu'à Toluca Street.

Des filets de sueur dégoulinent à présent sur sa mâchoire. Mots et phrases s'entassent les uns sur les autres, grâce en soit rendue à tout ce speed qu'elle a ingurgité… "Ce fumier de Pettyjohn… la nana qui inspectait la maison… la baraque de Pettyjohn… un coup de fil sur son portable…" Les doigts de Dee dérapent sur le bois du comptoir, produisant un crissement idiot dont Shay aimerait qu'il se taise. Puis Dee enchaîne :

— Quelqu'un l'a engagée pour filer Englund et Pettyjohn. Elle m'aura au moins appris ça. (Ses doigts continuent de tapoter le bar.) Et tu sais ce que ça signifie pour nous.

Dans le silence qui s'ensuit, la salle semble subitement plus vide et obscure. Shay pédale dans la semoule. Elle pose les yeux sur les mains de sa mère, remarque pour la première fois les estafilades qui ornent ses phalanges, ses ongles noirs de crasse, la terre qui encroûte la manche de son blouson.

— Vu comme tes mains tremblent, on croirait presque que t'as Parkinson.

— La faute à tout le putain de speed que j'ai dû m'enfiler.

Shay se tourne, profite des quelques secondes qu'elle consacre à remplir à ras bord un verre à eau de Southern Comfort pour reprendre ses esprits et chasser la sensation étouffante d'être de retour dans le coffre de cette voiture filant vers la frontière.

Dee boit. À petites gorgées, qui passent difficilement. Sa bouche est si sèche qu'elle s'imprègne d'alcool comme le bois de vernis.

— Où est cette fille, maintenant ?

Dee repose le verre.

— Je ne peux pas en parler à Burgess. Il risquerait de se pisser dessus. À quoi ça m'avancerait ?

— Où est-elle ?

— Si quelqu'un fait le lien entre Pettyjohn et Englund…

— Où est-elle ?

— Va falloir qu'on découvre pourquoi. Si jamais ça mène à nous…

— Tu vas me répondre, oui ou merde ?

— C'est ce que je suis en train de faire.

Ouais… un chaos d'émotions déchaînées. Plein pot. Un seul regard. Un unique et virulent coup de châsse, qui plonge au tréfonds de son âme, et Shay dévale un escalier ténébreux flanqué de chandelles noires. Dehors, des gens passent. Rire de fille électrisé. *Est-ce que je pourrais prendre la place de cette fille ? Là, tout de suite ? S'il vous plaît ?* Sa seule et unique pensée, alors que toutes ses entrailles se liquéfient. *S'il vous plaît ?*

Shay agrippe son sac, ses lunettes et son portable, puis contourne le comptoir.

— Où vas-tu ? demande Dee en lui emboîtant le pas.

Shay ne répond pas. Le bras de Dee se déploie comme une gaffe et harponne son poignet.

— Lâche-moi.

— Je me suis débarrassée de la voiture de la fille. J'ai embarqué tous ses papiers d'identité.

Shay continue de reculer vers la cuisine en la traînant en remorque.

— Lâche-moi, bordel.

— Il n'y avait rien dans la caisse. Va falloir qu'on fouille sa chambre de motel.

Shay se recroqueville ; voûtée, cassée en deux.

— Va le faire, toi.

— Faut qu'on découvre qui l'a embauchée et pourquoi.

Shay se redresse de toutes ses forces, crispe fermement le poing et frappe sa mère en pleine poitrine.

Souffle coupé. L'étau de son poing sur le poignet de sa fille se relâche. Avant qu'elle ait pu reprendre ses esprits, Shay s'est envolée. Par l'énorme porte en inox de la cuisine. Qui heurte violemment la paroi puis se referme sèchement sous son nez.

22

Depuis le seuil de son patio, emmitouflée dans un poncho, à la brune, Dee regarde la pluie qui, fine et oblique, commence tout juste à tomber. Vue depuis ce poste d'observation, la San Fernando Valley n'est qu'un vaste circuit imprimé de rues et d'autoroutes mouillées, striées de lignes ininterrompues de lumière mouvante. Ce marécage de vies assoupies va découvrir, avec son café du matin, qu'un nouveau meurtre sanglant a été perpétré cette nuit.

Les yeux de Dee se tournent, noirs et hagards, vers le séjour où les possessions de Magale Huapaya s'étalent sur une table basse. Rien dans ce stupide attirail ne répond à la question qui l'obsède. Sinon, peut-être, son portable.

Après avoir bazardé la voiture de la fille au centre-ville, Dee a fait halte dans un café ouvert la nuit. Une fois assise seule à une table, elle a sorti le portable de son sac et appuyé sur SEND. L'écran a affiché l'ultime coup de fil qu'elle a passé de Toluca Street. Le dernier numéro qu'elle a composé… 805-501-7133. Lorsque le téléphone s'est mis à sonner, elle a appuyé sur END.

Pendant tout le trajet à pied jusqu'à Temple-Beaudry et sa voiture, le portable n'a pas cessé de sonner. Quelqu'un cherche obstinément à joindre Magale Huapaya. Celui qui l'a embauchée ?

Dee est à deux doigts de s'effondrer. Elle traverse la pièce, s'assoit sur le divan, contemple le portable. Il est temps de savoir ce qui se cache derrière le 805-501-7133.

Elle s'empare du portable. Appuie sur SEND. Le téléphone se met à sonner. Elle ferme les yeux pour ne pas défaillir et prête attentivement l'oreille. Les sonneries se poursuivent. *Va-t-elle tomber sur un répondeur ? Un message enregistré avec un nom ? Qui sait ? La boîte vocale d'une firme d'avocats ou d'une agence de détective privé* ? Ça sonne toujours. Elle a brusquement l'impression de s'effondrer et s'apprête à appuyer sur END quand…

Une voix. Une voix d'homme. Assoupie. "Magale ?" Dee patiente. Elle plane comme un vautour au-dessus de ce précieux instant. La voix est pressante, angoissée : "Magale… Magale ?"

Elle appuie sur END. Repose le portable. Quel qu'"il" soit, "il" attendait son coup de fil. S'attendait à le recevoir. En dépit de l'heure avancée.

Le portable de la morte se remet à sonner. À sonner interminablement. *"Il" commence à s'affoler. Est-ce lui qui a engagé cette fille ?* Dee s'étend sur le divan, se recroqueville en position fœtale. Les sonneries ne s'interrompent que pour reprendre aussitôt, de plus belle.

Angoissé… Il est salement angoissé. Peut-être même désespéré. Elle a l'impression de basculer par-dessus le rebord du monde. Tout se referme sur elle. Le téléphone cesse de sonner, puis recommence. C'est une véritable course à pied jusqu'à la ligne d'arrivée qui l'attend. *Va-t-il la trouver le premier ? Ou est-ce elle qui le trouvera ?*

La fuite

23

Une seule pensée occupe le cerveau de Vic dans l'avion qui le conduit du Texas en Californie… Je suis de retour. Non pas "Je rentre chez moi." Ni même "Je vais peut-être pouvoir refaire ma vie." Pas plus qu'il ne se dit qu'un heureux dénouement pourrait surgir de cette perverse atrocité. Il ne laissera aucune place à l'espoir, mais revient néanmoins s'abreuver à sa source.

Il n'est pas entièrement dans le noir quant à l'identité de celui qu'il s'apprête à rencontrer ni sur ce qui l'attend au débarquement; pendant la nuit, Landshark a envoyé à El Paso des extraits de sa rubrique hebdomadaire, "L.A., cette grande île".

Chacun de ces brûlots est une pleine page de pur journalisme franc-tireur. Le monde vu à travers le téléphone arabe de quelques Angelenos affranchis, qui appellent sa hotline pour lui refiler scoops et tuyaux sur les édiles et les membres des conseils d'administration des lycées.

Il cogne dur sur la gabegie gouvernementale et les magouilles politiques. S'en prend aux célébrités. Décerne des satisfecit aux restaurants qui s'efforcent de sortir du lot et rabat leur caquet à tous ces fumiers qui croient pouvoir abuser impunément de leur influence et de leur pouvoir.

Il enquête sur des sujets que la grande presse devrait normalement couvrir avant lui. Mène une guerre privée contre le *L. A. Times,* qui ne vaut guère mieux, à ses yeux, qu'une "litière pour poulailler".

Et termine chacun de ses papiers en se décernant le titre de "*gay* Charlemagne des chroniqueurs", laissant à ses lecteurs le soin de décider s'il fait allusion à sa stature ou à son calibre.

À l'aéroport d'Ontario, Vic est abordé par le chauffeur d'une voiture de location qui doit le conduire chez Landshark. C'est l'heure de pointe et il pleut sur l'autoroute de San Bernardino. Une nuit atrocement boueuse et de grandes giclées d'éclaboussures montent de la rivière de diamant des voitures. Un raz-de-marée de souvenirs routiers le submerge… le grill-room préféré de son beau-père, un café où il s'arrêtait le vendredi soir en sortant du lycée, avant de rentrer à L. A., le parking d'une galerie marchande où il s'est envoyé une fille qui l'a levé dans un bar.

Il jette un coup d'œil par la lunette arrière, remonte ces kilomètres de phares s'écoulant sans à-coups, revit quatre-vingt-dix minutes de route harassante à travers la réserve nationale du Mojave, jusqu'à cette informe crèche de glèbe dont il ne s'est extrait en suffoquant que pour se retrouver là.

Il ferme les yeux. L'incertitude énigmatique qui pèse sur ce qu'il est et la manière dont cette affaire va l'affecter pointe le museau. Et le mot "rage" s'inscrit en long et en large sur cette vérité enchaînée.

Le centre-ville est une pagaille de bouchons, encore aggravée par une monstrueuse panne de secteur. Des quartiers entiers d'Hollywood et de Pasadena sont privés d'électricité. Des kilomètres de pâtés de maisons de Koreatown et de City Terrace réduits à de longs blocs de ténèbres. Les lumières de la ville restent éteintes tout autour de Superior Court. Comme si une main anonyme avait, pour célébrer son retour, prémédité une petite catastrophe aléatoire.

La grimpette de Mount Washington Drive et de San Raphael Avenue lui fournit un premier aperçu véritable du quartier qui domine Highland Park. Le dédale des ruelles tortueuses forme un patchwork aberrant, qui remonte vers le sommet à travers des kilomètres de terrain massivement boisé. Ici, la plus pure déglingue côtoie la plus éhontée des extravagances. Ici, quelques niches tapies en retrait de la route ont été transformées en nids douillets pour soi-disant artistes, et de négligents monceaux de détritus coexistent avec des délires architecturaux montés sur pilotis et adossés au flanc de la montagne.

Andalusia Avenue – patrie des demeures récentes ou rénovées – s'achève en cul-de-sac sur un mur abrupt hérissé de rouleaux de fil de fer barbelé. Un interphone est encastré dans le mur près d'une grille en fer forgé ; le chauffeur tape un code.

Une voix que Vic reconnaît comme celle de Landshark répond.

— C'est Damiano, de Town Car. J'amène votre invité.

Le portail s'ouvre lentement. La Lincoln noire dévale un tronçon de route bitumée entre des arbres mal taillés. Cinquante, soixante-dix, quatre-vingt-dix mètres et juste une infime trace de lumière à travers la broussaille sombre et humide.

Un virage abrupt, que le chauffeur connaît visiblement très bien, et ils se retrouvent à ciel ouvert, devant une maison de quatre étages édifiée à flanc de montagne sur une corniche rocheuse qui semble dominer le monde entier.

LANDSHARK, d'une fenêtre éteinte, regarde se garer la Lincoln. La portière arrière s'ouvre et il aperçoit Victor Trey pour la première fois. Du moins tel qu'il est devenu. Le garçon qui figurait sur les photos de presse de 1987 et les clichés officiels du bureau du shérif n'existe plus. Ce garçon-là est un vestige porté disparu d'une vie antérieure, auquel s'est substitué un visage buriné et martelé, au front haut et à la calvitie naissante. Les cheveux longs tombent sur les épaules, lissés en arrière sur les tempes et réunis au sommet du crâne en un catogan partiel. Vic arbore un bouc épais et dru et sa veste de suédine crasseuse dissimule difficilement des biceps dangereusement gonflés.

Lorsque Vic se dirige vers la maison, Landshark remarque sa légère et nonchalante claudication, étrangement hypnotique, qui répand une aura de sexualité brutale, et se demande si c'est de naissance ou si c'est lié aux dommages infligés à son os pelvien quand on a essayé de l'abattre.

La porte s'ouvre dès que Vic se présente devant elle, et Landshark s'encadre entre les deux projecteurs qui flanquent l'entrée. Vic mesure plus d'un mètre quatre-vingts, mais doit néanmoins lever les yeux pour fixer ceux de l'homme qui l'a convoqué.

— Entrez, je vous prie.

Landshark tend la main. Il est effroyablement mince, et impeccablement vêtu d'un pantalon de gabardine noire et d'un pull-over de la même couleur.

— Pourquoi ne pas ôter cette veste mouillée, pendant que je m'occupe de notre ami ?

Damiano range soigneusement le long d'un mur du vestibule le sac marin et la valise cabossée de Vic, puis Landshark lui demande de ressortir sur le perron afin qu'ils puissent s'entretenir en tête à tête. Vic enlève sa veste trempée et observe leur dialogue muet, tout en profitant de ce court répit pour jauger le personnage. Il évalue sa taille à environ deux mètres cinq. Et avec cette coupe à ras et cette moustache superbement soignée, Landshark a tout du parfait officier d'active. Le seul couac serait peut-être cette apparence de délicatesse affectée qui accompagne chacun de ses gestes. Tout en tendant une enveloppe au chauffeur, Landshark glisse dans sa poche un rouleau de coupures de cent dollars aussi épais qu'une pièce de dix cents.

Il referme la porte d'entrée puis se tourne vers Vic, visiblement persuadé que ce petit échange financier ne lui a pas échappé.

— Je voulais m'assurer, dans la mesure où notre affaire prend une assez vilaine tournure, nettement plus sérieuse, que mon ami ne garderait qu'un très vague souvenir de l'identité de la personne qu'il a conduite ici ce soir. (Il fait un pas vers Vic.) Puis-je prendre votre veste, s'il vous plaît ?

Vic lui tend la veste mouillée. Landshark l'accroche au dos de la porte de la penderie de l'entrée.

— Que s'est-il passé ? demande Vic.

La longiligne silhouette de Landshark s'appuie un instant à la porte de la penderie, avant de la refermer.

— Je crains d'avoir commis une terrible erreur.

Vic se plante devant lui. Landshark fixe l'intérieur de l'obscur petit réduit. La pluie s'abat en lourdes draperies sur le toit, troublant le silence.

— Que s'est-il passé ? redemande Vic.

— La fille dont je vous ai dit qu'elle travaillait pour moi… Je l'ai d'abord appris en écoutant la radio de la police, mais les informations s'en font l'écho depuis la fin de la matinée. Le corps nu d'une femme a été découvert sur un chantier, en face de la maison d'où Magale m'a appelé pour la dernière fois. Le cadavre avait été violé avec une bouteille. (Landshark avise un paquet de cigarettes dans la poche de chemise de Vic.) Ce sont des vraies cigarettes ou des filtres ?

— Des filtres.

Ses doigts flûtés s'agitent dans les airs, en réclamant une. Vic sort son paquet, le secoue pour libérer une clope.

— Le corps a été identifié ?

Landshark rompt le filtre, se penche vers le briquet de Vic. La flamme qui brûle dans ses doux yeux bleus évoque une balafre.

— Impossible, réplique-t-il. Il était trop gravement brûlé.

Vic referme le briquet d'une chiquenaude pour éteindre le reflet, brusquement pervers, de la flamme.

— Je n'aurais pas dû y envoyer Magale toute seule, c'est évident. Pas une gamine de vingt ans. Descendons au Q.G. de guerre.

Vic le suit dans un escalier central qui mène au second.

— Qu'est-ce que vous avez dit aux flics ?

— Rien.

— Pourquoi ?

Landshark pile sur sa lancée et se retourne vers Vic. L'espace d'un instant, leurs yeux sont à niveau.

— Et c'est *vous* qui me posez cette question ? Qu'est-ce qu'ils ont fait pour *vous,* les flics ?

Tout le deuxième étage, soit deux cents mètres carrés, est occupé par les bureaux. On aperçoit une table en L portant deux unités centrales ; une autre table, juste à côté de la première, chargée de portables, d'imprimantes et d'une radio de police, et une troisième, qui supporte une batterie de téléphones et de répondeurs engrangeant sans arrêt des messages. Une autre panoplie de téléphones mobiles, chacun étiqueté d'un numéro. Le tout évoque d'assez près, songe Vic, le terme qu'a employé Landshark pour désigner cette salle : un Q.G. de guerre.

Landshark passe derrière un bar installé près du mur du fond, sert une tasse de café pour Vic et se verse un grand verre d'Oban Scotch. Il contourne le comptoir, tend sa tasse à Vic et désigne de la main la table de conférence qui occupe le milieu de la pièce.

Et là, Vic se retrouve alors confronté à sa propre vie, soigneusement ordonnée en piles : des paperasses le concernant et remontant, depuis sa naissance, jusqu'à la sordide photo de presse de 1987. Un ready-made biographique de mauvais souvenirs.

— Je rassemble des dossiers sur tous les crimes qui m'intéressent, déclare Landshark avant d'attirer son attention sur les photos de Magale. J'engage des gens pour déterrer les faits et trouver des indices. Je prends mon pied à faire sauter en l'air tous ces cadavres. Permettez-moi de vous montrer de quelle façon je suis tombé, il y a quelques mois, sur la tentative de meurtre dont vous avez été victime.

Landshark tend la main vers un dossier contenant un ample pot-pourri de coupures de presse provenant de divers journaux et l'ouvre en grand sur la table.

— Le centre éducatif de Belmont. Surnommé le Taj Mahal des écoles, mais grevé de micmacs, guerres syndicales larvées, dépassements budgétaires, fausses rumeurs désobligeantes, faux départs, simples foirades, luttes intestines au sein du conseil municipal et du conseil d'administration, plaintes diverses et variées sur le trop grand taux de pollution du site, allégations laissant entendre qu'on n'aurait jamais dû choisir cet endroit pour y bâtir une école et questionnements multiples quant à savoir pourquoi nul ne s'en est avisé avant, n'a pas fait ou dit mieux… Ce pitoyable chantier est depuis le début l'exemple parfait de la façon dont une entreprise peut tourner à la catastrophe quand il y a de gros bénéfices en jeu.

Landshark produit un article à la une du *Daily News*, assorti de la photo d'un couple de vieux pauvrement vêtus, debout sur le perron des vestiges d'une maison en bois de deux étages, avec le chantier de Belmont en toile de fond. Il le tend à Vic.

— Ils se sont plaints à tout le monde de l'horrible odeur de soufre qui s'élevait du sol et augmentait à mesure que l'excavation se faisait plus profonde. Ils ont passé un tas de coups de téléphone, mais personne n'a consenti à les écouter. Au bout du rouleau, ils ont fini par composer le numéro 800 inscrit au bas de ma rubrique. J'ai envoyé un expert qui a travaillé avec la compagnie du gaz pendant des années. (Landshark tire à lui son article.) Son rapport était parlant. Le site était largement plus contaminé que ne le laissait entendre la première évaluation, et que ne l'avaient jamais indiqué les premiers relevés effectués par la municipalité.

Landshark entreprend alors d'exhiber, l'un après l'autre, des articles du *Daily News,* du *L. A. Times* et d'autres journaux gratuits, mettant l'accent sur le terrassement profondément défectueux du "Taj Mahal des écoles", lequel porte désormais, grâce à Landshark et à sa plume fielleuse, le doux sobriquet de "lycée Fiasco".

— C'est là, poursuit-il, que j'ai embarqué Magale Huapaya dans cette affaire. Je voulais qu'elle patrouille dans les parages. Prenne des photos. Recueille des noms. Déniche tout ce qu'elle pouvait.

Il tend la main vers le dossier de Vic. Entreprend de compulser un monceau de photos. En extrait celle de la petite maison jaune de Toluca Street. La donne à Vic.

Il s'agit d'un portrait en pied, pris au téléobjectif et à son insu, d'un homme qui sort par la porte du perron.

— Comme vous voyez, cette maison est la seule de tout le secteur qui tienne encore debout. Et l'on construit déjà des immeubles derrière. Bon, ce type a acheté cette baraque pour des clopinettes, voilà bien des années. Les promoteurs qui bâtissent les immeubles lui en ont offert des sommes fabuleuses, du moins pour une telle horreur, bonne pour la casse. Mais il essaie de les baiser dans les grandes largeurs.

Vic survole la photo. Landshark le guette, se demandant si la vue dudit quidam va réveiller de vieux souvenirs.

— Au fait, déclare innocemment Landshark, il s'agit de Jon Pettyjohn, l'employé de la CalTrans qui a témoigné contre vous.

— Je ne l'aurais jamais reconnu.

— Moi non plus. Il est devenu passablement "fautogénique" au fil des années, avec un *f* et pas un *ph,* si vous voyez ce que je veux dire. Mais j'ai reconnu la photo. Du moins, j'en avais un vague souvenir.

Vic fixe la photo.

— Je ne vous suis pas.

Landshark lui tend un autre cliché. Celui où l'on voit Foreman essayer de casser avec une barre à mine le pare-brise d'une voiture garée en face de cette même maison.

— Celle-ci a été prise par un apprenti reporter, peu après votre arrestation à Hollywood pour conduite en état d'ivresse et possession d'une arme non déclarée.

Vic tique à cette évocation.

— Le journaliste voulait interviewer Foreman. Il avait découvert qui était son contrôleur judiciaire. Comme vous vous en souvenez certainement, Foreman était en liberté surveillée pour délit de possession quand vous l'avez agrafé dans le désert. Le journaliste l'a filé jusqu'à cette maison et l'a interviewé sur *votre* affaire.

Vic continue de fixer la photo, puis pose la seule question à laquelle Landshark s'attendait :

— Pettyjohn était-il le propriétaire de cette baraque, à l'époque ?

— Quand j'ai commencé à fouiner dans ce foutoir de Belmont, j'ai d'abord découvert, en consultant les vieilles archives, qu'il s'agissait du même Pettyjohn qui avait témoigné contre vous, puis qu'il était effectivement le propriétaire de cette maison. Oui… On peut commencer à établir un lien entre ces deux hommes dès 1988. De sorte qu'il me paraît sauter aux yeux qu'il y a une sorte de complot qui a été monté contre vous.

Vic ferme les yeux. Il y avait bel et bien un détail. Même à l'époque. Un détail qui lui aurait épargné…

— Qui était ce journaliste ?

Landshark tire une autre chemise de photos de son dossier personnel.

— Votre humble serviteur, réplique-t-il en la lui tendant. Ce n'est pas tout, Vic.

Vic prend la chemise. Landshark le contemple sans mot dire, tandis qu'il plonge la tête la première, d'épreuve en épreuve, dans cette promenade savonneuse.

Chaque photo altère un peu plus subtilement son affect, et tout son aspect. Les estafilades de son visage convulsé. Les biceps tendus, dangereusement gonflés. Les cicatrices de ses bras qui blanchissent, évoquant farouchement les balafres d'un rasoir. Lorsqu'il en arrive à la succession de clichés couleur qui montrent Englund et Pettyjohn passant devant l'hôtel Barclay, ses muscles faciaux se crispent convulsivement.

— La première fois que Magale avait une preuve photographique du lien qui existait entre eux.

Les muscles du cou de Vic sont bandés, comme s'il s'apprêtait à donner un coup de boule à quelqu'un.

— Faites le lien et tirez-en les conclusions qui s'imposent sur votre tentative de meurtre. Admettons que Foreman avait rendez-vous avec ces deux types le jour où vous l'avez épinglé. Qu'ils étaient tous mêlés à un trafic de came. Que Foreman ait menacé de les balancer si l'affaire ne passait pas à la trappe… Vous commencez à comprendre le comment et le pourquoi des fausses preuves montées contre vous ? Ce sont peut-être ces deux hommes-là qui ont pu engager les gens…

— Quel est l'homme qui discute avec eux devant le bar ?

— Je n'en sais rien. Mais j'ai mis quelqu'un sur l'affaire.

Vic laisse les photos lui tomber des mains plutôt qu'il ne les repose. C'est un visage marbré et congestionné qu'il tourne vers Landshark.

— J'ai besoin d'air.

Vic se dirige vers les portes vitrées coulissantes, les ouvre et passe sur le balcon. Il s'y affaisse, sous un vent qui chasse la pluie vers la façade et imprègne tout son corps.

D'une voix sourde, Landshark le prie de rentrer. Vic se contente de traverser le balcon jusqu'à une chaise et de s'y asseoir. Il appuie sa tête à la rambarde et éclate en sanglots. À travers la vitre, Landshark regarde tressauter et frissonner sa chemise détrempée à chaque nouvel assaut de larmes, et ses mains se crisper sur le bois de la rambarde comme si elles s'apprêtaient à l'arracher.

LANDSHARK glisse un ciré noir à capuche sur les épaules de Vic, puis tire une chaise et s'assoit à ses côtés. Vic relève le visage. Des mèches collées se plaquent à ses yeux tristes, injectés de sang.

— Je veux qu'on me rende ma vie. Désespérément... Vous n'imaginez même pas à quel point je le veux.

Landshark lui tend son verre de scotch.

— En 1987, je carburais aux tranquillisants et aux antidépresseurs. Je souffrais de divers problèmes émotionnels, qui continuent de me hanter. J'ambitionnais de devenir journaliste et, en dépit de la loque que j'étais devenu, j'ai réussi à me faire inscrire sur une liste de postulants à un emploi au *L. A. Times*. Mais, que Dieu les bénisse, ils ont fait leur petite enquête sur mes antécédents et découvert que j'avais artistiquement maquillé mon passé. De sorte que je suis devenu *inemployable*.

Landshark éponge la pluie de son visage.

— Un soir, peu après cette histoire, j'étais chez moi, défoncé au cognac et à quelques autres breuvages moins corsés. Je m'étais sérieusement mis en tête d'en finir. Puis j'ai appris par les infos ce qui vous était arrivé. (Les joues de Landshark en tremblent.) J'ai compris que si un autre pouvait sortir de sa tombe, j'en étais capable moi aussi. Tôt ou tard, au moins. Tant et si bien que j'ai établi un lien entre nous deux. C'était peut-être une idée aussi loufoque que grossière, mais elle m'a servi à tenir. Votre affaire m'aura permis de survivre aux tranquillisants et aux antidépresseurs. Mais j'ai de toute façon fini par craquer.

Il ferme les yeux.

— Je pense que j'ai craqué le jour où Foreman m'a attaqué avec une barre à mine. À moins que ça n'ait été un prétexte comme les autres. (Il les rouvre.) J'étais si près de vous venir en aide. C'est juste que le courage moral m'a manqué.

Vic boit une gorgée et Landshark attend qu'il dise quelque chose, n'importe quoi. Mais Vic fixe son verre sans mot dire.

Landshark contemple un Los Angeles effacé par la panne.

— J'étais un voyeur. Un accro au sexe. Je suis né catholique et homosexuel. Je suis dévoré de culpabilité et mort de trouille. Je dispose d'assez d'argent pour vivre plusieurs existences et mener les combats qui vont de pair.

La pluie oblique cingle dru leur visage et les deux hommes doivent détourner la tête.

— Et si aberrant que je sois, et je le suis incontestablement, je crois que nous avons d'une certaine façon mené des vies parallèles. D'une certaine façon qui vous échappe encore.

Vic relève les yeux. Il ne peut réprimer une grimace sarcastique.

— Ouais, je suis persuadé que c'est ce que s'est dit le chauffeur que vous avez payé pour m'amener jusqu'ici, quand il a déposé toute ma vie sur le pas de votre porte, dans ces deux sacs de l'Armée du Salut: "Ces deux tarés mènent des vies parallèles." Arrêtez, bordel.

Vic boit un coup puis rend le verre à Landshark. Le mélancolique et gigantesque androgyne se rapproche.

— Nous avons tous les deux pris un faux nom. Le mien est un nom de plume. Le vôtre un nom de traverse, puisque vous avez rejeté le patronyme de votre beau-père pour adopter celui de votre père biologique. Une petite révolution silencieuse, contre un passé dont je reste persuadé qu'il nous est commun à tous les deux. Et… je n'ai nullement l'intention, pas plus que vous, d'aller trouver la police. Vous comptez les traquer vous-même et chambouler leur existence. Dans cette manche, pour une fois, ce seront les méchants qui iront au tombeau, et je veux l'exclusivité sur cette affaire. Je veux ma propre rédemption.

Landshark s'apprête à boire une gorgée, mais avant de le faire, il déclare :

— À propos, si vous ne souhaitez pas qu'on vous retrouve, laissez également tomber votre numéro de sécurité sociale et cessez de payer vos impôts, car le premier pirate informatique venu pourrait vous débusquer sans se fouler.

— Je tâcherai de m'en souvenir la prochaine fois.

— Oui, je n'en doute pas.

Les deux hommes s'étudient à travers un rideau de pluie. Puis Vic demande tout à trac :

— Avez-vous la moindre idée de ce que vous allez faire entrer dans cette maison ?

— La violence ?

Landshark songe à une fille assassinée sur un chantier de construction et qui pourrait bien être, et est probablement, la jeune femme avec qui il s'est lié d'amitié. Il contemple le fond de son verre de scotch et fait observer, plus pour sa gouverne que pour celle de Vic :

— Dans les cérémonies du cavalier, même le pion doit ourdir une revanche.

Il vide son verre, crispe les mâchoires pour affronter la pluie et déclare, en s'adressant directement à Vic cette fois-ci :

— La violence y est déjà.

TROISIÈME PARTIE

Méfiez-vous des morts

24

Shay loue une banale petite maison grise à moulures bleues, à l'angle en fer de lance de Swan Street et de West Silverlake Drive. Le jardin en bordure, qui fait face à West Silverlake, n'est qu'un talus en pente, dépourvu de clôture et couvert de cristalline. Pour une fille qui vit toute seule, il n'y a pas d'autre protection que les barreaux aux fenêtres.

Accédez sous la pluie à ces fenêtres par le flanc le plus obscur de la maison et, si vous êtes bon tireur, vous aurez toutes les chances d'abattre Shay et de vous enfuir ensuite sans vous faire remarquer.

Love has never been easy for me.
Can't you see I have always been lonely?
Faith, it seems like a mystery.
*Girls like me, have to hide our hearts away**.

Shay, étendue sur le sol du salon, baigne dans l'informe chagrin de *My Secret Love.* Elle saigne avec la musique, lui permet de murer ses derniers espoirs. Les diodes de la stéréo projettent de petites étoiles au plafond noir, faisant de Shay une cible de chair nue parfaitement dessinée.

---

* "L'amour n'a jamais été simple pour moi.
Tu ne vois donc pas que j'ai toujours été seule?
La foi me reste un mystère.
Les filles comme moi doivent mettre leur cœur à l'abri."

People will never understand,
They'll destroy us if they can.
*Say we were struck down by the hand of Heaven**.

C'est une femme-enfant totalement anéantie, que la vie continue de piétiner. Merci, maman. Ton rêve américain a encore frappé.

Les doigts de Shay caressent le petit talisman qu'elle porte autour du cou. Il repose juste au-dessus de ses seins et, tout en écoutant la musique, elle entreprend de frotter l'amulette contre ses mamelons. Le pendentif est en forme de cercueil. Son couvercle peut s'ouvrir et elle conserve toujours un petit quelque chose à l'intérieur de cette tombe d'argent, au cas où ses vieux tics mentaux reviendraient la ronger.

Mais pas de came ce soir. Et pas non plus de séance de torture morale en pensant à ta mère, afin de déchiqueter encore plus menu les douloureux lambeaux de ton être. Rien qu'un chagrin amorphe, un saxo mélancolique et la souffrance maîtrisée de Lily Banquette, pendant que tu suis des yeux les étoiles lumineuses, quelque part… n'importe où… en espérant qu'un jour la double vie qui te colle aux basques pourrait crever sous tes yeux, tant qu'il te reste encore dans l'âme quelques onces de passion à négocier.

Si seulement…

Une déflagration retentit dans la petite pièce, si sonore que Shay est soulevée du sol. Un groin de verre explose derrière sa tête.

Une première pensée, effilochée… C'est un putain de contrat. Un tueur en bagnole. Un spadassin sur le sentier de la guerre. *Reste où tu es, dans le noir, ne bouge plus et…*

La seconde détonation envoie la voix de Lily Banquette se fracasser contre le mur, en une pluie de débris de

---

* "Les gens ne comprendront jamais.
Ils nous détruiront s'ils le peuvent
Et diront que nous avons été frappés par la main céleste."

plastique. Shay se met à ramper sur le sol. Une phrase mille fois martelée hante son esprit : "Vire pas pisseuse." La voix de sa mère toute crachée, tandis qu'elle joue des coudes dans la pénombre. "Vire pas pisseuse." Des débris de verre jonchent la moquette tandis qu'elle se fraie un chemin bec et ongles vers la cuisine. *Essaie d'atteindre la cuisine. Pas de fenêtre la cuisine. Ton pistolet la cuisine. Dans ton sac à bandoulière sur la chaise la cuisine.*

Elle sent le linoléum glacé sous sa peau nue. Agrippe la chaise. Qui bascule. Son sac la frappe au visage. Bruits de pas dehors, sur la brique. Un rapide cliquetis sous la pluie. La chaise métallique du perron dégringole. Quelqu'un se dirige vers la porte de la réserve.

Shay plaque son dos au poêle. Prend appui des deux pieds au frigo. Empaume fermement son Guardian à deux mains. Se penche par la porte, juste assez… Juste assez, dans cette obscurité, pour dépêcher vite fait deux balles dans la porte du placard.

Une poudreuse traînée d'air bleu. *Pop… pop!* Le bois éclate : deux trous. Elle se rejette en arrière. Attend le verdict. Libère une de ses mains, l'ouvre, palpe à tâtons, cherche son sac. Le vide sur le parquet de la cuisine. S'empare de son portable. Pas de lumière. Elle compose automatiquement un numéro, mue par l'adrénaline.

Ça sonne à l'autre bout. Elle écarquille les yeux. Prête l'oreille. À cet instant précis, elle hait sa mère plus que tout au monde.

Le message enregistré du répondeur de sa mère se déclenche.

— T'as intérêt à te ramener, chuchote Shay à la fin du message. On a essayé de me tuer. Ils sont encore dehors quelque part. Ramène-toi.

Elle patiente une heure dans le noir, adossée au poêle. Oublieuse de tout, sauf des bruits étranges qui emplissent la nuit, sous une pluie qui va décroissant. Se demande si un voisin a vu ou entendu quelque chose, si on a appelé les flics.

Les plus sinistres conséquences de cette éventualité la taraudent pendant quelques sombres minutes. Ce putain de monde revient la chercher. Cette fosse dans le désert qui bée brusquement. Montre son visage. Rien que pour elle. Un petit recoin glacé qui porte son nom…

Elle sursaute quand le téléphone sonne. Sa main griffe le sol et le ramène.

C'est sa mère :

— Je suis dehors. J'ai inspecté la rue de long en large pendant dix minutes. Personne autour de la maison. Je vais entrer par devant, alors tâche de ne pas me descendre accidentellement.

Dee perçoit distinctement l'aigreur de la voix de Shay :

— Ça serait pas un putain d'accident.

25

Depuis la cuisine, Dee fouille du faisceau de sa torche le salon plongé dans le noir. Le rayon remonte la traînée des dégâts, du mur à la fenêtre. Dee montre les crocs dès qu'on tente de s'en prendre à Shay, et elle le dit.

— T'en es au moins autant responsable, répond Shay.

— On ne va pas parler de ça ce soir, n'est-ce pas ?

Les sourcils de Shay se froncent avec hostilité.

— Ouais, à quoi bon danser un slow avec la réalité si on va jamais baiser, c'est ça ?

Elle agrippe le sac à bandoulière de sa mère posé sur le comptoir et l'inspecte, en quête d'une cigarette. Dee dirige le pinceau de la torche sur le sac pour l'aider. Le rayon bistré accroche la bande métallique du Parabellum.

— Putain de flash-back, déclare Shay en soupesant le semi-automatique.

— Je n'aurais laissé personne te faire du mal.

Shay abat l'arme sur le comptoir :

— Exception faite des personnes présentes aujourd'hui, bien entendu.

Dee lui braque le rayon droit dans les yeux. Et l'y maintient.

— Pourquoi tu n'irais pas t'allonger pour dormir un peu ?

— Tu sais très bien que je ne trouve pas le sommeil quand quelque chose me pèse sur le cœur. Je n'ai pas dormi depuis ma petite virée… dans un coffre de bagnole.

— Va te reposer, alors.

Les yeux de Shay ne se détournent ni de la lumière ni du visage de sa mère qui se dissimule derrière.

— Tu m'as abandonnée deux ans au Mexique. Juste histoire de salement me punir, putain. Tu dois bien te douter des ravages que tu as opérés en moi.

Dee tourne les talons, épuisée. Elle n'est plus qu'un paquet de nerfs à vif, tentant de sauver leurs deux vies.

— Je n'arrive plus à trouver le moindre rêve en moi. Tu sais ça ?

Dee scrute le séjour. Elle le balaie de nouveau du pinceau de sa torche, du mur à la fenêtre.

— Foreman ne ferait pas une chose pareille, à moins d'être sûr de ne jamais récupérer son pognon.

— Tu m'écoutes ?

— Mais les deux autres rigolos en seraient capables.

Shay empoigne le Parabellum et le claque de nouveau sur le comptoir. Elle entreprend de démonter le semi-automatique pour le nettoyer. Elle a les mêmes gestes secs et précis que sa mère.

— Prête à y aller, m'man ? Prête à te tartiner de nouveau cette petite virée dans le désert ? C'est ce que tu souhaites, non ?

Les traits de Dee sont affaissés, son regard amer. Shay s'empare des cigarettes de sa mère :

— C'est pour ça que je vis seule.

Elle en allume une, inspire une bouffée puis la pointe droit sur le cœur de Dee.

— C'est pour ça que je n'accepte rien de toi ni de Burgess. De toute ta putain de bande. Toi, lui, son père… Toute cette équipe d'arrivistes… Vous êtes le comble de ce que représente cette société. Et je suis vouée à vivre dans l'ombre des dégâts que vous faites.

— Si tu ne comptes pas te reposer, alors habille-toi. On va devoir visiter la chambre de motel de cette nana.

Constatant avec stupeur que rien de ce qu'elle vient de dire n'a eu le moindre impact sur sa mère, Shay s'emporte :

— Je juge allégeance au drapeau…

— Pas ce soir.
— … de cette tarée déchaînée qu'on appelle ma mère…
— Elle détenait peut-être des photos, des notes. Quelque chose qui nous relierait à Pettyjohn et Englund.
— … et à la république d'idées barbelées qu'elle représente…
— C'est une question de survie, notre survie !
— … une notion unie, une, indivisible et hostile à tous.
— Cesse de m'envoyer tes sermons livresques à la gueule et de faire semblant de ne pas m'entendre. Va t'habiller.
— *Viva Verboten !*
— Quoi ?
— Longue vie aux tabous.
Dee abat si violemment la torche sur le comptoir que le verre jaillit de son boîtier et va se fracasser sur le devant du placard. Un éclat de verre en forme de quartier de lune transperce la joue et la paupière de Dee.
— Seigneur !
Dee porte la main à son œil. Sent le sang couler. Pendant que sa mère l'insulte, Shay ouvre le réfrigérateur, y prend des glaçons et les enveloppe d'une serviette.
— Fais-moi voir ça.
Dee écarte la main. Le sang perle de la paupière puis s'infiltre dans l'œil, le forçant à papillonner de façon incontrôlable.
— Tu risques d'avoir besoin de points de suture.
— Rien à foutre de ce dont j'ai besoin ! Parlons plutôt de ce dont *on* a besoin, toi et moi.
— J'ai surtout besoin d'avoir les idées claires, et c'est hors de ma portée.
Shay lui tend la serviette pleine de glaçons. La porte du réfrigérateur, en se refermant lentement, éclaire le bras de fer affectif auquel se livrent ces deux femmes. Une flaque de lumière de quelques brèves secondes, qui se dissipe peu à peu… Puis elles se retrouvent dans le noir, face à face.

Le silence qui s'installe donne l'impression d'être lesté de pierres.

— Tout ce que tu as dit de moi est vrai, Shay, déclare Dee dans un éclair de pur désarroi. Et tout ce que tu peux en penser, si tordu que ce soit. Mais rien de ce que tu peux dire ou penser ne te sauvera. (De la serviette bourrée de glaçons, elle désigne le séjour dévasté par les balles.) C'est à ce stade-là qu'on en est arrivées. Que *tu* en es arrivée.

Dee s'affale contre le comptoir. Une ombre échouée, privée d'ombre. Shay l'a déjà vue dans cet état. Quand la digue de speed et d'agressivité qui sert à colmater ses failles craque aux entournures et que tout ce qu'elle est – et n'est pas – déborde à grands flots.

Dee se met à pleurer. Âprement. Elle n'est plus qu'une présence, une existence enchaînée et maniaco-dépressive, un ange noir ravagé qui se consume sous les yeux de Shay. Ça aussi, Shay l'a déjà vu. Elle sait que sa mère est d'autant plus dangereuse qu'elle est vulnérable.

— Je ne voulais pas que ça se passe ainsi. Je ne voulais pas te faire souffrir.

Ouais… Le petit laïus de rigueur, parfaitement adapté aux circonstances, en droite ligne du manuel du parent idéal, même si ledit parent est une catastrophe ambulante, avançant sous un masque de traits décents.

— Oh, merde !

Dee presse sa nuque de sa main libre, là où elle a l'impression que son sang va embraser ses veines. Elle devient pâle comme un linge, ses yeux ne sont guère plus vivants que des écailles de peinture décrépite. Sa poitrine se soulève pesamment. Elle s'affale à terre.

Shay est déjà passée par là aussi. Par ce trou frémissant où l'angoisse affronte le coup de grâce porté par un système nerveux rongé par les toxines. Peut-être ne s'agit-il que de pitié rudimentaire ou d'une pure question de programmation génétique. D'un penchant marqué pour la mort ou du besoin de prouver qu'on est la plus forte. Ou bien encore de ce néant essentiel que nous essayons tous désespérément de remplir, même après que des années de haine ont totalement érodé l'amour.

Shay se pelotonne contre sa mère :

— Tu veux que je t'emmène à l'hôpital ?

Les pleurs de Dee ne sont plus que des sanglots sourds et ininterrompus.

— Je me suis fourrée moi-même dans de très sales draps.

Dee donne l'impression qu'elle va rendre l'âme sur place. Shay l'enlace. Dee se presse contre la poitrine de Shay, telle une parodie distordue d'enfant.

— Je ne peux pas… te sauver… malgré toi. Et j'ai besoin… de ton aide… pour me sauver.

Shay s'y refuse. Elle scrute du regard le séjour plongé dans les ténèbres. De nouveau la tombe béante, le trajet dans un coffre verrouillé, cahotant sur la 405. Elle ferme les yeux. Elle ne sait que trop bien que sa survie ne dépend que d'une chose… sa maîtrise de soi.

— D'accord, chuchote-t-elle. Mais je veux que tu saches qu'après… qu'ensuite, je n'existerai plus pour toi. Tu ne pourras plus jamais, jamais me faire du mal. Je disparaîtrai de ta vie. Tu m'as bien entendue ?

26

Vɪᴄ est en train de se changer dans une chambre du troisième étage quand il entend Landshark dévaler les escaliers en hurlant.

Vic ouvre la porte de la chambre, la chemise à moitié passée. Landshark parle dans un portable. Il interrompt sa conversation une seconde pour lui lancer :

— Une fille qui cherchait Magale est passée au motel. C'est mon cousin qui tient l'établissement. Il dit qu'elle s'est attardée un bon moment dans le secteur. Qu'elle faisait des allées et venues depuis le bar d'en face. Qu'elle est accompagnée.

— Est-ce qu'un ami ou un parent de Magale ne pourrait pas la chercher… ?

— Pas là-bas ! Je suis le seul à savoir où elle habitait. Ce motel m'appartient. Je l'y ai installée pour qu'elle y soit… (sa voix meurt) en sécurité.

Vic termine rapidement de boutonner sa chemise.

— On ferait mieux d'aller voir ce que mijote cette femme.

Landshark appuie sur FLASH puis fait signe à Vic de le suivre tandis qu'il parle au téléphone.

— Rog, est-ce que cette nana est arrivée en voiture ? Tu as noté le numéro d'immatriculation ?

Vic lui emboîte le pas dans l'escalier puis franchit une porte sur ses talons. Deux cents mètres carrés de rampes s'allument automatiquement.

— Tu as pris ton traitement, Rog ? Bon Dieu !

Le rez-de-chaussée n'est qu'un vaste entrepôt meublé d'étagères métalliques brutes. Travée après travée.

Bourrées de dossiers. C'est à peine si Vic parvient à suivre la silhouette filiforme de Landshark, qui se faufile entre les rangées et enjambe des monceaux de dossiers et de cartons défraîchis.

— Rog, je reçois un autre appel. Reste en ligne. (Il zappe sur l'autre correspondant.) Terry ? Tu as eu mon message ? Où es-tu ? Dix minutes en voiture ? D'accord. Il sera prêt.

Ils atteignent une porte ornée d'une plaque chromée au nom de HARPERS FERRY. Lorsqu'elle s'ouvre, Vic constate que la pièce est efficacement insonorisée. Il suit Landshark à l'intérieur. D'autres rampes s'allument automatiquement.

C'est un stand de tir. Répondant à toutes les normes professionnelles. Landshark désigne une table couverte d'armes de poing, en même temps qu'il bascule sur la première ligne :

— Rog, installe Vic dans la chambre voisine de celle de Magale. Pour qu'il puisse fouiller dans ses affaires.

Vic examine la noire et silencieuse panoplie. Vérité toute nue, parole d'évangile.

— Ne lui fais pas remplir de fiche, poursuit Landshark. Pourquoi ? À ton avis ? Prends donc ton lithium. Pour qu'on ne l'identifie pas, parbleu.

Il appuie sur END, se tourne vers Vic et le voit en train de manipuler les armes.

— Je vous retrouve devant. Pourquoi n'essaieriez-vous pas de trouver chaussure à votre pied dans ce fatras ? Aucun d'entre eux n'est déclaré, conclut-il en prenant la porte.

Vic survole du regard cet océan d'armes de poing. Depuis le bijou pour dame jusqu'à l'outil spécialisé. Calibres qu'on étale au grand jour ou qu'on planque discrètement. Un vaste choix qui permettrait à n'importe quel quidam d'imposer sa volonté à la planète.

Vic le ressent distinctement, tout en inspectant manuellement les armes, l'une après l'autre. Le profond reflux des années. La génération perdue de la vie. Il sent le sang bouillonner dans son cœur, devant cette éventualité menaçante.

Qu'a dit Karen Englund, déjà, devant la voiture de patrouille, le jour où on lui a tiré dessus ? "La mort met un point d'interrogation à toutes nos existences." Eh bien, Landshark avait au moins raison sur un point… Il n'ira jamais trouver la police.

LORSQUE Vic se pointe avec ses bagages, Landshark est en train de parler au téléphone, juste devant la porte.

— J'achète tout ton temps libre, Freek. Ce sera le cru Landshark. Je déniche la plaque d'immatriculation de cette nana et tu pourras commencer à te défouler : crédits, comptes bancaires, extrait de naissance, passé familial, casier judiciaire s'il en existe un, impôts. Je veux savoir jusqu'à la date de son dernier frottis.

Landshark se tourne vers Vic. La pluie n'est plus qu'une bruine bénigne.

— Freek… (La peau des pommettes de Landshark se crispe.) Je crois que cette histoire a causé la mort de Magale. "Douleur" n'est pas un terme suffisant pour traduire sincèrement ce que je ressens. Tu te souviens de nos conversations sur la Grande Muraille d'Amérique, Freek ? Comme quoi elle n'est qu'une marchandisation de l'être humain. Et ce meurtre est l'acte ultime de cette marchandisation. La Grande Muraille doit être escaladée, Freek. Escaladée, puis démantelée. Et tu es le fichu Tom Paine qui va m'y aider.

Il appuie sur END.

— Freek est un pirate informatique, j'imagine ?

— Oui. Il travaille pour un magazine intitulé *Blacklisted! 411*. Mais on peut lui faire venir le sang à la tête avec une simple injection de patriotisme social. (Landshark lance un regard à Vic, genre agent de sécurité.) Vous avez trouvé votre bonheur, en bas ?

Vic écarte les bras comme s'il prenait la pose.

— Qui a dit que ce qu'on ignore ne peut pas vous faire de mal ? Bon, parlez-moi de votre cousin. Va-t-il être… ?

L'interphone se déclenche. Landshark appuie sur le bouton d'ouverture du portail, juste derrière la porte d'entrée.

— Rog est un maniaco-dépressif socialement handicapé. Essayez d'imaginer un Ted Kaczynski sans son attirail d'artificier. (Landshark pêche un autre portable dans sa poche et le tend à Vic.) Pour rester en contact. 8 – 4 – 2 pour m'avoir en urgence. Au cas où vous oublieriez le numéro : 8 – 4 – 2, ça écrit "Vic".

Des phares balaient les arbres de l'allée, suivis par les premiers accents d'un moulin qui donne l'impression d'avoir récemment subi une greffe de cylindres. Puis une Fastback noire et luisante vire sur les chapeaux de roues devant les deux hommes et pile net. Vic jette un œil à l'intérieur de cette teigneuse Pony de 66.

Un Noir s'extirpe des robustes sièges baquets. Il a la quarantaine, les yeux clairs et la tête d'une ville fortifiée. Avec une attitude de type qui vient de piquer un sprint avec son étui de revolver.

À leur façon de se comporter, Vic comprend qu'ils sont très liés. L'homme tend une enveloppe à Landshark.

— J'ai les plaques du Texas que tu voulais. Et les papiers qui vont avec.

Landshark présente Vic à Terry Hickman et ajoute :

— Filez, tous les deux. Et… Terry… tu restes sur place, d'accord ? Tu surveilles les arrières de Vic.

Terry opine puis balance les clés à Vic :

— Autant que tu te fasses la main sur ce pur-sang.

Alors qu'ils commencent à s'ébranler, Vic remarque que Landshark reste en arrière.

— Vous ne venez pas ?

Landshark contemple la voiture et, à la seule idée de quitter son nid douillet, une vague de panique le secoue de la tête aux pieds. Le courage dont il s'imaginait magiquement investi par l'arrivée de Vic redevient le fantasme qu'il a toujours été. Sauf qu'il n'est désormais plus éperonné que par ses battements de cœur précipités et le pressant désir de déguerpir.

— Je ne peux pas.

— William, dit Terry. Ça fait si longtemps que tu en parles. Essaie au moins une fois.

Landshark fait volte-face, humilié.

CINQ minutes plus tard, le pur-sang file sur la bretelle qui mène de l'autoroute de Pasadena à celle d'Hollywood.

— Qu'est-ce qui cloche chez lui ? s'enquiert Vic.

— Agoraphobie… Il pique des crises d'angoisse. On lui a tellement niqué la tête qu'il se sent obligé de trouver un endroit où il se croit en sécurité pour recouvrer son calme, faute de quoi il a l'impression qu'il va crever ou perdre la boule. Un médecin, un ami à lui, lui a donné un traitement, mais il ne le prend pas. Et il ne peut pas ou ne veut pas consulter un psy. Il pouvait encore sortir en ville il n'y a pas si longtemps, mais les crises sont devenues si violentes qu'il ne se sent plus à l'aise que chez lui. Il n'a pas quitté sa propriété depuis des années. (Terry secoue la tête puis embrasse d'un geste découragé la ville qui s'inscrit dans le pare-brise.) Pour lui, voyez-vous, tout cela est dangereux.

— Ah, parce que ça ne l'est pas, en vrai ? demande Vic d'une voix qui pourrait indiquer de la tristesse, ou un certain sens de l'humour.

La fenêtre est ouverte et ils roulent si vite que le vent est aspiré à l'intérieur du véhicule. Terry fusille Vic du regard.

— S'il y a quelqu'un qui est susceptible de répondre à cette question, c'est bien vous.

— *Amen*, marmonne Vic.

Ils passent à toute allure devant l'endroit où il a été interpellé et arrêté par le LAPD, cette nuit où il filait Pettyjohn, et Vic s'empresse de chercher une cigarette pour amortir le choc. Et l'on viendra après vous parler de lieux marquants, géographiques et biographiques !... Il contemple cet insignifiant tronçon d'asphalte dans le rétroviseur, jusqu'à ce que les phares avant de la voiture qui les suit l'aient effacé. Ne subsistent plus en lui que les minuscules lacérations du tourment, et la crainte soudaine de continuer à fixer le rétroviseur, car il se pourrait bien que ces phares éclairent également un ailleurs en noir et blanc qui porterait son nom.

UNE enseigne au néon rouge représentant un dôme du plaisir dans le plus pur style des Mille et Une Nuits, avec minaret et paire de palmiers pâmés, zèbre le ciel nocturne lorsqu'on remonte Sunset Boulevard.

Le Jardin d'Allah, situé sur le côté sud du boulevard à une salutaire portée de cri de La Brea, est une crèche passablement fréquentée par les touristes et les paumés en tout genre.

Vic et Terry dépassent l'établissement à toute allure. L'allée qui mène au motel passe sous le premier étage, dont la terrasse est ornée de cette rutilante enseigne en forme d'oasis.

Une Wrangler cabossée est garée sous l'auvent, juste devant la réception. Terry parle à Landshark dans son portable :

— Verte... Capote en tissu brun... 727XLY3... Elle est encore là.

Vic prend la première à droite, se gare au coin de la rue près d'un magasin de spiritueux à l'enseigne de Diesels. Il jette un regard en arrière vers le motel.

— C'est ma guerre, à partir de maintenant. Vous feriez mieux de descendre.

Terry hoche la tête. Descend. S'accorde une courte pause pendant que le moteur ronronne.

— Vic, je… Je voudrais vous dire que je regrette.

Vic le regarde sans bien comprendre.

— Je travaillais dans la brigade d'Hollywood – aux cambriolages – quand votre affaire s'est produite. J'étais persuadé qu'on devait vous inculper. Alors, je peux bien vous le dire, à présent… Je regrette.

Terry referme la portière sans attendre la réponse, plantant là son interlocuteur, penché par-dessus le siège. *Comment des excuses présentées par un homme qu'il ne connaissait pas quelques instants plus tôt peuvent-elles le toucher autant ? Lui donner l'impression d'être si humain, si réel. C'est bon signe. Bon signe,* se persuade-t-il. *Ça signifie que je ne suis pas mort.*

La réception se trouve sous l'auvent, face à la Jeep de la femme. Vic entre, son bagage à la main. Le bureau sent le café grillé. Derrière la vitre coulissante du guichet, l'arrière d'un crâne se tourne vers un poste de télévision fixé sous le plafond par des attaches de sécurité. C'est l'heure du J.T. Un présentateur aguiche ses auditeurs en évoquant d'éventuelles pistes dans l'horrible crime dont a été victime, sur le chantier de Belmont School, une jeune fille encore non identifiée.

La tête se tourne vers Vic et elle est encore pire que ce à quoi il s'attendait. Rog pourrait facilement passer pour un échappé du patrimoine génétique des ZZ Top. La seule différence, c'est que les côtés de sa barbe hirsute sont tressés. Il se lève, rajuste ses lunettes à monture noire style Clark Kent. Sa chemise est immonde et trop grande pour lui de plusieurs tailles.

— C'est vous, l'homme à qui mon cousin essaie de donner un coup de main ?

— C'est moi.

Ils traversent la cour, dépassent la petite piscine clôturée qui s'étend près de la réception.

— Je crois comprendre que c'est Terry qui vous a conduit ici. Vous saviez qu'il avait été l'un des amants de William ?

Vic jette un coup d'œil vers le bar d'en face, au-delà de l'auvent. C'est là que la femme est censée s'être rendue.

— William m'a dit que Freek travaillait aussi sur cette affaire. Freek, Terry. Il vous a collé toute sa mafia homo sur le dos.

Rog pilote Vic vers un escalier noir. Ses tongs font jaillir des éclaboussures du macadam mouillé.

Le motel parle de lui-même. Blanc délavé, portes orange scarifiées. Chacune présente au moins deux carreaux bidouillés. L'établissement bourgeois standard qui a connu des jours meilleurs. Vic est familier de ce genre d'endroits. Ici viennent se terrer les désespérés et les doux rêveurs, pour tenter de survivre à la dure réalité, jusqu'à ce que leur heure arrive.

— William vous a-t-il dit que j'étais maniaco-dépressif? J'étais professeur titulaire de chimie organique à UCLA à vingt-six ans. C'est un peu comme être astronaute. Mais je n'ai pas tenu le coup. Ma dépression…

Rog s'arrête au pied d'un escalier à ciel ouvert.

— Je suis homo, moi aussi. William vous l'a dit ? Nous le sommes tous dans la famille. Vous n'êtes pas homo, n'est-ce pas ?

— Pas à ma connaissance. (Vic désigne l'escalier.) Je peux monter dans ma chambre, s'il vous plaît?

Il suit Rog le long de la galerie de l'entresol. En observant la cour.

— Mon cousin vous a dit comment il avait récupéré tout ce fric ?

Les lumières qui se reflètent dans la piscine quadrillent la cour d'ombres rectilignes qui dessinent des recoins opaques et des angles disloqués de ténèbres. Rog s'arrête devant la dernière chambre. La porte du 22 fait face à la galerie. Elle semble avoir essuyé quelques rudes assauts au fil des ans.

Avant de l'ouvrir, Rog s'adresse à Vic:

— William vous a dit qu'il avait tué ses parents ?

Vic tourne la tête. Il distingue dans les yeux de Rog un grognement porcin. Une lueur espiègle et jubilatoire, vaguement éventée, qui semble exulter d'avoir prononcé ces paroles.

— Ouvrez la porte, s'il vous plaît, se contente-t-il de répondre.

Rog poursuit sur sa lancée. Son ton est provocant, presque vénéneux.

— Il n'a jamais été inculpé. Ce n'est pas faute d'avoir essayé. Quatre-vingts millions de dollars, c'est tout ce dont il a hérité.

Vic est incapable de décider s'il s'agit de pures divagations ou de…

— Ouvrez, s'il vous plaît.

— Ses parents possédaient un petit avion. Une aile était endommagée. William et son père l'ont réparée. Il avait quinze ans. Ses vieux étaient des échangistes. Toutes ces conneries d'amour collectif des années 1970.

— Ouvrez, s'il vous plaît.

— Ils laissaient leurs amis le baiser. Il les haïssait. Les flics ont dit qu'il n'avait pas fixé comme il faut quelques clavettes d'arrêt de l'aile, si bien que… quand le zinc a décollé… (la main de Rog monte vers le ciel comme Icare) il a piqué aussi sec.

Vic bloque l'avant-bras de Rog à mi-plongeon et le broie légèrement. Brûlure indienne. Rog se plie en deux de douleur.

— Ouvre cette porte ou je te dévisse le poignet.

Ils entrent. Une lampe de bureau s'allume au chevet du lit. Vic pose son bagage et inspecte la chambre. Ça pue le renfermé. L'air est stagnant. Radiateur mural. C'est le Sunshine Motel d'El Paso, à part le couvre-lit orange. Il désigne une porte au fond.

— Ça communique avec la chambre de la fille ? (Rog acquiesce.) Ouvre-la.

Vic tire les rideaux de la fenêtre et jette un coup d'œil à travers les volets. Il sort son portable, compose le numéro de

Landshark. Pendant que le téléphone sonne à l'autre bout, il continue d'inspecter la cour. Landshark décroche.

— J'y suis, annonce Vic. Votre cousin ? (Il jette un œil vers Rog. Celui-ci a déverrouillé les deux portes de communication.) Il se répand sur vos histoires de famille.

Long silence. Vic se remet à épier à travers les volets.

— J'allais vous en parler, répond Landshark. Tout vous dire.

Une ombre remonte l'allée et escalade le mur du motel.

— Il m'a simplement semblé que le moment était mal... Je n'ai jamais rien fait, Vic...

L'ombre est prolongée par une fille.

Vic le coupe à mi-phrase. D'un claquement de doigts, il fait signe à Rog de venir vite à la fenêtre.

— C'est elle ?

Rog regarde dehors. Il doit tenir ses lunettes sur son nez. Trémolos dans la voix :

— C'est elle. C'est elle.

— La fille est de retour, dit Vic dans le portable.

Il agrippe Rog par sa chemise et le repousse contre le mur. Le bâillonne de la main pour le faire taire et, pour qu'il n'ait aucun doute sur ses intentions, plaque un pouce contre sa gorge.

Il éteint. Jette un regard par les volets. La fille n'est plus là.

— Je ne la vois plus, chuchote-t-il dans le portable. (Puis, d'une voix pressante) : Appelez Terry et assurez-vous qu'il regarde bien.

Il se penche au-dessus du bureau pour jouir d'un meilleur angle de vue sur la cour. Elle n'est pas près de la Jeep. Il scrute la réception, la piscine, une flaque de ténèbres au pied de l'escalier. Nulle part en vue.

Il inspecte la galerie des yeux, de haut en bas. Celle-ci est entièrement occultée par d'étranges ondulations d'ombre et de lumière. Il patiente, observe. Rien que les bruits de la rue, et la respiration asthmatique de Rog. L'espace d'un instant, Vic prend conscience qu'il n'a pas la moindre idée de ce que tout ça veut dire – si ça veut dire quoi que ce soit. Puis…

Une silhouette se détache de l'épais repli d'ombre, au sommet des marches. La fille approche, le col relevé, en longeant la pénombre de la galerie. Ses mains s'enfoncent profondément dans les poches d'une veste noire.

Vic tente de déchiffrer son langage corporel, en quête de traces de peur, d'incertitude. Quelque chose dont il puisse déduire une bribe de culpabilité, si infime soit-elle.

Elle passe sous une ampoule nue et il distingue les contours de son profil. La blancheur accusée de son cou, les cheveux noirs, le galon violet le long de la tempe.

Elle frappe à la porte de Magale. L'écho porte jusque dans sa chambre. Il doit se pencher en arrière pour essayer de la distinguer. Elle frappe de nouveau, patiente. Frappe encore.

— Magale, appelle-t-elle.

— Bon sang ! chuchote-t-il à l'intention de Landshark. Que je sois pendu si elle ne se comporte pas comme si elle s'attendait à trouver quelqu'un dans la chambre. Êtes-vous sûr que personne ne la savait ici ? Cette fille semble la connaître.

Elle recule et la lumière l'inonde pour la première fois. Il voit ses yeux noirs profondément enfoncés. Elle est jeune, très jeune. Elle est grande et il n'y a rien de docile dans son visage. Mais il décèle encore autre chose, quelque chose de plus puissant que la beauté brute. Une chose flagrante, impossible à dissimuler. La tristesse. Voilà ce qu'il voit.

27

— ELLE s'en va, déclare Vic à Landshark, alors que la fille recule vers l'escalier dans la lumière oblique.

Landshark n'y comprend rien.

— Pourquoi n'a-t-elle pas tout bonnement tenté de forcer la porte ? Elle fait tout ce trajet et elle repart ?

Vic se tourne vers Rog. Celui-ci se tient toujours près de la table de chevet, là où Vic l'a repoussé d'une bourrade.

— Y a-t-il un autre moyen d'arriver à ces chambres ? Sans passer par la réception ?

Les mains de Rog s'agitent fébrilement. Il fait non de la tête.

— William a demandé à Terry de sécuriser l'établissement, à cause du taux de criminalité du quartier.

— Continue de la surveiller d'ici, fait Vic en s'enfonçant dans l'obscurité.

— Vous croyez qu'elle tâte le terrain ? lui demande Landshark. Rog a dit qu'elle était accompagnée, quelqu'un qui aurait traversé la rue pour entrer dans le bar d'en face.

Vic atteint les portes qui donnent sur la chambre de Magale. Il stoppe.

— Nous venons tout juste de brûler un feu. (Landshark se taisant, il poursuit :) Quelqu'un a bien embarqué le portable de Magale, non ? Ce qui signifie qu'on a emporté ses effets personnels. Et explique en partie pourquoi on ne l'a pas encore identifiée. Quel est, dans ce cas, le seul moyen de savoir qu'elle séjournait ici ? Sauf à l'avoir filée ou forcée à le leur dire ?

Un long silence, avant l'inspiration.

— La clé du motel.

— Et si cette fille avait la clé, pourquoi n'a-t-elle pas ouvert la porte et n'est-elle pas entrée ?

— En effet, Vic. Pourquoi ? Peut-être cette fille est-elle précisément ce que vous…

— Ce qu'elle est ou n'est pas, je m'occupe de le découvrir. Dès que j'aurai fini d'inspecter la chambre, je redescendrai au rez-de-chaussée et, si elle est encore là, je l'aborderai.

Vic coupe la communication avant que Landshark ait pu exprimer son inquiétude, et se faufile dans la chambre d'une morte par les deux portes ouvertes.

TERRY surveille le Jardin d'Allah depuis le parking d'un supermarché, du côté nord de Sunset, quand Landshark l'appelle. Il est inquiet et parle beaucoup trop vite. Il lui expose ce qui s'est passé au cours des dernières minutes et déclare qu'il s'oppose farouchement à ce que Vic aborde une fille dont ils ne savent strictement rien. Mieux vaut saigner ces salauds à blanc en leur arrachant des détails, plutôt que de…

Terry repère une fille qui remonte l'allée dans l'éclairage tamisé.

— William, fait-il, il va te falloir regarder une dure réalité en face si tu veux régler cette affaire. Et si tu veux guérir. Jouer les maniaques du contrôle ne sert à rien. Là, on est dans le putain de vrai monde, et c'est un monde libre. Et Vic…

Landshark raccroche violemment. Rien ne le fait plus sortir de ses gonds qu'une vérité qu'il ne peut encaisser.

SHAY grimpe dans la Jeep. Sa main se crispe encore sur la clé de la chambre de Magale, dans la poche gauche de sa veste. Elle fixe à travers le pare-brise le bar installé sur le trottoir d'en face. C'est un mur de brique plat, haut d'un étage et percé de deux œils-de-bœuf à une dizaine de mètres environ du rebord du trottoir. Shay sait que Dee l'observe derrière ces glaces sans tain.

La noire descente débute dans ses entrailles. Assortie d'un léger relent de morgue, tandis qu'elle cherche une justification, une explication satisfaisante à son refus d'entrer dans cette chambre.

Ses yeux captent sur l'asphalte humide le reflet de l'enseigne au néon du motel. Un palace écarlate, flanqué de deux palmiers provisoirement rejetés en arrière par le sillage chuintant des pneus. Elle se refuse encore à bouger. S'abandonne au rythme hypnotique de ce mirage liquide, qui n'est remué et dissipé par chaque voiture qui le traverse que pour se recomposer, quelques secondes plus tard, sur le macadam ruisselant.

Elle ferme les yeux, renverse la nuque contre l'appui-tête. Si seulement elle pouvait se montrer aussi forte, ou au moins aussi insaisissable, pour survivre à ce que ce monde lui réserve. Si seulement elle avait autant de contrôle sur elle-même...

DEE ne comprend pas pourquoi Shay reste assise dans l'allée. Elle était censée soit entrer dans la chambre, soit revenir au bar. Attendre... Pure perte de temps! Le Southern Comfort ne l'aide nullement à humecter sa bouche pâteuse. Même mourir à petit feu d'un cancer de la gorge serait plus agréable que ça.

Rencognée dans un box d'angle, elle s'efforce de se soustraire aux regards en coin que lui décochent la foule des mâles en rut. D'effroyables récriminations se cristallisent sous son crâne à l'idée qu'elle ait pu tirer sur sa propre fille. Dieu sait combien tirer à bout portant sous la pluie sur des gens qui ne se méfient pas est épouvantable, mais elle sait aussi que même si elle avait supplié à genoux Shay de l'aider, celle-ci l'aurait envoyée se faire foutre. Elle s'est donc vue contrainte de l'appâter en lui proposant un terrifiant compromis.

Son cerveau s'escrime à la convaincre que cet acte de pure nécessité saura forcer la main, de corleonienne manière, à l'humeur provisoirement massacrante de cette teigneuse petite peste. Que le plus grand bien de tous ne pourra s'obtenir qu'au prix d'un rythme cardiaque dopé, guignant le contrôle total.

Elle s'apprête à irriguer d'alcool sa gorge parcheminée lorsqu'elle voit un type émerger de la lumière diffuse de l'allée, et se diriger vers la Jeep de Shay d'une curieuse démarche claudicante.

TANT que sa mère a la haute main sur Shay, une partie de ce secret est menacée. Elle traque la terreur aiguë qui en émane. S'efforce de se frayer un chemin dans cette mêlée à la pâleur de sang quand une voix qu'elle entend à peine déclare :

— Ça s'arrangera.

Elle ouvre les yeux. Un homme se tient derrière elle, dans son ombre. Ses cheveux tombent sur ses épaules. L'allée est tellement obscure, près de la Jeep, que ce n'est qu'au son de sa voix qu'elle a pu comprendre qu'il s'agissait d'un homme et pas d'une femme.

Lorsque Vic s'avance, la lumière de la cour accroche le côté droit de son visage. Il fait jaillir une cigarette de son paquet, caresse de la main l'ovale d'un visage imaginaire puis braque l'index sur celui de Shay.

— Quel que soit le truc qui vous pèse, il ne durera pas. Ça ne dure jamais.

C'est à peine si elle tourne la tête pour le regarder.

— Bien sûr que non. Nous sommes à Hollywood, pas vrai ? Le berceau du transformisme, la ville où même l'eau du caniveau est bénite.

Impossible de se méprendre sur l'amertume qui suinte de ses paroles. Vic fait un nouveau pas dans sa direction.

— Je suis allé au musée de cire d'Hollywood.

La boutade ne lui arrache même pas un sourire. Il aimerait s'approcher plus près de la Jeep. S'en mettre plein la vue, autant que possible. Il remarque que le tableau de bord est jonché de pochettes d'allumettes usagées.

— Je vous échange une cigarette contre du feu.

Elle jette un regard au tableau de bord et lui passe une pochette.

— Cadeau.

Au moment où il s'empare de la pochette, Shay voit un bus traverser à toute allure l'image marine de l'enseigne et attend qu'elle se soit reconstituée sur la chaussée détrempée.

Vic frotte une allumette.

— Vous êtes une amie de Magale ?

Les yeux immenses de Shay semblent absorber toute la clarté de la flamme. Sa bouche se pince imperceptiblement. Vic aspire une bouffée puis souffle sur la flamme et le visage de Shay se tourne enfin vers lui.

— Je suis au 23. La chambre qui jouxte celle de Magale. J'ai entendu du bruit et jeté un coup d'œil à travers les volets.

C'est donc lui qu'elle a mi-aperçu, mi-flairé.

— J'ai cru que c'était peut-être elle qui rentrait.

Shay descend lentement de la Jeep.

— Je ne l'ai pas vue depuis deux ou trois jours et je commençais…

Shay le contourne.

— Excusez-moi.

TERRY parle à Landshark dans son portable.

— La fille traverse et Vic reste dans l'allée.

Terry émerge du parking du supermarché et se dirige vers l'ouest. En vue de Vic, il lui adresse un infime signe de tête. Puis, à Landshark :

— La fille entre dans le bar. Appelle Vic. Dis-lui d'attendre dehors. Je vais voir si elle aborde quelqu'un.

Shay n'est pas encore installée sur sa chaise que Dee attaque bille en tête :

— Tu es entrée dans la chambre ?

— Non.

— Tu étais censée revenir ici tout de suite, alors.

— J'avais besoin de réfléchir.

— De réfléchir ? Alors pourquoi t'arrêter pour bavasser avec ce blaireau ? Tu as fait foirer quelque chose, avoue.

Shay contemple le mur compact de chair humaine qui traverse la nuit devant le bar sur un petit air de Natalie Merchant*.

— T'as foiré ?

... *Ophelia was the rebel girl...*

— T'es parfaitement suicidaire, Shay.

... *who remedied society... between her cigarettes***.

Shay colle sa joue à celle de Dee :

— Y a rien de parfait dans ma tendance au suicide. Même si elle n'arrive pas à la cheville de la tienne.

Même ainsi, occultée par la lumière tamisée du bar, on ne saurait se méprendre sur l'insidieux appel de Dee à sa volonté. Ni sur son expression amère.

— Ouais, ce regard me fait encore peur, avoue Shay. Mais tu sais ce qui est réellement terrifiant ?... Tu veux le savoir ?

Tendu à se rompre, l'arc de feu bariolé décoche sous la paupière une flèche inflexible.

— Je pense que j'ai aussi peur de toi que de... la personne qui m'a tiré dessus.

Dee voudrait bien laisser paraître une forme de douleur haineuse en entendant ça, histoire que son visage ne trahisse pas la moindre culpabilité. Mais elle ne parvient pas à

---

* Chanteuse américaine dont le titre le plus célèbre est *Jealousy*.

** "... Ophelia était une jeune rebelle qui refaisait le monde entre deux cigarettes..."

passer assez vite d'un masque d'hypocrisie à l'autre, et elle se demande comment sa fille va interpréter son silence.

— Maintenant, poursuit Shay, mets ta petite cervelle en veilleuse assez longtemps pour m'écouter. Je suis allée jusqu'à la porte de cette fille. J'ai vu, ou senti bouger les volets de la chambre voisine. Bordel, comment j'aurais pu expliquer ensuite pourquoi j'avais la clé de cette fille ? (Elle désigne Vic à travers la fenêtre.) Ce type qui m'a parlé habite la chambre d'à côté. Il m'a vue à travers les volets. M'a posé des questions à son sujet. Je t'avais dit que je n'entrerais qu'à condition d'être certaine de ne pas avoir été repérée. Mais ce n'est plus faisable, et je refuse de prendre ce risque.

— Tu te paies ma tête.

Shay plonge la main dans la poche gauche de sa veste.

— Je refuse d'en prendre le risque.

La main de la plus jeune remonte de sous la table. Les deux femmes traversent encore quelques secondes de détestation. La plus jeune serre quelque chose dans son poing et Terry tente de se faufiler à travers la mêlée de corps pour mieux voir ce qu'un poing tente d'enfoncer de force dans l'autre.

Quand Shay remonte l'allée, Vic fume une cigarette, assis sur les marches de la réception.

— Alors, cette cigarette ?

Il se lève lentement, maladroitement. Tire une cigarette du paquet.

— Vous êtes ici pour des vacances ? demande-t-elle.

— J'avais besoin de remettre un peu d'ordre dans le chaos de mon existence. Je me suis dit que je pourrais peut-être tâter de la grande ville.

Elle hoche la tête sans mot dire puis se dirige vers la rue. En affichant un minimum d'intérêt, le strict nécessaire, pour l'inciter à lui emboîter le pas. Ce qu'il ne manque pas de faire.

— Et vous ?

— J'ai grandi ici, mais j'étais la première candidate pour une fuite rapide.

Elle atteint le trottoir, voit sa mère se glisser hors du bar par la porte obscure, et attend Vic. Celui-ci la rejoint. Tous deux baignent dans les couleurs criardes de l'enseigne.

— Vous êtes une amie de Magale ?

Pour éluder la question, elle contemple leurs ombres qui, encadrées par le reflet des palmiers au néon dans la surface humide et crasseuse du bitume, s'étirent jusque sur la chaussée. Une lugubre seconde, mieux faite pour l'objectif capricieux d'un photographe que…

Un photographe. La fille. La véritable raison de sa présence lui traverse l'esprit comme une fulgurance.

Elle relève les yeux, tire sur sa cigarette. Incline la tête vers Diesels, le magasin de spiritueux.

— J'ai promis à des amis de leur rapporter de la bière. Venez, je vais vous en offrir une pour vous remercier de m'avoir permis de vous taper une cig.

— D'accord.

Ils se dirigent vers le coin. Vic se creuse la tête, cherchant un moyen de lui reposer cette question à laquelle elle n'a pas répondu.

— Je m'appelle Vic.

— Salut, Vic… Moi, c'est Shannine.

Juste après le motel, les vitrines allumées de la galerie marchande dissipent les ténèbres. Les détails humains sautent aux yeux : les cicatrices des bras de Vic, les délicates arcades sourcilières de Shay, hautes et arquées, qui mettent en valeur ses yeux en amande et les font paraître plus grands et mélancoliques.

— Vous êtes une amie de Magale ? redemande-t-il.

Putain, il lâche pas l'affaire. Elle aspire une taffe de sa cigarette.

— Pas exactement une amie. Elle et ce type fréquentent le bar où je bosse. Elle a toujours son attirail de photographe sur elle. J'avais un appareil photo à vendre et elle m'a dit qu'elle pouvait s'en charger, à condition que je lui refile quelques dollars de commission. Ça fait une semaine que je n'ai plus de nouvelles d'elle, et j'avais l'impression de m'être fait salement baiser. Je suis donc passée pour voir de quoi il retournait… mais elle n'est pas dans les parages, apparemment.

Shay attend de voir quelle réaction sa tirade va lui arracher, mais il fait comme s'ils parlaient de la pluie et du beau temps.

Ils arrivent au coin de la rue. Le feu est vert et les voitures roulent encore suffisamment vite sur Sunset pour qu'ils attendent qu'il passe au rouge. À trois mètres à peine de l'endroit où ils se tiennent, un clochard s'abrite dans l'entrée d'une teinturerie. Pieds et torse nus. Il ne doit pas avoir plus de vingt ans, mais sa couche de crasse a deux bonnes années d'épaisseur. Il joue sur une guitare sans cordes, et ulule des insanités comme s'il était possédé par l'esprit de Johnny Rotten ou de quelque autre *hard rocker*.

Il est plus jeune qu'elle de quelques années, mais la vie lui a déjà infligé trop de morsures béantes. Shay se détourne, appuie sur le bouton PASSEZ PIÉTONS et entraperçoit sa mère, traversant illicitement la rue, entre appels de phares et coups de klaxon, en direction du motel.

Shay se tourne vers Vic et lui jette un regard. Les yeux de ce dernier sont encore rivés sur le jeune ravagé, dans sa porte cochère. Elle avise de nouveau les cicatrices de ses bras.

— Drôlement moches, ces cicatrices.

— J'ai travaillé comme videur dans un bar d'El Paso, répond-il sans quitter le garçon des yeux. On y joue volontiers du couteau.

— T'aurais pas pu t'épargner quelques balafres en cherchant un autre job ?

— Ouais, probablement. Mais faut dire qu'à l'époque, j'étais plutôt dans ma phase scarification.

Il se retourne brusquement pour lui faire face. Il n'avait pas l'intention de se montrer si sincère, mais c'est sorti tout seul et ça le laisse sur une drôle d'impression. Une sorte de malaise, de vide. Peut-être à cause de ce garçon. De cette loque humaine. De cet assemblage de bric et de broc, qui ne lui rappelle que trop ce qui guette celui qui ne se montre pas suffisamment attentif et vigilant.

Il recule d'un pas et tire sur sa cigarette, en espérant que les quelques dernières secondes se feront oublier d'elles-mêmes. Shay le regarde vraiment pour la première fois. Et la dure réalité s'impose brusquement à elle. Elle est là, bien présente, au-delà de la ligne de plantation des cheveux en V, qui grisonne et recule déjà, au-delà des bosselures de ce nez écrasé. Tout entière résumée dans une phrase plus puissante que la beauté brute. Une chose flagrante, impossible à dissimuler. La souffrance humaine. Voilà ce qu'elle voit.

28

Landshark est installé au bar de son bureau. Une bande de lumière quadrillée tombe sur le téléphone qui patiente devant lui. Il y a comme un supplice dans ce silence. Son incapacité à contrôler les événements – qui s'est transformée en une incapacité à contrôler ses propres émotions – le rend angoissé, dépressif. Cette angoisse et cette dépression augmentent sa colère. À moins que ce processus infernal ne fonctionne à l'envers, vu qu'il se rappelle avoir connu la colère bien longtemps avant l'angoisse.

Il avale son scotch et fixe la seule de ses possessions qui ait quelque valeur à ses yeux: un superbe collage photographique noir et blanc, d'un mètre soixante de haut sur un mètre vingt de large, accroché derrière le bar.

Un angelot en surimpression, torse nu et ailes déployées, avec le centre-ville de Los Angeles pour toile de fond. C'est une vue en grand angle de Broadway, prise de la Septième et embrassant tout un monde de cinémas et d'immeubles à la superbe architecture Art déco. Hélas, elle ne provient pas de cette époque de mémoire prophétique, mais d'une réalité nettement plus récente et pitoyable, où les cinémas sont devenus des bazars miteux, des clapiers où se côtoient fauchés et ratés. Où loqueteux et fatigués de vivre se meuvent dans un univers de crasse et de stagnation. Où tous vos sens sont agressés par des îlots entiers de camelots bariolés et d'enseignes criardes, et où une vaste multitude progresse péniblement dans les oxydes de carbone toxiques de l'été.

Au cœur de l'image, le visage de l'enfant. Il pleure. C'est cette indéfinissable touche d'affliction qui a précisément éveillé la convoitise de Landshark. Dès qu'il l'a vu, il a senti que ce divin chérubin dévêtu pleurait sur le sort de la planète et que cet instant céleste, éternisé en noir et blanc, était un élément vital pour tous ceux qui partageraient ce sentiment.

Puis il songe à ses parents et à ce qu'il va raconter à Vic. Le livre de son existence s'est affalé à terre, ouvert en grand. Seule la sonnerie du téléphone l'arrache à son tourment et à son courroux.

Terry n'a que le temps de lui dire que la jeune fille s'est entretenue un moment dans un bar, en face du Jardin d'Allah, avec une femme plus âgée, puis qu'elle est ressortie de ce bar pour accompagner Vic jusqu'à un magasin de spiritueux. Entre-temps, l'autre femme, qui avait la paupière lacérée, est sortie à son tour du bar, s'est dirigée vers le motel et est entrée dans la chambre de Magale.

— On les tient, annonce Landshark à l'angelot en raccrochant.

SHAY engage la Jeep dans l'allée de Dee d'un brutal coup de volant. Une courte et rapide petite côte asphaltée, et les lumières de la vallée se déploient autour de la 560 SL garée devant l'entrée.

— Bordel, Burgess est là !

Shay freine. Ses phares inondent de lumière les fenêtres de la maison. Dee se rappelle subitement qu'elle a laissé les affaires de Magale étalées sur la table basse.

— Bon sang ! s'exclame-t-elle en regardant Shay. Va chercher les plaques d'immatriculation. Fourre-les dans un sac et mets-les dans mon coffre. Et laisse-moi exposer toute l'affaire à Burgess, d'accord ?

— Mentir quand tu le jugeras utile, tu veux dire ?

— Tu sais quoi, Shay ? Je pourrais bien t'étonner en lui disant la vérité. Bon, maintenant, va enlever les plaques de la caisse.

Lorsque Dee franchit le seuil de l'entrée, Burgess se lève gravement d'un divan de cuir grenat. Une lampe de chevet posée à côté de lui forme un repère stable, portant sur les possessions de Magale éparpillées sur la table basse une fixe auréole de lumière.

— J'ai apporté le fric, déclare-t-il, et je me suis dit que j'allais t'attendre.

Dee traverse l'entrée plongée dans le noir. Ses bottines résonnent pendant quelques secondes sur le carrelage italien.

— Parfait.

Il désigne la table basse. Ses gestes ont la molle inconsistance du papier crépon.

— C'est à qui, tout ce bazar ?

Un pas de plus et la lampe éclaire sa paupière éraflée.

— Qu'est-ce qui s'est passé ?

Burgess est né pour gober des couleuvres. Il n'est pas taillé pour affronter les rudes épreuves de la virilité. Il ne supporterait pas le choc. Mais il est trop tard pour forger une salade qui tienne la route, surtout quand les affaires personnelles de cette connasse refroidie le regardent au fond des yeux.

— Il est bien possible qu'on soit dans la merde, Burgess, se contente donc d'annoncer Dee.

Il éprouve brusquement le besoin de s'asseoir. Dee file à la cuisine. Burgess entend s'ouvrir un tiroir, puis la machine à broyer les glaçons se met à ferrailler. Elle revient dans la pièce en pressant contre son œil une serviette pleine de glace pilée et s'assoit près de lui sur le divan.

— Burgess, j'ai besoin de toi tout de suite. De toute ta force et de toute ta volonté, pour sortir de cette mélasse.

— Compte sur moi.

Sa voix n'est qu'un camaïeu de gris, mais Dee n'y va pas par quatre chemins. Elle lui balance la vérité, toute la vérité et rien que la vérité. Puis se surprend à espérer que ça valait le coup.

Shay entre dans la cuisine, étouffe le bruit de ses pas dans la buanderie pour revenir sur la pointe des pieds dans le noir et prendre toute la mesure de la vérité dont sa mère est capable. Au cours de l'atroce trajet entre le lieu du meurtre et le motel, Dee a eu le temps de recouvrer tout son sang-froid ; mais la seule chose qui hante l'esprit de Shay, alors qu'elle tend l'oreille dans ce fatras de linge et l'âcre odeur de l'ammoniac, c'est le type du motel et cette phrase qu'il a prononcée : "Ouais, j'aurais pu me trouver un autre job, mais, à l'époque, j'étais dans ma phase scarification."

Lorsque Dee termine, Burgess se rend compte qu'il a cessé de respirer et que le silence qui règne dans le séjour lui oppresse la poitrine. Il demeure aussi inerte que s'il était mort depuis plusieurs jours, jusqu'à ce qu'il remarque une silhouette dans l'encadrement de la porte de la cuisine et saute en l'air.

— C'est Shay, fait Dee.

— Shay ?

Shay entre dans le séjour. Son visage reste dans l'ombre. Lorsqu'elle passe devant lui, Burgess aspire une goulée d'air, incapable de trouver quelque chose à dire, puis se contente de :

— Bon, nous voilà donc tous réunis. Tant mieux.

— Ouais. (Shay se dirige vers la cheminée de marbre blanc et s'assoit sur la marche basse.) Pas besoin de faire l'appel. Faut croire que tous les écorchés vifs se sont rassemblés pour mieux partager leur souffrance.

Burgess fume, chose rare. Nul hurlement assassin, nulle récrimination hargneuse l'interrogeant sur ses raisons. Mais, de ce que Shay en voit, c'est comme si un plein sac de Dieu lui avait fendu le crâne.

— Tu es bien sûre que personne ne t'a vue au motel ?

— Suis entrée… suis sortie. On avait même posé des fausses plaques sur la Jeep.

— Et tu as pris toutes les pellicules ?

— Il n'y en avait pas dans la chambre. J'ai embarqué celle qui était dans l'appareil. Dans sa voiture et dans son sac. C'est Foreman qu'il va falloir persuader, maintenant. Ils doivent prendre conscience que ces tantouzes représentent une menace.

Burgess évite de poser les yeux sur la table basse, sur ce nouveau tour de vache de la réalité.

— Tu es bien sûre que personne ne t'a vue au motel ?

Dee écarte la glace pilée de son œil.

— Pose la question à Shay.

Il se tourne vers Shay. Celle-ci se penche en avant et brandit haut son pendentif, de manière à faire osciller la breloque en forme de cercueil d'avant en arrière.

— Shay ?

Pas question de mentir à Burgess pour sauver la face à sa mère. Exclu. Elle se rejette en arrière contre le marbre. Sent la pierre froide contre sa nuque, entend de nouveau la voix : "À l'époque, j'étais dans ma phase scarification."

— Tu ne vas pas rester là sans rien dire.

Shay marmonne :

— Quelle différence ça fait, de toute façon, un peu de poison ? Peu importe qu'on l'ait dans la tête ou dans le corps, ou même qu'il soit répandu par terre. Pas vrai ?

Burgess hurle presque, à présent :

— Shay. Tu vas me répondre, bordel ?

Venant de cette caricature d'homme, qui lui donne des ordres comme si elle appartenait à la chiourme de sa galère de vie, Shay refuse d'accepter ça. Elle se relève d'un bond, mortellement ulcérée, et lui parle nez à nez avant même qu'il ait eu le temps de cligner des yeux pour accommoder.

— Quand est-ce que tu seras assez malin pour remonter ta putain de braguette tout seul, bordel ? Tu n'arrêtes pas de changer d'échine depuis ta naissance. Tu en voles une, tu en loues une autre, tu t'y cramponnes jusqu'à ce qu'elle se détache de toi. (Elle harponne sur la table basse quelques effets appartenant à la fille et les fourre entre les mains de Burgess.) Là… lààà ! Je te conseille fortement de les toucher, parce qu'elles font partie intégrante de ta personne… Maintenant… soit tu romps avec ma mère, soit tu restes avec elle. Mais décide-toi enfin à être quelqu'un, parce que j'essaie de rester en vie et j'ai besoin de savoir comment je vais m'y prendre.

À la voir dans cet état, les yeux si hagards qu'ils en paraissent presque aveugles, les joues et la gorge marquées par un chaos de veines violettes, on a l'impression que Dee, l'espace de quelques secondes, a percé à travers la chair de sa fille en la consumant.

Mortifié, totalement humilié, un poudrier et un tube de rouge à lèvres sur les bras, il tente de son mieux de préserver le peu de dignité qui lui reste, repose les affaires de la morte sur la table et retourne s'asseoir auprès de Dee. Celle-ci ne bronche pas. Ne lui témoigne ni affection, ni pitié, ni colère. Il enlace ses épaules. Elle baisse les yeux sur son bras, comme si elle se demandait ce qu'il fait là. Sur ce, avec toute la tendresse qu'il est capable de fabriquer, Burgess déclare, s'adressant tout d'abord aux deux femmes :

— Vous avez toujours eu entièrement raison à mon sujet.

Puis, à Dee :

— Mais pas ce coup-ci. Je ne vous laisserai pas tomber. Croyez-le ou non, j'ai l'échine assez solide.

UNE heure plus tard, mère et fille se retrouvent en tête à tête. Shay fume un joint dehors, près de la Jeep, en contemplant le pied des collines abruptes et le flot serein de lumière qui s'écoule au fond de la vallée. Elle s'efforce d'évacuer hors de son organisme le poison de cette nuit.

Dee s'approche d'elle par-derrière.

— Merci de t'être chargée de Burgess.

Shay arque des sourcils hautains. Contourne sa mère et se dirige vers la place du conducteur.

— Tu crois qu'il s'en remettra ?

Shay aspire une longue bouffée, lui laisse le temps d'embraser ses poumons et la recrache.

— Tu ferais mieux de te trouver d'autres rêves, déclare-t-elle à sa mère sans préambule. Parce que tu peux t'attendre à connaître de sales quarts d'heure.

— C'est de lui que tu parles… ou de toi ?

Shay pile net et se passe la langue sur les lèvres, tout en réfléchissant à la pire vacherie qu'elle puisse trouver.

— Je parle de moi. Ce qui devrait t'inspirer un sujet d'inquiétude supplémentaire.

— Après ce qui s'est passé chez toi, tu ne crois pas que tu ferais mieux de rester ici ? demande Dee alors qu'elle s'installe déjà au volant. Rester à mes côtés ? Va falloir veiller l'une sur l'autre, maintenant.

— Je suis déjà restée à tes côtés, une fois, et regarde ce que ça m'a rapporté.

Dee retient la portière pour lui interdire de la refermer.

— Au final, déclare-t-elle, tu auras plus besoin de moi que quiconque. Tu regretteras plus que quiconque de m'avoir quittée. Et tu sais pourquoi ? Je m'en suis rendu compte ce soir. Burgess aussi, et c'est ce qui l'a terrifié. C'est parce que tu me ressembles comme personne.

Cette déclaration pétrifie Shay. Elle fixe un instant sans les voir les lumières en contrebas.

— Si telle est vraiment l'atroce réalité, répond-elle à Dee sans la regarder en face, alors tâche de te montrer très, très prudente. Maintenant, lâche cette putain de portière.

29

DANS le bureau de Landshark, lui, Vic et Terry s'acharnent à explorer toutes les éventualités. La fumée en suspension dans l'air s'accroche comme une dentelle de crasse aux lampes encastrées du plafond. Près du bar, trois grands tableaux d'affichage à roulettes flanquent la longue table jonchée de cendriers pleins et de chopes à café vides.

Chacun a été scindé en deux panneaux. Une photo coiffe les quatre premiers : Pettyjohn, Englund, l'inconnu du bar et une photo de presse de Foreman, prise devant le tribunal après la débâcle qui a achevé John Victor Sully. Les deux derniers sont surmontés d'une fiche de répertoire, portant respectivement les mots : LA FEMME et LA JEUNE FILLE.

Pendant que Landshark et Terry couchent par écrit tous les faits connus relatifs à chacun de ces personnages sur une fiche de répertoire puis les punaisent dans la colonne idoine, Vic fixe la *terra incognitæ* symbolisée par le visage de Charlie Foreman.

— Où est-il aujourd'hui ?

Landshark relève les yeux, prend sur la table quelques feuillets auxquels est épinglée la photo d'une maison, et tend le tout à Vic :

— Ceci devrait répondre à votre question. Il possède une petite maison à Chatsworth. Simi Valley.

Tandis que Vic punaise cette nouvelle information sur le panneau adéquat, Landshark se tourne vers Terry.

— Les deux femmes de ce soir ? Quel âge avaient-elles ? À quoi ressemblaient-elles ?

— Alors comme ça, ce connard s'est arrangé une sympathique petite vie douillette.

Landshark lève de nouveau les yeux pour regarder Vic en face, et lit amertume et ressentiment dans son regard.

— Si ça peut vous soulager, Vic. Il *avait*... Il *s'était* arrangé une sympathique petite vie.

Terry essaie de placer son grain de sel :

— Blanches, toutes les deux. La plus vieille doit friser la quarantaine. Mais on voit qu'elle a été sacrément canon. Elle en jette encore un max.

Pendant que Landshark continue d'écrire, Vic compulse les notes qui concernent Foreman.

— Ça dit qu'il vivait avec une femme. Pourrait-il s'agir d'une des deux de ce soir ?

— Non, réplique Terry. La sienne se nomme Alvarez. C'est une Latino. La quarantaine. Les hanches un poil trop épaisses.

— Et à la voir, on croirait que Connie Stevens* s'occupe de l'habiller et de la maquiller, ajoute Landshark avec un vilain geste. Magale a pris une photo d'elle la semaine dernière, au moment où elle sortait de la baraque. (Son long bras indique le bar.) Elle doit être dans la dernière pile, là-dessus.

— Que savez-vous d'autre sur elle ?

— Freek mène sa petite enquête. Il a réussi à détourner une partie de son courrier ; une facture de carte bancaire. Il remonte la piste. Nous savons déjà qu'elle jouit d'un certain pouvoir au ministère de l'Éducation.

— Et en 1987 ? Elle vivait déjà avec Foreman ?

— Freek s'emploie à répondre à votre première question. En ce qui concerne la seconde, nous fouillons dans les archives pour essayer d'apprendre si elle lui a rendu visite en prison, a réglé ses factures, et ainsi de suite.

* Comédienne américaine au look très années 1970.

Landshark reporte son attention sur Terry, qui tente de dissiper son épuisement en faisant les cent pas.

— Parle-moi de la plus jeune.

— Un peu plus de vingt ans. Très grande. Un canon. Et elle émet ce genre d'ondes que j'ai déjà vues chez les tarés et les suicidaires. Tu vois ce que je veux dire: trop de vice et de spleen pour qu'ils réussissent à les maîtriser, du coup ils plongent la tête la première.

Vic brandit une photo de femme.

— C'est elle qui vit avec Foreman?

Landshark hoche la tête.

— C'est aussi l'effet qu'elle vous a fait, Vic?

— Je l'ai juste trouvée triste. Mais dès qu'elle l'ouvre, elle donne l'impression d'être très, très futée.

— Ces deux femmes ont une dent l'une contre l'autre, ajoute Terry. Ça crève les yeux, rien qu'à la façon dont elles se tiennent quand elles sont ensemble.

Vic épingle la photo d'Alicia à côté de celle de Foreman. Rien de sinistre en elle, rien d'illégal. Une femme banale, ordinaire. Clairement pas le genre qui devrait faire bander Foreman, mais c'est peut-être justement ce qui l'attire.

Bien entendu, il sait ce que valent ces portraits rapides. Leur froide, brutale besogne lui a valu un enterrement. Sous ces couches de peinture, elle pourrait être n'importe qui. Elle pourrait même être celle qui, émergeant de la nuit noire et de l'air surchauffé, a tenté de le tuer.

Il commence à se liquéfier intérieurement. Il jette un coup d'œil à Landshark. Et que penser du petit monologue de Rog, au motel? Voilà une question que Landshark et lui devront aborder tôt ou tard.

Il contourne la table. Étudie le mur de panneaux. Aucun d'eux ne ressemble exactement à ce qu'il est en réalité. C'est tout le secret de l'espèce humaine: comment gens honnêtes ou malhonnêtes s'adaptent à l'étouffante atmosphère de la vie quotidienne. Combien de desseins d'une barbare beauté restent insoupçonnés, jusqu'à ce qu'il soit trop tard.

— Tu sais quoi ? reprend Terry. Ces deux femmes, elles avaient l'air d'être de la même famille. Elles se ressemblaient presque autant que mon frère et moi.

— Vic ?

Il se tourne vers Landshark.

— Quand nous sommes revenus du magasin de spiritueux, elle est montée dans sa voiture et a démarré. Je n'étais pas au courant de l'existence de la deuxième femme avant d'avoir vu Terry. (Il secoue la tête.) Cette fille m'a manœuvré.

— Si elles sont parentes, elles se connaissaient déjà en 87, fait Terry. Sinon, c'est qu'il y a autre chose. Mais en 1987, la plus âgée devait avoir environ vingt-cinq ans et la plus jeune était encore une ado. Elles correspondent *grosso modo* au signalement.

— Elles avaient la putain de clé, déclare Landshark en se levant. On n'en est plus à leur signalement.

— Qu'en penses-tu, Vic ?

— Je n'ai pas reconnu la fille, Terry, si c'est ce que tu veux savoir. Je ne pense pas être en mesure de reconnaître la femme. Je me souviens tout juste de cheveux noirs. J'ai eu l'impression… je les croyais latino-américaines.

Landshark abat le poing sur un tableau d'affichage.

— Elles n'ont pu obtenir cette clé qu'en tuant Magale, ou de la main de celui qui s'en est chargé. Elles ne sont pas entrées pour rien dans cette chambre.

Terry s'adresse à un point situé immédiatement derrière Landshark :

— La fille ne t'a pas reconnu non plus ?

— Elle ne l'a pas montré, en tout cas.

— Le reconnaître ?

Les mains de Landshark compulsent fébrilement un dossier posé sur la table. Il trouve la photo du dossier d'admission de Vic à l'école de police : le typique garçon aux cheveux coupés ras, bien propre sur lui et vêtu d'une tenue de shérif kaki. Landshark brandit la photo et la compare au Vic actuel.

— Je ne l'aurais pas reconnu non plus. Et je fixe cette photo depuis presque une décennie.

— On avance au pifomètre, là. Et il devrait renifler le danger. S'il s'agissait bien d'elles, il lui aurait suffi de les frôler, normalement, pour…

Une sonnerie de téléphone coupe Terry à mi-phrase.

— C'est Freek. (Landshark se penche par-dessus la table et tend le bras vers un portable. Terry et Vic se figent.) Freek…

Landshark écoute. Vic sirote son café. Celui-ci a attendu assez longtemps pour être glacé. À peine en a-t-il avalé la première gorgée amère que Landshark pousse un grognement sourd : “Putain !” et jette le téléphone contre le mur.

Saisi d'un pantelant accès de rage, il fonce vers le mobile et piétine le boîtier de plastique.

“Quoi ? Quoi ?” hurle Terry, mais Landshark se borne à fracasser ce foutu boîtier sous ses talons, tel quelque Ichabod Crane pris de démence et, comme si ça ne suffisait pas, le ramasse et le balance de nouveau contre le mur opposé, où il explose en une pluie de petits débris de plastique.

— Les plaques sont fausses. (Les mots lui sortent de la bouche dans un jet de postillons, tant il écume.) Elles ont été volées sur un véhicule à Tehachapi. On a perdu leur piste ! On a perdu leur piste !

— Fumiers de petits mariolles, fait Terry.

Landshark se tourne vers lui comme si c'était sa faute.

— Qu'est-ce que je dis depuis le début ? Hein ? Pointez-vous avec une autre bagnole ? Pas vrai ? Pas vrai !

— Comment on pouvait se douter ?

Landshark le coupe et continue de psalmodier sa litanie de remontrances frustrées.

— Avec une autre bagnole, j'avais dit! Avec une autre bagnole!

Terry n'en peut plus.

— Parfois, hurle-t-il à son tour, tu n'es vraiment qu'un dictateur arrogant et complètement taré!

— Une autre bagnole!

— Dans ce cas, pourquoi n'as-tu pas traîné ton cul d'agoraphobe hors de cette maison, pour te pointer toi-même sur place?

Landshark persiste à proférer son perfide mantra longtemps après que tout homme moyennement intelligent aurait cessé de le faire, ou lu dans les yeux de l'autre, du moins, qu'il a franchi le point de non-retour. Terry lui fonce dessus et s'apprête à gifler à pleine main cette tronche d'enfoiré, quand Vic abat violemment sa tasse de café sur la table. Une mince ligne de liquide noir et froid gicle vers le plafond.

— J'espère que vous n'avez pas oublié... Je suis toujours là.

Les deux hommes se retranchent derrière leur colère. Terry s'excuse. Landshark préfère glisser les mains dans les poches de son pantalon de gabardine. Il fait la gueule.

Vic ne marche pas.

— Vous auriez tout intérêt à apprendre à boulonner plus serré votre amour-propre, vieux frère. Ou à mettre la pédale douce.

Pas de récriminations, rien qu'une touche d'humiliation sur ce long visage lisse; suivi d'un bref hochement de tête.

Vic prend ses cigarettes et se lève:

— On pourra peut-être les retrouver malgré tout. Sans les plaques.

Tout à coup, l'atmosphère de la pièce subit un changement radical. Vic casse le filtre d'une cigarette et s'approche de Landshark:

— La fille m'a dit qu'elle bossait dans un bar. (Il glisse la cigarette entre les lèvres de Landshark.) Maintenant, essayez de bien m'écouter. Il y avait une douzaine de pochettes d'allumettes consumées sur le tableau de bord de sa voiture. (Il sort de sa poche de chemise une pochette noire déjà utilisée et allume la cigarette de Landshark, puis la brandit sous ses yeux.) Exactement comme celle-là. En fait, elle faisait partie du lot. Et que dit-elle, cette pochette ?

Landshark plisse les yeux. La pochette dit : NIGHTLAND… 1703, SILVERLAKE BLVD.

Vic se tourne et balance les allumettes à Terry.

— Elle mentait peut-être, fait Landshark.

— Quelqu'un, en tout cas, passe vachement de temps dans ce rade.

Landshark revient à la charge :

— La Jeep était peut-être volée aussi ?

— J'y songeais tout à l'heure, quand j'étais encore assis. Mais la fille… (Il regarde Terry.) Rappelez-vous… Quand vous forciez une voiture à se ranger sur le bas-côté ou quand vous contrôliez les papiers d'un véhicule pour voir s'il appartenait bien au conducteur ? C'est à de petits détails de ce genre… La plupart des gens, dans leur voiture, cherchent les objets presque à l'aveuglette. C'est ce qu'elle faisait…

Terry opine, examine la pochette d'allumettes.

— Ouais… Ouais.

— Je n'ai pas l'impression que cette voiture était volée.

Terry lui renvoie la pochette. Vic va pour s'allumer une cigarette, mais s'interrompt brusquement en voyant Landshark le fixer, comme s'il venait soudain de se prendre les pieds dans une singulière découverte.

Vic repousse les cheveux qui masquent son visage.

— J'ai été formé pour être policier, après tout. Bon, vous n'auriez pas un appareil photo ? De bonne qualité ? Et une sacoche pour le trimballer. Du genre qui pourrait appartenir à une fille.

— Bien sûr. Il y a un boîtier de 35 mm dans le cagibi de l'entrée. Va le chercher, ordonne Landshark à Terry.

— Et si tu ajoutais à cette phrase un petit mot ressemblant vaguement à “s’il te plaît” ?

— La chasse est ouverte, dirait-on. Vous avez choisi cette nuit pour me remettre à ma place, tous les deux ? Tu as absolument raison. S’il te plaît.

Terry sort, non sans laisser traîner dans son sillage, l’espace de cinq secondes, un regard noir qui, normalement, devrait pousser tout homme sensé à se poser des questions sur son comportement.

Landshark contourne la table jusqu’à la chaise où Vic a entrepris de compulser une pile de photos de Magale.

— Le fameux regard noir de Terry, marmonne-t-il.

Puis, un peu plus fort pour se faire entendre de ce dernier :

— Celui qui vous ramollit les trous de balle des minets comme de la *pâte à choux*[*].

— Un de ces jours, William, crie Terry en articulant soigneusement, tu apprendras qu’il y a un monde entre bonne élocution et bonne éducation.

Landshark reporte son attention sur Vic. Sa silhouette longiligne se courbe pratiquement par-dessus son épaule. Vic met de côté un cliché de Pettyjohn, un autre d’Englund et un troisième de l’algarade avec l’inconnu, devant le Scorecard.

— Qu’est-ce que vous faites ?

— J’assemble une petite carte de vœux, ensuite… Ensuite, je me rendrai au Nightland pour essayer d’y rencontrer une nana.

Terry revient avec l’appareil photo. Il jette à Landshark un regard de travers.

Les deux hommes semblent vouloir se dire quelque chose, mais une sobre retenue les en empêche. Lorsqu’il a terminé, Vic allume sa cigarette. Il joue un instant avec la pochette noire, puis la glisse dans sa poche de chemise.

* En français dans le texte.

L'allumette brûle encore entre le pouce et l'index de son autre main.

— On va trouver ce qui s'est passé là-bas. On va trouver qui a tué Magale. Vous aurez votre article, et peut-être aussi l'autre chose que vous espérez gagner en plus de ça. Mais s'il s'avère que ces deux femmes sont bien celles qui ont tiré sur moi…

Vic s'arrête tout net. Le regard rivé sur l'allumette, il souffle dessus, puis s'immobilise. Sans aller jusqu'au bout de sa pensée. Mais il y a dans son silence des couches de nuances que nulle palette ne pourrait saisir. Et ce message tacite est assez éloquent pour que les deux autres comprennent parfaitement le sous-entendu.

— Et si elles découvrent qui vous étiez avant ? finit par demander Terry.

Vic tourne la tête.

— Je me retrouverai dans la tombe dont je suis déjà sorti une fois. Quant à la suite des événements, je la lègue à qui voudra.

30

SHAY ne rentre pas chez elle. Cet asile insignifiant n'est plus qu'un espace violé. Une balle s'en est assuré.

Elle roule jusqu'à Echo Park. Trouve une crèche près de la maison de Laguna Avenue où sa mère et elle ont naguère vécu pendant tant d'années. Le crépi rose est toujours aussi lézardé ; et c'est toujours le même vieux cube, avec ses fenêtres aux barreaux rouillés.

Elle se rappelle encore le visage de sa mère éclairé par la lune, s'encadrant dans le carreau embué de la fenêtre de la cuisine pour contempler la longue file de phares qui progresse sur Glendale Boulevard, en contrebas, à une allure d'escargot. Elle se souvient de sa mère lui racontant que lorsqu'elle n'avait pas deux ans et que Dee, ne supportant plus de "faire la pute dans le caniveau pour subvenir aux vices de cette garce", s'apprêtait à rompre avec sa propre mère (et de lui expliquer pourquoi les insipides divagations de cette mère muette, ivrognesse, timbrée et exigeante lui sortaient par les trous de nez), des coups de feu avaient été tirés une nuit, pendant son sommeil, dans la fenêtre de la chambre à coucher de Dee, perçant deux orbites béantes dans la tête du lit.

Haletante et désorientée, elle avait rampé sur la moquette élimée et pris dans ses bras sa petite fille, qui hurlait et pleurait. Puis s'était faufilée par l'entrée plongée dans la pénombre, en titubant et en oscillant, et réfugiée dans la cuisine. Elle avait fourgonné le tiroir de sa main libre, cherché à tâtons un tranchoir et, adossée au mur, son enfant plaqué contre ses seins, elle avait patienté pendant de longues minutes, prête à la curée.

Chancelante, en nage, morte de peur, elle avait tenté de faire taire son bébé pour prêter l'oreille aux craquements de la maison. Ce n'est que plusieurs heures plus tard que sa mégère de mère était rentrée chez elle, ivre morte et déboussolée.

Dee avait projeté à terre ce monstrueux tas de graisse et l'avait bourré de coups de poing et de pied. Puis elle avait appliqué la lame contre la gorge de cette truie pantelante, respiré son haleine putride, aux aigres relents d'alcool, et prévenu sa mère que rien, strictement rien au monde ne l'empêcherait de partir. Et que si jamais elle refaisait une chose pareille, elle se réveillerait la gorge tranchée.

— Sois pas stupide ! l'avait narguée sa mère en langage des signes, en dépit de la lame étincelante qui s'enfonçait dans la masse molle de son cou.

Sois pas stupide.

Burgess appelle son père au bureau et s'entend répondre qu'il est sur le chantier de Belmont School. Que la journée d'aujourd'hui est consacrée à fourbir son meilleur visage possible, en matière de relations publiques, à ce qui n'est plus guère qu'un puits empoisonné.

Au terme d'une terrifiante nuit blanche qu'il a passée assis dans son lit, Burgess a décidé de clarifier sa situation et de remettre son sort entre les mains de son père, à la merci de son égocentrique ambition.

Quand Burgess se gare, le chantier est un authentique cauchemar de promoteur. L'immense fosse destinée à devenir un terrain de football a été placée sous scellés par les enquêteurs qui cherchent des indices dans cette affaire de viol et de meurtre.

Tout au long de la Première Rue, les mateurs et fanas du déclencheur automatique travaillent à la réalisation de cette carte postale idéale, qui sera le frontispice et le clou de leur album de photos : pose figée de toute la petite famille, séparée de la toile de fond du théâtre d'un horrible assassinat par une clôture métallique.

Alors qu'il remonte la rue le long du chantier, sous un ciel d'automne piqueté de nuages, beaucoup trop sublime pour qu'on lui inflige le spectacle d'une pareille bouffonnerie, Burgess est tout sauf convaincu du bien-fondé du geste qu'il s'apprête à faire.

Une intangible incertitude le ronge. Est-ce un avertissement de son instinct primitif, ou pure et simple lâcheté ? En abordant le petit carré des journalistes qui cuisinent son père et les autres coauteurs du projet, il n'est plus qu'un boisseau de dilemmes cornéliens.

Dès que les journalistes de la grande presse touchent le fond, et se rendent compte qu'il est inutile d'essayer de décrocher avant le J.T. de dix-huit heures une rumeur juteuse sur le meurtre, ils se dispersent promptement par tout le chantier poussiéreux pour essayer d'arracher au moins une déclaration aux enquêteurs de la Criminelle.

De sorte qu'Harold Ridden et ses collègues se voient contraints d'affronter la seconde équipe de reporters de terrain. Le gang des pages du milieu, qui se charge du remplissage – et couvre, autrement dit, les nouvelles publiques importantes auxquelles font défaut le punch et la salacité qu'exigent les lecteurs pour leur une.

Harold Ridden, lorsqu'il répond aux questions portant sur les multiples dépassements de budget, embrouilles politiques et autres luttes civiques intestines qui, depuis sa mise en route dix ans plus tôt, ont infesté le chantier si controversé de Belmont, sans compter la récente découverte d'une pollution du site par le pétrole et l'essence contredisant tous les rapports antérieurs, fait figure de véritable cas d'espèce d'audace professionnelle.

Il endure avec grâce et bonne humeur ce rude rappel : un projet naguère baptisé le "Taj Mahal des écoles" porte à présent le sobriquet de "lycée Fiasco".

Mais lorsqu'une journaliste du *Daily News* saisit l'occasion pour l'interroger sur cette "informatrice préférant garder l'anonymat" qui prétend qu'il existerait des preuves qu'un terreau d'excellente qualité aurait été convoyé sur place et mélangé au sol contaminé pour obtenir des taux de pollution moins élevés, le jeu de questions-réponses s'achève immédiatement, et fort courtoisement, sur l'assurance réitérée que de telles allégations sont grotesques.

Pour Burgess, cette question génère une mortelle angoisse. Et si Foreman et Pettyjohn avaient passé un coup de fil anonyme et rendu publique cette information, à titre de premier avertissement ?

Il regrette à présent d'être venu. D'avoir choisi ce jour et ce lieu précis pour annoncer la nouvelle à son vieux. Alors qu'Harold s'avance vers son fils, la même journaliste du *Daily News* décoche une nouvelle question en forme d'uppercut au menton :

— Monsieur Ridden, approuveriez-vous l'ouverture d'une enquête indépendante portant sur l'hypothèse d'une éventuelle sous-estimation des données recueillies sur l'environnement ?

— Ce n'est pas à nous qu'il revient d'approuver ou de désapprouver, répond Harold, dont le visage se rembrunit pour afficher une expression méditative. Nous ne sommes que les constructeurs. Mais une chose au moins est sûre, permettez-moi de vous le dire. (Le froncement de sourcils se radoucit, virant au léger sourire.) Ce n'est pas nous qui réglerons la facture.

DÈS que le père et le fils se retrouvent face à face, le véritable Harold Ridden refait surface.

— J'aimerais assez enfoncer un chalumeau dans le cul de l'abruti qui a inventé cette histoire de "lycée Fiasco".

— On pourrait aller discuter quelque part, papa ?

— Et ces péteux de troisième page... Qui chient dans leur froc pour leur minable carrière. Seigneur, ces écrivaillons, ça te lâche une caisse et ça appelle ça un scoop. Même pour leurs lecteurs, leurs divagations entrent dans une oreille et ressortent par l'autre...

— Écoute-moi une seconde. J'ai de gros problèmes.

La Cadillac d'Harold Ridden est garée sur Edgeware, à un demi-pâté de maisons de l'entrée nord du chantier. Burgess s'assoit et fixe le soleil d'un œil hébété. Il s'est assuré que les vitres étaient remontées et que nul ne pouvait les entendre en passant.

— Tu te souviens d'Emmanuel Tills ?

— Regarde-moi quand tu me parles, Burgess.

Burgess tourne la tête, mais ne peut se résoudre à regarder son père dans les yeux.

— Qui est ce Tills ?

— Nous l'avons engagé pour établir les premiers rapports sur l'état du terrain du futur site des écoles de la 56e Rue et de Belmont.

— Pourquoi est-ce qu'on aborde ce sujet ? demande Harold en serrant les dents.

— Ses rapports ont été falsifiés après son décès. Et antidatés.

Un énorme camion chargé de détritus passe en vrombissant. La chaussée vibre si violemment que le volant d'Harold tressaute dans ses mains.

— Son rapport initial et ses notes nous crucifiaient. Il avait même découvert... (Burgess s'essuie la bouche. Elle est sèche, mais il l'essuie comme si elle était humide.)... un plan. Dans je ne sais quelles archives. Un plan des puits de pétrole remontant à 1901 et 1902, très exactement entre Beverly et la Première.

— Je croyais que l'argent que je t'avais donné devait servir à les lui faire modifier. C'est ce que tu m'avais dit.

La voix de Burgess s'étrangle puis s'embourbe dans sa bouche :

— Il a refusé. J'étais pourtant sûr qu'il obtempérerait. Sa femme avait le cancer. Il n'avait pas d'assurance maladie. Il avait le fric sous le nez et il m'a envoyé me faire foutre !

Harold se souvient que son fils lui avait expliqué que le vieux bonhomme était mort en prenant une cuite… qu'il s'était cogné la tête, complètement bourré, au montant d'un lit, et s'était vidé de son sang. Qu'il s'était vidé de son sang pendant que sa femme gisait dans le coma.

— Qui a gardé le fric, Burgess ? Qui l'a empêché de tout divulguer ?

— Dee.

La journaliste du *Daily News* est en train d'ouvrir la portière de sa Corolla blanche cabossée quand elle aperçoit Harold Ridden. Il descend Edgeware, suivi par un jeune homme qui tente frénétiquement de le rattraper. Toute la scène sonne faux, respire la discordance : le plus vieux brandit une paume, quasiment comme une barrière, pour empêcher le gamin de l'approcher. La journaliste aborde un ouvrier coiffé d'un casque de sécurité :

— Excusez-moi. (Elle pointe le doigt vers Edgeware.) Savez-vous qui est l'homme qui court derrière Harold Ridden ?

Des doigts se cramponnent aux maillons d'une palissade métallique. Un front brûlant et ruisselant de sueur s'appuie à ces boudins de chair flétrie : Harold, plongé dans un interminable et silencieux soliloque sur la trahison, jusqu'à ce que l'ombre de Burgess se pose sur son visage.

Le père prend la parole sans changer d'attitude :

— Toute ta vie durant, tu m'en as voulu parce que je te faisais remarquer tes faiblesses. Et tout ça, c'est le fruit d'un genre de désir de vengeance que tu as toujours eu ?

— Alicia Alvarez détient toutes les notes originelles de Tills. Jusqu'aux plans des archives. Et...

— Ta mère t'a laissé aller à cette Oakes School, où tu appelais tes professeurs par leur prénom. Où l'on te dorlotait et te couvrait de louanges, où l'on te laissait croire que tu étais intelligent et que tout t'était dû, réussite financière, succès... Et le crétin que tu es y a réellement cru. Tu as réellement cru ce que ces professeurs que nous payions... *que nous payions*... te racontaient.

— Essaie un peu d'oublier qui je suis. Aide-moi à nettoyer tout ça.

— Nettoyer tout ça ! (Les continents de leur passé et tous ces blocs d'immeubles en construction fusionnent dans l'esprit d'Harold.) Nettoyer tout ça ? Sais-tu combien me coûte déjà cette abomination ? Combien il me faudra encore payer ? Tu peux encore étendre ce désastre à la ronde, si tu sais ce que tu fais. Mais falsifier des documents !

— Je suis complètement perdu.

Harold racle la clôture de ses paumes. Un nouveau poids lourd remonte la rue en grondant, et le sol tremble sous leurs pieds.

— Papa ?

— Qui crois-tu que cette ville, ce comté et les procureurs de la cour fédérale vont poursuivre, lorsqu'ils auront eu vent de cette escroquerie ? Pas toi.

— Tu dois absolument m'écouter, parce que c'est encore mille fois pire. Je dois m'éloigner de Dee. Je le veux. Mais... (Il jette un regard vers le chantier et les inspecteurs qui fouillent le terrain.) J'ai encore autre chose à te révéler.

Pris par un objectif de 300 mm : un père se couvrant le visage de ses mains ; un fils éprouvant la dose idéale de souffrance physique. Séparés par une palissade de treillis métallique. Les gigantesques poutrelles de ce complexe scolaire pollué surgissant du sol derrière eux. Les flammes d'une batterie de chalumeaux oxhydriques courant tout au long des rampes d'acier. Des ouvriers coiffés de leur casque jaune de chantier et saisis en plein labeur. Des grues soulevant de grandes poutres d'acier. Un bulldozer dévalant comme un tank une pente poussiéreuse.

Tout cela enregistré par l'appareil photo d'une femme planquée derrière une Corolla blanche cabossée. Elle voit d'ici le texte de la légende qui accompagnera la photo : LES PRIX FLAMBENT AU LYCÉE FIASCO.

31

LANDSHARK travaille à son article, installé derrière son bureau, quand Vic fait irruption. Landshark est debout depuis la veille et ça se voit. Un vestige de la soirée d'hier s'interpose encore entre les deux hommes et c'est dans un silence crispé que Vic gagne le bar et se sert un café. Landshark ouvre le feu :

— Vous ne m'avez toujours pas interrogé sur ce que vous a dit Rog. Je comptais vous en parler. Croyez-moi.

— Pas aujourd'hui, s'entend-il répondre.

Vic s'approchant du bureau, Landshark remarque dans sa main un petit morceau de papier à moitié déchiré, portant une inscription.

— Je me suis réveillé un matin à El Paso, poursuit Vic. Peu après avoir fui ce monde. Et une pensée m'a traversé l'esprit, qui m'a retourné et rendu malade pendant plusieurs jours. Tout dans cette chambre était exactement tel que je l'avais laissé la veille au soir. Mes chaussures et ma chemise sur l'escalier d'incendie, où je les avais balancés. Une bouteille de vodka gisait sur le sol, là où j'avais shooté dedans. Tout était donc en ordre. Mais imaginez que cet ordre ait été dérangé pendant la nuit ? Que me serait-il resté ? Jusqu'à quel point avais-je besoin qu'il se perpétue ? (Il tend la petite note à Landshark.) C'est ce que j'ai ressenti ce matin.

Landshark la regarde. Elle porte les mots SHAY STOREY, écrits de la main de Vic.

— J'ai téléphoné au Nightland. Certains des aides-cuistots étaient là. Je parle assez bien l'espagnol. Une fille qui correspond à notre signalement y travaille comme barmaid.

— Je demanderai à Freek d'enquêter sur elle.

Le Nightland. Hard rock pur et dur. Pas de public en treillis ce soir. Nul yuppie allumé à l'herbe et s'inquiétant pour sa 401 K. Cette foule sort tout droit du Glauque Bar et du salon de tatouage La Panthère rose.

Une bonne partie de Shay vit encore sur les deux dernières nuits, de sorte qu'elle fait son boulot mécaniquement, accrochée à un fil guère plus solide qu'une guirlande de Noël, et prend les commandes d'une meute alcoolisée lourdement ancrée au comptoir quand elle aperçoit ce visage de roche et de créosote, lui souriant à demi à travers une mince glissière de lumière.

— Tu te souviens de moi ? s'enquiert Vic, d'une voix forte, pour s'assurer qu'elle l'entende.

— Le type d'hier soir au motel, répond Shay en s'efforçant de maîtriser sa voix.

Courte pause, le temps de se reprendre, puis :

— Qu'est-ce que je te sers ?

— Tecate.

Il fait passer la sacoche de l'appareil photo dans son autre main pour chercher son argent.

Vic boit son coup dans un grinçant charivari de guitares, sautant de *Social Chaos* à *Murphy's Law*, de *Face to Face* à *DO A*. Il s'efforce d'apercevoir Shay au travers de la cérémonie rituelle qui se déroule devant le bar. Tente de se représenter cette longue et svelte créature, en justaucorps blanc et jean noir, sous la forme d'une gamine de douze ans assise sur le siège avant d'une voiture de patrouille qui le conduit tout droit vers un abîme de violence.

La lumière bleue qui monte de sous le bar rehausse la sombre sensualité de ce visage ovale, qu'il étudie minutieusement tout en essayant de trouver un moyen de se laisser submerger par lui, envahir, posséder, comme on voudra... dans l'espoir que cette marée suffira à lézarder le goulet d'étranglement de sa mémoire.

COMMENT m'a-t-il retrouvée ? Pourquoi m'a-t-il retrouvée ? Shay a l'impression que des lanières de cuir l'entravent. Elle doit pour l'instant se concentrer sur toutes ces commandes qu'on lui passe. Un cercle poisseux se forme lentement autour de sa gorge. Pendant qu'elle attend son tour à la caisse enregistreuse, elle jette un coup d'œil dans le miroir du bar. En dépit de la bousculade, avec ses cheveux ramenés en arrière en un chignon à la Toshiro Mifune, il fait tache dans cette cohue comme un cogneur de beuglant.

Et que penser de cette sacoche ? Qui irait s'incruster toute une nuit dans un bar en berçant sur ses genoux une sacoche de photographe ? Qu'est-ce que ça signifie ?

Il accroche son œil et lui fait signe de s'approcher, en brandissant une bouteille de bière vide. Elle va pouvoir lui poser deux ou trois questions.

SHAY pousse une autre Tecate devant Vic.

— Qu'est-ce qui t'a incité à traverser toute la ville pour entrer dans ce rade ?

— Je suis venu te voir.

— Je ne me rappelle pas t'avoir dit que je travaillais ici.

Il brandit un paquet d'allumettes du Nightland.

— Je suis censée comprendre ce que ça veut dire ?

— Hier soir, je t'ai tapé une allumette. Une bonne douzaine de ces pochettes s'entassaient sur ton tableau de bord. Je me suis donc dit que tu devais y travailler, ou du moins y passer du temps.

Elle l'évalue intensément du regard. Il tire de sa poche un billet de dix froissé. Elle le prend puis le fait claquer.

— Tu es là pour me voir… me draguer… ou m'espionner ?

Il désigne la sacoche coincée entre ses pieds.

— J'ai peut-être ton appareil, j'en sais trop rien. Mais le gérant du motel avait gardé certains des objets de valeur de la fille, celle que tu cherchais. Parce qu'elle avait du retard sur le loyer de sa piaule. Elle n'est même pas revenue chercher ses affaires. Je lui ai parlé de toi et…

Shay ne se donne même pas la peine de le laisser finir sa phrase. Elle va faire de la monnaie à la caisse. On viendra vous parler, après ça, de la sauvagerie avec laquelle vos mensonges vous reviennent à la gueule.

Et merde ! songe-t-elle. *Merde !*

Mais que faire en attendant ? Pas question, bordel, de l'autoriser à s'asseoir au bar pour fouiller la sacoche d'une morte, pendant qu'elle lui jouerait de son côté une petite comédie hypocrite devant un bar bondé. Pas question.

Vic l'observe. Elle en met un temps à faire de la monnaie. La main de Shay accroche la lumière. Il essaie de voir si elle tremble. Non. Oui, la voilà qui se penche sur la caisse. Elle va devoir revenir vers lui. Il va peut-être enfin apprendre quelque chose. Quelque chose va forcément être révélé, même si ce n'est que sous forme de silence.

Il la voit s'emparer d'une serviette en papier du Nightland. Écrire quelque chose dessus. Puis revenir avec sa monnaie. Au moment de la poser sur le bar, elle se penche pour lui parler discrètement.

— De ton côté de la barricade, ce rade te semblera peut-être supercool, mais, du mien, les patrons risquent de pas trop apprécier que je consacre les heures qu'ils me paient à résoudre mes problèmes personnels. (Elle lui montre la serviette.) C'est un café ouvert la nuit, à une ou deux bornes d'ici en remontant la rue. J'ai noté le nom et l'adresse. J'y vais après le boulot pour décompresser. Manger un morceau. (Elle glisse la serviette en papier dans sa poche de chemise.) Garde-moi une table.

VIC prend tout son temps pour vider sa bière. La fille paraît sereine et décontractée, comme si elle n'avait pas la première idée de la catastrophe qui l'attend au tournant. Il essaie de l'imaginer totalement innocente ; il y parvient et n'y parvient pas. Il essaie de se l'imaginer coupable. De se persuader qu'elle existe sur un plan subliminal et éthéré, mais peut malgré tout s'incarner sous la forme d'une simple mortelle ; il y parvient et n'y parvient pas.

SHAY ne voit pas Vic sortir. Soudain, il n'est plus là, et l'espace qu'il occupait est à présent envahi par le prochain cirque ambulant qui rêve de s'éclater.

Pendant une pause-pipi, Shay réussit à se faufiler dehors par la cuisine. Dans la ruelle qui passe derrière le Nightland, il y a une teinturerie. Shay se faufile dans son entrée pour en griller une.

Elle regarde la pochette d'allumettes du Nightland. Un petit lest de plus, pour qu'elle s'enfonce encore plus profond. Elle la balance dans la rue. Pêche son portable dans une poche arrière. Compose le numéro de sa mère. Elle va peut-être couler mais, bordel de merde, elle n'a pas l'intention de couler seule.

32

Le DIS n'est pas trop difficile à trouver. Au coin de Fletcher Avenue et de Glendale Boulevard se dresse l'un de ces cafés des années 1960, à la haute enseigne verte curieusement inclinée, éclairée par des lettres blanches apposées sur un étançon de neuf mètres. Le DIS était autrefois mieux connu sous le nom de *Don, Irène et Sis' Coffee Shop* mais, au début des années 1990, les nouveaux propriétaires, tirant parti de la coïncidence offerte par l'acronyme formé par les initiales, l'ont rebaptisé DIS*.

Le bâtiment hexagonal est cerné par un parking et, à l'intérieur, des salles à manger communicantes encadrent un gril et un comptoir. Les boxes font un triomphe au plus atroce des cuirs verts.

Vic choisit pour patienter celui qui se trouve le plus en retrait. De là, il regarde entrer et sortir les belles insomniaques et les noctambules de la dernière heure. Il jette un coup d'œil à la dérobée aux amoureux qui s'attardent en se tenant la main. En son for intérieur, une impression d'inexpugnable solitude, qui fait que la chair est ce qu'elle est, entame son âme jusqu'au tréfonds. Il l'a déjà ressentie au Nightland et la ressent encore ici. Cette lente brûlure qui consume celui qui n'a pas bu depuis très longtemps à la source.

Il écoute R. E. M., que moulinent les haut-parleurs accrochés au plafond. Rien d'exagéré, la juste mesure,

* *Dis* ou *Diss*: "le refus". Il s'agit aussi, dans l'argot des rappeurs, de l'abréviation de *disrespect* ("irrespect") et peut signifier "insulter, traiter comme de la merde".

socialement acceptable par ceux qui n'ont pas envie qu'on force leurs goûts.

Shay s'encadre soudain dans l'entrée éclairée au néon. Coiffée d'une casquette et vêtue d'une veste sans manches, un rêve fugace s'il en fut jamais.

Elle s'arrête un instant en traversant la salle pour bavarder avec l'hôtesse. Une serveuse lui fait signe depuis l'entrée de la cuisine. Seigneur ! Quand elle bouge, on a l'impression que c'est l'espace qui s'étire autour d'elle.

Elle se glisse dans le box et un grand verre de Coca apparaît comme par magie devant elle. Elle pose sa casquette sur la table. Son parfum ? Il a l'odeur du crépuscule. Ses yeux semblent héberger mille silhouettes nocturnes et un courant électrique traverse Vic, l'effrayant et l'aimantant tout à la fois.

Ce pourrait bien être elle, n'oublie pas. Elle pourrait…

— Comment as-tu trouvé le Nightland ? demande-t-elle.

— Génial, quand on aime la viande très rouge.

— Et c'est de cette façon que tu l'aimes ?

— Tu en connais une autre ?

Il soulève la sacoche et la pose sur la table près de la fenêtre. Les yeux de Shay esquissent un pas de côté et elle s'empare du menu.

— La cuisine d'ici ne mérite même pas le qualificatif de "médiocre". Et ce n'est pas donné. (Elle frappe le cuir vert du plat de la main.) Il faut bien que quelqu'un paie pour l'ambiance rétro, après tout.

— Je n'ai pas faim, merci.

Elle fait signe à la serveuse. Commande un hamburger avec de la purée. Ce n'est qu'ensuite qu'elle reporte son attention sur la sacoche, qu'elle n'a d'ailleurs nullement l'intention de toucher.

— Je devrais avoir peur de toi, Vic ?

— J'espère que non.

— Ça me gêne de fouiller dans ses affaires.

— Je peux le comprendre.

Il ouvre donc la sacoche pour elle. Sort les photos pour s'emparer de l'appareil. Les pose sur la table. Au moment de soulever l'appareil photo, il guette la réaction de Shay – si elle a une quelconque réaction. Mais il n'a droit qu'à un regard impavide, de ceux qu'on voit chez les joueurs de poker.

— Ce n'est pas le mien. Mais merci tout de même, lance-t-elle lorsqu'il le sort de la sacoche.

Il le remet en place, mais laisse les photos sur la table.

— Tu m'as dit que tu t'appelais Shannine. Mais, dans le bar, j'ai entendu des gens t'appeler Shay. Qu'est-ce que tu préfères ?

— Shannine est mon nom de baptême. (Elle le lui épelle.) C'est ma mère qui l'a inventé. Mais elle s'est entichée de Shay en chemin. Je préférerais quelque chose de plus simple… genre Anonyme.

Il perçoit distinctement le mépris dans sa voix.

— Je connais ça, fait-il.

— Vraiment ?

N'ayant rien tiré des photos, il les range. Elle bouge un peu et le parfum du crépuscule accompagne son geste.

— Si le gérant du motel avait vraiment confisqué sa sacoche parce qu'elle lui devait du fric, il ne te l'aurait sûrement pas confiée, tu ne crois pas ? Si tu me disais la vérité, maintenant ?

Vic remonte la fermeture Éclair de la sacoche.

— C'est un timbré, c'est clair. Et il crache pas sur l'herbe. Je lui ai refilé un joint et dès qu'il est parti au pays des songes, j'ai scratché la sacoche.

— Tout ça pour une fille que tu ne connais même pas ?

— J'ai trouvé que c'était plus chouette qu'un bouquet de fleurs.

Elle ne veut pas qu'il voie son sourire et se penche pour ôter sa veste. Puis relève les jambes et pose les pieds sur la banquette.

— Tu as volé ces machins parce que tu voulais me voir… me draguer… ou m'espionner ? J'espère que ce n'est pas pour m'espionner parce que tu pourrais te retrouver avec une très vilaine surprise sur les bras.

Son bouc grisonnant reste imperturbablement accroché à sa mâchoire lorsque celle-ci se crispe, affectant une moue sérieuse.

— Ma vie à El Paso, c'était total néant vingt-quatre heures sur vingt-quatre. Je me suis perdu et pas moyen de me retrouver. J'étais réduit à une seule dimension et je me nourrissais de fumée. C'était soit la route du Percodan, soit me tirer et passer le cap. Je suis venu ici pour tenter de faire redémarrer le moteur.

"Au motel, tu donnais l'impression d'être… authentique. Oui, 'authentique', c'est le mot. Je me suis dit que j'allais tenter ma chance et j'ai pris la sacoche. Comme ça, on avait au moins un sujet de conversation. On finit par désapprendre à parler, quand on est seul comme moi."

Elle le fixe droit dans les yeux. Ils sont fuyants, stériles. Cherchent la fenêtre comme si la conversation devenait embarrassante. Et ce mot… *authentique.* Il l'a sorti si sincèrement, si abruptement. Comme s'il avait contribué à son invention.

— À l'époque, j'étais dans ma phase scarification, laisse-t-elle tomber.

Vic se tourne vers elle. Elle s'en est souvenue.

— Ça m'est venu comme ça, fait-il. Sans doute parce que c'est vrai. Et la vérité finit toujours par pointer le museau, quoi qu'on fasse pour l'éviter.

Quelque chose en lui la met mal à l'aise. Peut-être n'est-il pas très différent de ce qu'elle serait elle-même dans une ville inconnue, attablée avec un séduisant inconnu dans un café ouvert la nuit. Bien entendu, il lui faudra surveiller toutes ses paroles, jusqu'aux plus anodines, à cause de ce qui risque de refaire surface. Ça promet de mauvaises surprises.

Il lui sourit et porte sa tasse de café à ses lèvres. Sans doute n'est-il rien de plus que ce qu'il prétend. N'empêche.

33

Vues du parking, les fenêtres du café sont un inextricable fouillis de macabs. Dee a ingurgité aujourd'hui une sacrée dose de speed, et ça fait ressortir en elle une ignoble paranoïa. Elle est persuadée que tout cet archipel d'incapables installés de table en table espère sa fin prochaine. Et conspirent tous, probablement, à ce dessein secret.

Elle traverse le parking et voit Shay travailler Vic au corps. Quant à ce dernier, ce n'est qu'un croissant de lune de tignasse occulté par la sacoche. Elle appelle une dernière fois Foreman sur son portable avant d'entrer au DIS. Lorsqu'elle entend sa voix bourrue sur le répondeur, elle se borne à laisser un message concis : "Allez vous faire foutre tous les deux ! Rappelez-moi, on a une grosse merde à résoudre et vite !"

Vic est aux chiottes et Shay fixe la sacoche en se demandant ce qu'elle signifie quand elle entend la voix de Dee :

— Pousse-toi.

Shay lève les yeux. Une petite bande de sparadrap dissimule la paupière lacérée de sa mère. Mais ses yeux sont injectés de sang et Shay se rend compte qu'elle déconne à pleins tubes.

— Raconte.

— Il y a dans cette sacoche des photos de tes "amis de cœur", en train de s'engueuler en plein centre-ville. Celle de Burgess est particulièrement bien cadrée.

— Ça veut dire qu'une au moins des pellicules a été développée. (Dee remarque un portable sur la table.) C'est le tien ?

— C'est celui de Vic.

— Fais le guet.

Shay se contorsionne sur la banquette. Guns N'Roses balance sa version de *Knockin' on Heaven's Door**. Dee vérifie que le portable est bien allumé. C'est le cas. Elle attend de savoir si le dernier numéro qui s'affiche sur l'écran correspond à celui qu'a composé la fille morte hier soir. Ça n'est pas le cas.

— Il revient.

Dee se rejette en arrière. Vic exécute un large crochet en se rapprochant de leur table, pour voir qui est cette femme qui parle avec Shay. Shay fait les présentations :

— Vic, voici Dee… Ma mère. Maman… Vic.

Vic hoche cordialement la tête et un sombre pressentiment étreint brusquement Dee.

Ma, take this badge off me. I don't need it anymore… Enlève-moi cet insigne, m'man, je n'en ai plus besoin.

Une vague de claustrophobie névrotique l'assaille, tandis qu'elle le regarde s'asseoir, les yeux aussi froids que l'acier d'un calibre.

— Vous faites trop jeune pour être sa mère.

It's getting dark, too dark to see… Il commence à faire noir, trop noir pour y voir.

Elle tente de mettre sur le compte de la meth qui alimente sa parano et accélère ses pulsations cardiaques le malaise que lui inflige cette promiscuité.

I feel I'm knocking on heaven's door… J'ai l'impression de frapper à la porte du paradis.

— Dorian Gray, fait Shay. Tu te souviens… le portrait de Dorian Gray vieillit alors que lui-même garde toujours le même âge. Exactement comme ma mère.

Vic opine et reporte son attention sur Shay, en s'efforçant d'esquiver ce regard fixe. Un peu comme essayer d'affronter

* Chanson de Bob Dylan tirée de la bande-son de *Pat Garrett et Billy the Kid.*

une saleté de pie-grièche démoniaque. À en juger par l'estafilade de sa paupière et sa ressemblance avec Shay, Dee doit être la femme que Terry a aperçue dans le bar. À présent, il connaît au moins leur lien de parenté.

— Shay m'a dit que vous êtes d'El Paso.

— Oui. J'ai juste passé quelques années ici.

— Vous avez des amis à L. A. ?

Vic regarde Shay.

— Une au moins, j'espère.

— Ma mère passe parfois dans ce rade, sachant que j'y traîne un peu mes guêtres après le boulot.

— Vous m'avez l'air très proches, toutes les deux. C'est sympa.

— Ouais. (Dee balance son bras par-dessus le dossier pour enlacer l'épaule de Shay.) On est très proches. Pas vrai, Shay ?

— Si proches qu'on peut à peine respirer.

Un ange passe.

Ma put my guns on the ground. I can't use them anymore... M'man, pose mes revolvers par terre. Je ne m'en servirai plus.

Il n'a aucune peine à croire que Dee puisse être la femme en question. Il n'a aucune peine à croire qu'elle ait pu l'attaquer, dans cette terrible étendue désertique.

The long black cloud is coming down. Feel I'm knocking on heaven's door... Le grand nuage noir descend. Je crois que je frappe à la porte du paradis.

J'ai la nette impression de me trouver à deux doigts de ma flingueuse, se persuade-t-il.

— Comment gagnez-vous votre vie, Vic ?

— J'étais physio dans un bar. Videur. Gorille. J'ai même travaillé dans la récup pendant un temps.

— Impressionnant.

— Je sais ce que je vaux, si c'est ce que vous voulez dire. (Il se tourne vers Shay.) Pas d'excuses. Pas de justifications.

— Laisse tomber.

Vic fouille dans sa poche.
— Bon, ça suffit pour ce soir.
Il laisse tomber de l'argent sur la table.
— Je paie mon écot, proteste Shay.
— Qu'est-ce que je fais de l'appareil photo ?
Shay regarde Dee.
— Ce n'est pas le mien.
Dee se lève, de sorte qu'elle le toise. Vic sent la vibration palpable qui en émane. Se rend compte qu'elle est dopée à quelque chose.
— Cette nana t'a arnaquée, Shay. Garde-le pour te rembourser.

Les deux femmes traversent côte à côte le parking.
— Qu'est-ce que tu magouillais, là-bas ? Tu déconnais complètement, avec lui.
— Ce n'est pas un simple péquenaud de passage. Et effectivement, je déconnais avec lui.
Dee frappe la sacoche du plat de la main.
— Si ce n'est pas un péquenaud, il a probablement gardé les négatifs.
Dee regarde en arrière, voit Vic se glisser dans sa Mustang.
— Il ne travaille pas pour les flics.
— Tu crois que c'est lui qui a engagé cette fille ?
Dee, à Shay :
— Tu trouves qu'il a la dégaine d'un type qui gaspillerait autant d'énergie ?
— Alors… qu'est-ce qu'il cherche ?
Dee ne répond pas. Pas avant d'en avoir la certitude. Pas tant qu'elle peut couper la chique à cette terreur électrique qui la fait tourner en bourrique ; assez longtemps, qui sait, pour lui permettre de réfléchir.
Son portable sonne. Elle l'ouvre.

— Il était temps que tu me rappelles. Je passe demain chez toi. J'ai l'argent... plus quelques clichés passionnants. Hugh et Pettyjohn étaient filés. Ouais, c'est ça, essaie de dormir, pauvre tache.

Dee referme sèchement le portable. Des phares remontent la rue derrière elles, suivis par un bref coup de klaxon. Les deux femmes se retournent. Vic porte deux doigts joints à sa tempe.

— Bonne nuit, dit-il à Shay.

— Il n'est pas de la police. Celui qui a embauché cette fille n'est sûrement pas allé trouver les flics. Ils nous seraient déjà tombés dessus.

Elle sort le portable de Magale.

— Le type qui attend à l'autre bout du fil veut quelque chose. Passe-moi une clope.

Shay fouille son sac, en quête d'un paquet de clopes.

— J'ai toujours dit que tu étais plus forte que moi. Que tu te débrouillerais mieux sans moi que moi sans toi. Je ne m'en sortirais jamais si tu n'étais pas là...

Shay lui tend une cigarette.

— Commence pas à te répandre sur moi. Quand tu parles comme ça, je fonce me mettre à couvert.

Dee allume la cigarette. Ses mains tremblent quand elle inhale la fumée. Shay regarde la Mustang de Vic s'enfoncer, plein sud, dans les ténèbres de Fletcher Avenue.

— Tu ne ferais rien pour m'entuber, n'est-ce pas, Shay ?

— Commence pas.

— Les autres ne se gêneraient pas, j'en suis sûre.

— Faut que tu décroches du speed. Regarde-toi un peu. Une foutue junkie complètement parano.

— Ouais. On verra ça.

— La reine de la défonce. Combien de comprimés tu t'envoies par jour ? Tu n'arrêtes pas de trembler.

— On s'en occupera plus tard, si tu ne me fais pas faux bond et si tu n'essaies pas de m'entuber.

— Un de ces quatre, tes veines vont t'exploser à la gueule.

— Manquerait plus que ça. Manquerait vraiment plus que ça.

La nuit est claire sur Los Feliz. Au-dessus du Femdell Park, les routes ne sont qu'un ruban continu de lumière montant des maisons calfeutrées derrière grilles et hauts murs. Terry file Dee depuis le DIS, à l'aveuglette, en ne se fiant qu'au seul repère de ses feux arrière. Elle ralentit à la hauteur de Valley Oak Drive pour négocier un virage à angle droit.

La porte d'un garage se relève sans bruit. Une fine bouffée de gaz d'échappement gicle vers l'avant et la voiture disparaît à l'intérieur de l'oblongue construction de béton blanc luisant.

Terry se gare. Il dévale la rampe abrupte qui se cramponne fermement au trottoir d'en face. Depuis un bouquet d'arbres penchés, il distingue le numéro peint sur le grès du trottoir… 3399.

Nouveau petit accroc à leur anonymat.

34

Vic est assis dans le bureau de Landshark. Seul. Il fixe les deux fiches qui, punaisées au tableau d'affichage, portent les noms SHAY STOREY et DEE STOREY. Il s'efforce de tirer au clair l'énigmatique animosité qui oppose mère et fille et les raisons de cette guerre qu'elles semblent se livrer à son sujet, quand il entend Landshark crier son nom depuis le balcon de l'étage supérieur.

Vic se rue dehors. Il se penche par-dessus la rambarde et lève la tête. Le bras tendu de Landshark agite un exemplaire de l'édition du matin du *Daily News*.

— L'autre type… il a un nom. Et c'est l'héritier direct du trône d'un grand bourgeois. Celui de la San Fernando Land Development Company*.

L'UNE dévisage carrément l'autre, l'autre est carrément en train de faire de son mieux pour éviter son regard. Ce qui fait le plus enrager Alicia Alvarez, dans la présence de Dee Storey sous son toit, le toit de la maison de Chatsworth qu'elle partage avec Charlie Foreman, c'est le culot extravagant avec lequel cet immonde déchet humain détaille une à une toutes ses possessions. La chasse d'eau des toilettes retentit au fond du couloir. Nouvelle humiliation. Merci, pour ça, matériaux à la con.

Une porte s'ouvre. Une boucle de ceinturon se referme avec un claquement. Foreman entre et lui fait la grimace :

* Société d'exploitation du terrain de la vallée de San Fernando.

— Toi et ta putain de bouffe thaïe.

Tressaillement des yeux lourdement tartinés de mascara.

Foreman reporte son attention sur Dee. Un sac de gym repose à ses pieds.

— Ta gueule est aussi dégoûtante que l'état de mes tripes.

Dee hausse les épaules.

— Vas-y, fait Foreman. Fais-moi rêver.

Dee porte le sac de gym jusqu'à la table de la salle à manger. Lorsqu'elle ouvre la fermeture Éclair, de petites liasses de billets se répandent sur la table. Elle sort une enveloppe en papier kraft d'une poche latérale.

— Dès que j'ai su que les "garçons" avaient choisi ce bar de tantes pour la réunion, j'ai compris que vous comptiez mener la vie dure à Burgess et je suis descendue seule au centre-ville. Pendant que j'attendais dehors, j'ai repéré cette *cholla*, qui n'arrêtait pas de vous mitrailler depuis un porche.

Dee ouvre l'enveloppe, en sort un petit paquet de photos et l'étale sur la table comme s'il s'agissait d'un flush royal.

— Quelqu'un a engagé cette gonzesse pour photographier Pettyjohn et Englund. Quelqu'un qui les suit à la trace.

— Qui est la photographe ?

Dee ne répond pas à Alvarez.

Les yeux bouffis de Foreman sautent de photo en photo.

— Comment tu les as eues ?

— Par le même procédé qui m'a permis de t'éviter une condamnation à sept ans de taule.

De nouveau Alicia :

— Tu comptes nous faire avaler ça ?

— On va devoir se débarrasser d'eux, Charlie.

— Tu sais pour quelle raison on les filait ?

— Non.

— C'est une arnaque, Charlie.

Foreman fait courir ses mains sur les liasses de billets.

— Combien il y a ?

— Soixante mille dollars.

— En quel honneur ?
— En guise d'acompte sur votre survie.
— T'entends ce qu'elle exige ?
— Ouais, Alicia. Je n'exige pas davantage que ce que tu as exigé de moi voilà onze ans. Empêcher qu'il finisse au trou.

Foreman prend une photo dans sa grosse pogne de mécano.

— Si ça se trouve, c'est rien du tout. Jon et Hugh sont mouillés dans tant d'embrouilles merdeuses…

Dee s'empare des deux photos où on les voit sortir de l'hôtel Barclay.

— Ils n'auraient jamais dû se montrer en public. Même après onze ans.
— D'accord. Je le leur ai déjà dit, merci.

Alicia le fixe, visage de marbre :

— T'es quand même pas en train de la prendre au sérieux ?
— Il ne manque qu'un seul détail à ce plan… Toi, Charlie. Si jamais cette photo atterrit sur le bureau d'un proc, on se retrouve exactement comme en 1987. La seule différence, c'est que les garçons ont viré tapette.

Dee devine qu'une pensée furtive trottine derrière la tête de Foreman. Il contourne la table, se dirige vers un buffet, fouille un tiroir rempli de ses effets personnels. Ramène un joint roulé serré. S'adresse à Dee :

— Faut qu'on cause, toi et moi.

Lorsqu'ils sortent, Alicia émet un son évoquant le chuintement ténu du sable.

Foreman lui fait traverser le patio puis franchir un portail en lattes de bois et gravir une côte pentue et rocailleuse jusqu'aux décombres d'une citerne recouverte de tôle ondulée. Ils atteignent une clairière dans les hautes herbes, où il a abandonné deux vieux transats et d'où l'on peut jouir d'une vue à deux dollars sur tout Chatsworth, dont toutes les nuances de terre ocre ne sont qu'une pâle copie, pipée, de la réalité.

Lorsqu'ils s'installent, Dee n'a pas vraiment l'air de tenir la grande forme.

— Qu'est-ce qui t'arrive ? T'as pas bouffé dans le même thaï que moi, pas vrai ?

— Je finis par accumuler les nuits blanches, à force de m'escrimer pour nous éviter à tous d'être entraînés dans une spirale mortelle.

Il allume son joint. En aspire une taffe et le lui tend.

— Bien sûr, ça ne risque pas de t'arracher à ta descente, mais…

— Non.

Elle se penche en avant. (A vaguement l'impression de larguer toutes les amarres.)

— Comment va-t-on régler ça ? Parce qu'ils représentent aussi une menace pour toi, j'espère que tu en es conscient.

La sorcière tisse la trame de son sortilège. Il le sait. Le balaie.

— Jette un coup d'œil vers Topanga, de l'autre côté de Santa Susanna. Tout le domaine qui constituait l'ancien Iverson Movie Ranch, d'accord ? Tu vois cette colline, là-bas, juste après l'autoroute 118 ? Celle avec une petite maison tout en haut. C'est tout ce qu'il en reste, une quinzaine d'hectares. Il y a trois maisons sur la propriété. Toutes clôturées. De grilles. On les loue encore pour tourner des extérieurs. Retour en 1987, d'accord ? Quand je suis passé à la casserole pour cette inculpation pour possession et que vous vous êtes tous rabattus sur l'école de la 56e Rue, j'aurais pu l'acheter pour que dalle. Mon cousin dealait, d'accord ? J'aurais pu l'installer dans une de ces baraques. Et la propriété était clôturée. Pas de flics. Et l'hypothèque était éteinte. Et la maison de maître… Il y a une salle, tu croirais un musée. Le premier propriétaire était chasseur de fauves en Afrique, d'accord ? La pièce est bourrée d'animaux empaillés qu'il a abattus. Rien que des espèces menacées, de nos jours. L'horreur. Des centaines de têtes le long des murs. Et de longues vitrines de papillons de collection. On se déchirait à l'acide et on allait tripper dans cette pièce, juste éclairés par des lampes de poche. Et ces têtes te racontaient un tas d'histoires, d'accord ?

Il tire une autre taffe de son joint. Dee se demande où diable il veut en venir.

Il penche pesamment en avant sa carcasse usée de col-bleu.

— Tout ça pour te dire que je n'écoute plus Alicia quand on en vient à débattre de notre planning financier. D'accord ? Et tu aurais dû lui donner le rapport d'expertise.

— J'avais demandé à Burgess de le faire. Mais me raconte pas de conneries. C'est ta bourgeoise qui a téléphoné à la journaliste du *Daily News*, non ? C'est elle, la putain "d'informatrice préférant conserver l'anonymat". Elle voulait nous mettre la pression.

Il élude carrément la question.

— On aurait dû aller trouver directement le vieux de Burgess. Pas besoin d'en faire un mélodrame. C'est ce que je lui ai dit, à elle. Mais vous autres, les salopes, vous perdez la boule dès qu'on parle de fric. (Il tire sur son joint. Ses yeux s'embrasent, sa voix s'étrangle.) Tu ne peux pas nous blairer, pas vrai ?

— J'ai pas de temps à perdre avec ça.

— Je parie que tu me colles tout sur le dos aujourd'hui parce que je t'ai forcée à descendre ce connard de flic dans…

Elle n'a pas la moindre envie d'aborder cette affaire. Pas tant que la soirée d'hier reste encore fraîche, si fraîche, dans sa mémoire. Surtout si Vic est bien celui qu'elle croit.

— Occupons-nous d'aujourd'hui, d'abord, déclare-t-elle pour changer de sujet.

Ils sont assis au milieu des hautes herbes, et les voitures qui passent en vrombissant sur la 118 font chantonner le toit effondré de cette citerne, qui attend patiemment un carnage routier. Foreman jette un coup d'œil sur Dee. Épuisée, la peau blanche comme une tombe, le visage convulsé de tics nerveux. Mais il ne compte pas trop là-dessus pour négocier avec Mme Sorcellerie incarnée.

— Je vais t'aider, mais c'est pas du tout cuit.

Elle se redresse sur son transat.

— Où sont les autres pédés ?

— Au Nevada.

— Qu'est-ce qu'on peut bien trouver au Nevada, à part de la poussière ?

— Ils doivent retrouver à Laughlin quelques-uns de leurs tarés de copains, d'accord ? Une réunion, à propos de l'achat d'un motel, quelque chose comme ça.

— Ils claquent déjà leur pognon.

— Je veux les deux millions.

— J'en ai rien à foutre de qui récupère les deux millions.

— J'espère bien. (Son visage bestial se renfrogne et il crache sur la broussaille drue.) Je t'ai dit que ce serait pas du tout cuit, d'accord ? Maintenant permets-moi de t'expliquer pourquoi. C'est pas franchement une bonne nouvelle.

ALICIA les épie par le carreau. Ils parlent depuis une heure ; le ciel souillé par les gaz d'échappement vire au brun au-dessus de la colline.

Lorsqu'ils daignent enfin redescendre, leurs deux ombres s'étirent derrière eux comme une traîne.

Dee se dirige vers sa voiture. Dès qu'il entre, Alicia assaille Foreman de questions. Il remonte sans mot dire la fermeture Éclair du sac de gym. Son épaisse silhouette se dandine fébrilement, à deux doigts de paniquer. Il rapporte le sac à Dee.

À son retour, il trouve Alicia assise à la table d'angle de la salle à manger. Son bras est encore étendu et sa main posée à l'emplacement où se trouvait l'argent, comme pour essayer de deviner où il s'en est allé. Rien qu'à la palpation.

— Je t'avais prévenue que ça risquait de tourner au grabuge, se contente-t-il de déclarer.

35

Les dates sur microfilm défilent. D'abord des mois, puis des semaines. Et enfin, la lente reptation des jours. Le passé se referme sur Dee. Elle se rappelle que l'article était paru dans le cahier 2 du *Daily News*. À la rubrique Métro. Elle déroule les pages ; tout ce remous lui donne le mal de mer. Peut-être pas le remous, d'ailleurs, mais ce qu'elle s'attend à lire.

La nette résolution d'une manchette attire son regard : UN POLICIER LAISSÉ POUR MORT DANS UNE TOMBE À FLEUR DE TERRE. Et sous le gros titre, un sourire extrait d'un album de promo. John Victor Sully à l'âge de vingt-trois ans, dans toute sa spartiate simplicité.

Quelque chose fait la navette en elle comme un messager égaré. Une chose saturée de voix et de silence. Les morts sont de moins en moins morts, le passé affleure sous la surface de toute chose. Comme le poison dans le sol, il remonte pour laisser son empreinte. Tout ce qui l'a conduite ici, elle le sent dans ses doigts. Ses doigts qui, pressés sur son ventre, profèrent de féroces blasphèmes. C'est par la mémoire de ses doigts qu'elle le sent s'affaler dans sa tombe. Qu'elle sent ce sourire grenu lui retourner son regard. John Victor… Vic.

Mais est-ce bien lui ? C'est comme essayer de toucher une brèche dans le vent. Quelques parcelles de ce visage juvénile pourraient sans doute être les siennes. Oui. Déformées par les années. Les bagarres, sans doute. Mais le temps a également altéré le reste du puzzle, à tel point que les pièces manquantes pourraient appartenir à n'importe qui. Jusqu'à ce prénom. Victor… Vic – ça pourrait être une coïncidence. Elle se débat vicieusement avec les possibilités. Si c'est lui, si c'est bien lui, comment s'est-il débrouillé pour sortir de sa tombe et revenir les hanter ?

Elle va dans la salle de bains et se baigne la nuque d'eau glacée. Elle est abattue, découragée et malade à en crever. En haut de son échine et sous son crâne, les muscles ne sont plus qu'un nœud compact de besoins. Elle contemple son reflet dans le miroir. Retrouve dans son visage quelques parcelles de sa jeunesse. Déformées par les années, certes. Les bagarres, sans doute. Tout, de nouveau, se réduit à une nouvelle reprise, un autre round avec la certitude.

Et Foreman. Elle sait qu'il compte s'en prendre à elle tôt ou tard. Elle lit à livre ouvert dans ce camé de cambrousse. Il n'a pas cru aux photos. Amusant. Pathétique. Peut-être s'est-il trop engagé avec les deux pédoques ? Et l'autre, Burgess, qui va pleurer auprès de papa chéri. Qu'est-ce que ça va encore me coûter ? Elle n'est qu'une simple donnée démographique… le plus petit dénominateur commun qu'ils n'hésiteront pas à pointer du doigt pour redorer leur blason. Et ce n'est pas la parano qui parle. Elle n'est pas en train de virer pisseuse, non plus. Ce sont les viscères de la soldate qui envoient des signaux de tempête.

Elle les affrontera et les achèvera. Les achèvera. Elle ira jusqu'à se colleter avec Dieu, si c'est ce qu'il faut, mais ils ne l'auront pas. Jamais.

La douloureuse photo de Burgess Ridden et de son père publiée par le *Daily News* a remplacé, sur le tableau d'affichage, la fiche qui disait : L'autre homme ? Dessous, d'autres fiches posent les questions : Burgess Ridden est-il homo ? Que s'est-il passé au Storecard ? Pourquoi cette altercation ?

Un e-mail de Freek. Qui dit : "Le roi des hackers a encore frappé. Fax suivent !"

Et pour suivre, ils suivent. Page après page. Photocopies des permis de conduire, relevés bancaires et déclarations de revenus de Dee et Shannine Storey. L'éventail des paperasses concernant ces deux femmes dessine au mieux les contours d'une existence marginale. Aucune ne possède de carte de crédit, ni n'en a jamais possédé. Les déclarations de revenus de Shannine correspondent exactement à ce qu'on peut attendre d'une barmaid de vingt-quatre ans. Quant à sa mère, elle n'a strictement aucune existence fiscale.

L'APRÈS-MIDI est frisquet et le ciel, plombé. Depuis le Mount Washington, le centre-ville n'est qu'un périmètre de grisaille strié d'immeubles spectraux. Promesses de pluie. Terry se pointe avec des plats à emporter d'un restaurant péruvien situé à un pâté de maisons de son immeuble d'angle, au coin de Rossmore et de Clinton. Ils le briefent sur les derniers développements. Au beau milieu du repas, comme s'il venait tout juste de s'en souvenir, Terry ajoute encore à leur croissante perplexité une information qu'il tient d'un de ses ex, qui travaille toujours à la brigade d'Hollywood.

— Ah, au fait, la maison du 3399 Valley Oak Drive appartient apparemment à l'héritier désigné de la San Fernando Land Development Company.

— Il semble que cette femme qui ne paie pas ses impôts connaisse – bibliquement – une véritable fortune, ironise Landshark.

BURGESS Ridden s'ajoute désormais à la liste de leurs cibles. Landshark adresse un e-mail à Freek: "Scanne la bio du prince héritier en 1987. J'essaierai d'extorquer des infos à sa boîte pour compiler."

Vic écoute Landshark appeler la San Fernando Land Development Company. Le siège de la société se trouve depuis vingt-quatre ans à Encino, sur Ventura Boulevard. Landshark engage la conversation avec la chef de service. Il se sert d'un faux nom, se présente comme le vice-président d'une société écran, qu'il a créée quelques années plus tôt justement pour pouvoir mettre en place ses petites arnaques. Il lui explique que sa société envisage d'installer à Burbank un supermarché de prêt-à-porter.

— Quelque chose dont Cecil Beaton pourrait être fier, voyez-vous... Qui apporterait une touche de classe et de style à Burbank. Si ce n'est pas en soi un oxymore.

Il aurait besoin de sérieuses références sur la boîte et son organigramme, avec historique, promotions au mérite, bios, etc. Tout ce qu'elle peut "de bonne foi" lui révéler, qui leur permettra de prendre leur décision. Une demi-heure plus tard, on a l'impression que ces deux-là sont à deux doigts de convoler en justes noces. Landshark parie avec elle qu'il peut lui envoyer un coursier avec des fleurs avant qu'elle ait eu le temps de rassembler son paquet d'infos. Elle tient le pari.

En raccrochant, il adresse un clin d'œil à Vic :

— J'aurais dû faire dans l'arnaque de haut vol plutôt que dans le journalisme.

Terry se glisse derrière Landshark.

— Mais tu es un arnaqueur de haut vol, William, chuchote-t-il.

Landshark casse le filtre d'une cigarette de Vic :

— Je parie que j'aurais pu lui fourguer la pierre tombale de Lady Di.

Il commence à bruiner. Une pluie versatile, qui tantôt en est une, tantôt ne l'est plus. Les hommes travaillent aussi intensément que des ministres à tisser un canevas de questions susceptibles de faire progresser leur quête.

Rog appelle du Jardin d'Allah. Il est en pleine crise d'angoisse. Il doit absolument parler à Vic. Explique qu'une femme lui a laissé un message. Landshark lui passe le téléphone.

Vic écoute, tout en rapprochant un petit carnet jaune de sa main droite. Griffonne un numéro de téléphone. Raccroche.

— Shannine Storey ? s'enquiert Landshark.

Vic déchire la page portant le numéro de téléphone et, pour toute réponse, la punaise froidement sur le tableau d'affichage, sous le nom de Dee Storey.

— Elle veut que je l'appelle à dix-sept heures trente.

Les hommes consultent du regard la pendule du bar. Une longue et perturbante attente de deux heures et demie s'annonce.

Le ciel est couleur de gravier lorsqu'un coursier apparaît, porteur de cinquante pages de matériel de promo et d'un petit mot pâmé de la chef de service de la San Fernando Land Development Company. Le plus clair de la documentation se compose de branlettes satisfaites et de panégyriques, accompagnés des classiques planches en quadrichromie, témoignages complaisants de la haute qualité artisanale du travail effectué par la société, et barèmes modérés de rigueur.

On y trouve également le sempiternel assortiment d'avals de toutes sortes : dernier maire, maire en fonction, membres des deux sexes du conseil municipal, plus un bouquet de félicitations décernées par divers conseils d'administration, organisations et promoteurs intéressés. Certaines pages sont consacrées aux travaux les plus ambitieux. Avec un additif consacré aux projets en cours de développement.

Mais le petit trio se noie dans les détails sans leur trouver le moindre sens, infoutus qu'ils sont de découvrir, dans cette jungle de visages et de noms, le moindre fil conducteur, lien organique ou mobile logique leur permettant de relier une ancienne tentative de meurtre à un meurtre effectif récemment perpétré. Peut-être ne s'agit-il que d'événements disparates, emportés sans avoir été remarqués par le flot des années ?

Des heures s'écoulent, toujours aussi pluvieuses. Sans réel progrès. Landshark écluse son second Oban au bar. Il entreprend de nouveau de se livrer à une revue de détail de cette propagande démagogique. Vic regarde la pendule... Bientôt dix-sept heures trente.

— Vous savez quoi? demande Landshark à la cantonade. Ça serait une pure manifestation de la justice divine si finalement Los Angeles ne devait sa célébrité qu'à une seule chose. Et vous savez laquelle ce serait? Avoir été le lieu de naissance de Tokyo Rose*. C'est là qu'il est né, vous savez. C'est ça que je vais mettre dans ma rubrique.

Terry écrase son mégot:

— Tu perds les pédales, vieux.

— Vraiment? (Landshark brandit une feuille de documentation dans ses mains jointes comme pour la prière. Il contourne le bar et la passe à Terry.) Qu'est-ce que tu vois, là?

Terry examine soigneusement la feuille. C'est une photo pleine plage sur papier glacé de la pose de la première pierre de l'école de la 56e Rue, à L. A. South Central. Avec un insert en médaillon d'un petit groupe assistant à la cérémonie.

— Qu'est-ce que je suis censé chercher?

— Une hispanique mal fringuée, deux rangées derrière Burgess Ridden.

Terry louche sur la photo.

— Bordel! s'exclame-t-il. C'est Alvarez!

Ils s'apprêtent à passer la photo à Vic, mais celui-ci est sorti de la pièce. Ils l'aperçoivent, assis sur une marche de l'escalier. Il vient tout juste de composer le numéro de Dee et d'articuler:

— Allô. Vic à l'appareil.

* Groupe de punk-rock.

Ils attendent la suite en chuchotant entre eux.

Landshark :

— Le ministère de l'Éducation doit effectivement décrocher toutes sortes d'approbations pour construire une école.

Terry :

— Demande à Freek de se renseigner. Et regarde, la pose de la première pierre remonte à 1987.

— Si elle était déjà avec Foreman quand…

Vic referme sèchement le portable. Revient dans la pièce.

— Elle m'a demandé de passer chez elle vers neuf heures du soir.

— Elle n'a pas dit pourquoi ?

Vic contemple la photocopie du permis de conduire de Dee Storey.

— L'adresse qu'elle m'a donnée à Hollywood est la même que celle de son permis de conduire. Il faut que vous trouviez comment elle fait pour payer son loyer.

— Qu'est-ce qu'elle veut ?

— Me proposer un boulot.

36

VIC, descendu dans la salle HARPERS FERRY du quatrième étage, fait faire une promenade de santé à son semi-automatique. Il s'efforce également d'étouffer l'anxiété que lui inspire la soirée à venir, quand Landshark entre dans la pièce.

Détonation assourdie. Évents laissant s'échapper les âcres relents de la poudre brûlée. L'odeur de la violence, sans ses effets atroces. Landshark prend une chaise et regarde Vic tracer un petit cercle de trous noirs autour du cœur de la cible. Puis ses yeux dessinent lentement les contours du corps de Vic. La voussure rigide des épaules et du dos, à peine infléchie à chaque coup de feu. Le quadrillage de balafres de l'avant-bras. Le ceinturon de cuir, à la lisière du jean délavé. Les organes génitaux plaqués contre la cuisse. Il chasse ses pensées.

— Vous sentez-vous d'attaque pour ce soir? demande-t-il.

Vic empoigne un autre chargeur.

— Personne ne vous reprocherait de laisser tomber. Je pourrais demander au *Daily News* de m'accorder toute la place disponible. Tout balancer. Utiliser les photos. Les faits dont nous avons déjà connaissance. Ça aurait au moins le mérite d'attirer comme des requins les journalistes les plus sérieux. Le sang leur fait toujours cet effet.

Oui, songe Vic, le sang produit toujours cet effet. Il a déjà été naguère le petit fiancé de la caméra. Et il pourrait effectivement laisser tomber. Faire un petit pas de côté, éviter de mettre les pieds dans le plat. Mais il sait qu'il s'agira de la plus significative, de la plus atroce, de la plus sérieuse, de la plus absurde, de la plus belle, de la plus juste et de la plus hideuse de toutes les expériences qu'il aura vécues depuis qu'il s'est extrait de cette fosse. Pas question qu'on lui confisque, pour le laisser à d'autres, le droit de la toucher du doigt. Il fait à présent formidablement partie intégrante de cette foutue expérience qu'on appelle la vie, et préférerait être pendu que de laisser aux Landshark et aux flics de Los Angeles le soin de proclamer ce qui est vrai, ce qui est réel, ce qui est.

— Allons faire un tour, dit-il.

La pluie s'est arrêtée juste avant la tombée de la nuit. L'allée qu'arpentent Vic et Landshark est brillante et glissante. Quand le vent souffle, il fait suinter des gouttelettes des branches qui les surplombent.

— Maintenant, je veux en savoir plus sur ce que Rog a dit.

Landshark pile. Il hoche la tête. Pique une cigarette à Vic. Entreprend d'en rompre rituellement le filtre.

— Ma mère était conseillère en investissements. Spécialisée dans les médicaments. Et mon père agent de change. Tous deux gagnaient extrêmement bien leur vie. Quand Roche a commencé à fabriquer du Valium et du Librium, ma mère l'a poussé à investir. Ils sont devenus millionnaires. Mon père a acheté des propriétés. Ils ont continué de s'enrichir. Mais c'était leur violon d'Ingres. Leur véritable vocation, c'était le sexe. À cet égard, ils étaient la quintessence même de l'Américain moyen.

Il allume sa cigarette. Vic se dirige vers le portail principal.

— Partouzes. Échangisme. Bondage. Homosexualité. Pratiques répugnantes. Je connaissais tout sur le sexe avant même de savoir épeler le mot. Une amie de ma mère m'a emmené voir *Cent dollars pour un shérif* quand j'avais neuf ans. Elle a passé toute la représentation à me caresser la queue. Six mois plus tard, son mari et elle me donnaient des bains et me branlaient. Ma bite n'a pas mis longtemps à devenir une habituée du circuit.

— Ouvrez le portail, fait Vic.

Landshark va appuyer sur le bouton de l'ouverture automatique. Les rouages grincent et Andalusia Avenue s'ouvre devant leurs yeux.

— Jusqu'où vous pouvez aller sur cette voie ?

— Avant de faire une crise d'angoisse ?

— Oui.

— Je ne sais pas. Pas loin.

Vic sort dans la rue. Landshark reste où il est.

— Si je suis capable de grimper dans un putain d'avion après deux coups de fil d'un... jean-foutre dont je n'ai jamais entendu parler, le moins que vous puissiez faire, c'est d'essayer.

Landshark fait ses premiers pas dans le silence feutré. Les talons de ses mocassins italiens raclent la route indifférente qui aboutit à sa maison. Il sent se rétracter les ailes de sa gorge et se parcheminer sa bouche.

— Ma mère avait une voix ignoble. Elle était extrêmement répugnante, de plus d'une façon. Bien entendu, étant son fils, je suis peut-être de parti pris. Elle aimait Lloyd Thaxton, aurait volontiers chanté avec lui en play-back et portait des pantalons Capezio qui moulaient fort disgracieusement son cul. C'était la seule chose que j'aimais chez elle, ces Capezio.

Quelque part au sein de cette délicate tapisserie de ténèbres gît la crainte d'une phobie qui risque de le submerger. Pas encore là, mais bien présente. Respirant en contrepoint de son propre souffle, à un niveau inférieur. Prête à se manifester si elle perçoit la plus infime trace de provocation, de velléité de la surmonter.

— Enfant, j'avais peur de tout et de rien. Et mon père me le faisait régulièrement payer. Il me fourrait le nez dans ma propre trouille. Il m'a emmené une fois dans une grande roue. J'étais encore petit et lorsque la nacelle s'est arrêtée tout en haut, il l'a violemment secouée, jusqu'à ce que je vomisse. Puis l'a fait de nouveau osciller jusqu'à ce que je me retrouve recroquevillé dans le fond, en train de me cacher dans mon propre vomi. Pas pour faire de moi un homme, mais pour que je n'en devienne jamais un.

Vic se rend compte que la voix de Landshark adopte une cadence incertaine.

— À treize ans, je lui ai jeté un marteau à la tête. À quatorze ans, j'ai essayé de l'écraser en voiture, et on m'a envoyé chez un psychiatre.

Ils se sont éloignés de trente pas du portail. Dix malheureux mètres, suffisamment loin pour que Landshark sente que cette apparition nommée panique commence d'oppresser sa poitrine.

La procession à deux ralentit de façon dramatique.

— Nous vivions à Fresno, mais nous conservions à Santa Monica une petite maison en bord de mer. Dans les années 1970, L. A. était la "zone critique" idéale pour le genre de sport en chambre que pratiquaient mes parents. Mon père y descendait dans un Navion qu'il avait acheté et que nous garions sur l'aérodrome de Whiteman, dans la North Valley.

Landshark s'interrompt. Son souffle est court. La panique est là. Il contemple l'étendue venteuse qui l'environne. Les pelouses cossues, le jardin de façade orné de grottes massives. Ce qui aurait dû être un paisible espace n'est plus, entre lui et la zone sûre de sa maison, qu'un gouffre hostile.

— J'avais quinze ans. Nous avions fait de notre mieux, cette année-là, pour réduire en miettes nos sentiments respectifs. Ce week-end ne dérogeait en rien à la règle. Nous étions en train de sortir l'avion du hangar quand l'aileron de gauche a été endommagé par un choc contre un palan que nous avions provisoirement installé.

Landshark commence à hyperventiler pour compenser la sensation d'étouffement qui l'asphyxie. La spirale mortelle est entamée.

— Mon père était un bon mécanicien. Je n'étais pas mauvais non plus. J'adorais les avions. Je n'aimais pas voler, j'aimais juste les avions. Maintenir ce Navion en état, c'était à peu près la seule chose que nous pouvions faire de concert sans… (Il jette sa cigarette.) Mais pas ce jour-là. Pas ce jour-là.

Landshark va s'asseoir sur le bord du trottoir, comme si la proximité du sol lui offrait un ancrage supplémentaire pour lutter contre le vertige.

— Un psy m'a dit une fois qu'à condition de violenter assez longtemps sa psyché, on serait à la longue plus que récompensé de son effort. Je suis la juste récompense de ces efforts. (Il relève les jambes et s'étreint les genoux.) Il y a des clavettes qui s'enfilent dans des écrous, tout le long des ailerons ; ces petits volets qui permettent de contrôler les ailes en s'abaissant et en se soulevant.

Landshark fixe l'asphalte mouillé, les zébrures de lumière projetées par le lampadaire qui les surplombe, comme s'il pouvait lire le passé dans cette obscurité vaporeuse.

— Il… nous… j'ai oublié de remettre les clavettes. (Landshark relève les yeux vers Vic.) Tu parles d'un destin. Je voulais simplement être débarrassé d'eux quelques jours. On peut sans doute dire que j'ai été sauvé par la haine.

Il ferme les yeux.

— Ils se sont écrasés au nord du Grapevine, près de Gorman. Ces foutues clavettes étaient posées sur une table, à l'intérieur du hangar, à trois mètres au plus de là où se trouvait l'aile.

Il ouvre les yeux.

— Il y avait tout ce fric, pas de testament, et ce vieux passé de violence entre mon père et moi. Vous ne vous douteriez sûrement pas en me regardant, Vic, que je panique totalement à cette minute même. Que je crève d'envie de rentrer chez moi en courant.

— Juste en vous regardant, je ne m'en douterais pas.

— Un psy m'a dit que j'avais appris à affronter toute cette dinguerie en me créant un univers sécurisant. C'est comme ça que j'ai survécu. Sauf que je n'en avais plus besoin pour survivre, j'étais libre. Mais mon corps a refusé d'admettre cette explication.

Il se retourne vers la maison. Les lumières de la ville, au-delà, évoquent des escarbilles sur fond de ténèbres. Beauté et menace. Los Angeles en lui. Telle quelle.

— Vous vous rappelez que je vous ai dit m'être inscrit en 1987 sur une liste de candidats à un poste au *L.A. Times* ? Et qu'ils avaient découvert que j'avais artistiquement réécrit mon passé. Eh bien, ils avaient justement découvert ce dont je viens de vous parler.

Landshark pousse un soupir.

— J'espère que vous pourrez me pardonner.

— Quoi ?

Landshark enfouit sa tête entre ses mains.

— De n'avoir pas eu le courage de continuer la première fois. De n'être pas…

— J'ai moi aussi renoncé, William. Et ce n'était pas votre faute. Bon… Relevez-vous, bordel !

Landshark se force à se lever. Il aimerait rentrer, maintenant. Les cheveux de Vic lui balaient le visage.

— J'ai rencontré à El Paso un juge complètement timbré, déclare ce dernier. Un authentique accro à la gnôle et aux comprimés, qui pouvait se terrer au Sunshine pendant quarante-huit heures d'affilée pour se défoncer la gueule. “La justice est aussi bien servie par un égoïste que par un altruiste”, m'a-t-il dit un jour.

— Ce que je vous ai dit en bas, tout à l'heure… N'allez surtout pas croire que je vais renoncer…

Vic empoigne Landshark par la chemise et le traîne un peu plus loin dans l'avenue. Très loin après le lampadaire, Landshark rue furieusement des quatre fers pour se libérer. Mais dès que Vic referme l'étau de sa main sur son bras, il se retrouve paralysé.

— Qu'est-ce que vous fabriquez ?

— Vous ressentez la peur ? Vous avez peur ?

— Et comment que j'ai peur, putain de merde !

Vic s'arrête, mais ne le lâche pas.

— Vous croyez que je ne la ressens pas, la peur ? Qu'elle n'est pas en train de me ronger, sachant ce qui m'attend peut-être tout à l'heure. Mais je ne vais pas renoncer pour si peu. Et vous savez pourquoi ?

Landshark aimerait bien le savoir.

— Parce que je suis vivant pour la première fois. Pas seulement depuis 1987. Mais depuis toujours. Peur ou pas peur, je suis vivant. Je vous dois au moins ça. Je ne vous permettrai pas de me le reprendre et, peut-être, peut-être, vous interdirai-je de nous le reprendre. À tous les deux.

37

Dee le scrute longuement de pied en cap lorsque la porte d'entrée s'ouvre.

— Vous n'êtes pas en retard… de beaucoup, fait-elle.

— Je ne savais pas que j'étais payé à l'heure.

— Nous le sommes tous. Vous étiez pas au courant ?

Il la suit à l'autre bout du salon. *Il fait assez noir là-dedans pour que ça tourne au vinaigre.* Telle est sa première pensée.

— Un verre ?

— Une bière.

— Pas de bière. Pourquoi pas quelque chose de plus corsé ?

— Avec plaisir.

Ses yeux exécutent un discret périple autour de la pièce pour s'assurer qu'ils sont bien seuls. Une porte se referme en claquant derrière lui et il fait brusquement volte-face.

— Navrée, fait Dee.

Ils boivent, face à face. Elle assise sur le divan, lui sur une chaise adossée au mur. Il s'attend à une surprise. Dee est sur les nerfs, mais elle donne le change.

— Pourquoi ne pas me dire tout de suite ce que vous cherchez réellement ?

Il repose son verre, tend la main vers sa cigarette posée dans le cendrier, sur la table de verre qui les sépare.

— Ne vous creusez pas trop les méninges. Je ne m'attends pas à la vérité.

— Bizarre, ça ne m'étonne pas.
— L'appareil photo… C'était juste un appât, histoire de tirer quelques giclées de foutre dans ma fille ?
— Vous n'avez pas une once de classe, n'est-ce pas ?
— Juste celle que je sniffe.
— Vous avez dit que je pouvais me faire quelques dollars…
— Vous êtes déjà allé dans le désert ?
Aussi fuyante qu'un nuage de fumée.
— Un peu, répond-il.
— Barstow ? Baker ?
Pas le moindre bluff sur ce masque. C'est : "Attrape-moi si tu peux."
— Un peu.
— Vous connaissez Laughlin, Nevada ?
— Un peu.
— Trop commode, la réponse. Vous êtes entré dans la chambre de motel de cette fille et vous l'avez détroussée, n'est-ce pas ?
— N'importe quoi pour quelques giclées de foutre.
Une épaisse enveloppe repose bien en vue sur la table.
Elle se penche et la pousse vers lui.
— Shay va faire une livraison à Laughlin dans la journée de demain. Je dois m'absenter. Et je désire donc qu'elle soit…
— … chaperonnée ?
— Si vous voulez.
— Je ne fais pas dans la came.
— Moi non plus.

Les yeux de Dee sont deux cavernes, ce soir. Il ouvre l'enveloppe : sept liasses. Rien que des billets de cent. Si c'est bien elle et si elle sait qui il est, alors il s'agit – audace éhontée – d'une brutale introduction à un micmac qu'elle s'est déjà joué et rejoué dans sa tête. Histoire de le mettre en confiance. De le clouer au tapis. À moins, bien sûr, qu'elle ne soit qu'une entremetteuse de moyenne envergure prenant les risques pour un tiers. Il repousse l'enveloppe vers Dee.

SES doigts la font derechef glisser vers lui.

— Je croyais avoir refusé.

— En effet. Vous *croyiez* avoir refusé.

— Qu'est-ce qui vous fait imaginer que vous pouvez me faire confiance ? Vous ne me connaissez pas.

— Si on n'embauchait les gens que sur la confiance qu'ils inspirent, la queue devant l'agence pour l'emploi s'étendrait jusqu'à la faille de San Andreas. J'ai besoin d'un garde du corps. Vous avez l'air de savoir vous défendre. Je cherche quelqu'un qui saura se fondre dans le décor. Mais un anonyme capable de botter des culs.

On entend une voiture rétrograder, avant de grimper la côte pour s'engager dans l'allée.

— Je n'ai pas l'impression que vous compreniez, Vic. Nous visons le même objectif.

— Lequel, je peux savoir ?

— La sécurité de ma fille, bien entendu. Quoi d'autre, à votre avis ?

SHAY ne reconnaît pas la Mustang. Sa mère s'est faite pressante, elle est venue. Elle a même pressé le citron jusqu'à la dernière goutte. Shay s'est persuadée qu'il s'agissait sans doute d'un nouveau bras de fer… Alors finissons-en. Mais la Mustang… Puis elle aperçoit la plaque d'immatriculation du Texas.

DEE traverse la pièce vers le bar.

— Je suppose que vous avez un calibre planqué quelque part ?

— Ouais.
— Alors n'oubliez pas de l'apporter demain.
Vic se lève au moment où Shay pénètre dans la maison. Ils échangent un "bonjour" prudent. Vic surprend dans le regard de Shay la noire réprobation que lui inspire sa mère, qui vient de la frôler.
Dee tend à Vic le verre qu'elle vient de lui servir.
— Ma fille et moi devons parler quelques instants. Autant nous attendre assis ici.

LES voix des deux femmes se font aussi fluettes qu'à l'église lorsqu'elles entrent dans le bureau.
— Qu'est-ce qu'il fait là ?
— Il part avec toi.
— Et où je vais, putain ?

VIC tente de déchiffrer le langage qu'exprime le corps de Shay lorsqu'elle referme la porte. Ces deux femmes évoquent deux lignes à haute tension à touche-touche : une querelle interminable, où une réponse floue ne sera jamais une réponse suffisante. Il boit une gorgée de son verre, puis… Tu parles d'un "plongeon dans l'inconnu".

— TU apportes les soixante mille dollars à Laughlin. Ton contact est un certain Crocker. Il t'arrange une rencontre avec les deux tantouzes. Ils te montrent les documents, tu leur remets le fric. Tu m'appelles pour me dire que tout est d'équerre. Ton rôle s'achève là. Je prends la suite. Tu rentres dans les quarante-huit heures et je sors de ta vie, comme tu m'as dit.
— La "parole donnée" a encore frappé.
— Je me fous pas de ta gueule.

Shay montre l'autre pièce du doigt :

— Pourquoi tu l'as embringué là-dedans ? Il a réussi à s'inscrire sur ta liste rouge, lui aussi ?

Un regard, lourd d'iniquité sans mélange, fonce droit sur Shay, tel un train qui a déraillé, puis s'éloigne.

— Un zeste de présence virile, au cas où les deux rigolos deviendraient méchants. Je ne pense pas que ça arrivera, mais cet étalon bien couillu a l'air motivé pour gérer l'affaire. De plus, j'ai l'impression qu'il bande pour toi. Le parfait paillasson, en somme.

— Les insultes arrivent en prime, avec les claques dans la gueule, hein ?

Les yeux de Vic rôdent. Il tend l'oreille. Son ancienne formation de flic, tombée depuis en désuétude, se réveille. Détails : l'ameublement tape-à-l'œil. Tout en carton-pâte impersonnel, mais coûtant la peau des fesses. Une seule touche authentique : les jolies photos qui ornent l'alcôve du bar.

Remplis plutôt ton verre et cherche ce que ta mémoire recèle encore de touchant.

— Me cherche pas, Shay, d'accord ? J'ai les tripes à la caille. Et j'ai le plus grand mal à ouvrir mon dorsal, aujourd'hui.

— Chercher à démêler le vrai du faux, ce n'est pas te chercher. Pourquoi tu ne leur apportes pas tout le pognon d'un seul coup ? Ça veut dire quoi, ces conneries de valse-hésitation. Un coup j'te vois, un coup j'te laisse. Y a…

— Faut d'abord qu'on sache s'ils ont les documents, d'accord ? Pas question de me déculotter la première, pour qu'ils me tannent le cul.

SCRUTE ces photos, tout en tripotant ton verre. Les yeux plissés. Inquiets. Finis-en. De vieux souvenirs, pour la plupart. De petites capsules de temps en format poche. Dee au Mexique, belle à croquer avec sa gamine de six ans. Dee et Shay à un barbecue, avec des mecs défoncés. Un tas d'instantanés de jeunes Blancs arrivistes. Du Winslow Homer* en chair et en os, revisité par *Savage Magazine.*

Puis le truc qui te retourne vraiment l'œil : Shay Storey assise sur le capot d'une Alfa, sa chemise dévoilant son épaule. La pose un tantinet trop surjouée Baby Doll. Et regardez-moi un peu qui est planté à côté d'elle… Burgess Ridden.

LA porte s'ouvre avec un déclic. Un rai de lumière venu du bureau tombe sur le bar.

— Je me resservais.

Les deux femmes se dirigent vers lui sans mot dire. Shay décroche la photo d'elle qu'il était en train de contempler et la brandit sous le nez de sa mère :

— J'étais encore un être humain à peu près fonctionnel, à l'époque, tu te souviens ?

Dee passe devant sans y accorder la moindre attention.

— Raccompagne Vic dehors. Aide-le à s'organiser. Et reviens ici, qu'on puisse en finir.

SHAY s'adosse au capot de la Mustang. Elle note son adresse à l'intérieur d'une pochette d'allumettes du Nightland et la tend à Vic lorsqu'il arrive à sa hauteur.

— Puisque tu aimes tant collectionner les pochettes d'allumettes.

— Tu n'as pas envie que je vienne, n'est-ce pas ?

---

* Peintre américain (1836-1910) considéré comme un des plus importants du XIXe siècle.

— On se retrouve à neuf heures.

Elle rebrousse chemin vers la maison. Il lui agrippe le bras.

— Tu ne m'as pas répondu. S'il te plaît ?

Elle se déporte légèrement d'un pied sur l'autre.

— Je ne te connais pas. Je ne sais pas ce que tu veux vraiment. Je ne le saurai sans doute jamais. Mais ma mère qui t'embarque dans ce… Elle sait y faire pour manipuler les gens. Tu pourrais te faire salement baiser.

Sa voix vibre d'honnêteté et de regrets. À parts égales. Elle repousse sa main, mais la retient un peu trop longtemps dans la sienne. Ses yeux se détachent de son bras saccagé et se portent sur son visage las.

— Tu n'as pas déjà suffisamment payé pour devenir ce que tu es devenu ? Dégage. Ne nourris pas le lion.

38

DEE est au bar quand Shay revient. La lumière du bureau s'infiltre jusque derrière son dos et se pose sur la photo qu'elle tient à la main, celle où Shay est assise sur le capot de la voiture de Burgess devant la maison de Franklyn Canyon. "J'étais un être humain à peu près fonctionnel." Les yeux de Dee reflètent une profonde douleur et la pointe de sa langue se presse contre sa joue, mais des réalités autrement urgentes la rappellent à l'ordre. Elle repose la photo et se sert un peu de Southern Comfort.

— Pourquoi l'as-tu embarqué là-dedans ? demande Shay.

— Quel qu'il soit… ou ne soit pas… une fois dans la voiture, il nous appartient. Il sera compromis. Trop tard pour reculer. Tâche de t'en souvenir.

— Tu ne m'avoueras jamais la vérité.

— Il y a ce que je sais. Ce que je pense. Et ce que je fais. Ce qui compte, c'est ce que je fais. (Dee s'appuie au bar. Elle ne regarde pas Shay.) Je suis désolée de t'avoir exploitée. Par pur égoïsme, je t'ai exploitée. En toute connaissance de cause, sachant ce que je suis et que… tu en souffrirais.

— *Viva Verboten!*

— Je supporterai tes vannes, ma fille, d'accord. Mais ne me laisse pas tomber. (Dee plonge la main dans sa poche de jean.) Vas-y, déballe tout. Toute la merde à la noix. Balance-moi tout le paquet de saletés que tu as puisées dans tes quelques lectures. Parce que c'est ta dernière chance.

— Tu comptes utiliser toutes mes faiblesses pour me manœuvrer, hein ? Tu t'imagines peut-être que je vais rester plantée là, à te laisser te flageller ? Tu me mènes encore en bateau. Tu me promènes. Tu me manipules. Avoue que tu me manipules.

— Exactement, s'entend-elle répondre. Pour ton propre bien. Pour mon bien à moi. Pour notre bien à toutes les deux ! Le tien… le mien… le nôtre. Tu piges ? (Dee brandit un trousseau de clés, dont deux portent le numéro d'un coffre-fort.) Tu en auras besoin plus tard.

Shay attrape le trousseau et le balance à travers la pièce ; il carambole un abat-jour et rebondit en cliquetant sur la porte vitrée du patio. La bouche de Dee se ferme, elle respire pesamment par le nez. Elle entre dans le salon. Shay la suit à bonne distance. Dee ramasse le trousseau et sort de sa poche arrière un bout de papier plié portant un message écrit à la main. Elle le déplie et en enveloppe les clés.

— J'ai là un nom et un numéro de téléphone. Ce type est un as, pour ce qui est de te dégotter une nouvelle identité. Et je parle de paperasses officielles, approuvées par l'État. Je me suis occupée de tout. J'ai payé le transport. Il s'attend à recevoir un coup de fil de toi dans les jours qui viennent.

Un instant pareil à une visitation. Entrevue à travers les barreaux d'une existence entière. Détraquée, singulière et pétrie de doute. Shay ne peut que fixer ce petit paquet d'identité.

— Oh oui, murmure Dee. On en est là. Le moment, ajoute-t-elle non sans une dédaigneuse fébrilité, que nous attendions toutes.

Elle se détourne. Plante là sa fille avec une pleine poignée d'avenirs entre les mains. Ouvre les portes du patio et sort dans la nuit. Shay la suit. Dee fait surgir une cigarette. La lune tente vainement de s'infiltrer entre les nuages gris nocturnes. La ville resplendit, comme d'habitude. Même lorsque les dieux s'y opposent.

— Si quelque chose te semble louche à Laughlin…, la prévient Dee, quoi que ce soit, rebrousse chemin. Appelle-moi si tu veux. Autrement, si tu es déjà trop engagée, file-leur le fric. Arrose. Ne lésine pas avec les rigolos. Allume-les, fais-les bander, mais cavale-toi. Seule. Et ne t'arrête pas en chemin. Pique droit sur cette fausse identité que je viens de te donner. Va chercher tes papiers et le fric du voyage. Et ne reviens jamais, ma fille… Ne remets plus jamais les pieds ici, plus jamais, de toute ta vie.

Son visage affiche une franchise brutale et une glaçante détermination.

— C'est tout ce que tu as à me dire ?

La tête de Dee s'affaisse un peu. Ses yeux se détournent, obliques, pour éluder toute question douloureuse.

— C'est Foreman ? Tu crois qu'il pourrait…

— J'ai l'intention de faire en sorte que tu sortes vivante de cette histoire. C'est tout. Plus de questions !

Shay tente de se rapprocher de sa mère pour la forcer à la regarder en face, mais Dee s'y soustrait. De sorte que mère et fille dansent la valse-hésitation du non-dit.

— En ce moment, je n'arrive même pas à savoir jusqu'à quel point je suis censée te haïr, fait Shay. Tu en as une idée, toi ?

— Eh bien, compte tenu de la longévité de ta grand-mère, tu as bien cinquante ou soixante ans devant toi pour y réfléchir.

Dee rentre.

Elle se sert un autre verre. Shay entre à son tour et s'adosse au chambranle de la porte, côté bar.

— Si seulement tu avais su tendre toute cette volonté vers un but quelconque, n'importe lequel, le plus insignifiant…

— Je serais peut-être devenue une de ces connasses qui sillonnent le Walmart avec un gros blaireau aux basques. Ou une de ces hôtesses d'accueil blanches, une de ces yuppies qui gravissent peu à peu les échelons de la hiérarchie de leur entreprise.

— N'importe quoi aurait mieux valu.

— Comme c'est dommage que ça n'ait pas été à toi de prendre ce genre de décisions.

L'espace d'un instant, une douloureuse affliction s'empare de Shay, empreinte d'une aigreur sans nom. Ce n'est pas tant d'ailleurs qu'elle soit incapable d'en comprendre la raison, mais le fait est qu'elle l'étreint monstrueusement, si primitifs et insondables sont le chagrin et la colère qu'elle suscite. Elle est déchirée, écartelée entre un rêve de pitié et un désir de vengeance.

— Si seulement c'était… juste.

Cette phrase retombe lentement et lourdement dans le silence. Dee vide son verre et le repose. Elle s'accoude des deux bras au bord de l'évier du bar.

— J'aurais fait n'importe quoi pour toi, poursuit Shay. Bien sûr que je l'aurais fait. (Sa voix meurt.) Même encore aujourd'hui. Suis-je née idiote, ou tellement bien dressée que je ne sais plus faire la différence ?

Dee regarde l'eau s'égoutter légèrement sur l'inox et y laisser de petites traces de larmes.

— Tu as dit l'autre soir que tout se passera bien, à condition que *je* ne te laisse pas tomber et que je ne cherche pas à t'entuber.

— Tu ne m'as jamais laissée tomber, Shay. Je te permets juste de le croire pour mieux te manipuler. Même l'autre soir. Je ne crache pas sur les méthodes de manipulation les plus destructrices. Bon… Vas-y, maintenant, d'accord ?

Shay tend la main et effleure le bras de sa mère. Sent un léger frémissement remonter ce bras pour finalement, en dépit de l'épuisement, se muer en une voix qui déclare :

— On fait une sacrée paire, hein, ma petite loqueteuse ?

39

L'obscurité se referme sur lui en claquant. Il se réveille en nage. Un peu comme au placard. Foreman s'assoit dans la cuisine, toute lumière éteinte, devant une canette de bière à moitié bue. Préméditer un meurtre est une chose, l'exécuter en est une autre. Toutes les maladies mentales d'un cerveau torturé par la méfiance tendent à ronger ses pauvres méninges.

Il sait qu'il doit tuer Storey et sa fille. Laisser vivre l'une ou l'autre serait l'assurance d'une existence entière de tourments, livrée à l'inconnu.

Puis il entend une voix :

— Charlie ? Qu'est-ce que tu fais ?

Il sent contre son dos, sous une chemise de nuit, la chaleur des seins d'Alicia.

— Charlie, tout ira bien pour nous ?

Des flaques de lumière rosée surgissent à l'horizon. Rampent vers le zénith, s'étendent graduellement. Autour de la table de travail, Vic et Terry évoquent deux oiseaux de proie qui regarderaient tous les deux le premier inspecter pour la énième fois son semi-automatique.

— Elle t'envoie dans le désert pour surveiller une livraison d'argent effectuée par sa propre fille ? Qu'est-ce que c'est que cette histoire, bordel ? Elle essaie de t'enculer ?

Lorsque son inspection se solde par un satisfecit, Vic, rassuré sur la propreté de son arme, fouille son sac pour vérifier qu'il n'a pas oublié d'emporter munitions et chargeurs de rechange.

— Si elle me prend pour un autre, je parie qu'elle table sur le fait que je ne suis pas seul dans le coup. Et elle n'a rien à nous envier à cet égard. De sorte que… (il plonge la main dans une des poches latérales de son sac) elle joue son va-tout. Style le commissionnaire haut de gamme qui a besoin d'une protection. (Il en sort un cran d'arrêt de seize centimètres.) Mais d'un autre côté… (Il fait jaillir la lame, qui fend l'air en scintillant.) Ouais, je parie qu'elle n'a rien à nous envier.

SHAY patiente sur le perron devant sa maison quand la Fastback trentenaire se pointe. Elle approche, chargée d'un havresac et d'un sac à dos bourré de vêtements. Elle porte des lunettes de soleil panoramiques, un maillot de corps blanc sans manches et un jean. Elle se penche à la vitre côté place du mort. Constate que l'intérieur de la Mustang est équipé d'arceaux de sécurité et que le tableau de bord est digne de celui d'une voiture de patrouille.

Elle balance son havresac à l'arrière.

— Je croyais qu'on allait à Laughlin, pas sur le circuit de l'Ontario.

— Au moins, je suis arrivé à l'heure, fait remarquer Vic.

Il s'aperçoit qu'elle a gardé son sac à dos.

— Ouais, répond-elle. Mais j'espérais que tu n'arriverais pas du tout.

LA sortie de la 10 est un foutu sac de nœuds de bouchons, mais rien de comparable à la circulation qui entre en ville en sens inverse. Un ruban continu de chrome et de tôle, fonçant plein pot pour échapper au soleil, une mégafile de coureurs contre la montre, avides de pointer. Un effroyable raz-de-marée de soi-disant honnêtes citoyens, tentant de se frayer un chemin, de gré ou de force, à travers les horreurs de l'existence. Et où est Shay ? Assise avec, à ses pieds, un sac à dos contenant soixante mille dollars destinés à réconcilier des ordures patentées.

Elle jette à Vic un coup d'œil à la dérobée, derrière ses lunettes noires. Visage stoïque et mâchoires serrées. Elle se récite de tête la phrase que sa mère a prononcée la veille : “Une fois dans la voiture, il est compromis.”

Elle survole du regard une autoroute aux bas-côtés piquetés de laïus publicitaires vous fourguant tous les musts qu'on se doit de posséder. *S'il est si compromis que ça,* songe-t-elle, *alors qu'est-ce que je devrais dire, moi ?*

À L'APPROCHE de Barstow, la terre commence à se dessécher et à se fendiller. Alors qu'ils traversent la ville par l'autoroute, Vic peut presque distinguer l'hôpital où il a lutté contre la mort jusqu'à ce que leur combat tombe au point mort. Les odeurs de cette époque lui reviennent tel un nauséeux artefact et il ressent une douleur fulgurante là où les tubes ont été plantés dans sa chair pour drainer le sang et la sanie.

Un long éclair blanc de fureur traverse tout son corps.

— Rien à m'apprendre de neuf sur ce qui nous attend ? demande-t-il à Shay en jetant un coup d'œil dans sa direction.

D'une chiquenaude, elle envoie balader sa cendre dans l'air de l'été indien.

— On va à ce casino sur le fleuve, le Colorado Belle, ce qui promet d'être une expérience sacrément chouette. (Elle plie la jambe et appuie sa botte au tableau de bord.) On boit quelques coups. On retapisse les indigènes du coin de l'œil et on attend qu'une limace à visage humain du nom de Crocker nous fasse appeler.

L'effroyable hurlement que la chair a poussé cette nuit-là est de retour ; ses entrailles ne sont plus qu'un caveau, si profond qu'il n'entend même pas le retour de l'écho.

— Qu'attends-tu exactement de moi ?

Elle appuie sa nuque au repose-tête et ferme les yeux.

— Que tout se passe rapidement et sans douleur.

Rapide et sans douleur ? Ça ne sera pas le cas. Vic le sait déjà. Lorsque la 40 commence à bifurquer vers l'est et le Nevada, le paysage devient plus âpre et vire au jaune. Le sol explose en pics brutaux et canyons excavés, ces pics et ces canyons qui confèrent au désert de Californie son aspect d'infamie.

Au nord, les premiers contreforts du Devil's Playground tracent la frontière occidentale de la réserve nationale du Mojave. Berceau, précisément, de cette nuit vieille de onze ans. Shay sent son crâne devenir une outre essorée, tarie et asséchée.

Elle cherche une station de musique sur la radio de bord. Pas les merdes en tube habituelles, plutôt quelque chose de vivant, d'humain. Mais, si loin de tout, toutes les stations crépitent de parasites ; jusqu'à ce qu'elle tombe sur une station FM de Palm Springs qui repasse tout le répertoire de Lou Reed… depuis *Berlin* jusqu'à *A Bus Load of Faith to Get by*.

Elle jette un regard vers le Devil's Playground, au-delà du capot qui fend l'air du désert. Elle peut encore se représenter, à travers une sorte de brume, ce mur de roche burinée gris fer, sculpté à la lumière cendreuse du crépuscule des anciens dieux, à l'époque où toutes choses étaient connues.

Fais comme si, s'était-elle persuadée cette nuit-là, *ce n'est qu'un tour de passe-passe sans importance.* Mais les mensonges ne sont que des épouvantails qui attendent de tomber.

Ils dépassent en trombe la sortie de Kelbaker Road. Baker, Californie, n'est qu'à dix minutes plus au nord. Avec le Davenport Motel. Indian Springs Trail et cette tombe artisanale.

Ils partagent de nouveau cette intimité imposée. L'enfant et l'inconnu. L'inconnu et la femme.

Ses mamelons se soulèvent et retombent contre son T-shirt à chaque respiration difficile. Vic s'en rend compte.

Derrière la tresse qui longe sa tempe et sa joue, il voit l'expression désenchantée, le désarroi.

— Tu as déjà fait quelque chose dont tu aies vraiment honte ? demande-t-elle. Quelque chose… qui te hante, je veux dire ?

Il la fixe un instant. Le vent fouette ses cheveux. Sa tête repose sur son long cou gracieux, légèrement et tristement inclinée.

— J'ai fait des trucs dont j'ai honte.

Rien au monde ne saurait exprimer ce qu'elle a en tête.

— Vu comment tu le dis, ça n'est pas de ce genre de choses que je parle. Loin de là. Je parle du trou noir des blessures qu'on s'inflige. Du trou noir.

40

LAUGHLIN, Nevada, est un petit arpent d'enfer sur les bords du Colorado, à la lisière du Nevada et de l'Arizona. Cette étendue d'escarpements rocheux et de désert stérile n'était encore qu'un total néant en 1969, quand un col bleu du nom de Don Laughlin au tempérament d'entrepreneur a posé la première pierre de cette localité en édifiant un minuscule motel. Son idée : faire fortune en offrant aux gens du fleuve spectacles récréatifs et tables de passe anglaise. Vingt ans plus tard, Laughlin était un petit Las Vegas à rendement confortable. Strictement de seconde classe, mais quand même un cran au-dessus de Searchlight, Stateline ou Tonopoh.

Le Colorado Belle est un attrape-couillons digne des bateaux à aubes de l'époque de l'esclavage. Un "river boat" à la Mark Twain, pour amateurs de black-jack, de vidéo poker et de karaoké. Peint dans des couleurs seyant tant aux retraités qui voyagent dans ces paquebots de la prairie que sont les camping-cars qu'aux jeunes gens bronzés de l'Arizona qui leur préfèrent les 4 x 4 et le ski nautique. C'est là que l'effroyable éventualité d'un Edgar Winter* jouant à côté de Charo**, dans la même salle, peut se vérifier, et que l'on peut réellement découvrir un public pour des groupes tels que Boot Scouting ou Spice on Ice.

Vic et Shay sont dans les temps. Ils patientent dans un box du bar sur le pont supérieur du Colorado Belle, en attendant qu'on les fasse appeler. Derrière les portes battantes,

* Comédien et chanteur de rock blanc, fortement inspiré par le jazz.
** Célèbre actrice et chanteuse américaine.

un groupe joue sous le soleil des standards grand public des années 1960… *I'm a Believer… The In Crowd… Down in the Boondocks.*

— Assez risqué, ce qu'ils jouent sur ce fleuve, fait observer Vic pour se moquer plutôt lourdement du groupe.

Shay hoche la tête, mais elle n'écoute pas. Elle a tenté par deux fois d'appeler Dee au cours de la dernière heure, pour lui apprendre qu'ils étaient arrivés à Laughlin. Pas de réponse. Pas de rappel. Pas de message sur le portable de Shay. Ça ne ressemble pas à sa mère d'observer un tel silence de mort.

— Regarde de l'autre côté du fleuve, poursuit Vic en désignant un mince mirage coloré le long de l'horizon sud-ouest. Ce sont les Black Mountains de l'Arizona. La Dent d'éléphant… c'était la plus grosse entreprise minière du début du siècle. Ils ont extrait de ces collines près de trente-cinq millions de dollars d'or avant d'être à sec. (Il regarde autour de lui.) Mais il semble bien qu'une autre génération s'applique à les leur restituer, hein ?

Shay écoute sans piper mot. Elle regarde le Colorado où, sous la chaleur, des taxis d'eau fendent le fleuve vers l'amont ou l'aval, tandis que des bateaux-mouches y croisent à leur caractéristique allure spécial Instamatic. Mais, sur l'autre rive, le paysage n'a pas changé depuis des millénaires : c'est un habitat brut et indompté.

La discordance entre ces deux rives du Colorado est flagrante. Elle songe à ce que Burgess, sa mère et le reste de la bande ont réellement fait. Et au rôle qu'elle a joué et qu'elle joue encore dans cette affaire, avec ces soixante mille dollars posés à ses pieds dans un sac à dos. Elle regrette de n'être pas restée au Mexique après que sa mère l'y a abandonnée. Regrette…

Et s'interroge. Se demande si l'Amérique a vraiment été *découverte*. Si elle n'a pas juste été déterrée. Peut-être s'agissait-il d'une immense caverne dérobée, recélant toutes les choses mauvaises qui se sont jamais produites ou attendent encore de se produire, à condition qu'on creuse un peu pour les inventer.

— Combien ça peut rapporter, à ton avis, de faire... (elle englobe tout ce qui l'entoure d'un large geste) le guide touristique aux Jardins de la tentation.

Il sourit.

— Zzyzx.

— Excuse-moi de te demander pardon ?

Il épelle le mot. L'articule.

— Le docteur Curtis Howard Springer... aucun rapport, à ma connaissance, avec Jerry Springer... était présentateur radio à la fin des années 1940. Un accro de la diététique. Il a construit Zzyzx dans le désert, pour en faire une station thermale. Mes parents l'y ont suivi et ont travaillé longtemps pour lui. Il prétendait que si l'on suivait un régime sain, avait de bonnes pensées, menait une vie honnête et ne discutait ni de Dieu, ni des lois, ni de politique, ni de religion, tout ne pouvait que se passer bien.

— Tu comptes t'y mettre ?

— Non. (Il descend une gorgée de scotch.) Il a conçu lui-même et fait construire ces édifices en béton armé en plein désert. Ils étaient climatisés. Il y avait une piscine d'eau minérale en forme de croix. Sa maison s'appelait "Le Château". Il a fait venir des pochards de Los Angeles pour l'aider à bâtir tout ça. Le boulevard des Rêves. Tout lui était apparu dans ses visions. Il n'y avait qu'un seul problème : il occupait illégalement un terrain appartenant au gouvernement. Gagnait des millions mais ne payait pas d'impôts. Le conseil de l'Ordre lui est tombé dessus, puis l'Aménagement du territoire. Suivi par l'Office fédéral de contrôle pharmaceutique et alimentaire. Ils ont récupéré le terrain au milieu des années 1970. Un vendredi saint.

Shay prend son verre de bourbon sec, avec glace.

— C'est la vie. (Elle boit.) Tes parents m'ont l'air de parfaits déjantés.

La voix de Vic se fait amère.

— C'étaient des gens simples et convenables, qui m'ont appris à avoir peur de tout. Sauf d'eux. Le monde était trop vaste pour moi. Trop hostile. Trop brutal. Trop immoral. Trop, trop, trop.

— Contente-toi de rester sur le Boulevard des Rêves et tu mangeras bien et vivras heureux.

— Le docteur Springer n'eût pas dit mieux.

L'orchestre enchaîne sur une version blanche et lymphatique du *The Birds and the Bees* de Jewel Aikens*.

— Risqué, comme tu dis, fait Shay comme si elle venait à l'instant de prêter attention à la remarque de Vic sur le groupe. Ça doit venir de leurs pompes. (Elle boit une autre gorgée, jette un coup d'œil à son portable.) Ma mère m'a appris à n'avoir peur de rien… sauf d'elle.

Dans cette lumière du désert qui s'infiltre par la fenêtre voisine, la peau de Shay est presque diaphane.

— La vérité se situe probablement quelque part entre les deux, fait-il observer.

Elle opine du chef. Il essaie de glisser ses questions.

— Tu n'as pas vraiment envie d'être là, pas vrai ?

— Demande à mes patrons.

— Comment se fait-il que tu sois là ?

— Des mauvaises fréquentations.

Elle biaise.

— Pendant le trajet, tu m'as demandé si j'avais jamais fait quelque chose dont j'avais honte. Qu'est-ce que ça signifiait ?

— Moi aussi, j'ai des blessures que je me suis infligées, d'accord ?

— D'accord.

Elle se lève.

* Chanteuse américaine dont le titre cité fut un des gros tubes de 1965.

— Je dois passer un coup de fil.

Elle récupère son portable et le sac à dos, et sort sur le pont.

Shay plaque le portable à son oreille et se couvre l'autre de la main pour essayer d'entendre malgré le *cling-cling-cling* des machines à sous, les rafales de mitraillette de la roulette et les joueurs qui hurlent "Keno !" en fendant la foule. Pour la troisième fois consécutive, elle tombe sur la boîte vocale de sa mère.

— Tu n'as pas rappelé, chuchote-t-elle. Je ne suis pas Burgess, nom de Dieu. On est sur place. Tout va bien ?

À la porte du bar, Shay tombe sur Vic qui rapplique, la consommation qu'elle n'a pas terminée à la main.

— J'allais te chercher. On vient d'appeler ton nom. Bureau de la réception, niveau D. (Il lui rend son verre.) Au cas où tu aurais envie de le finir.

Elle s'abstient ; repose le verre et prend sa respiration.

— Mettons-nous au turbin.

41

Ils se pressent à travers la foule, qui fait la queue sous une gigantesque bannière proclamant : LES DÉS ROULENT SUR LE FLEUVE – 10000 DOLLARS À GAGNER. Le mutisme de sa mère inspire à Shay des possibilités toutes plus atroces les unes que les autres.

Ils se heurtent à un mur mouvant de badauds, en contemplation devant des candidats choisis au hasard qui font rouler des dés monstrueux dans le grand escalier. Shay se persuade que tout se passera bien. Que la machine à trouille fait simplement des heures sup sous son crâne. Que dans quelques paisibles petites heures…

Elle tente de se frayer un chemin à travers les moumoutes aux reflets bleutés, les débardeurs, les fringues en polyester, les mamans fringuées J.C. Penney*, les papas cols-bleus et leurs gamins style Beanie Baby qui, tous, se réjouissent stupidement, persuadés que leur chiffre va sortir.

Vic observe la colère rentrée de Shay tout en tâchant de négocier son chemin à travers cette cohue frénétique et de trouver un moyen de gagner le niveau D, maintenant que le grand escalier s'est transformé en gigantesque toboggan de craps. Lorsqu'elle passe devant lui, il entraperçoit un étui de pistolet douillettement niché dans sa ceinture, juste au-dessus de la raie des fesses et en dessous du sac à dos.

Comme il est plus grand qu'elle, il réussit à repérer le panneau d'un ascenseur, l'agrippe par le bras et la cornaque en jouant des coudes à travers le furieux labyrinthe d'excités.

---

* Chaîne de magasins familiaux qui propose vêtements, jouets, etc.

Ils atteignent enfin l'ascenseur et elle flanque un coup sec sur le bouton d'appel, tout en marmonnant "Seigneur !". Pendant qu'ils patientent, un couple de jeunes mariés balance les dés dans l'escalier, où ils bondissent, ricochent et rebondissent dans un concert hystérique de chiffres hurlés à pleine voix, que vient couronner un puissant rugissement.

Vic et Shay se regardent. Le pervers rapprochement entre le spectacle auquel ils viennent d'assister et ce qu'ils s'apprêtent à faire n'a échappé ni à l'un ni à l'autre.

— Ouais, grogne Shay, comme pour acquiescer aux pensées de Vic.

Il regarde s'époumoner le jeune couple puis hoche la tête, se penche et lui chuchote à l'oreille :

— Rends-nous un grand service et tire ton T-shirt sur ton jean. (Voyant son air interloqué.) Histoire que personne ne voie le pistolet qui se réchauffe entre tes fesses.

Ils traversent le hall noir de monde et ne trouvent qu'une seule personne au bureau de la réception, exception faite du commandant de bord dans son aveuglante veste rouge.

Crocker a grosso modo la dégaine d'un cumul d'effets secondaires. C'est un ado au corps large, boosté aux stéroïdes et vêtu d'un short et d'un débardeur. Sa tête a une forme étrange et les traits de son visage sont tellement affaissés qu'on jurerait que l'utérus de sa mère fuyait. Il est chauve. Mais plus ils se rapprochent, plus son crâne donne l'impression de n'être pas rasé, mais plutôt épluché, ou épilé à la cire. Il n'a pas non plus de sourcils, ni de poils aux jambes ou aux bras.

— T'es Crocker ? demande Shay histoire de s'en assurer.

Crocker :

— Oui, mais c'est pas vraiment mon nom.

Il a un bizarre accent d'Europe centrale et on dirait qu'il a appris l'anglais de manière exclusivement phonétique.

— C'est plutôt… l'essence de mon moi.

Puis, en guise d'explication, il brandit et croise ses bras noueux. Du poignet à l'épaule, ils sont tatoués de crocodiles aux mâchoires béantes, dont les queues dessinent comme un point d'interrogation à la question: "Qui est-ce qu'on bâfre ce soir?"

— Pettyjohn avait dit que tu serais seule.

Pettyjohn… Vic engrange l'information.

— Je ne sais pas où il est allé chercher ça, répond Shay.

Crocker réfléchit laborieusement aux choix qui s'offrent à lui puis, sans mot dire, leur fait signe de lui emboîter le pas et prend la porte de l'hôtel.

Ils sortent en pleine lumière. Traversent une mer d'asphalte et de capots de voitures. Leurs pupilles s'étrécissent, sauf celles de Shay, abritées par des lunettes noires. Ils n'ont pas la moindre idée de l'endroit où ce type les conduit.

Durant tout le trajet, Vic rumine une pensée hideuse: si Pettyjohn doit assister à la livraison, Hugh sera-t-il également présent? S'il le reconnaît, ça pourrait rapidement déclencher une réaction en chaîne. La sueur perle à ses tempes.

Crocker s'arrête devant un de ces vans "baisodromes" bariolés, aux sièges et au tableau de bord tapissés de peaux de chèvre. Un décor des Everglades a été brossé à l'acrylique sur un flanc. Et une paire d'yeux archaïques rôde au beau milieu du paisible bayou. Crocker ouvre la portière côté conducteur. Peut-être va-t-il seulement s'emparer d'un portable. Mais peut-être pas.

Vic ne prend pas de risques. Il tend le bras et, à l'insu de Crocker, repousse Shay en arrière de quelques pas, en retrait de la porte du fourgon, puis recule à son tour, au cas où Crocker réapparaîtrait armé d'autre chose que d'un téléphone. Lors de cette fugace seconde d'intense concentration, il prend brusquement conscience que la sécurité de la fille lui tient sincèrement à cœur. Qu'il n'obéit pas à quelque élan mesquin d'autosatisfaction, et qu'il ne s'agit pas non plus de déplacer une simple pièce d'échecs, histoire de la ménager. Même s'il a encore en tête la possible signification de la révélation partielle qu'elle lui a faite en passant devant la sortie de Kelbaker.

Crocker braque son portable sur lui :

— C'est quoi, ton nom ?

Bien sûr, elle pourrait n'être qu'une tragédie ambulante. Elle a clairement les qualifications pour ça. Peut-être que c'était Dee Storey. Peut-être que Shay savait et n'a rien dit. Peut-être…

— Pourquoi tu voudrais savoir son nom, bordel ?

Seigneur, l'art de s'égarer n'est pas bien difficile à maîtriser. Mais pas maintenant. Pas avec elle.

— À n'avoir pas l'air d'un con quand Pettyjohn…

— Charles Manson, crache Vic.

La peau glabre des arcades sourcilières de l'autre se hausse et sa mâchoire tombe.

— C'est pas ton nom.

— En effet. Ce n'est pas mon nom. Mais c'est l'essence de mon moi en ce qui vous concerne, toi et ce coup de fil foireux.

Les pâles yeux verts du garçon scintillent sur fond blanc. Il s'avance vers Vic. Ses cuisses sont si épaisses qu'elles frottent l'une contre l'autre. Avant de répondre, il montre à Vic une double rangée de dents limées. Toutes, en haut comme en bas, sont effilées telles de hideuses dagues.

— Tu sais combien de personnes m'ont photographié ? demande-t-il. Combien j'en ai époustouflées ? On a fait paraître des articles sur moi dans des revues allemandes et anglaises. (Ses mains s'agitent comme s'il jaugeait tout son être.) C'est ma carte de visite. Mon gilet pare-balles dans les affaires. Le crocodile est le Dévoreur d'âmes, le passage obligé de la vie à la mort. Quand c'est possible. La descente aux enfers, par sa gueule béante.

Vic lui décoche une longue bourrade oculaire. Un lent travelling, laissant entendre à Crocker qu'il n'est qu'un monstre de foire au cerveau fêlé, qui essaie vainement de se mythifier lui-même en se basant sur je ne sais quel fantasme puisé dans ce qu'il a lu ou vu, ou dans ce qu'on lui a raconté quand il avait la tête fourrée dans un sac de colle à rustine.

Puis, sans prévenir, il l'empoigne à la gorge. Il referme son étau sur le fragile cartilage par lequel passe l'oxygène et fracasse de toutes ses forces le garçon contre le fourgon. Le choc est si violent qu'un couple du troisième âge pile net, tétanisé.

— T'es qu'un pauvre tas de merde, lui annonce Vic.

La bouche de Crocker n'est plus qu'un rictus béant ; il n'ose prendre le risque de se faire broyer le larynx et Vic, au fond de cette caverne, peut voir que sa langue a été chanfreinée, spectacle aussi grotesque que terrifiant.

— Fais gaffe, Vic. On nous regarde.

— Tu vas passer ce coup de fil, ou faut que j'arrache l'essence même de ton moi ?

42

Ils remontent Casino Drive derrière le fourgon puis traversent le Colorado. Le véhicule emprunte la 95 et met le cap au sud-ouest, vers l'Arizona. Crocker file à méchante allure, mais pas assez vite pour mettre la Mustang en difficulté.

La route s'écarte lentement du fleuve. S'éloigne des surfeurs, des jet-skis et de leur sillage d'écume neigeuse. Loin des ombres oblongues que l'hôtel porte sur le paysage. Le fourgon passe une vitesse supplémentaire, mais Vic le talonne de si près qu'il pourrait presque lire les autocollants que Crocker a placardés le long du chrome luisant de son pare-chocs... LA NUIT DES MILLE BALAFRES... ÉROTIQUE AUTOMATE... PRENEZ CONGÉ DE LA RÉALITÉ AVEC *BIZARRE*... VISITEZ LA GALERIE DES HORREURS DU JIM ROSE CIRCUS...

Shay les déchiffre l'un après l'autre puis plonge intensément le regard dans le pare-brise pour y scruter son reflet. Elle y découvre le faux soleil d'argent électrifié qu'elle porte au cou. Le talisman gothique gisant sur son sternum. Ouais, prenez un peu congé de la réalité.

Crocker a remonté ses vitres. Il pousse d'effroyables hurlements. Des sons à s'en décrocher la mâchoire, pour évacuer la rage que lui a inspirée cette humiliation. Et chaque fois qu'il manque d'air, il assène sur le volant un coup de poing assez violent pour se blesser. Mais il sait qu'il doit se maîtriser, du moins jusqu'à ce que Pettyjohn lui donne le feu vert.

Ils prennent la route d'Oatman. Ça commence à grimper. En transparence, à travers son reflet dans le miroir, défilent de longues étendues de poussière brune et de collines cuivrées. Une sauvagerie ciselée au burin qui passe en ondoyant. Un nœud de chagrin serre la gorge de Shay. C'est le genre de contrée où une petite fille a été mêlée à une horreur trop grande pour elle. Et aujourd'hui, le fantôme de cette petite fille s'apprête à verser un premier à-valoir sur sa fuite.

— Tu vas bien ? demande Vic tandis qu'elle contemple silencieusement la route.

Elle se tourne vers lui. Du menton, il désigne le ventre de Shay.

— Tu gesticulais comme si tu parlais à quelqu'un en langage des signes… Celui dont se servent les sourds.

Elle regarde ses mains comme si elles lui étaient étrangères. Se demande ce qu'elles ont bien pu dire. Et l'on viendra ensuite vous parler d'altération irrémédiable de l'encodage cérébral.

— Ma grand-mère était sourde. Ma mère m'a appris le langage des signes. Je crois que c'est d'elle que je tiens cette mauvaise habitude.

Ils continuent de rouler. Sans piper mot. Jusqu'à ce qu'elle ajoute :

— Je vais bien.

Vic hoche la tête.

— Il faut que je te dise… Je n'aime pas ça. Je n'aime pas la tournure que ça prend.

— Moi non plus… Moi non plus.

Shay crispe les poings et ferme les yeux. Elle sent la chaleur de la terre grimper dans la mécanique puis s'insinuer entre ses jambes et gagner son os iliaque, son cœur et ses poumons. La nuit des mille balafres. *Je la connais, cette nuit*, songe-t-elle.

Elle prête l'oreille à la cadence du moteur. Le rythme la berce, la plonge dans de profonds souvenirs. Une présence abolie monte de cette terre spectrale. Une respiration ténue, qui lui souffle de flamber leurs vilains culs, à tous autant qu'ils sont. Jusqu'au dernier. Pétrie de doute et de dédain, elle laisse ramper cette idée hors du trou saignant d'où elle a émergé, juste le temps de mesurer à quel point elle est terrifiante.

— Nous y sommes.

Ses yeux s'ouvrent au moment précis où le fourgon s'arrête à une station d'essence qui constitue avec ses hangars un point de repère isolé ; ce n'est plus guère, à présent, qu'une carcasse de tôle abritant broussaille, lapins, tessons de bouteille et graffitis. Un stand fermé à clé et récemment repeint se dresse sur le bord de la route, en amont, annonçant : CASSIE – CÉRAMIQUES – *ouvert de mai à septembre*. Au-delà, une enseigne métallique cabossée, rongée par la rouille et soutenue par de hauts étançons d'acier, proclame : PARKING À CARAVANES DE BLACK MOUNTAIN – douches et rangements individuels.

Le fourgon fait lentement demi-tour sur le parking et revient vers la Mustang en roulant à petite allure sur le ciment craquelé. La vitre s'abaisse et Crocker montre du doigt l'entrée d'une route de terre, près de l'enseigne.

— La caravane Fleetwood bleue, avec des fleurs tout autour. Pettyjohn est dedans.

Ils scrutent la route. Celle-ci remonte à l'intérieur des terres sur un bon kilomètre, le long d'un pierrier, jusqu'à un quadrilatère planté de palmiers encadrant une poignée de caravanes rutilantes.

Vic passe la première du pur-sang et Crocker lance :

— Je t'aurai un de ces quatre.

Les yeux en trou de pine :

— Compte sur moi.

Vic hoche la tête avec arrogance.

— J'apporterai le pinard.

La vitre du fourgon remonte et il retourne d'où il vient. Vic et Shay affrontent à présent un silence absolu. L'air stagnant pèse comme une pierre à leur cou. Pas une seule voiture ne file vers l'est, pas une seule voiture ne file vers l'ouest. Un oiseau banal, aux ailes gris sombre, se laisse porter très haut par les courants ascendants, à l'ouest, au-dessus des plaines. À part lui et eux, rien.

Ils entreprennent de remonter la route. Des cailloux crissent sous les roues. Vic distingue une légère trace de pneus dans la croûte de poussière.

— Si on doit mettre les bouts en vitesse, ça va être une putain de galère.

Ils croisent une autre route de terre, menant à une gorge plantée de roches rouges et d'étranges bancs de sable. Des fils de fer barbelés maintiennent des poteaux décrépits et vermoulus. L'un d'eux porte un panneau : CARRIÈRE DOLMENN, et l'autre dit : ENTRÉE INTERDITE – PROHIBIDO EL PASO.

Le soleil couchant nimbe cette oasis d'une aura de plus en plus sombre. Aussi opaque, touffue et inerte que de l'art topiaire.

— Si tu soulèves la banquette arrière, tu trouveras un râtelier avec deux carabines. Elles sont chargées. Si besoin est.

Elle se penche en avant.

— Tu n'aurais pas dû venir, dit-elle. Mais je suis contente de ne pas être seule.

Ils sont suffisamment proches maintenant pour distinguer ce qui se dresse devant eux. Cette immobilité onirique prend brusquement forme dans la lumière ocrée. La peau de Shay n'est plus qu'un collant frissonnant plaqué à sa chair. Vic sent la sueur mouiller sa paume, crispée sur le levier de vitesse.

Black Mountain est une ville fantôme, faite de caravanes à peine plus grandes que des boîtes à chaussures. Un réduit lugubre et désolé, noir de graffitis, bourré de coques d'aluminium dont portes et fenêtres sont barricadées de planches ou s'effondrent dans leur huisserie fendillée. L'une d'elles n'est plus qu'une carcasse carbonisée couchée sur une dalle de ciment.

— On peut encore rebrousser chemin.

Shay s'empare de son automatique et le glisse sous le sac à dos posé sur ses genoux.

— Je ne pense pas.

Ils approchent des bornes de pierre des champs qui faisaient naguère office de portail. On aperçoit partout des tas de détritus éventrés, et cactus et houx poussent haut et dru autour des maisons putréfiées.

— Là, fait Shay en pointant le doigt.

À peu près à mi-chemin du fond et un peu à l'écart, une caravane Fleetwood bleue et un jardin improvisé de divans affaissés et de panneaux routiers au rebut. Devant, un rottweiler gros comme un camion se bat avec sa chaîne et un vieillard est assis à une table de pique-nique sous un parasol Tanqueray vert et blanc délavé par le soleil. Vic s'efforce de mémoriser le moindre détail, et de décider de la façon dont il devra réagir si le pire se produit.

— Je vais garer la voiture face à la route. Et laisser tourner le moteur.

Shay hoche la tête.

Assis comme un vigile, le vieil homme est en train de couper une pêche en deux. La contre-porte s'ouvre et Pettyjohn sort à la lumière mourante, accompagné d'un homme à qui Vic donne environ la trentaine et dont la silhouette naguère faite au tour semble se désagréger.

— Tu connais ces gens ? demande-t-il.

— Juste le type au pantalon violet.

Pettyjohn… Le sinistre passé se réveille, parfaitement vivant et en bonne santé, et rattrape Vic. Où est Hugh ? se demande Vic. Ses yeux scrutent lentement les recoins biscornus du parking. S'il est bien là. Si quiconque s'avise d'assembler le passé et son visage, ce petit carré de terrain risque de devenir l'ultime vestige de leur existence : la chapelle mortuaire de Black Mountain… Parfait, d'une certaine façon. Mais qu'adviendra-t-il de la fille ?

Afin de garer convenablement la voiture face à la route, Vic contourne lentement une des dalles de ciment. Il passe devant le châssis, dépourvu de moteur, d'un fourgon VW posé sur des parpaings et un conteneur débordant d'ordures. Ils progressent dans un air toxique, grouillant de mouches et de moucherons, empuanti par les immondices en putréfaction.

— Je ne quitte pas ce siège, déclare Shay. Je règle toute l'affaire d'ici.

— Comme ça te chante.

Vic ralentit au moment de dépasser une camionnette et une Lincoln noire. Il roule au pas et s'arrête le plus loin possible de la Fleetwood. Un nuage de poussière s'élève, reste un instant en suspension dans l'air stagnant puis retombe.

Pettyjohn se dirige vers le siège de Shay. Il arbore demi-sourire et pantalon violet. Il se penche à la vitre.

— Shay.

— Jon… Tu parles d'un coin perdu.

— Ouais. Quand la carrière fonctionnait à plein rendement, c'était encore vivable. À moins de souffrir de la goutte, auquel cas il te fallait une bonne tonne de médocs ou une bagnole. Mon oncle Ed… (Il montre la table de pique-nique.) C'est lui, là, avec mon cousin Travis…

Shay lève la main et leur adresse un salut dénué d'expression.

Pettyjohn jette un coup d'œil à l'intérieur de la voiture et poursuit :

— … il fait en quelque sorte office de vigile pour le proprio.

— Ouais. À croire que les ordures ont besoin qu'on les surveille de près.

S'il est assez futé pour saisir la pique, Pettyjohn n'en montre rien. Il se contente de fixer Vic, lequel met un point d'honneur à regarder scrupuleusement droit devant lui.

— Alors, voilà donc Charles Manson.

Vic ne répond pas. Il permet simplement à son regard de se déporter, des fenêtres de la caravane, sur le vieillard et Travis, puis sur le rétroviseur arrière et le rétroviseur latéral.

— Navré de t'avoir obligée à faire tout ce trajet, Shay, mais tu connais ta mère. Avec elle, on est toujours sous haute tension. On se retrouve toujours plus ou moins forcé de surveiller ses arrières à un moment donné.

En son for intérieur, Shay doit admettre que c'est la stricte vérité, mais elle n'en répond pas moins :

— Pour un fils de pute aussi hypocrite que toi, ça ne devrait pas être trop difficile.

Le regard de Pettyjohn, brusquement, n'est ni plus ni moins que la face cachée de la lune. Toute son attention se concentre sur cette petite connasse qui le nargue. Il se penche en arrière. L'écume mousse aux babines du chien. Il n'a pas encore terminé d'aboyer. Ses pattes fouaillent méchamment le pied du pieu qui l'entrave.

— Le fric est dans le sac à dos ?

Shay tapote le sac.

— Entre. On va régler ça devant une bière, d'accord ?

— On peut tout régler ici. Montre-moi juste les documents et je te passe le fric.

Des documents… Vic enregistre un nouveau lambeau d'information, tandis que s'entrebâille la moustiquaire de la caravane. Quelqu'un mate derrière la contre-porte.

— Voyons, Shay…

— Je déconne pas, Jon. On fait tout ici.

Émerge de la pénombre du seuil… Hugh Englund.

Le rottweiler s'en donne toujours à cœur joie. Travis a contourné la Mustang, de sorte qu'il se trouve à présent juste à la gauche de Vic. Et Hugh Englund, bien qu'il soit encore passablement éloigné, se trouve juste à sa droite.

— Je parie que cette vacherie de moulin peut taper des putains de tours/minute, dit Travis en s'adressant à Vic.

— À t'en dévisser la tête, répond Vic en regardant Hugh.

Celui-ci ne bronche pas.

— Tu pourrais pas faire fermer sa gueule à ce chien, tonton ?

— Bordel, non !

Hugh tient un petit objet noir.

Travis avance encore d'un pas. Sa main remonte vers sa ceinture et s'y pose.

— Quel modèle de pompe à huile ?

— Bosch. Deux cents litres à l'heure.

— Entrons, Shay, et faisons ça correctement. Je ne suis pas en guerre contre toi. On sait que tu sers uniquement de bouche-trou.

— Eh, personne ne bouchera mon trou de balle, d'accord ? Alors, fais-moi plaisir. Montre-moi ces paperasses et je te refile le fric. Et on fait ça sur place. Ensuite, je rentre chez moi me désinfecter.

L'ESPACE qui sépare Shay de Pettyjohn s'emplit soudain de ce regard fixe, de ce visage vérolé, de ces ongles trop soigneusement manucurés et de l'odeur entêtante du musc trop libéralement répandu. Et Shay décide que si Pettyjohn tente le moindre coup fourré et essaie de la baiser, elle lui explosera la tête illico presto. *Fais-le et prie pour que tout se passe bien.*

Travis se rapproche encore d'un pas et fixe le levier de vitesses, sur lequel repose encore la main de Vic.

— Tremec ?

— Dans le mille, acquiesce Vic.

C'est un tantinet trop près pour lui. Son pied pèse légèrement sur l'embrayage. En dépit de tous ces aboiements, on perçoit la sonnerie aigrelette d'un portable. Hugh relève la main. *C'est donc ça qu'il avait à la main.*

— D'accord, Shay, fait Pettyjohn. Je vais chercher les papiers. On n'est pas là pour te faire flipper, ni pour t'embrouiller.

Au moment où il fait volte-face vers la maison, Vic voit Hugh regarder la route. Une fraction de seconde plus tard, le vieux repose sa pêche et l'imite. Cette étrange discordance perdure, comme en souffrance. Vic sent une vague glacée remonter sa nuque et se répandre dans son occiput. Ses yeux se braquent brusquement vers la gauche et scrutent le paysage désolé, cherchant à discerner ce qui a attiré l'attention des deux hommes. Il surprend du coin de l'œil le geste de Travis. Ses hanches dissimulent désormais ses mains. Mais, derrière lui, là où la route de terre croise l'autoroute, un panache de poussière monte déjà du sol, telle une flamme de vent gris fonçant droit sur eux.

C'est un traquenard !…

43

Vic enfonce la pédale d'embrayage et passe une vitesse ; le capot fonce en avant. Les roues arrière raclent le sol. Travis esquive d'un bond la masse métallique qui le charge, pour éviter de se faire tuer. C'est un sauve-qui-peut chaotique, des coups de feu retentissent et Shay balance le sac à dos au sol.

— Ta ceinture ! hurle Vic.

Crocker voit monter de la rangée de palmiers des soleils de poussière crayeuse qui l'interpellent âprement dans cette lumière oblique. Il freine brutalement, le fourgon pile net et le volant, sous l'effet de la force de torsion, aspire sa tripaille.

Le bras de Shay traverse comme une flèche le tableau de bord.

— Vic !

Alors qu'ils contournent encore le parking à caravanes, Vic voit Crocker sortir de la pénombre en trébuchant, une carabine à la main. Pas question de croiser son chemin pour gagner l'autoroute. Sauf à risquer de prendre une décharge en pleine tête.

La Mustang vole sur l'allée défoncée, louvoyant entre ornières et cailloux, puis Vic imprime un brusque coup de volant à droite et la voiture bondit par-dessus le talus et enfonce les barbelés ; les poteaux squelettiques se plaquent au radiateur comme une queue de cerf-volant.

Vic remonte la route de la carrière en trombe, en priant Dieu pour qu'il existe une autre issue qui leur permettra de déguerpir ou, tout du moins, de se planquer jusqu'à ce qu'il fasse noir.

SHAY, agrippée d'une main à l'arceau de sécurité, tente de se retourner sur son siège. Des volutes couleur d'ivoire s'élèvent déjà au loin, piquant sur eux à toute allure. La camionnette et la Lincoln. Mais le fourgon ? Où est ce putain de van ?

Elle tente de le repérer à travers la muraille de poussière soulevée par les pneus, tandis qu'ils s'engouffrent, fuyards aveugles, dans cette gorge de roche rouge et de terre aux allures de sables mouvants.

— Je ne vois pas Crocker ! Vic, je ne vois…

L'avant s'envole au-dessus d'un pierrier tapissé de roches et de décombres. Le châssis atterrit avec une férocité à leur briser le cou. Shay rebondit contre la portière et les poteaux vermoulus de la palissade sont traînés, écrasés, baladés, plaqués au radiateur et aux flancs ; l'un d'eux culbute et vole par-dessus le capot ; Vic et Shay lèvent tous deux le bras pour essayer de se protéger l'un l'autre au moment précis où le poteau se plante dans le pare-brise.

PETTYJOHN se penche par la vitre de la camionnette et braque un Marlin 9 mm sur le spectre qui laboure le sol fumant. Il doit bander ses muscles pour amortir les cahots et les soubresauts des suspensions. Sa poitrine racle la carrosserie, mais il vide son chargeur et un ciel de balles se referme sur la Mustang.

LA gorge est un boyau d'air surchauffé et de gaz d'échappement nauséabonds. Vic réussit à mettre un peu de distance entre eux et leurs poursuivants, jusqu'à ce que ces murailles calcaires débouchent sur un immense amphithéâtre, large d'un kilomètre et haut de la moitié.

Il écrase les deux pédales de frein et d'embrayage. Rétrograde brutalement. La Mustang dérape sur le sable et sa moitié droite se cabre, de sorte qu'il doit contre-braquer pour lui éviter de basculer. Ils tentent de percer du regard les panaches de poussière tourbillonnante.

— Comment va-t-on sortir d'ici ? demande Shay.

— J'en sais rien.

Ils regardent frénétiquement de tous côtés, scrutant le moindre recoin. Leur visage strié de sueur trahit l'étendue de leur désespoir. Ce désespoir qu'insuffle la perspective d'une mort inéluctable. Shay jette un regard en arrière, guettant les taches noire et grise qui dévorent la distance les séparant.

— Où est Crocker ?

— Il y a sûrement un moyen.

— Où est passé le fourgon ? glapit de nouveau Shay. Pourquoi n'est-il pas à nos trousses ?

Vic fait ronronner le moteur, passe la première et décrit une large parabole à travers le canyon, en quête du moindre recoin de pénombre, de la moindre fissure dans la roche qui pourrait ressembler à une issue.

Les minutes s'écoulent férocement. C'est pure agonie que de défiler en trombe devant ces murs sombres et aveugles. Le désespoir leste leur corps comme une force de gravité. Une poussière blanche s'infiltre par les vitres baissées. Le moteur surchauffe, brûlant. Leurs yeux se rivent sur chaque angle obscur.

— Tourne… Tourne ! hurle Shay.

Vic suit le compas de sa main, qui larde l'air.

— Regarde… Regarde… Regarde !

Face au soleil couchant, le long d'une façade escarpée et désolée. Une étrange fissure. Une faille bidimensionnelle, qui s'évase peut-être pour former une route.

Ils doivent rebrousser chemin en cahotant. Mais cette fois, ils ne sont pas seuls. La camionnette et la Lincoln tracent déjà sur cet informe tronçon de route.

La Mustang couvre ce kilomètre dans un aveuglant nuage de poussière, mais Shay peut voir les hommes à l'intérieur des véhicules. Ce ne sont plus de simples silhouettes indistinctes, mais un cauchemar bien réel, fait de chair et d'os : l'épaule et la tête de Pettyjohn enveloppant la crosse d'un fusil qui aboie à chaque coup qu'il tire, et les troncs de Hugh et du vieux dépassant des vitres de la Lincoln noire, tandis que leurs bras, image même de la fureur exacerbée, déversent un feu nourri sur la Mustang.

Une vibration tonitruante parcourt les austères lignes métalliques de la Mustang et le double pot vomit une fumée noire. Ils l'aperçoivent enfin. Ce qui était probablement une route de service et n'est plus à présent qu'un âpre chemin creux parsemé de moellons et tapissé de sable jusqu'au sommet serpente sous leurs yeux, excavé à flanc de falaise, à peine plus large qu'un camion.

— Tasse-toi, hurle Vic. Si on la prend mal, on risque de voler en morceaux.

Elle se rencogne contre son siège. La poussière lui pique les yeux. "Vire pas pisseuse", lui souffle son esprit, mais elle entend sa petite voix pantelante hoqueter :

— On va y arriver, on va y arriver !

Ils abordent la piste éboulée à cent soixante et, dès le premier cahot, entendent s'entrechoquer les ressorts des suspensions, dans un furieux grincement de tôle broyée.

Shay a l'impression que ses dents du haut se plantent dans sa gencive inférieure. L'espace d'une seconde, le choc que Vic ressent à la nuque lui fait perdre conscience. Ce n'est que la vitesse accumulée qui les emporte. Vic contraint la lumière à revenir sous son crâne, se cramponne au volant et aspire une longue bouffée d'air par les narines. Un pic déchiqueté, vertigineux, monte à leur rencontre et… si le bas de caisse n'est pas lacéré et si un pneu n'éclate pas…

La camionnette est la première à escalader cette route, poussée à cent vingt à l'heure. La Lincoln lui colle au cul. Mais dès qu'ils atterrissent sur la première pente glissante, tout se barre en sucette. La camionnette est loin de rouler assez vite et plus loin encore d'être assez en prise pour tenir. Son plateau capote, les roues arrière percutent un éperon rocheux et l'une d'elles est arrachée à son essieu.

Hugh plaque son mocassin à la pédale de frein. L'avant de la Lincoln broute environ quinze mètres de terre et la berline ralentit, suffisamment pour leur éviter à tous une mort certaine, mais pas assez pour empêcher la Lincoln de plier son châssis.

La Mustang est déjà parvenue à mi-côte quand elle franchit une ornière sablonneuse : ses roues se mettent à tournoyer à vide, en soulevant des murs de poussière festonnée.

Hugh s'éloigne de la Lincoln en titubant. Il entend Jon grogner dans la camionnette. Ed, à genoux, vomit sa bile. Hugh tente d'arracher la portière coincée de la camionnette pour en extraire son ami. Il constate que la Mustang s'est enlisée.

— Prends le fusil et fonce-leur dessus ! hurle-t-il à Travis.

— ALLEZ… Allez… Allez… (Shay essaie de contraindre les roues à obéir à sa voix.) Allez… Allez !

Vic est obligé de rétrograder et elle jette un regard en arrière.

— Allez ! (Elle voit un homme remonter le canyon enténébré, un fusil à la main.) En voilà un… Il a un fusil.

HUGH réussit à débloquer la portière en force et Jon s'effondre sur ses genoux. Son front étroit n'est plus qu'une plaque de chair rose à vif et son nez une masse fracassée dont saillent hideusement, à des angles baroques, des ergots de cartilage blanc. Le tableau de bord est couvert de sang. Hugh arrache sa veste de ses épaules :

— Tout ira bien, chéri.

Il installe la tête de son amant sur le vêtement roulé en boule.

— LES pneus n'accrochent pas. On va devoir descendre de voiture !

— On va y arriver ! hurle Shay, presque sous son nez.

La douce pénombre qui entoure encore la Mustang ne permet pas à Travis de viser.

Vic fait une dernière tentative. Il passe au point mort. Le cul de la caisse glisse en arrière, tandis qu'il pousse le moulin à plus de six mille tours/minute. L'air vénéneux pue l'oxyde de carbone. Les culbuteurs donnent l'impression qu'ils vont crever le capot. Dès qu'il sent les pneus toucher une surface assez solide, Vic relâche la pédale d'embrayage.

Le contact s'opère au moment précis où Travis tire. Le frottement propulse la voiture en avant, dans un brutal sursaut ; ils entendent quelque chose déchirer le métal du coffre puis un morceau de la banquette arrière explose vers l'avant. Mais il est trop tard.

La Mustang grimpe vers cette crête déchiquetée qu'aucun vent ne bat. Elle brûle les mètres jusqu'au sommet de l'escarpement désolé, puis disparaît dans la lumière bleue.

44

Ils entament leur descente à plein régime. La route de sable rocailleux conduisant au fond de la vallée traverse une gorge rocheuse cintrée qui vient s'accoter à son rebord.

Vic et Shay respirent vraiment pour la première fois. Ont leur premier véritable contact avec l'air glacé du désert. Les parfums de la nuit s'infiltrent par les vitres baissées. Ils contournent un éperon escarpé. Mais dans cette fluctuante période d'ombres trompeuses, entre chien et loup, leur fuite éperdue les conduit droit… sur le fourgon.

Le véhicule est garé en pente raide. Le moteur, légèrement plus bas que l'arrière, pointe vers le pied du talus sablonneux. Crocker se sert de l'angle formé par le capot comme d'un bouclier pour les braquer.

— Je vous avais bien dit que je vous aurais, bordel !

Pas question de freiner. Crocker ouvre le feu. La Mustang éperonne l'avant du fourgon. D'aveuglantes étincelles jaillissent. Le fourgon décolle du sol. Bascule violemment sur le flanc. Catapulte Crocker contre la façade rocheuse.

Vic s'efforce de maîtriser la Mustang, mais l'impact les a fait déraper vers le bord de la pente à une vitesse cinq fois trop rapide. Il essaie d'emprunter une corniche étroite entre la route et la marne éboulée. Il utilise toutes ses ressources, tout ce qu'il a appris de la conduite, jusqu'à ce que les pneus accrochent une bande de gazon où ils peuvent se reconnaître. Mais le dessous de la voiture est mis à rude épreuve. Ce moteur à injection n'est plus qu'un trébuchet attendant l'occasion, le caprice de dame Nature. Le sol monte à leur rencontre comme un mur de pierre. Aiguilles rocheuses.

Deux vilains éperons. Qui lacèrent pneus et suspensions, tandis que le flanc gauche de la Mustang se dresse à la verticale.

Un instantané au ralenti de débris explosant à cent vingt à l'heure. L'un des flancs regarde le ciel, l'autre le sable décrépit. Seuls les arceaux de sécurité interdisent à cette carcasse de se plier en accordéon et de les broyer tous les deux.

Sa vitesse acquise et sa masse tournoyante renversent la Mustang sur le toit. Un furieux maelstrom de poussière et de métal dévale la pente. Lors d'un tonneau qui ratisse le flanc de la colline, l'habitacle aux vitres baissées se transforme en godet de pelleteuse et l'intérieur de la voiture en sablier où se déverse une avalanche. Les laissant hoquetant et suffoquant, piégés par leur ceinture et contraints d'avaler un ouragan de terre.

Shay baisse la tête face à la brutale agression qui les ensevelit. Elle se cramponne à sa ceinture, tente de la dégrafer avant d'être enterrée sous un raz-de-marée de gravier montant plus haut que ses yeux et ses narines. Dans un frénétique chambardement de ses mains claustrophobes, elle s'efforce de repousser les vagues de terre poudreuse, de s'extraire de cet enfer blanc, de ce giron étouffant.

Tous les sons se font distants et étouffés, sans qu'elle puisse situer leur source. Vertige et asphyxie l'obligent à fermer les yeux. Son esprit est comme frappé de cécité, de plus en plus cruellement. Elle perd doucement pied, le visage tourné vers le haut en un ultime effort pour recouvrer la liberté. Ses mains cherchent frénétiquement un dernier moyen de sauver sa vie. À force de volonté et d'opiniâtreté, la chair hurlante, bien décidée à survivre, finit par trouver la poignée de la portière. Elle tire dessus. Tente d'ouvrir la porte. Plie la jambe. Rue. Rue à travers la terre. Rue encore. Et encore. La portière s'entrebâille de quelques centimètres et, de nouveau, une pleine pelletée de terre s'infiltre, la noie et repousse la portière vers l'extérieur, où elle heurte un rocher. La Mustang oscille aveuglément, en miaulant et en grinçant, puis s'arrête brutalement.

Shay connaît quelques secondes de noire hébétude avant de se rendre compte que la voiture s'est immobilisée. Elle creuse la terre, cherchant l'air. Aspire à pleine bouche l'air nocturne glacé. Quelques bribes de conscience commencent à se remettre en place. Prudemment, confusément. Cherchant avec vigilance, bien qu'elle soit encore groggy, une éventuelle fracture, si du moins fracture il y a. Les lacunes de son esprit se comblent lentement. *Je suis vivante.*

Une voix désincarnée s'élève des lointaines ténèbres qu'ils viennent de traverser. Qui est-ce ? Vic ?

TRAVIS atteint la corniche et aperçoit le fourgon. L'avant a été emporté. Il respire lourdement, ses jambes le font souffrir. Toute clarté s'est évanouie à l'horizon et il s'en approche prudemment en braquant son fusil devant lui, tout en essayant de comprendre la scène qui s'offre à ses yeux. Qu'est-il arrivé à la Mustang ? À Crocker ?

— Croc ! hurle-t-il.

LA voix pousse Shay à réagir. Elle tourne la tête. Vic est suspendu tête-bêche, retenu par la ceinture de sécurité. Mort ou inconscient. Tremblante, léthargique, Shay porte la main à sa ceinture, se bat avec la boucle, l'ouvre, tombe sur le sac à dos et une couche de terre.

Elle se contorsionne vers Vic. Effleure ses lèvres. Il respire, au moins.

TRAVIS se faufile derrière le fourgon. Plisse les yeux en apercevant ce qui ressemble à une forme humaine, plaquée contre la roche à cinq ou six mètres de là. Il s'approche avec précaution, comme si ce spectre pouvait lui vouloir du mal.

Puis il constate qu'il s'agit de Crocker, assis les bras croisés autour de ses genoux repliés, de sorte qu'un crocodile repose sur l'autre. Sa tête et ses épaules sont baissées, plus comme celles d'une marionnette qu'on s'apprête à relever pour la manipuler que comme celles d'un être humain. On ne voit pas de sang.

— Croc ?

Un nouveau pas en avant l'éclaire : les yeux de Crocker sont écarquillés comme seuls peuvent l'être ceux des morts.

Shay fouille désespérément les décombres qui ont envahi la voiture, en quête de l'automatique qu'elle avait coincé dans la ceinture de son jean.

Travis s'écarte du cadavre. Il fixe le demi-kilomètre de route, en contrebas, cherchant des yeux la Mustang sur l'autoroute. Aucune trace de phares dans les ténèbres.

Il revient sur ses pas pour annoncer la nouvelle aux autres, en longeant le côté le plus abrupt de la route, quand il voit le faisceau borgne d'un phare percer la nappe de brume qui tapisse le fond de la ravine.

Shay l'entend crier :

— Hugh ! Ed ! Ils ont basculé dans le ravin !

Shay s'extrait de la Mustang en rampant sur le ventre. Glisse un regard par-dessus le bas de caisse. Scrute la crête. Voit Travis longer la route en cherchant des yeux le chemin le plus commode pour descendre.

La part de Shay que sa mère tient à la gorge lui souffle de décamper sans demander son reste : *Embarque le sac à dos. Vide les coffres. Appelle ce numéro dans le désert et adopte ta nouvelle identité. Abandonne Vic, quel qu'il soit, à cette chasse à l'homme. Ils peuvent tous crever, tous autant qu'ils sont ! Morts et enterrés !*

Hugh remonte la route en suivant la voix de Travis. Il halète, la bouche grande ouverte. Ses mocassins dérapent sur le gravier lorsqu'il essaie de trimballer sa graisse. *Tu n'es pas fait pour ces conneries, avec tes douze kilos de lard en trop.*

Deux rapides détonations l'incitent à piler net. Si rapprochées qu'elles semblent simultanées. En atteignant la crête, il distingue les contours du fourgon, se découpant sur fond de nuit sans lune. Il tombe à genoux et rampe jusqu'au bord du ravin, au fond duquel, pressent-il, la Mustang a dû basculer. Il scrute la ravine, repère l'épave à son seul phare borgne noyé dans l'obscurité.

Deux coups de feu. Il règne à présent un tel silence qu'on entendrait presque crisser le sable. Il patiente quelques secondes puis appelle :

— Travis ?

Rien d'autre que la précise modulation de sa voix s'engouffrant entre les rochers noirs. Bon, quoi qu'il en soit, il n'a nullement l'intention de descendre tout seul au fond de ce ravin juste pour jouer les héros. Il n'a pas voulu tout ça, mais Charlie et Jon…

Il ne s'est pas persuadé aussi vite qu'eux que Storey leur avait raconté des craques pour les photos. Et voilà qu'il se retrouve le visage plaqué à la roche, pantelant, plus pesant qu'une tonne de marbre.

— Va falloir te remonter un peu les balloches, si tu veux être à la hauteur !

Telle a été la sagace et haineuse réponse de Foreman quand il a essayé de s'opposer à leur plan.

Il recule en rampant. Avant d'escalader la côte, il a fourré Jon dans la Lincoln. Le moteur de la bagnole tournait encore et Ed avait suffisamment repris ses esprits pour gagner l'hôpital. Il va donc patienter. Il affrontera à l'aube ce qui gît au fond du ravin. Si la fille s'en tire, qu'il en soit ainsi ! Il espère simplement que sa mère a déjà son compte, parce que, si tel n'est pas le cas, jamais le monde ne sera assez sombre pour le cacher.

45

Une berline marron se range devant la réception du Jardin d'Allah. Rog est assis derrière son bureau, le nez plongé dans un livre de poche qu'il noircit de notes comme un détraqué quand deux types en costard, d'allure menaçante, y font irruption. Rog est tellement emballé par sa lecture qu'avant qu'un des deux inconnus ait pu placer le premier mot, il leur fait signe d'approcher de la vitre en leur brandissant le livre sous le nez, exactement comme s'ils appartenaient à sa milice privée.

— Faut que vous entendiez ça. C'est d'une clarté limpide.

Il commence à lire en détachant nettement chaque mot :

— “La raison peut foirer d'une seconde à l'autre, dès lors qu'elle sort de ses limites étroites et sécurisantes.” C'est de Don Juan. Mangez quelques champignons et je parie que cette citation vous retournera la tête.

Il repose le livre. Tend la main vers une fiche d'inscription. C'est alors qu'un des deux hommes se penche sur la vitre pour déchiffrer le titre du bouquin : *Chimie psychédélique.*

Rog glisse la fiche d'inscription par la fente du guichet vitré.

— Un lit double ou deux lits séparés, les gars ?

Le deuxième sort un portefeuille de sa poche et l'ouvre. Il laisse aux yeux de Rog le temps de balayer son insigne et sa carte d'identité.

— Pas de lit, merci. Juste quelques petites questions, si nous pouvons nous le permettre.

Freek télécharge des tonnes de documents en provenance de diverses agences et autres services administratifs ou municipaux concernés, relativement aux contrats passés entre les sociétés privées qui ont cofinancé le projet du "lycée Fiasco" et de l'école de la 56e Rue, et participé à son développement.

Un seul aspect décevant, en ce qui le concerne : dans la mesure où tous ces documents font partie des archives accessibles au grand public, ce boulot est certes chronophage mais reste, malheureusement, parfaitement légal.

Alors que Landshark et Terry compulsent depuis des heures un fatras de documentation officielle ou relevant de comptes de sociétés, ils commencent d'accumuler toute une pyramide d'indices écrits, tendant à prouver soit qu'Alvarez et Burgess Ridden ont pompé l'un sur l'autre, soit qu'ils ont directement correspondu à propos d'une grande quantité de sujets relatifs à chacun de ces projets, et ce depuis 1985.

Les multiples dossiers démontrent qu'Alicia Alvarez constituait un passage obligé pour toute la paperasse afférant à ces projets, et que tout espoir de les concrétiser, à la barbe des règlements administratifs et de l'Agence pour la protection de l'environnement, passait nécessairement par les fourches Caudines de son étroite vigilance.

— Tous ont été mêlés de près ou de loin à cette nuit dans le désert, fait observer Terry. Tous les sept.

Landshark jette un coup d'œil au téléphone posé à côté de lui sur la table de travail et s'empare d'une portion tiédasse de pizza à emporter.

— Rien dans tout ça ne prouve que Foreman connaissait Alicia en 1987. Nous devons combler cette lacune.

— Il y a bien Pettyjohn. Il achète en 1988 une maison à Belmont, de l'autre côté de la rue. Cette lopette n'a rien d'un spéculateur. C'était peut-être un pot-de-vin, ou un moyen de leur extorquer des fonds.

Inquiet que Vic n'ait toujours pas appelé, Landshark plante les dents dans la pâte huileuse et mal cuite et s'interrompt entre deux bouchées, avant d'avoir terminé de la mastiquer :

— Avec tout le fric que je pèse, on bouffe cette cochonnerie qui arrive de chez le traiteur brûlante et calcinée, et qui... (Il pose la part de pizza dans la boîte et la repousse.) D'Alvarez à Foreman, et de Foreman à Pettyjohn, tu veux dire ?

— Freek travaille sur les relevés bancaires d'Alvarez, depuis la fin des années 1980, pas vrai ? Aurait-elle engagé elle-même l'avocat de Foreman et réglé ses honoraires par chèque ? Lui a-t-elle rendu visite en taule ? Est-ce qu'il y a quoi que ce soit qui porte leurs deux noms ? Une voiture, peut-être ?

Landshark agrippe son calepin, griffonne quelques idées que Freek devra passer au crible, repose le calepin et jette de nouveau un regard au téléphone. Puis il relève les yeux pour fixer l'étrange assemblage de visages et de noms punaisés au tableau d'affichage. Ce ramassis hétéroclite de rupins de la haute, de marginaux et de criminels en col blanc. Le sens prophétique de l'ironie qui l'a toujours habité l'incite à se demander ce qui distingue ce démentiel panel d'Angelenos de ceux qui s'efforcent de les traquer.

Il se lève, prend une des cigarettes de Terry et en arrache le filtre. Il ne peut s'interdire de regarder encore une fois le téléphone.

— Il va appeler, fait Terry.

Landshark hoche la tête, mais ça n'y change pas grand-chose.

— On est dans une merde noire, pas vrai ? demande-t-il avant d'allumer sa cigarette.

Terry mâchonne une lanière de croûte de pizza. Il ne répond pas immédiatement. Il déglutit d'abord, puis :

— C'était vraiment une pizza dégueulasse. (Il balance le dernier croûton dans la boîte.) On mène une enquête parfaitement illégale. On cache à la police des informations sur le meurtre de cette fille. On pourrait se retrouver dans la gueule du loup. Ou à ses basques.

— Ou les deux à la fois, fait Landshark en allumant sa cigarette d'une main fébrile.

Terry opine. Landshark se met à arpenter la pièce. Aux yeux de Terry, William a toujours évoqué un George Armstrong Custer androgyne. Brûlant d'un feu trop intense pour le bien de sa propre chair. Éperonné par de tristes et impérieux besoins, qui pourraient le conduire à sa perte. Et en proie à une colère dont il n'a même pas conscience.

Landshark sort sur le balcon. Le ciel nocturne encadre une ville si lumineuse que ses lumières semblent respirer la vie. Il s'assoit sur un banc, adossé à la rambarde, de manière à pouvoir contempler son bureau.

— Je ne trouve pas les mots pour vous dire à quel point ce que vous faites tous me touche.

Terry se lève. Prend sa cigarette et sa bière et sort rejoindre William. Il s'assoit à côté de lui sur le banc. Leurs épaules se touchent. Ce couple d'hommes aux stupéfiantes divergences et aux incroyables similitudes partage une longue et silencieuse intimité.

— Je ne sais vraiment pas ce qui a pu pousser Dieu à faire de moi un agoraphobe. Vraiment pas.

— Peut-être que Dieu pensait que ça te ferait du bien. Que tu en tirerais des leçons. Que tu en tirerais quelque chose d'important. Peut-être que tout ça, c'est ton épreuve du feu.

Landshark appuie sa tête à la rambarde et ferme les yeux. Il s'efforce d'ingérer, d'assimiler pleinement les paroles de Terry.

— Tu sais, William, je suis un peu jaloux de Vic. De tout ce que tu essaies de faire pour lui. Et des sentiments qui te poussent à faire tout ça.

Landshark relève lentement la tête. Ses yeux s'ouvrent et il hausse les épaules.

— Vic est en moi. Il était en moi avant même que j'entende parler de lui. Avant que je lui fasse faux bond. Que je *me* fasse faux bond. Et j'espère, ajoute-t-il, en l'aidant aujourd'hui dans cette quête fiévreuse, comme on pourrait la qualifier, trouver une issue à cette sempiternelle impression d'échec qui m'a hanté toute ma vie durant. Qui m'a modelé, balafré, humilié. Ensuite, je deviendrai peut-être meilleur. Et peut-être… peut-être… que même toi, tu en sentiras les conséquences.

Terry écoute sans rien dire, comme on le fait lorsque l'on est d'ores et déjà disposé à admettre sans discuter ce que va dire l'interlocuteur. Il écrase le bout de sa cigarette sur le rebord intérieur du cendrier puis saute sans difficulté du coq à l'âne.

— Donner le feu vert à un projet aussi épineux qu'une école exige souvent pas mal de fric louche, histoire de remuer un peu les divers protagonistes ou d'accélérer la paperasserie. Quand il ne s'agit pas de bâillonner les éventuelles oppositions. D'acheter certains consentements. Une contribution bien placée à une campagne électorale peut suffire à décrocher le vote crucial d'un conseiller municipal. Ou d'un membre du conseil administratif de l'école. On retrouve toujours peu ou prou les mêmes vieilles ruses des affairistes. Tout le monde s'accordait à dire que l'ancien site de l'hôtel Ambassador était préférable pour un complexe scolaire. Les syndicats étaient contre celui de Belmont. Se posait également le problème de savoir si le sol était pollué ou non. Ce qui est avéré aujourd'hui. Suppose qu'on ait versé des pots-de-vin pour permettre à ce projet de décoller ? Ou pour falsifier les rapports d'expertise ? Qu'on ait appris que le terrain était plus pollué que ne le laissaient entendre les rapports ? Que quelqu'un… Ridden, par exemple, ait légèrement fait dérailler la vérité ?

Landshark rumine les paroles de Terry et voit très bien où il veut en venir.

— Tout juste. L'APE, à l'époque, ne dépêchait pas toujours des missions d'expertise sur site. Et la municipalité non plus. Surtout lorsqu'elle n'en était pas propriétaire. Et l'on trouvait… (il lève les doigts et les agite comme pour tracer d'invisibles guillemets) trop "onéreux" d'aller vérifier sur place si une bombe empoisonnée ne risquait pas d'exploser à retardement sous le cul des mouflets. On se fiait aux rapports des sous-traitants. Je pense, moi, que Ridden a fait une très grosse bourde et qu'Alvarez le savait, voire a fait en sorte de lui faciliter la tâche.

Landshark jette un coup d'œil par les doubles portes vitrées vers l'alcôve du bar et sa précieuse photo, éclairées par des plafonniers. Cette bribe de présence non polluée, qui plonge un regard éploré dans le puits sans fond d'une ville intangible, pourrait être n'importe qui.

— Los Angeles s'est bâtie sur rien et a été volée à tout.

Terry prend une profonde inspiration et boit une gorgée de bière. Il sait que c'est là le cynisme voilé d'un homme facilement et fréquemment blessé.

— Il me semble parfois que tout ce pays n'est qu'une vaste entreprise de liquidation des stocks. Que le rêve américain devrait être rebaptisé : "Je pense… donc je possède." Qu'il en a toujours été ainsi, je veux dire.

— Le *L. A. Times* ne s'intéresse qu'au cadavre. Le *Daily News* et les journaux sponsorisés, voilà les seuls canards qui ont fait la lumière sur les dures réalités de l'existence. Mais j'accorde au moins ça aux gens du *L. A. Times* : ils savent comment bat le pouls de la ville et s'y entendent à l'exploiter. Ils savent que les lecteurs n'ont pas la moindre envie d'entendre parler des misères de la vie quotidienne, à moins qu'elles ne soient judicieusement enterrées dans la rubrique Métro, entre la page des sports et la bourse. Ils savent que les lecteurs évitent autant que possible d'appréhender les affaires les plus graves, et préfèrent se reposer sur le simulacre de franchise des débats télévisés et les oiseuses digressions des tabloïds distribués dans les supermarchés. Merde, l'*Enquirer* est cent fois plus proche du noyau dur de la mentalité américaine que tout le sang versé par les anonymes qui se sont sacrifiés pour permettre à son putain de cœur de continuer de battre.

— William...

— Quoi ?

— Lâche un peu la grappe à la Liberty Bell* !

— D'accord... Je suis un pauvre timbré. Qu'on doit éviter à tout prix.

— On a maintes fois donné la preuve qu'un petit nombre de personnes dévouées pouvaient faire le plus grand tort à ceux qui "réécrivent" l'Histoire.

— Ridden a même décroché le rapport d'expertise sur le Métrorail, fait Landshark. Un demi-million de dollars. On n'avait pas ajouté ça à la liste. Les autres, ceux qui se retrouvent au beau milieu de la mêlée, se crèvent le cul pour joindre les deux bouts, ont à peine le temps de voir leurs gosses et encore moins celui de lire le journal, sans parler de ceux qui ne peuvent même pas se l'offrir ou ne savent pas lire. Ni de ceux qui sont d'une stupidité crasse, les égoïstes qui ne s'intéressent à rien, sont trop riches pour en avoir à battre ou se repaissent de débats télévisés et d'infos merdiques, quoi qu'ils...

— Bref, qui ne sont pas le sang dont tu parlais. Ceux-là ont besoin de quelqu'un, de quelque chose, d'une aberration ambulante qui pense et agisse à leur place, et leur fournisse un mobile. D'accord.

Terry se lève et finit sa bière.

— Allez. (Il retourne dans la pièce.) Foreman comptait se les faire tous les sept, non ?

— Exact, approuve Landshark en lui emboîtant le pas.

---

* Cloche de la Liberté, à Philadelphie. Elle a retenti en 1776 lorsque le Congrès a annoncé la déclaration d'indépendance. (N.d.É.)

— À mon avis, Alvarez a déblatéré sur Ridden, et Chuckie le costaud s'apprêtait à balancer au procureur ce fils à papa friqué, à moins qu'il ne fasse quelque chose pour liquider Vic.

Terry se dirige vers le bar et pioche une Corona dans la glacière, sous levier.

— Pourquoi Foreman n'a-t-il pas donné Englund et Pettyjohn au proc ?

Terry décapsule la bière.

— Il aurait pu, sauf que ces deux-là sont du pipi de chat, comparés à Ridden. Un jeune col blanc, un freluquet bourré de pognon ? Bonne presse. En balançant les autres charlots, il n'aurait obtenu qu'une réduction de sa peine. (Terry boit une longue gorgée puis tire une autre bouffée de sa cigarette. La fumée ressort de ses narines en épais panaches rectilignes.) Je dis, moi, que Charlie ne supportait pas l'idée de retourner en taule. Ça arrive. Même aux fortes têtes. Surtout lorsqu'ils roulent sur l'or et baisent à couilles rabattues. D'aucuns iraient jusqu'à foutre le feu à leur propre mère sur Hollywood Boulevard avant de danser la gigue autour de son corps nu devant une foule de badauds, si ça pouvait les aider à sortir du placard.

Terry se sert de sa bouteille de bière pour désigner quelque chose :

— Regarde cette photo prise devant le Scorecard. Ridden est mouillé, sinon pourquoi aurait-il retrouvé ces charlots dans un quelconque boui-boui ? Et crois-moi, s'ils avaient su que Magale était dehors en train de les shooter, ils ne se seraient jamais donné rendez-vous dans un lieu public. Ridden n'aurait jamais accepté de tremper dans cette merde. C'est bien pour ça que je dis qu'il est mouillé… C'est…

Le portable personnel de Landshark sonne sur la table et il se précipite dessus.

— Vic… Rog ? Quoi ? Moins vite, Rog.

Terry voit le visage de Landshark passer du simple agacement à l'effarement. Il est visiblement secoué.

— Tu parles trop vite.

Landshark éloigne de ses lèvres la partie inférieure du portable, de manière à pouvoir simultanément écouter Rog et parler à Terry.

— Des inspecteurs de la Crim ont débarqué au motel et posent des questions sur une fille qui aurait été assassinée en ville.

— Seigneur. Comment ?

Landshark lui intime le silence d'un geste puis sort en trombe du bureau, Terry sur les talons.

— Rog, tu leur as dit que Terry appartenait à la sécurité ? Dis-le-leur dès que tu auras raccroché.

Landshark grimpe les marches quatre à quatre. Terry doit quasiment cavaler pour rester à sa hauteur. La nouvelle de la présence d'inspecteurs de la Criminelle au Jardin d'Allah lui fait l'effet d'un coup de poing en plein plexus solaire.

— Annonce à Rog que je serai sur place dans vingt minutes.

— Terry arrive dans vingt minutes.

— Demande-lui s'ils ont un mandat de perquisition.

— Ils ont un mandat ?

Landshark se vautre tête la première dans l'escalier. Ses paumes et ses poignets heurtent rudement les marches. Il brandit le téléphone, tel un inestimable artefact, pour lui épargner le choc. Terry le relève. Landshark pousse un juron et shoote dans les carreaux de terre cuite.

— Pas de mandat.

— Il faut qu'on y aille pour effacer les empreintes.

— Rog, écoute-moi bien, maintenant. Écoute. Terry va s'occuper de tout. Prends tout ton temps pour chercher les fiches d'enregistrement.

Les deux hommes traversent le séjour plongé dans l'obscurité, transpirant comme des damnés, et atteignent la porte d'entrée.

— Joue les zombis, Rog. Rog… je compte sur toi. Sors les fiches d'enregistrement des dernières semaines, prends ton temps. Rog… je compte sur toi, cousin !

Landshark coupe le portable. Il ouvre la porte à la volée, si violemment qu'elle ébrèche le mur de plâtre en le heurtant.

— La Crim a reçu un appel d'une pute qui se trouvait au motel, explique Landshark pendant qu'ils traversent l'allée en direction de la voiture de Terry. Elle prétend avoir entendu quelqu'un hurler, dans la chambre voisine de la sienne, qu'il aurait tué une pensionnaire de l'hôtel sur un chantier de construction du centre-ville puis brûlé son cadavre.

— Storey.

— C'est forcément elle ou Alvarez.

Terry fonce vers sa portière.

— Quand j'ai demandé à Rog de remplir les fiches, je lui ai dit d'utiliser des noms différents. De faire passer cette réservation pour un simple séjour de deux nuitées ou pour une passe d'une pute avec son micheton. Tout est trafiqué. J'ai même demandé à plusieurs personnes de remplir les fiches, pour que l'écriture ne corresponde pas. Vic et Magale n'apparaissent nulle part.

— Mais les empreintes de Vic sont partout. Je dois arriver le premier pour les effacer.

— J'ai tout fait foirer, hein ?

— William…

— J'ai bousillé ma vie et, une fois cette tâche dûment accomplie, je me suis replié sur moi-même…

— William, occupe-toi plutôt de Vic !

— Si je n'étais pas un pauvre connard d'agoraphobe, je n'aurais pas envoyé une gamine…

— William ! Cesse un peu de ne penser qu'à toi !

Landshark se réfugie dans un silence gêné.

— Storey essaie de coller quelque chose sur le dos de Vic, sinon de l'étendre pour le compte. Alors prends ce téléphone et préviens-le !

46

Ils longent le bas-côté de l'autoroute en s'efforçant de regagner Bullhead City. Des phares clignotent dans le lointain. Vic et Shay, au bord de l'épuisement, se replient dans un pierrier de ravines et d'énormes rochers. Ils se tapissent contre le sol givré de clair de lune. Les faisceaux éclairent la nuit autour d'eux et s'éclipsent dans un long feulement feutré de pneus. *SWOUUUSH!* Lorsqu'ils constatent qu'il ne s'agit ni de la camionnette ni de la Lincoln noire qui les traquent, ils se relèvent et repartent.

Au bord d'un fossé, Vic demande pour la première fois :

— Pourquoi tu m'as pas laissé là-bas ?

La violence des dernières heures a vidé Shay nerveusement, au point qu'elle paraît presque lugubre. Elle lui tend le sac à dos bourré de fric pour se soulager les bras et dit :

— J'ai bien failli.

Dans les profondeurs abyssales de cette route aveugle, que seul éclaire un rayon de lune s'infiltrant par une fêlure du ciel, Vic s'efforce de sonder la femme-enfant qui marche devant lui. Comment, quand on doit le faire, peut-on exercer une juste vengeance contre quelqu'un qui vient de vous sauver la vie ?

Du haut des falaises qui dominent Bullhead City, ils aperçoivent le Colorado, et Laughlin sur sa rive gauche. Le néon des casinos change cette traîne d'eau noire aux reflets violets en un mirage émaillé de formes et de couleurs. Les lettres ondoyantes et les dessins miroitants, constamment sectionnés par les taxis d'eau qui conduisent les joueurs de roulette en roulette ou promènent les amoureux dans le romantique silence nocturne du Nevada, se reforment dès que le sillage s'est apaisé.

Shay repense à cette nuit au Jardin d'Allah, lorsqu'elle regardait se réfléchir dans les flaques d'eau de la chaussée ruisselante une oasis cramoisie qui, balayée par une légion de pneus, se réincarnait quelques secondes plus tard sur le pavé mouillé.

Quelque chose commence à s'éveiller en elle. Un sortilège liquide, peut-être. Ou bien une vibration spectrale, aussi ancienne que la terre. L'interminable cauchemar de cette nuit était-il déjà contenu en germe dans l'oasis de néon qui se reflétait dans la pluie battante devant un motel d'Hollywood Boulevard et dans l'homme remontant dans sa direction un trottoir plongé dans le noir ?

— Je suis à deux doigts de m'écraser, annonce-t-elle à Vic. On ferait pas mal de se trouver une crèche, et rapidement.

Bullhead City est un quadrillage de rues d'asphalte aux maisons basses, éparpillées dans un paysage lunaire sur la rive du Colorado côté Arizona. La bourgade n'a vu le jour que parce que la main-d'œuvre embauchée pour bâtir et faire fonctionner les casinos avait besoin de logements. On voit encore des T-shirts portant le slogan : "Où diable est Bullhead City ?"

Un motel se dresse à proximité du pont de Laughlin. Le Gogos est un bâtiment d'un étage style baraquement. Il ne survit qu'en raison de la modicité du prix qu'il vous en coûte pour jouir de vos plus intimes fantasmes.

Vic et Shay prennent des chambres séparées contiguës. Il y a un bar derrière l'hôtel, de l'autre côté d'une allée de mâchefer. On entend la musique de l'orchestre à travers les minces lattes des parois.

Vic frappe à la porte de communication. La voix de Shay se fait entendre, faible et lasse :

— C'est ouvert.

Elle est assise sur le lit, drapée dans une serviette. La porte de la salle de bains est ouverte et la pièce d'un jaune délavé commence à peine à s'emplir de vapeur.

— J'allais chercher quelque chose à manger, et de l'alcool. Des préférences ?

En un geste épuisé, sa main aplanit les ondulations du couvre-lit élimé.

— N'importe quoi qui m'aide à me remonter. Je m'en fous. (Vic fait mine de repartir.) Attends ! (Elle doit rassembler toute son énergie pour se pencher au-dessus du lit et tendre la main vers le sac à dos. Elle l'attire à elle, en sort de l'argent.) Autant t'en servir, vu qu'on n'a même pas pu le leur refiler.

Dès qu'il est dehors, Vic s'arrête dans une cabine téléphonique pour appeler Landshark, puisque son portable est resté là-bas, quelque part dans les Black Mountains.

Shay se douche dans le noir. Elle s'assoit sur le sol de la cabine et laisse l'eau la cingler. Les dernières heures se rappellent à elle en fragments convulsifs. Elle est trop secouée pour résister.

Son corps traverse quelques fulgurantes et flagrantes secondes d'humaine fragilité. Quelque chose qui s'apparente vaguement au mal de mer, mais à un degré de violence inouï. La musique qui monte du bar, sous le jet mordant de la douche, est comme une présence nostalgique. Une voix de femme râpeuse, audible mais inintelligible. Son timbre exsude la souffrance.

Elle revoit le cousin de Pettyjohn, déchiqueté par les trous fumants dont elle crible son dos. Elle connaît désormais le goût et la véritable signification de sa propre survie.

Vic est étendu sur son lit dans l'obscurité. Un second verre de scotch est posé en équilibre sur sa poitrine. Il est hanté par le récit paniqué que Landshark lui a fait des événements qui se sont déroulés au Jardin d'Allah.

Landshark ne peut sans doute pas comprendre pourquoi Dee Storey mettrait sa propre sécurité en jeu pour le balancer aux flics, mais Vic, lui, le comprend parfaitement. Dès l'instant où ils se sont retrouvés au DIS, assis face à face, elle s'est sentie vulnérable. Et la vulnérabilité, comme on sait, incite aux mesures drastiques. Aux yeux de Vic, les mesures drastiques pourraient bien être la marque de fabrique de Dee Storey.

Mais il manque une dernière pièce au puzzle. Il se demande, tout en sirotant son verre et en fixant la douce flaque sombre du plafond, si Dee Storey tiendra rigueur à sa fille de les avoir ramenés tous deux indemnes, si elle les enverra tous deux trouver la mort dans le désert.

Mesure sans aucun doute épouvantablement drastique, mais qu'il peut néanmoins pressentir, qu'il peut sentir jaillir de l'intime discorde de cette femme. À moins qu'une part de lui-même ne la devine parce que cette intuition l'autoriserait à pardonner à la fille. À retrouver en elle la victime qu'il a été. Oui, il manque encore une dernière pièce au puzzle.

Une main frappe à la porte.

— C'est ouvert, répond Vic.

Un rectangle de lumière s'ouvre sur sa chambre. Juste assez pour dessiner les contours d'une silhouette féminine vêtue d'un simple T-shirt. Juste assez pour faire miroiter un carré de lustre sur ses cheveux mouillés et brossés en arrière, et éclairer le joint allumé qu'elle tient entre pouce et index.

— Il y a de quoi manger sur la table et je t'ai même apporté du bourbon et un bol de glaçons.

— Ça t'ennuie, si je n'éclaire pas plus ?

L'herbe a lissé les aspérités de sa voix.

— J'aimerais autant.

Son ombre escalade le mur qui fait face au lit. Elle tire une chaise, pose soigneusement son joint sur le rebord de la table et entreprend de détailler les sandwichs du magasin de produits de première nécessité.

— T'as une bonne mémoire.

— Trop bonne, à mon avis.

Elle distingue mieux la voix de la chanteuse, à présent. La voix aux accents rocailleux d'une Joplin ou d'une Sass Jordan, et le riff qu'elle balance semble un peu trop swinguer pour ce bar d'une bourgade du désert, plein de blaireaux blancs rouleurs de mécaniques.

Here I am again, in this old rotten jail...
Here I am again, in this old rotten jail...*

— Merci de ne pas m'avoir plaqué dans le désert.

Il regarde ses doigts blancs effilés plonger des glaçons dans le verre, et ses gestes sont empreints de la crépusculaire nonchalance de la défonce.

I wish somebody would help me, help me to find some peace of mind...
*I wish somebody would help me, help me to find some peace of mind***...*

— Est-ce que c'est possible pour quelqu'un d'être sincère, ou au moins correct, et égoïste en même temps ? Vraiment égoïste, je veux dire ?

Voilà une question sur laquelle il s'est penché des tonnes de fois. Plus souvent qu'à son tour.

---

* "Me voilà de nouveau dans cette vieille taule pourrie..."
** "J'aimerais que quelqu'un puisse m'aider, m'aider à retrouver la paix de l'esprit..."

— Peut-être que ce n'est que se mentir à nous-même que de prétendre qu'il est possible d'être autrement que comme ça, répond-il. Que la vie nous laisse le choix d'être autre chose que ça.

Dans le noir, il observe sa respiration agiter l'arche de son dos et le long doigt blanc avec lequel elle remue lentement sa boisson. Dès qu'elle en a terminé, elle entreprend de le lécher, tout en prêtant l'oreille à la râpeuse litanie de cette Big Mama Thornton, qui s'infiltre par les pores de la paroi ; et Vic sent battre son cœur un peu plus vite contre le verre de scotch en équilibre sur sa poitrine.

Mr. Warden, won't you please set me free…
Mr. Warden, won't you please turn the key[*]*…*

— Tant de malheurs, souffle-t-elle d'une voix rauque et abattue, et si peu de temps pour en jouir…

Vic se redresse légèrement.

— Ils voulaient nous tuer, aujourd'hui. Depuis le début.

— Et même avant.

— Ta mère…

— Je crois qu'elle est morte.

Vic pose son verre sur la table de chevet et prend une cigarette.

— Je lui laisse des messages depuis midi. Je lui ai même parlé de ce qui s'est passé cette nuit. Elle est trop avide de tout contrôler pour garder le silence. S'il lui restait le moindre souffle de vie, le téléphone sonnerait.

Shay dévie le regard vers le fond de la pièce et suit le mince rai de lumière qui court le long du corps de Vic ; puis, quand il gratte l'allumette pour en faire jaillir la flamme, elle la suit des yeux dans le noir jusqu'à croiser les siens, rivés

* "Monsieur le gardien, soyez gentil de me libérer…
Monsieur le gardien, donnez juste un petit tour de clef…"

sur elle. Ils s'expriment crûment, dans la langue franche des sentiments dépouillés, et tous ses sens sont soudain saturés, inondés par un sombre et mélancolique paradis, qui l'effraie et l'excite à la fois.

Elle s'empare de son joint.

— J'ai vécu deux fois au Mexique. Je n'aurais jamais dû rentrer la seconde fois. J'aurais dû embarquer mes cliques et mes claques et émigrer encore plus au sud, jusqu'à tomber sur un bar pouilleux où personne ne parle anglais.

— Il y a sans doute des rades en ce monde, répond Vic dans un rapide argot hispanique, où l'on n'a jamais entendu parler de l'anglais.

Elle se passe le joint sous le nez, inhale l'âpre fumée.

— Ce serait encore mieux, répond-elle dans la même langue. *Muy preferable.*

Le groupe enchaîne sur un riff instrumental pétri de pathos canaille.

Shay finit une moitié de son sandwich. Puis, comme si le parcours était d'ores et déjà fléché dans son esprit, se jette à l'eau :

— Celui qui a fait presque tous les frais de la conversation, dans le parking à caravanes, c'était Pettyjohn. Et l'homme qui se tenait derrière la moustiquaire s'appelle Englund. Ils détiennent des documents prouvant que deux écoles de L. A. ont obtenu l'approbation de la municipalité à partir de rapports falsifiés.

Vic se lève lentement du lit, pour ne pas la distraire. Il n'arrive pas à croire qu'elle se soit enfin lancée dans les détails.

— Ils sont en cheville avec un pauvre type appelé Foreman et sa copine latina. Une certaine Alvarez. Alice ou quelque chose comme ça.

Shay se tourne vers Vic. Son dos se raidit et elle évoque une balafre artistiquement maquillée, à la voix contenue.

— Engrange bien tout ça dans ta banque de données parce que je ne le répéterai pas deux fois. Je ne devais leur remettre ce fric de bon aloi qu'après avoir vu les documents. J'ai appelé ma mère pour lui dire que tout était d'équerre. Qu'elle pouvait retrouver Foreman avec le solde. Et faire l'échange. Ma mère baise depuis des années avec une couille molle du nom de Burgess Ridden. C'est lui qui s'est chargé de falsifier les documents.

Elle se retourne vers son verre. Un profond silence s'instaure, uniquement brisé par la musique qui monte du bar voisin. Les ressorts du lit couinent lorsque Vic se rapproche.

— Pourquoi me dis-tu tout ça ?

— Je ne sais pas ce que tu viens faire dans cette histoire, ni si tu y es ou non impliqué. Et je ne veux pas le savoir, d'accord ? Ma mère croit… croyait… que tu étais lié d'une façon ou d'une autre à cette fille morte…

À en juger par le ton qu'elle a employé pour prononcer ces deux derniers mots, elle ne se fait visiblement aucune illusion sur le fait qu'il sait exactement de quoi elle parle. Vic a été tellement pris au dépourvu au cours des quelques dernières minutes qu'il ne sait plus trop s'il doit toucher la vérité du doigt ou laisser les choses se faire, et le mensonge perdurer encore quelques instants. De sorte qu'il se contente de demander :

— Quelle fille morte ?

— Je n'ai pas l'intention de te baiser, déclare Shay. Sinon, j'aurais pu le faire là-bas, sur le Mont-Chauve. Et ce n'est pas non plus une tentative au petit bonheur la chance pour me montrer sociable. J'essaie juste de…

Elle se déplace légèrement, sur fond de vagues ténèbres. Trouve son verre et le joint. Se redresse. Quelques centimètres de lumière délicate accrochent sa peau blanche.

— T'es-tu jamais montré vraiment sincère avec quelqu'un ?

Les silencieux replis de ses commissures tournent mélancoliques. Et qu'il puisse ressentir une telle émotion face à celle qui pose cette question le laisse confondu. Mais c'est le cas. Il gagne le bord du lit et pose les pieds au sol.

— J'ai rencontré une infirmière dans une station d'essence d'El Paso où j'ai bossé un certain temps. De minuit à six heures du mat. Ce que nous avons éprouvé l'un pour l'autre, on ne peut mieux le décrire qu'en parlant de “combustion spontanée”. Trois semaines après notre rencontre, on s'est mariés. Quatre mois après, elle a demandé le divorce. “Tu es toujours ailleurs, m'a-t-elle déclaré en me quittant. Tu ne veux pas me dire où, alors je ne peux pas t'y retrouver. Et je ne peux pas non plus le découvrir toute seule.”

— Tu sais où tu étais ?

Il le sait. Il revoit encore défiler le panneau d'un vert héraldique devant la Mustang roulant à tombeau ouvert sous le soleil brûlant du désert : KELBAKER RD. Et seul un chant lent monte encore de cette tombe et de son cortège.

— À des lieues et des années d'elle, répond-il d'une voix tristement venimeuse. Restons-en là.

Elle passe devant lui. Ses pas félins ne font aucun bruit sur le plancher nu. Elle s'arrête devant la porte.

— Traduction : personne ne t'y trouvera jamais. Je connais la chanson.

Shay entend le groupe enchaîner en douceur sur le morceau suivant et, dès les premiers accords, sait où va les conduire la musique. Elle jette un coup d'œil par la fenêtre au rideau tiré. Un solo de basse s'engouffre dans la pièce, chevauchant le pinceau d'argent éthéré qui monte de l'allée, et elle se surprend à souhaiter qu'il se taise. Ça l'émeut beaucoup trop. Ça remue trop le couteau dans la plaie. Puis la voix graveleuse de la chanteuse transforme les paroles en un entêtant purgatoire.

Love has never been easy for me.
Can't you see, I have always been lonely.

Vic regarde Shay. Une étroite frange de cheveux mouillés balaie son visage et l'étoffe de son T-shirt blanc est collée sur ses mamelons roses, tandis que des éclairs de souffrance parcourent les cernes gonflés de ses yeux et que cette bouche en cœur, si pulpeuse, se soulève au rythme invisible de sa respiration. Il a brusquement la fulgurante intuition de sa fragilité et demande :

— Qui a tué la fille ?

— C'est à ma mère qu'il faut poser la question.

— Pourquoi m'a-t-elle envoyé pour t'accompagner ?

Les yeux de Shay glissent vers Vic. Il est assis devant elle, légèrement penché en avant. Non, lové serait un terme plus exact. Il est assis devant elle, lové en avant. À ses yeux, il est la quintessence de la virilité. Tout droit extrait de ce filon de la vie où les âmes sont brisées et reconstruites, brisées et reforgées jusqu'à ce qu'elles deviennent le parangon ciselé de ce qu'une machinerie tragique ne saurait broyer dans son implacable et vorace progression.

If only, we could live one day
Without the need to hide away *.

— Elle a dit qu'une fois monté dans la voiture, tu nous appartiendrais. Que tu serais compromis. (Shay empaume le joint de sa main en coupe et le porte à ses narines. Elle aspire.) Et tu l'es bel et bien, non ?

Sa voix décrit une ellipse apaisante, qui fait de cette courte phrase tout à la fois une question et une affirmation.

— Tu crois que ta mère savait que ça se passerait aussi mal dans le désert ?

La pure iniquité affichée l'autre soir par le visage de sa mère, lorsqu'elle fixait une photo de sa fille, debout devant le bar, porte en soi sa propre vérité.

— Je ne suis guère encline à voir brutalement chavirer la barque de mon propre esprit.

— C'est ta façon de me dire qu'elle t'a jetée aux fauves ?

* "Si seulement nous pouvions vivre un jour.
Sans éprouver le besoin de nous cacher."

Shay sait que c'est sa mère qui lui a tiré dessus. Elle était allongée sur le parquet, chez elle, et écoutait ce même morceau en fixant le plafond, rempli d'étoiles créées par les diodes de la stéréo.

— J'ai appris à composer avec les pires éventualités.

Il la devine à deux doigts de fondre en larmes.

— Plus de questions, s'il te plaît, le supplie-t-elle. Parce qu'il ne reste plus grand-chose à brûler en moi, et que j'ai besoin de garder deux ou trois trucs pour rallumer la chaudière plus tard.

Elle retourne dans sa chambre et éteint la lumière. Pose son verre et son joint. S'assoit sur le lit. Elle tremble comme une feuille à cause de tout ce qu'elle a enduré. De l'autre côté de l'allée, une guitare blessée commence d'accompagner une voix de femme. Shay entend le lit craquer quand Vic se lève. Ses bottes martèlent le plancher jusqu'à la porte de la chambre de Shay et elle relève les yeux. Il fait trop noir pour distinguer ses traits.

— Es-tu là pour me voir… me draguer… ou m'espionner ?

Il entre dans la chambre et s'accroupit devant elle, au chevet du lit. Si près qu'elle sent son souffle tiède sur sa peau, juste au-dessus de son genou.

— Je suis là pour sauver ma peau, chuchote-t-il. C'est la cruelle vérité.

D'une voix ténue, mais ferme :

— Rien n'est plus cruel que la survie, mais rien n'est plus honnête, assurément.

La voix famélique et voilée de la chanteuse sourd à travers une lente progression d'accords et de contrepoints, et Shay tend la main vers l'élastique qui retient la queue-de-cheval de Vic. Elle l'ôte et ses cheveux se répandent sur sa paume comme un éventail brusquement ouvert, qui caresse l'extérieur de sa cuisse.

No, don't say a single word
*Can't be sure, can't be sure that we won't be heard**.

Ses doigts calleux remontent la douceur laiteuse de la cuisse et il sent ses muscles se détendre et s'ouvrir légèrement pour laisser passer sa main ; elle est nue sous ce T-shirt blanc et, sous les boucles noires de sa toison, sa chair est humide.

Like Romeo and Juliet, they will chase us to our death
And voice their false regrets
*The liars***.

Son souffle s'accélère tandis qu'elle approche son visage du sien et qu'il peut sentir ses lèvres sur le chaume de sa gorge, puis sa bouche en cœur chantonner l'hymne de la vie dans son oreille, en même temps que sa main descend le long de sa chemise bosselée de muscles en une caresse ondoyante, aussi douce que si la chair en était d'argile humide, pour trouver la boucle de cuir de sa ceinture et tirer dessus.

Since the day that we first met…

Il relève le T-shirt au-dessus de ses seins.

Until I take my dying breath…

Les doigts de Shay s'enfoncent avidement sous son jean.

*I'll be tangled in your net…****

---

* "Non, ne dis pas un mot.
Rien ne nous dit, rien ne nous dit qu'on ne nous entend pas."
** "Comme Roméo et Juliette, ils nous traqueront jusqu'à la mort
Et exprimeront ensuite leurs vains regrets
Ces menteurs."
*** "Depuis le jour de notre première rencontre…
Jusqu'à mon dernier râle d'agonie…
Je resterai piégé dans tes filets…"

Bouches ruisselantes, ils ne sont plus qu'un trépignant mural de chair qui cherche le lit. Leurs poumons se soulèvent et s'affaissent, affamés, asphyxiés. Leurs muscles se bandent sous les quelques vêtements qui leur restent. Dans la sombre architecture de cette chambre, ils griffent et se cramponnent comme si la fin des temps elle-même était en jeu.

À peine effleurées par la lune, leurs deux ombres s'activent comme autant de sorcières possédées du démon dans un sabbat cauchemardesque, et elle ne parvient pas à l'attirer assez vite en elle. Ne parvient pas à l'enlacer assez vite de ses jambes nues, si blanches.

Ils sont au-delà du regard, au-delà de la pensée. Symétrie crue sans dessus ni dessous. Elle est réelle et diaphane. Elle est liquide et forte, puissance musculaire et solidité osseuse. Le monde est tout et rien à la fois et des épaules de Vic montent des senteurs salines. Ce que sait son esprit et ce que ressent son corps sont deux choses différentes, irréconciliables. Ses spasmes sont violents et veloutés et il voudrait la posséder et la détruire, la sauver et faire partie intégrante d'elle, lourdement, pesamment…

Elle enfouit son visage dans l'aisselle de Vic puis ses dents remontent le long de son cou et l'odeur de la terre imprègne toute sa peau, musc bouleversant de désert et de nuit ; et tandis qu'il la soulève par les cuisses, les ongles de Shay se plantent dans son dos jusqu'à y laisser des zébrures perlées de sang.

Sa bouche s'ouvre et la gorge de Vic s'obstrue de pur plaisir ; son visage mal rasé frémit contre la peau moite de ses seins et leurs deux ventres s'entrechoquent violemment. Lorsqu'ils jouissent, c'est presque une hémorragie.

Comme si un énorme trou s'était ouvert sous eux dans le sol, les engloutissant dans un monde plus intense que le plaisir. Plus insondable que l'amour et que le désir. Le fantôme des années, désormais libéré.

Ils se laissent mollement retomber sur les replis du couvre-lit élimé, imprégné de sueur, de salive et de sperme. La violente émotion physique s'épuise en frissons et courtes pauses, jusqu'à ce qu'il n'en reste plus que deux cœurs assoupis, conversant à travers la pesanteur et la permanence de la vie.

47

Il vise dans le silence. Tonton Mikes se raidit autour de sa poignée de Santroprène noir. Le canon du 454 Taurus s'immobilise un instant dans l'air calme avant le carnage. Puis le Taureau rugissant explose.

Un seul coup de feu. Une seule puissante ruade du museau de cette centrale d'énergie de deux kilos et, quelque part sous le crâne de Landshark, l'ennemi s'abat.

Il recule, s'écarte de la fumée. Il s'efforce d'éliminer le stress en reportant son agressivité sur une cible située à quinze mètres, par le truchement d'un canon mieux fait pour dézinguer un bimoteur.

Il ôte le casque Pro-Ears et le repose sur la table à côté de ses armes. Le seul son audible à présent est celui des ventilateurs du plafond qui chassent la fumée. Au moins, il sait que Vic est vivant.

Il baisse les yeux et contemple la tranquille coquille du pas de tir. De la naissance à la mort, il sera à tout jamais cerné par des murs, à moins qu'il ne réussisse à contrecarrer la puissante inertie engendrée par sa phobie. À moins qu'il ne trouve enfin la paix en cédant les rênes aux sombres tunnels de l'incertitude.

Il jette un œil sur Andalusia Avenue à travers les grilles de fer. Sur la nuit qui y règne et l'enfilade de fenêtres et de lampadaires qui éclairent son sillon dans le monde. Il appuie sur la télécommande et la grille commence à coulisser en grinçant. Combien les minutes se sont vite transformées en années ! Et combien ces années pèsent soudain bien peu, guère plus que des minutes, sur les plateaux de la balance de la mémoire. C'est dire à quel point, au cours de la dernière décennie, il s'est rarement hasardé au-delà de ces grilles. Jamais il ne s'est senti plus totalement enclavé qu'aujourd'hui, alors qu'il franchit le seuil pour s'engouffrer, seul, dans l'océan infini du monde extérieur.

Il respire lentement et profondément et avance à grandes enjambées ; comme s'il pouvait se montrer plus malin que l'hystérie qu'il sait déjà rôder en lui en arrivant plus vite Dieu sait où. Il atteint rapidement l'emplacement où Vic et lui ont discuté. Qu'avait-il dit, déjà ? "Je vis vraiment pour la première fois. Je ne vous permettrai pas de me reprendre ça."

Il doit retrouver en lui cette facette de Vic. Il en fera son critère, son mètre étalon. Feindra de perdre provisoirement l'usage de ses jambes, se persuadera que ses forces ne lui permettent pas d'avancer davantage, mais, chaque soir, poussera le bouchon un peu plus loin, jusqu'à ce qu'il n'ait plus peur de sa peur.

Lorsqu'il atteint Mayfair, les effroyables symptômes de l'oppression et du vertige étreignent ses viscères. Soixante pauvres mètres le séparent d'un portail qui ne représente même plus une protection à ses yeux. Il s'exhorte à continuer, même si des voix dans sa tête lui soufflent qu'il va crever ou sombrer dans la folie s'il ne fait pas demi-tour pour regagner la zone de sécurité. Il s'évertue à affronter la puanteur de mort montant de la victime impuissante qu'il héberge en lui ; à accaparer cette part de Vic qui sait que tout cela ne compte pas ; à jouer le rôle de Vic et à promettre à l'autre moitié, celle de William Worth, que tout se passera bien. Oui, il peut s'extraire de la tombe de son passé et survivre. Et pour la première fois depuis des années, il trouve le moyen, sans médicaments, de prendre appui sur lui-même et de se donner un ordre – même si c'est la plus anodine des exigences : quelques centaines de mètres –, et d'y obéir.

Dès qu'il tourne dans San Rafael, un tourbillon d'émotions commence de chambouler ses processus mentaux. Instantanés de ses parents, le dernier jour, alors qu'il entame la longue ascension de cette rue privée de trottoirs. Terreur pure, à la vision de son père sortant le Navion du hangar, puis de son nez qui frôle le soleil, tandis que le bras de sa mère s'agite monstrueusement pour lui dire au revoir. Colère, lorsque ses parents s'efforcent de s'entredéchirer moralement jusqu'à la mort.

Un klaxon retentit derrière lui.

Sa chemise est imbibée de sueur et ses enjambées lui semblent toujours trop courtes, alors qu'il s'efforce d'échapper à la fureur que lui inspire l'existence qui l'a conduit jusqu'ici.

De nouveau un coup de klaxon.

Et à portée de sa main, dans la pénombre de la porte de ce hangar, sur une table de pin brut, les clavettes d'arrêt.

Une bourrasque de remords s'engouffre par le couloir glacé où réside son cœur. Il se rend compte qu'il ne peut pas aller plus loin. Les clavettes. Il s'appuie à un panneau de signalisation. Il les voit. Il les…

Un flot de clarté aveuglante l'inonde. Il cligne des yeux, remonte la piste lumineuse jusqu'à une paire d'yeux halogènes et une portière qui s'ouvre.

— William ?

Terry marche jusqu'à Landshark. Ils sont à l'angle de San Rafael et de Mount Washington Drive, à un bon kilomètre de la maison. Terry constate que la chemise de William est trempée et qu'il a dû sacrément réchauffer la poignée de son automatique, parce qu'il tient encore Tonton Mikes.

— Tu as marché jusqu'ici ?

Landshark hoche la tête, mais, pour l'heure, il n'est plus qu'un ado de quinze ans contemplant une table de pin brut dressée dans un hangar.

— Je peux… avoir une cigarette ?

— C'est super d'être allé aussi loin, dit Terry en faisant sauter le filtre de la cigarette avant de la tendre à son ami.

— Jusqu'ici aujourd'hui, plus loin demain.

Il offre à la flamme le moignon de la cigarette et aspire une bouffée.

— J'ai fait récurer la chambre.

— Ils ont eu un mandat ?

— Oui. Je leur ai dit qu'on coopérerait autant que nécessaire.

— Parfait.

— Oui et non. Un van du J.T. de la 5 s'est pointé au moment où je sortais.

Landshark contemple la ligne des toits et plonge le regard jusqu'aux sombres rives du paradis.

— La mort et la peur, quand tout a été dit et fait, restent sans doute nos plus fidèles amies. Elles ne nous laissent jamais tomber, ne nous déçoivent jamais, ne manquent jamais de survenir. On peut compter sur elles pour le pire et pour le meilleur et, dans certains cas, on ne peut espérer qu'elles.

— Je vais te citer encore une fois les paroles de mon instructeur de l'école de police, répond Terry. Peut-être seras-tu à même de les écouter ce coup-ci. "Il y a deux moments essentiels dans l'existence d'un policier. Le premier, c'est quand il apprend ce qu'est la peur. Le second, quand il apprend que la peur n'est pas un passage obligé."

Un éclair vacillant dans les yeux de Landshark. Il compte les heures sur les étoiles. Tire une longue bouffée de sa cigarette. Et se demande si Dieu l'attend quelque part au tournant, avec un petit cadeau dont le nom est Pardon.

Il fixe le trottoir opposé de San Rafael. Un mur blanc court tout le long d'un pâté de maisons, jusqu'à une grille portant un panneau doré qui dit : SIÈGE DE L'AMICALE DE L'ÉPANOUISSEMENT DE SOI.

Il le montre du doigt :

— Les fidèles de Gunga Din tentent d'obtenir de la municipalité l'autorisation d'ensevelir ici sa dépouille mortelle.

— Ne commence pas à devenir hargneux. Tu sais très bien qu'il ne s'appelait pas Gunga Din.

— J'aimerais bien savoir pourquoi ils se donnent la peine de demander la permission. Je suis enterré ici depuis des années, et je n'ai jamais dû demander d'autorisation à la municipalité.

Terry évacue délibérément la petite digression de son ami :

— Tu as des nouvelles de Vic ?

— Ouais. Pettyjohn et Englund ont tenté de les assassiner dans le désert, lui et la fille.

— Nom de Dieu ! Où est-il ?

— À Bullhead City, avec elle. Elle pense que sa mère est morte. (Terry s'adosse à la voiture.) Ils doivent commencer à partir en quenouille.

Landshark continue de fixer le mur blanc et la grille portant le panneau doré. Il peut voir au-delà, à l'intérieur de la propriété : un diorama de pins élevés, de pelouses épaisses et de vieux toits cintrés, opaque et serein sur la toile de la nuit. Spectacle si paisible qu'aux yeux de Landshark, il frise quasiment l'obscène.

— Les affaires de la fille sont toujours à la réception, poursuit Terry. Si jamais ils se pointent avec un mandat, on ferait pas mal de décider rapidement de ce qu'on va leur raconter, si tant est qu'on leur raconte quelque chose.

— Vic sera de retour demain. On en décidera ensemble. (Il envoie valser sa cigarette d'une chiquenaude.) Juste un petit détail. (Il écarte Terry d'une bourrade pour grimper dans la voiture.) En cas de problèmes avec les flics, je prends tout sur moi. Tu ne sais strictement rien.

— Quoi ?

Landshark jette un dernier regard, par-dessus le dossier du siège, sur le mur blanc, les grands pins dont les frondaisons les surplombent et le sombre rivage du ciel qui recouvre tout cela. Il comprend parfaitement pourquoi les fidèles de Gunga Din tiennent tant à le faire enterrer ici.

— William, qu'est-ce que tu veux dire, bordel, quand tu dis…

— Il faut que je rentre, maintenant. Je suis allé aussi loin que j'ai pu, ce soir.

48

Le ciel est d'un rose crémeux. De nouvelles flaques de lumière rampent vers le zénith à l'horizon, et, en s'élargissant, dévoilent la silhouette contorsionnée d'un corps, étendu près de la Mustang retournée sur le dos.

Hugh entame sa descente vers le fond du ravin, sur les rochers branlants. Il a relevé son col pour s'abriter du froid. Il dérape gauchement, à intervalles réguliers, jusqu'à ce que son pantalon se déchire à la hanche ; sa cuisse est lacérée.

Il fixe la silhouette couchée sur le ventre, le nez dans la poussière. Le dos de la chemise de Travis s'orne de macules rouges et poisseuses, dont insectes et mouches commencent à sc repaître. Des panaches de buée s'évadent de la bouche de Hugh lorsqu'il se penche mollement à la vitre de la Mustang pour jeter un coup d'œil à l'intérieur.

Déserte. La boîte à gants est ouverte et vide. Pas de trace de sang. Le siège arrière, abaissé, dévoile un râtelier encastré prévu pour deux carabines. Il en manque une.

Et c'est pour trouver ça qu'il a attendu toute une nuit dans un froid de canard. Il va s'asseoir sur un rocher pour essayer de rassembler ses esprits. Un goût de sable au fond de la gorge. Il va devoir passer la matinée à jouer les fossoyeurs, puis disposera de tout le restant de la journée pour réfléchir à la façon dont la situation pourrait encore empirer.

Des bruits de l'autre côté de l'allée tirent Vic du sommeil. Un fracas de vaisselle et de verres. La radio parle en latino. Quelqu'un arrose un sol de ciment.

Une manière de profonde sérénité s'empare de lui alors qu'il gît sur ce lit, emmêlé dans les draps. Sa main cherche Shay, mais l'autre côté du lit est vide.

Lorsqu'il laisse enfin la lumière pénétrer dans les chambres, la matinée est douce et ensoleillée. Jusqu'à ce qu'il trouve l'argent et le petit message qu'elle lui a laissés.

Il sort sous l'œil brûlant du soleil. Un mortel abattement l'étreint lorsqu'il pose les yeux sur ce bout de papier, qui lui explique qu'elle est partie.

SHAY est assise toute seule sur la banquette, tout au fond du Greyhound qui franchit le col de l'Arbre de Noël. Elle sort de sa poche le papier replié que lui a donné sa mère et où sont inscrits le nom et le numéro du type qui va lui forger sa nouvelle identité.

Shay pourrait boucler l'affaire dans la journée. Elle pourrait s'arracher à cette avalanche de boue qui les ensevelit lentement. Elle jette un coup d'œil au sac à dos posé sur le siège voisin. Avec cet argent et celui des coffres bancaires, elle pourrait appeler le dénommé Ferryman, puisque tel est son nom, récupérer ses nouveaux papiers d'identité et devenir une ombre anonyme, là-bas, sous les latitudes tropicales.

Elle croise son reflet dans la vitre. Les faits bruts parlent d'eux-mêmes. Comment ressusciter de ses propres décombres ? Et un nouveau patronyme, à lui seul, suffira-t-il à sauver une petite connasse, fille de la providence, d'une nouvelle et prévisible déroute ?

Les montagnes défilent derrière le reflet translucide de ses yeux las. Une austère et rude contrée de hautes murailles, formées par les soulèvements et les bouleversements de la croûte terrestre, et où, mille ans plus tôt, hommes et femmes peignaient encore leurs rêves sur la roche. Puisant leurs forces dans la pierre, pour survivre dans un univers incompréhensible. Conjuration rudimentaire, née du désir de rester connecté au fragile édifice que nous nommons humanité.

Elle inspecte la travée et détaille un à un les membres du quart-monde qui n'ont que ce car pour tout bien. La chienlit et les fauchés. Ceux que les ténèbres ont saccagés, qui se cramponnent en priant Dieu à une chaloupe d'emmerdes. Au décrochez-moi-ça et à un déracinement perpétuel. Ceux qu'on évite normalement en plein jour.

Et toi, t'es qui, alors ? se demande-t-elle. *Sinon une autre pue-la-sueur dans un pays ravagé. Un autre colis sans destinataire filant vers le Walhalla avec pour tout bagage un pack de bière, une pince à joint et un tas de fric pas net.*

Elle se sait n'être qu'une âme frontalière, qui a déjà enduré trop de secrets et de misères illicites pour qu'on l'autorise jamais à retrouver le Nord, le vrai.

Elle fixe de nouveau le papier que lui a remis sa mère. Cette écriture capricieusement déjantée. Elle doit absolument connaître la vérité sur la mort de sa mère, puis…

SHAY essaie de dormir. De s'ôter de l'esprit le souvenir du contact de Vic. Sans aucun résultat. Elle regarde, de l'autre côté de la travée, un visage aussi ridé qu'un vieux drap, dont la teinte et la trame trahissent de nombreuses années, aider son petit-fils à prononcer les voyelles ouvertes, pendant que le sol lisse du temps défile derrière les vitres. Ce firmament brun et poli, que les nomades traversent en n'emportant que leur âme, un bœuf et un peu d'eau. Cette allégorie du silence qui a déjà vu et vécu tous nos hier, nos aujourd'hui et nos demain, en une interminable succession.

Dee a toujours dit de Shay qu'elle était la plus forte des deux. Mais Shay devine qu'il ne s'agissait que de la rendre plus docile, d'acheter sa soumission. Non pas avec des éloges, mais avec une promesse.

“Je ne peux pas survivre sans toi, Shay. Mais tu pourrais survivre sans moi. Tu es la plus forte. Tu t’en apercevras en temps utile.”

Oui. Pas avec des louanges, mais en faisant miroiter un espoir. Car en le disant, en le ressassant, sa mère n’a réussi qu’à l’affaiblir, à la rendre plus vulnérable à ses discours. Parce que si c’était vrai, si réellement Shay était la plus forte (et elle voulait désespérément s’en persuader), ne serait-elle pas plus encline à croire vrai tout ce que sa mère lui a dit d’autre ? Qui voudrait d’une vérité qu’on doit ouvrir en deux pour découvrir le trognon de mensonge qu’elle renferme ?

Elle ferme les yeux et s’efforce de laisser s’écouler les kilomètres, mais une question assaille déjà son esprit : sa mère l’aurait-elle envoyée dans le désert en toute connaissance de cause, sachant pertinemment qu’elle y trouverait la mort ?

Le match de catch mental de ces dernières heures est interrompu par une annonce du chauffeur :

— Nous arriverons au terminus de Los Angeles centre-ville dans trente minutes.

Shay ouvre les yeux et regarde au bout de la travée. Le pare-brise encadre un coucher de soleil d’une inépuisable extravagance. Les couleurs s’empilent les unes sur les autres et des lumières commencent de saturer le paysage empourpré.

Elle jette de nouveau un coup d’œil sur le nom et le numéro inscrits par sa mère, mais sait d’ores et déjà ce qui la guette. La route n’offre aucune échappatoire. La distance seule ne suffira pas. Trop d’existences s’interposent entre elle et cette destination perdue qu’est l’anonymat. Toutes ces bornes kilométriques humaines, qu’elle connaît depuis toujours ou presque… Burgess… Foreman… Pettyjohn… Englund… Elle doit les déraciner. Les abattre pour assurer sa liberté. Si tant est qu’un tel mot existe.

En vérité, la liberté n'est peut-être guère plus qu'un répit provisoire à ce qui fut, est ou sera. Peut-être ne la réalise-t-on que dans la mort. La mort d'une vie antérieure, l'effacement des vieilles lunes. La rédemption des regrets et des échecs. Oui, des faillites de la conscience et des lacunes du caractère. L'exorcisme de tout ce qui a attisé votre haine ou dominé votre âme. Sans doute est-ce aussi positif que négatif, et peut-être est-ce aussi bien comme cela. Et juste.

Et peut-être pourra-t-elle couper un mensonge en deux et découvrir le trognon de vérité qui se cache à l'intérieur ?

49

Vic est conscient que, quoi qu'il puisse éprouver, il ferait mieux de continuer à vivre au temps présent. En sortant du Gogo's Motel, il se fait déposer par un taxi à l'aéroport de Laughlin Bullhead City. Il longe les hangars jusqu'à ce qu'il ait trouvé le pilote d'un bimoteur qui accepte, moyennant finance, de le ramener à L.A.

Terry vient le récupérer à l'aérodrome de Whiteman, à Pacoima, juste après seize heures.

— Puisqu'on est là, lui dit-il avant de repartir, j'aimerais te montrer un truc.

Il laisse derrière lui une double rangée de hangars en tôle ondulée, tout au fond de l'aéroport, et stoppe devant la porte rouillée d'un hangar, protégée par deux énormes cadenas argentés.

— Ce hangar, avec un DD40 peint juste au-dessus de la serrure, déclare-t-il en le désignant de ses lunettes de soleil, c'est celui où les Worth rangeaient leur zinc.

— L'avion dans lequel ils sont morts ?

— Oui. William a fait rapatrier l'épave ici. Elle est toujours à l'intérieur.

Une émotion aussi grotesque que macabre étreint le cœur de Vic.

— J'ai dû y entrer, une fois, pour récupérer des papiers. Sous cette coque de métal, c'est encore 1974. Tout est resté exactement dans le même état qu'au jour de leur mort. Les assiettes sales sont encore dans l'évier. Et le *L.A. Times* encore posé sur une table, ouvert à la page des sports, près de l'endroit où se trouvaient les clavettes d'arrêt.

Cette image et l'idée qu'il se fait de la scène qui doit sans doute s'offrir aux yeux, derrière cette porte de métal d'un gris rougeâtre, lui transpercent le cœur.

— Pourquoi tu me montres ça ?

— Eh bien, d'une part parce que tu as atterri ici. Et d'autre part, parce que j'aime William. Mais sa vie affective est aussi hermétiquement verrouillée que ce hangar. Son enfermement dans le passé s'assure de ça.

Terry rechausse ses lunettes de soleil puis fixe Vic :

— Ma mère était la diaconesse de son église de Crenshaw. C'était une femme très croyante et elle ne cessait de répéter : "Notre vie est faite exclusivement de ce que nous avons la sagesse de garder tout au fond du cœur, et de ce que nous avons la force de rejeter."

Cette grotesque et macabre émotion tourne au remords édifiant quand Vic comprend enfin ce que Terry essaie de lui dire.

— J'espère que William sait apprécier quel bon ami il a en toi, fait-il.

Terry relève les yeux de son café pour porter le regard sur le bar du bureau, où Vic se sert une nouvelle rasade de tequila.

— Je dis qu'il faut leur rendre ses fringues. Les gens se tirent sans arrêt des motels à la cloche de bois, en laissant un tas de trucs derrière eux. On a nettoyé la piaule, elle nous devait du fric, on allait garder ses affaires un mois et les vendre. On ne pouvait pas se douter qu'elles appartenaient à la victime d'un meurtre. On s'en lave les mains. Et on voit comment ça se goupille.

Landshark se lève de son bureau et se tourne vers Vic.

— Qu'en pensez-vous ?

— J'y ai réfléchi pendant mon retour en avion. Terry a raison. Même s'ils font le rapprochement, je dirai que j'ai engagé moi-même la fille. Pour qu'elle file Foreman et Pettyjohn. Sans nouvelles d'elle, je suis rentré en avion d'El Paso. Je suis passé au motel et elle ne s'y trouvait plus. Je donnerai ma véritable identité et voilà tout. Comme ça, vous n'êtes inquiété ni l'un ni l'autre.

Terry et Landshark échangent un regard. Puis Terry demande :

— Pourquoi n'es-tu pas allé trouver la police juste après sa disparition ?

— J'ai cru qu'elle avait tout bonnement décampé.

— Et quand on a cité son nom à la télé ?

— Je n'en suis pas là. Et de toute façon, j'étais censément mort. (Il engloutit sa tequila.) C'est pour ça que Dee Storey m'a envoyé dans le désert. J'en suis intimement persuadé. Je parie qu'elle m'aurait achevé elle-même si elle m'avait cru seul. Sinon, elle se serait sans doute servie de ma mort pour tenter d'intimider mes comparses. Dans le cas contraire, quelle différence ça peut faire ? Quelle différence ? J'y ai également réfléchi pendant le trajet. Dès quelle s'est retrouvée assise en face de moi dans ce café, elle a su qu'elle était… (il se souvient de la façon dont Shay a articulé les paroles de sa mère, selon lesquelles, s'il montait dans la voiture, il était… et il utilise le même mot)… compromise. Gros comme une maison, qu'elle le savait.

Il repose son verre bien proprement sur le bar.

— Je crois qu'elle faisait de son mieux pour limiter les dégâts. Elle était au courant pour les photos. Savait qu'elle pouvait empêcher Foreman et Englund de parler. On a dû la charger de soudoyer Ridden. Elle m'a envoyé dans le désert. Je crois que, dans sa tête, elle s'est persuadée que son dernier espoir était d'embarquer le pognon du pot-de-vin sans le verser et de mettre les voiles en vitesse. Parce qu'elle sent que l'avenir se présente mal. Pour tout le monde.

— Et surtout pour sa fille. À coup sûr.

Les yeux de Vic se plissent quand il se tourne vers Landshark.

— Oui, pour elle aussi.

Il traverse la pièce et passe sur le balcon. Respire le crépuscule. Le coucher de soleil est un feu d'artifice de couleurs. Une étoffe qui conviendrait à la robe d'un empereur. Depuis les Elysian Hills jusqu'à l'horizon des gratte-ciel, aussi loin que peut porter le regard. Qu'il peut imaginer. Et, dans cette immensité, ses pensées volent toutes vers un seul être humain.

Terry se lève. Il contourne Landshark, qui fixe le balcon. Vic leur tourne le dos. Sa silhouette se découpe sur le crépuscule et il incline légèrement la tête.

— Les documents sont quelque part dans la nature, affirme Terry. Il faut qu'on apprenne où ils se trouvent. Ce sont des pièces à conviction. Ils corroborent tout ce que nous savons. Eux seuls comptent.

Landshark se dirige vers la porte du patio.

— La fille reste notre meilleure chance, en l'occurrence.

Vic se tourne :

— En effet. Notre meilleure chance. Si bizarre que ça puisse paraître.

Landshark constate qu'il tient à la main le message de Shay.

— Je n'aurai pas la grossièreté de vous demander ce que dit ce mot.

— Certes, fait Terry. Mais tu manques suffisamment de classe pour avoir envie de savoir ce qu'il dit.

— Parfaitement exact, mais je l'aurais formulé beaucoup plus élégamment.

Vic replie la feuille et la glisse dans sa poche de chemise.

— Je comprends, fait Landshark.

Terry vient se poster à côté de lui. Les deux hommes s'encadrent dans l'embrasure.

— Cette fille, commence Terry, est probablement celle qui t'a embarqué dans le désert cette nuit-là.

— Je suis sûr que tu as raison, sans en être vraiment sûr.

— Mais elle ne t'a pas laissé dans le désert, cette fois-ci.

— Non, en effet.

— Tu crois qu'elle sait qui tu es et essaie tout bonnement de…

— … de me mentir pour couper à son châtiment ?

— Oui.

— Je n'ai pas très envie d'envisager cette possibilité, mais c'est une possibilité.

— Si tel est le cas, que comptes-tu lui faire ?

— Si jamais je la revois. Et si je sais que…

— Oui.

Vic est l'image incarnée du dilemme cornélien. De l'homme qui s'interroge âprement sur une incertitude du nom de Shay Storey.

— Je ne sais pas encore. (Il regarde Terry.) On ne peut pas vivre dans le passé. Peu importe qu'il se transforme constamment, à mesure qu'on le ressasse.

Vic fait mine de rentrer dans la pièce et les deux hommes s'effacent. Il se dirige vers le bar. Se sert un autre verre de tequila. Regarde la photo noir et blanc, posée derrière le bar, que Landshark prise tant et espère que toute cette affaire ne se révélera pas en fin de compte d'une tragique limpidité.

Terry retourne à sa tasse de café et Landshark recommence à arpenter la pièce en tirant sur sa cigarette. Mais les pensées des deux hommes convergent promptement.

— Si les documents sont toujours entre les mains de Foreman et de sa copine, fait Terry, on pourrait tenter de mettre la main dessus.

— S'ils les détiennent encore, répond Vic, Ridden reste vulnérable. Et après ce qui s'est passé dans le désert, imaginez à quel point il doit se sentir vulnérable. Si ce n'est pas lui qui a ces documents, il tentera forcément de les récupérer.

Ce n'est qu'une question de temps. Mais comment découvrir où et quand cette petite transaction prendra place ?

Silence. Terry n'a pas de réponse toute prête, mais Landshark se dirige vers la table de travail. Il s'assoit. S'empare de la liasse de prospectus de la San Fernando Land Development Company et l'ouvre à la première page.

— Il y a des moyens de le savoir, et il y a des moyens de le savoir, déclare-t-il. Avant, nous devons découvrir s'ils sont déjà en sa possession.

Il parle dans le téléphone :

— Burgess Ridden, je vous prie.

L'attention des deux autres se focalise brusquement sur sa nuque.

— Qui est à l'appareil, je vous prie ? Annette... et vous êtes la secrétaire de M. Ridden ? Je suis chroniqueur au *New Weekly*. Au *New Weekly*... Oui, nous avons des chroniqueurs et des journalistes qui couvrent les événements importants et les sujets sérieux... (Son ton frise l'impertinence.) Nous ne publions pas que des annonces personnelles et des pubs pour les personnes intéressées par la chirurgie mammaire... Ma rubrique s'intitule "L.A., cette grande île"... Je m'appelle Landshark et... Oui, c'est ça, Landshark. Et...

Il coupe abruptement. Fixe le téléphone comme un homme offensé. Son corps se déplie de toute sa hauteur. Son cou se tord autour du téléphone. Il compose un autre numéro.

— L'envie me démange subitement d'appeler Freek pour le lâcher sur les comptes bancaires et le C.V. de cette jeune dame. (Au téléphone.) Annette, s'il vous plaît... (Il patiente, la bouche furieusement crispée.) Annette, c'est encore moi, Landshark, et j'apprécierais que vous réfléchissiez une seconde avant de raccrocher... Comment M. Ridden prendrait-il la chose, si vous ne lui laissiez pas l'occasion de s'exprimer sur ce que je compte écrire dans ma rubrique avant de le faire diffuser par les chaînes câblées ?... Inutile de sucer vos dents... Je suis toujours teigneux et je n'ai pas d'amis... Et plus vite je me débarrasse des délicieuses personnes de votre espèce, mieux je me porte.

Landshark considère les deux hommes en gloussant, ravi de lui avoir rendu la monnaie de sa piécette.

— Bon, Annette, annoncez à M. Ridden qu'un informateur est venu me trouver avec un renseignement concernant certains documents afférant aux deux chantiers des écoles de la 56e Rue et de Belmont. Ces documents, qui ont emporté l'adhésion de la municipalité, auraient été falsifiés... et des cadres supérieurs de la San Fernando Land Development Company auraient eu la haute main dans cette escroquerie. J'adorerais offrir à M. Ridden l'occasion de l'infirmer ou de le confirmer. Je serais enchanté de vous donner mon numéro de téléphone.

Sur ces mots, il raccroche. Se rejette en arrière, tandis que son visage affiche la plus marmoréenne des impassibilités. Il jette un coup d'œil au portable avec lequel Magale lui téléphonait et qui repose là, silencieux, depuis les premiers soirs qui ont suivi son meurtre.

— Que comptez-vous demander à Ridden, William ?

La peau de la moitié supérieure du visage de Landshark se tire, tandis que les rides de son front se creusent.

— S'il rappelle, et je suis loin d'en être persuadé, je l'interrogerai sur ses liens avec Alicia Alvarez. On verra bien alors si je peux suffisamment éveiller la panique chez ce garçon pour en tirer parti.

50

SHAY ralentit après l'allée qui mène à la maison de sa mère. Le portail est fermé et les lumières éteintes. À en juger par ce qu'elle peut voir de l'allée, la Le Baron rouge de sa mère n'est pas là.

Elle poursuit son chemin, dépasse la maison suivante. Coupe les phares et se gare le long de la rambarde qui domine la vallée. La route s'est suffisamment incurvée depuis la maison pour qu'elle puisse apercevoir le premier étage, de l'endroit où elle est garée. Là encore, tout est éteint.

Shay ne prend pas de risques. Elle plonge la main dans son sac à bandoulière. Dès qu'elle a trouvé le Guardian, elle le glisse dans la poche de sa veste de cuir. Elle farfouille sous le siège avant en quête d'une lampe de poche. Braque le faisceau sur le plancher pour vérifier que les piles sont encore bonnes. Quand elle a la certitude que la rue est déserte, elle descend de voiture, se faufile par-dessus le garde-fou et commence à dévaler la pente.

Elle longe d'abord un sentier défoncé, entre plantes rampantes et oponces aux feuilles en forme de pagaie. La maison de Dee et la demeure voisine ne formaient autrefois qu'un seul et même lot et, pendant les années 1920, les propriétaires ont transformé ce *chaparral* à flanc de colline en un labyrinthe de chemins piétons, même si le plus clair du terrain appartenait à la ville. Ce n'est plus maintenant qu'un inextricable fouillis de ronces aux balcons de pierre éboulés et aux grottes encadrées de rameaux pourrissants, là où, jadis, des bancs surplombaient la sereine tiédeur du San Fernando nocturne. Un eucalyptus a été abattu pour fabriquer un escalier, et ce sont ces marches branlantes et fendillées dont Shay longe la rampe oubliée qui remontent vers le patio de Dee.

Plaquée au sol, Shay scrute la maison à travers des buissons épineux au parfum pénétrant. Elle observe l'arrière de la demeure. Tout semble en ordre et cette seule constatation suffit à l'alarmer.

Elle se faufile le long du mur du patio. Atteint la maison et penche légèrement la tête pour voir à travers les portes vitrées.

Seul le clair de lune la guide. Elle fouille du regard les recoins où il dissipe la pénombre, jusqu'à distinguer une forme étrange sur le sol. Elle met une bonne minute à reconstituer mentalement l'image de cette obscure mosaïque.

La lampe posée depuis toujours sur la table, au pied du divan, gît à présent au sol. L'abat-jour a basculé de travers et, juste derrière, un tiroir renversé répand son contenu sur la moquette.

Shay se recroqueville en position fœtale et, à la perspective de ce qu'elle va sans doute devoir affronter, une nausée se répand dans tout son corps. Elle entre dans la buanderie, le Guardian dans une main, la lampe-torche dans l'autre. Elle entend de l'eau couler, quelque part dans ce sombre dédale de pièces.

Elle traverse la cuisine. Remarque sur le comptoir le furieux clignotement, signalant un message, de la diode du répondeur de sa mère.

C'est à peine si ses pieds font couiner le linoléum gris et rose lorsqu'elle franchit le seuil et se retrouve confrontée à une demeure affreusement saccagée que la lune éclaire à contre-jour. Et cette eau qui coule ? On dirait un robinet. Mais d'où ce bruit provient-il ? Pas de la cuisine ni de la buanderie. Peut-être de l'évier du bar… des toilettes au fond du couloir… de l'étage ? Tout lui évoque une espèce de monstrueux canular.

Ses mâchoires ne forment plus qu'un bloc soudé. Elle allume la torche et balaie le plancher de son faisceau, cherchant le corps de sa mère.

Elle s'efforce de tenir la dragée haute à ses émotions. Le faisceau effilé fend la pièce. Fait étinceler la rampe d'escalier et le mur au-delà. Puis renaît dans le noir absolu sous la forme d'un petit cercle, jusqu'à épingler un bref scintillement sur les marches qui mènent à l'alcôve du bar.

Shay s'en approche prudemment. Ce champ d'étoiles irisées se révèle n'être que simples éclats de verre, provenant d'une des photos encadrées accrochées au mur, près de l'évier du bar.

Elle avance sur la pointe des pieds. Se baisse. Trouve la photo. Celle où elle est assise sur le capot de la voiture de Burgess Ridden. Celle que Vic a regardée. Elle s'entend répondre : "À l'époque, j'étais encore un être humain à peu près fonctionnel."

Shay se redresse. Le bruit d'eau ne provient pas de l'évier du bar, mais elle sait à présent qu'il vient des toilettes, tout au bout du couloir étroit. Toilettes voisines d'une porte donnant sur le garage.

Shay parcourt ces dix derniers mètres pliée en deux derrière un filet de lumière. Elle ouvre la porte du bout du canon de son arme. Un éclair blanc cyclopéen la poignarde. Elle recule précipitamment et s'écarte du battant. La lumière s'évanouit en même temps que le canon du Guardian se relève ; puis, dans un instant de total désarroi, le cœur battant, elle se rend compte qu'elle a tout bonnement aperçu son propre reflet et celui du rayon de sa torche dans le miroir des toilettes.

Elle pénètre de nouveau dans les toilettes. Le faisceau de sa torche se verrouille sur le lavabo. Le robinet est ouvert en grand, comme pour attirer l'attention sur lui. Des gouttelettes rebondissent dans toutes les directions et, là… elle constate que quelque chose a séché sur le rebord extérieur du lavabo de faïence. Quelque chose qui laisse un dépôt grenat.

Elle permet au faisceau de sa lampe de fendre l'obscurité pour balayer le sol de carrelage blanc, moucheté de taches grosses comme des balles de revolver.

Elle sait ce que ça signifie. Elle voit encore le flamboyant regard bleu de sa mère, lorsqu'elle lui a dit : "Ne reviens pas, Shay. Ne remets plus jamais les pieds ici."

Elle remonte la piste sanglante qui part du bout de ses bottes ; les poches de cinabre brunissant qui souillent l'épaisse moquette blanche s'arrêtent à la porte du garage.

La réalité perd brusquement de sa substance. Ce que l'enfant ne soupçonnait pas, l'adulte en a le cœur net. L'existence de la mort… Shay est en train de fixer ce qu'elle laisse derrière elle.

Elle pousse la porte du garage. Braque le faisceau de la lampe-torche sur les ténèbres glacées de ce cube de béton, où il vient éclairer le capot rutilant de la Le Baron de sa mère.

Émotions de contrebande. Le legs de toutes ces années noires se précisera bien assez tôt, défini par la lumière argentée qui ondoie sur le sol de ciment gris que le sang, jusqu'à la portière du conducteur, a piqueté d'éclaboussures larges comme des pochettes d'allumettes. Nul n'a jamais conduit la voiture de Dee. Personne, excepté Dee elle-même.

Shay a omis de refermer le robinet des toilettes et le son continue de retentir, glaçant et vibrant d'échos, dans un silence total. Ses mains, poisseuses de la paume au bout des doigts, tentent de stabiliser le faisceau de la torche, de braquer plus fermement l'automatique devant elle.

Elle aimerait être débarrassée de la présence étouffante de sa mère, de la haine et de la colère. C'est un fait, aussi douloureux que terrifiant. Une vérité effroyable, entrevue à la faveur de quelques secondes de ténèbres, alors qu'elle progressait dans le noir. À l'instar de l'antique Sisyphe, elle n'a pas la moindre envie de pousser chaque nuit le rocher de sa mère jusqu'au sommet de la montagne, pour retrouver ses hurlements au lever du soleil.

Shay refoule les sentiments que lui inspirent les liens du sang. Elle se persuade que ce sont les chimères d'un fleuve puéril, dans lequel elle s'est si souvent noyée, pour s'élever ensuite de nouveau, tel un fœtus en apesanteur, dans une désespérante atmosphère d'incompréhension et d'irrémédiable solitude.

Quelle que soit la pitié que mérite sa mère, quelles que soient les prières et la mansuétude qui devraient accompagner l'âme humaine dans son dernier voyage – ce périple vers l'autre monde, si tant est qu'il existe –, Shay est tout à fait disposée à les adresser à qui de droit, à condition qu'elle n'ait pas à en payer le prix dans l'immédiat, en la retrouvant en vie.

Elle fait pivoter le faisceau vers la vitre ouverte du conducteur. Un hoquet audible se prend dans le nœud coulant de sa langue. Sa vision se brouille et ses yeux se révulsent. À la vue du siège de cuir strié de sang de la Le Baron, la profonde calamité qui gouverne son existence jaillit en un cri interminable.

51

Burgess Ridden ne rappelle pas Landshark, mais Harold Ridden s'en charge le lendemain. Landshark amortit le choc en utilisant le silence pour seule rhétorique, jusqu'à ce que M. Ridden déclare :

— C'est donc vous qui avez surnommé Belmont le "lycée Fiasco". Je devrais être très fâché contre vous.

— Je n'ai fait que trouver ce sobriquet, monsieur Ridden. Tous ceux qui ont trempé dans ce désastre ont contribué à son nom de baptême. Telle est la triste et criminelle vérité.

Landshark met ostensiblement l'accent sur le terme "criminelle".

— Quand vous avez attiré notre attention sur cette famille de Toluca qui respirait des gaz toxiques montant du sol, en la mentionnant dans votre rubrique, nous avons immédiatement réagi, rétorque M. Ridden. Fait établir un rapport. Pris des mesures. Ce projet est l'exemple même de la façon dont il ne faut surtout pas s'y prendre pour bâtir une école. Nous en sommes conscients. Nous nous efforçons de notre mieux de sortir du trou que nous avons creusé nous-mêmes sous nos pieds.

— On pourrait penser qu'en balançant au rebut cet excédent de bagage qu'on appelle la morale, vous vous étiez facilité l'escalade.

— Cette école, essentielle à l'éducation de nos enfants, a survécu à un nombre incalculable de vagues et hostiles allégations. Ce que vous venez de dire n'est qu'une vague et hostile allégation de plus.

— Pour ce qui concerne l'importance que revêt cette école au regard de l'éducation de nos enfants, vous avez entièrement raison. Elle a surtout le mérite de leur inculquer le sens des responsabilités, en leur enseignant un vocabulaire et une syntaxe, tout aussi cruciaux, inspirés par le plus froid égoïsme.

— J'entends retourner cette déclaration à mon avantage et lui donner le sens d'un compliment, au lieu d'une condamnation implicite.

Et Ridden d'ajouter, d'une voix empreinte d'une tranquille assurance :

— Pour répondre à votre message : aucun document, à ma connaissance, n'a été falsifié. Si vous détenez des informations qui le démentent, j'aimerais assez les entendre ou les voir de mes yeux, afin de prendre des mesures en conséquence. Si vous avez la preuve de ce que vous avancez, publiez-la. D'autant plus si mon fils est impliqué. Et vous pouvez citer mes paroles. Le nom de Ridden est attaché à une existence entièrement consacrée aux plus honorables réalisations. Essayez de démontrer le contraire. Mais s'il ne s'agit que des habituels ragots inconséquents ou des diffamations d'un soi-disant "enquêteur", je vous casserai les reins, et vous pourrez alors prendre toute la mesure du poids des bagages qui accompagnent le mot responsabilité.

— Pour vous citer, donc… Votre fils n'aurait jamais falsifié de documents, dans le seul but de permettre au chantier de Belmont de satisfaire au cahier des charges requis par le gouvernement ou le règlement fédéral ?

— Absolument, réplique Ridden.

Landshark lui laisse le temps de tirer les conclusions de sa dernière déclaration, ou du moins celles qui lui sautent aux yeux. Il entend les poumons du vieil homme s'emplir d'air. Il doit au moins lui accorder ça : Ridden manie aussi bien le secret et la poudre aux yeux que n'importe qui.

— Une dernière question, monsieur Ridden. Pourriez-vous, à tout le moins, m'exposer dans leurs grandes lignes les rapports qu'entretiennent votre fils et une certaine Alicia Alvarez, et me dire si oui ou non il était conscient des liens de celle-ci avec la pègre ?

AYANT réussi à éviter le terrain miné de l'ultime question de Landshark, Ridden, le moral désormais un tantinet ébranlé, fixe le Los Encinos Park par la fenêtre de son bureau.

Combien de fois n'a-t-il pas conduit Burgess dans ce parc où tous les rêves pouvaient éclore ? À l'époque où Encino n'était encore qu'un vestige suranné des années 1940 et 1950 ? Et combien de ces rêves étaient-ils tombés sur un sol stérile, ne laissant à son fils qu'un paysage saccagé ?

Harold Ridden prend brusquement conscience qu'il lui faut désormais se repositionner en fonction de la suite des événements, que la vérité soit ou non chantée sur les toits. Il sait qu'il n'a rien fait de mal, mais se rend compte que les gens, même si leurs pensées tendent à obliquer vers le douteux dénominateur des liens du sang, entendront ses paroles dans la langue des relations humaines. Qu'elle ou lui ont quelque part failli. Qu'une commode critique intellectuelle interdit aux gens de prendre toute la mesure de leur existence. Les enfants, après tout, seront toujours une table rase où les parents graveront leur volonté, qu'il s'agisse des dix commandements ou des dix mille déraisons humaines.

QUELLE que soit la clarté solaire dont on pare le Jardin d'Allah, il reste à jamais l'image de la déchéance du rêve hollywoodien.

Shay gare sa Jeep devant l'entrée. En remontant l'allée, elle a une fugace vue en coupe d'un groupe de types qui, assis à une table au bord de la piscine, répondent aux questions d'un journaliste tout en fixant la caméra de la télévision droit dans l'objectif, pour essayer de s'octroyer quelques secondes de présence à l'antenne.

Au comptoir de la réception, Rog est plié en deux sur un exemplaire du *L. A. Times,* dont un article en première page donne enfin un nom et un visage à la morte du chantier de Belmont. Depuis deux jours, Rog traverse une crise d'angoisse aussi aiguë que fébrile : toutes les cinq minutes, il découvre aux nécrophiles une nouvelle bonne raison de venir lui mettre le grappin dessus dans leurs vêtements de deuil.

Il cherche ses médicaments dans un tiroir, en essayant de se souvenir du nombre de cachets de Valium qu'il s'est enfilés ce matin, quand la porte de la réception s'ouvre à la volée.

Il reconnaît Shay immédiatement. Elle surprend le nerveux va-et-vient de son regard, d'elle au journaliste et à la tribu de mécréants qui entourent la piscine, puis du journaliste à elle. Elle marche droit sur la vitre blindée qui les sépare.

— Vic est là ? demande-t-elle comme s'il était censé le savoir.

Il se gratte la poitrine. Sa chemise hawaïenne tachée de café est ouverte jusqu'à la taille et Shay constate qu'il a besoin d'un urgent étrillage à la brosse dure.

— Vic qui ?

— Celui de la 23.

Il consulte ses fiches d'inscription, tandis que les rouages de son cerveau tentent d'accoucher d'une réponse susceptible d'évacuer au mieux le problème.

— Chambre 23… (Sa voix n'est plus qu'un marmonnement.) À la 23, nous avons un couple de Belize… Mais pas de Vic… Pas de Vic à la 24 non plus… Ni à la 25…

Shay assène un violent coup de poing sur la vitre de séparation et la tête et le cou de Rog reculent en sursautant, loin de l'empreinte charnelle qui ciblait directement le sommet de son occiput.

— Écoute, tête de nœud. Tu sais prendre un message ?

Rog ajuste sur l'arête de son nez ses lunettes amochées, poursuit pendant quelques secondes un indéfinissable monologue intérieur qu'elle entend très distinctement, puis répond :

— Des deux mains. Et en trois langues. Non, quatre, si on compte l'anglais.

UNE table isolée derrière la vitre d'un café, après la tombée de la nuit mais entre deux coups de feu : Shay fixe avec découragement un hamburger purée à peine entamé. Pendant qu'elle s'efforce de se réinventer un personnage aux yeux du monde, Vic se glisse dans le box sans crier gare. Elle relève les yeux et le regarde. Le silence qui accompagne ce jaillissement d'émotions crues non exprimées n'est brisé que par la serveuse, qui s'arrête à leur table et lui demande s'il veut du café.

— J'ai l'impression qu'on a déjà occupé ce box ensemble, déclare Vic dès qu'ils se retrouvent seuls.

— Le déjà-vu n'en fait qu'à sa tête, à ce qu'on dit.

Il scrute la salle, pratiquement déserte mais habitée par la solitude de Neil Young, qui tombe des enceintes murales.

Redoutant ce qui se tapit derrière ce qu'il éprouve, il tripote sa serviette en papier, sa fourchette et son couteau. Quant à Shay – cette énigme aux contours flous assise devant lui –, elle se contente de le regarder organiser puis réorganiser la simple disposition de ses couverts.

— Je ne pensais pas te revoir, fait-il en regardant la table.

— Je n'ai jamais dit qu'on ne se reverrait pas.

— Non. (Ses yeux se relèvent timidement.) Ton message était aussi bref que douloureux.

— J'ai l'impression de m'être échappée dans la nature.

— Pourquoi suis-je ici ?

— Tu m'ôtes le pain de la bouche, déclare-t-elle. C'est pas juste.

La serveuse revient avec le café. Silence concerté jusqu'à son départ, puis Shay reprend :

— Désolée que mon message t'ait paru si bref et douloureux. J'en ai bien écrit un autre, mais… il était long et douloureux, et m'obligeait à trop ressentir les choses, de sorte que j'ai…

Il entend se fêler sa voix et, lorsqu'il essaie de lire en elle pour sonder ses plaies, prend conscience de son extrême pâleur et de son regard noyé d'épuisement.

— Ma mère est morte, chuchote-t-elle.

Il rumine le moment, tel quelque bourreau laconique. Se surprend à fixer le collier du cercueil de Shay, posé sur une plage de T-shirt noir, et regrette simplement que Dieu l'ait floué en le privant de cette singulière expérience.

— J'ai été chez elle, dit Shay en se penchant par-dessus la table pour s'assurer que seul Vic peut l'entendre. La maison était à peu près dans le même état qu'une fosse dans un concert de métal, et sa voiture était encore au garage. Il y avait du sang sur le siège conducteur. Beaucoup de sang, et il y en avait aussi sur le sol. Des sacs-poubelle déchirés, aussi, et les restes d'un rouleau de gros scotch. Qui que ce soit qui ait fait ça, Vic, ils étaient préparés.

Elle regarde par la fenêtre. En imaginant Dee Storey dans une tombe au milieu de nulle part, et tout ce que cette image implique, la gorge de Shay se glace.

*It's better to burn out, than it is to rust…**

Une main vidée de toute énergie esquisse un faible geste vers les haut-parleurs et Shay, d'une voix qui se brise, dit :

— Peut-être que c'est mieux de brûler, plutôt que de…

Juste sous la surface de son visage, les larmes et la fureur se mêlent. Vic, sans rien dire, sort de quoi régler l'addition.

---

* "C'est mieux de brûler que de rouiller…"

Il prend le bras de Shay et doucement, très doucement, la tire vers le haut, elle se lève sous sa volonté, le tout en un seul geste presque fluide. Ils sortent sur le parking, dans l'air frais de la nuit, tandis que la musique s'estompe dans le chuintement feutré d'une porte qui se ferme.

52

LA Jeep de Shay est garée dans le parking, côté Glendale Boulevard. Elle s'assoit sur le pare-chocs avant et enfouit son visage entre ses mains.

— Tu crois que c'est ce… Foreman qui l'a tuée ?

— Peut-être, répond Shay. Elle était censée lui apporter l'argent dès que je lui aurais donné le feu vert. Mais il y avait plein de messages sur son répondeur, chez elle. Je les ai écoutés. Deux étaient de Foreman. Il n'a pas laissé son nom, mais j'ai reconnu sa voix. “Pourquoi n'as-tu pas téléphoné ?” demandait-il. Et : “Comment on va démêler ce sac de nœuds ?”

Vic s'adosse à la Jeep. Il trace de l'index une ligne dans la fine couche de poussière du capot.

— Ils se sont peut-être retrouvés ensuite, et il l'aura tuée. Peut-être a-t-il déjà l'argent et…

Elle secoue la tête avec véhémence :

— Non. J'ai parlé à Burgess. Quand je l'ai appelé pour lui apprendre ce qui était arrivé à ma mère, il était déjà paniqué. Elle ne s'est jamais pointée pour prendre le fric…

Il tente de passer méthodiquement les choses au crible, mais n'y parvient pas. Il jette un coup d'œil vers la rue, où les voitures s'efforcent de brûler le feu, au carrefour de Fletcher et de Glendale.

— Pourquoi Foreman l'aurait-il tuée avant de toucher le fric ?

— Il faudrait que tu connaisses Burgess. Toute sa vie, il a négocié en agitant un drapeau blanc d'une main et en se couvrant les yeux de l'autre. Chaque fois que ma mère respirait, on aurait juré que c'était lui qui s'emplissait les poumons. Elle était le seul obstacle qui empêchait Foreman et les autres de le liquider.

— Ne reste plus que Burgess, dans ce cas.

— Ou son père, ajoute-t-elle. Burgess lui a tout raconté, il y a quelques jours. J'étais sûre qu'il s'apprêtait à quitter le navire, ce rat.

— Son père n'était pas au courant ?

— Juste des pots-de-vin. Mais ils ont toujours mené leurs affaires de cette manière. La mission incombait à Burgess, afin que son père reste dans l'ombre. Conserve un statut plus officiel. Il ne se doutait sûrement pas qu'il existait des documents prouvant que son fils était un faussaire. Ou qu'ils avaient tué la fille. Ou…

Elle s'interrompt. Se frotte les mains. Elle refuse tout bonnement de regarder certaines choses en face. Ou d'en parler.

— Harold Ridden détestait ma mère et elle le lui rendait bien. Si seulement on avait pu enregistrer le flot d'insultes qu'ils se jetaient à la tête dès qu'ils se voyaient…

— Eh bien, quelqu'un ment.

Oh, elle sait bien que quelqu'un ment. Tout le monde ment. Ou presque.

— Les deux derniers jours, fait Shay, j'ai tourné autour d'Echo Park en essayant d'affronter tous ces trucs qui me chamboulaient. J'ai passé pas mal de temps autour d'Echo Park quand j'étais petite. Je me suis brusquement retrouvée en train de fixer des heures durant la ruelle qui court derrière un restaurant mexicain de fruits de mer. J'allais faire les poubelles de ce restaurant quand j'avais douze ans, pour essayer de récupérer de quoi bouffer, parce que ma mère m'avait obligée à me débrouiller toute seule dans la rue pendant une semaine. Une sorte de bannissement, pour punir sa petite Cendrillon de… On s'en tape, de toute façon. Je me suis demandé ce que je foutais là. Étais-je en train de revivre cette époque pour ne pas succomber à une crise de pitié ou de remords, suite à sa mort ? Ou bien parce que je souffrais de ce qu'elle n'avait jamais réellement existé, sauf sous la forme de ce tas de déchets toxiques que j'avais appris à aimer, à chérir et à suivre ?

"Pendant ces deux jours, j'ai vécu de cigarettes, de café, de *roscones* et de *bunuelos.* J'ai même gratté un peu de speed dans son armoire à pharmacie. (Shay fouille dans sa poche et en sort un flacon.) Ma mère était accro au speed. (Elle contemple la petite fiole.) J'en ai pris une et c'est là que cette odieuse révélation m'est tombée dessus. Au coin de Sunset et d'Echo Park, au milieu de toute cette foule qui s'écoulait tout autour. Étais-je vraiment en train d'essayer de la maintenir en vie ? Étais-je à ce point en manque ? Avais-je à ce point besoin de singer son aura particulièrement déjantée, parce que c'était la seule que je connaissais, que je comprenais et avec laquelle je me sentais à l'aise, à ma façon personnelle, terrifiée comme je peux l'être et mal dans mes pompes ? N'étais-je à ce point qu'un portrait inachevé de ma mère ? Je..."

Elle balance violemment le flacon sur la chaussée.

Vic lit à présent sur son visage le reflet de ce qu'a exprimé naguère le sien : cet instant où l'être humain atteint le stade de l'indicible et participe de ce royaume où il est désormais prêt à exercer les pires violences sur sa personne, voire sur autrui.

Il s'assoit à côté d'elle sur le pare-chocs et dit d'une voix très douce :

— Pourquoi m'as-tu demandé de venir ici ?

— Tu veux les documents, non ?

Il s'efforce de se montrer le plus honnête possible :

— Oui. Ça fait effectivement partie de ce que je désire.

— Tu veux qu'ils soient inculpés, non ?

— Oui, ça aussi.

— J'irai trouver Burgess ce soir. Foreman attend toujours le fric, et ma mère et Burgess les documents. Je sais que tu n'es pas tout seul sur ce coup, ajoute-t-elle en attendant sa réponse. Dans le *Times* de ce matin, on ne parlait absolument pas de la fille qui prenait des photos. Rien à propos d'une sacoche, ni d'un quelconque appareil, ni de toutes ces photos. Tu n'es sûrement pas allé trouver la police. Pas plus que ceux qui l'ont engagée ; sinon on serait venu m'interroger sur les raisons de ma présence dans cette chambre de motel. Et quand tu t'es pointé au Nightland, je t'ai tout de suite dit que je ne voulais pas savoir de quoi il retournait. De toute façon, je ne suis pas persuadée que tu me dirais toute la vérité. Je ne m'y attends vraiment pas. Mais je ne crois pas que Foreman te laissera t'en tirer. Pas plus qu'Englund et Pettyjohn ne peuvent se le permettre.

Le faisceau des phares d'une voiture arrivant dans leur direction sature l'espace environnant et les ombres qui cernent les yeux de Shay s'éclaircissent.

— *Requiescat in pace,* laisse-t-elle tomber.

Oui, songe-t-il. Il ressent très profondément ce qu'il lit sur son visage.

— Marchons un peu, propose-t-il.

ILS remontent Glendale dans un déluge de phares qui confère à toute chose un éclat vitreux.

Aucun des deux n'a remarqué que l'enseigne du café qui surplombe de très haut le parking a perdu le I de DIS, ne laissant persister sur fond de ciel nocturne, inscrites en lettres vertes flamboyantes, que les seules initiales de Dee Storey.

Ils passent devant un restaurant, à l'enseigne du Red Lion. C'est une brasserie à la mode européenne, peinte en rouge vif. Ils vont s'asseoir au fond, dans le jardin clos. Vic oblige Shay à manger un morceau. Alors que les tables qui les entourent bruissent de rires et de bavardages, il demande :

— Admettons que tu puisses le faire et t'en tirer… ensuite ?

Elle se sert de sa fourchette comme d'un burin pour graver une stèle.

— Shay Storey… Née en 1974… S'est trouvé en 1998 une nouvelle identité à inscrire sur l'étiquette de ses bagages. Merci, mesdames et messieurs, mais la jeune fille de la maison a mis les voiles…

Il observe ses mouvements par-delà la flamme de la bougie et, en l'écoutant parler à la faveur de ces lumières rhénanes, croit s'entendre hurler lui-même sur la terrasse de Landshark balayée par la pluie, lors de cette première nuit de larmes : "Je veux qu'on me rende ma vie. Désespérément."

Les raisons qui s'opposent à ce qu'il prenne cette décision sont aussi substantielles que définitives, mais le regard de Shay, fixe et indéchiffrable, et ses propres tripes à la retourne l'invitent à ne pas s'y plier ; il le lui signifie d'un geste, en posant la main sur son avant-bras, qu'il serre à le broyer.

Elle pose les yeux sur cette main et ce bras qui croise le sien. Les cicatrices qui le zèbrent évoquent les lignes de soudure d'une plaque d'acier.

— Moi aussi, j'étais dans ma phase scarification, à l'époque, laisse-t-elle tomber.

Puis elle ajoute sur le ton de mise en garde :

— J'espère que ce n'est pas le cas aujourd'hui.

53

Shay appuie sur le bouton de l'interphone et Vic recule vers la chaussée pour contempler le blanc édifice maya, trônant sur son autel à flanc de colline, en se demandant quelle part de ses propres souffrances a contribué à financer l'élégant monument que Burgess Ridden appelle sa demeure.

— Qui est-ce ? demande une voix.

— Shay.

Une sonnerie sourde et ils entrent. Ils gravissent un escalier blanc et brun jusqu'à l'endroit où Burgess se profile dans la lumière tamisée. Il constate que Shay n'est pas seule et l'attire fébrilement à part lorsqu'elle arrive sur le palier.

— Qui est-ce ?

— C'est Vic. Il va me rendre un petit service et veiller à ce qu'il ne m'arrive pas la même chose qu'à ma mère.

Burgess inspecte le visage buriné et mal rasé.

— Pourquoi ne le ferais-tu pas attendre dans la bibliothèque pendant que nous parlons ?

Shay conduit Vic dans une pièce un peu en retrait de l'atrium, tapissée de papier mural en soie de Chine et éclairée par des appliques ornementales.

Vic jette un regard à Burgess par la porte ouverte.

— Il est encore plus minable que je ne m'y attendais.

— Laisse-lui le temps et il se rabougrira encore.

Dès qu'ils se retrouvent seuls dans une pièce qui donne sur un jardin artistiquement meublé, Burgess se tourne vers

Shay et la serre contre lui. Son geste est aussi brusque et maladroit que celui d'un enfant.

— Je n'arrive pas à croire que Dee soit morte, lui murmure-t-il à l'oreille, d'une voix vibrant de tout le poids des récents événements. Je n'arrive pas à croire que ta mère…

Elle observe un silence mesuré et, si humain et affligé qu'il puisse paraître, elle a gaspillé à son service tant de pleines poignées de son existence qu'elle ne peut que desserrer l'étau de ses bras, en dissimulant de son mieux sa répugnance.

— Il n'y a plus que toi et moi, maintenant, supplie-t-il. De mille et une façons.

Elle pourrait compter ces façons sur un seul doigt de la main, mais préfère ne pas se laisser prendre à cette image et l'amadouer d'un :

— Faut qu'on veille l'un sur l'autre.

La pièce était naguère équipée d'une table de billard et d'une machine à sous fauchées par Dee dans un club de Tahoe, mais elle offre aujourd'hui l'aspect austère et monacal qui sied au bureau d'un arriviste ambitieux.

Burgess se dirige vers sa table de travail. Il farfouille dans un tiroir.

— Foreman m'a appelé juste après, voyant que Dee ne se montrait pas, et il râlait méchamment, persuadé qu'elle avait filé avec le fric et nous avait tous entubés.

Il ne trouve visiblement pas ce qu'il cherche et son exaspération semble croître à chaque seconde.

— Il jure ses grands dieux que ce n'est pas lui qui l'a tuée.

Il referme violemment le tiroir et passe au suivant. Demande :

— D'où sort-il ?

— Il t'a raconté qu'il avait essayé de me tuer ?

— Je carbure depuis trois jours au Valium et je ne me souviens plus où je l'ai fourré.

— Il te l'a dit ?

— Ouais, et il est paniqué. Il a déguerpi avec Alicia de leur planque de Chatsworth, pour que tu ne les retrouves pas.

Elle ouvre le cercueil fétiche et dit :

— Inutile de les chercher pour les trouver.

Burgess inspecte tiroir après tiroir, de sorte qu'il ne saisit pas l'allusion.

— Ça ferait l'affaire, ça ?

Il relève les yeux. Elle tient entre les doigts un joint d'une taille appréciable, soigneusement tassé.

— J'ai juste besoin de me calmer un peu, c'est tout, déclare-t-il en contournant le bureau.

Elle allume le joint et le plante entre les lèvres de Burgess.

— On ne va ni paniquer ni s'arrêter de gamberger, affirme-t-elle. Foreman veut toujours palper son fric, non ?

Burgess conserve la fumée au fond de son estomac jusqu'à ce qu'un réflexe le contraigne à l'expulser.

— Il a dit qu'on devait se tenir prêt pour demain ou après-demain. Qu'il rappellerait pour fixer le lieu et l'heure du rendez-vous. Et tu sais qui devra se charger de la livraison ? Ton pauvre taré d'humble serviteur. Et ce n'est pas tout. Jette un œil sur la coupure de presse du *New Weekly* posée sur mon bureau. Vas-y.

Elle traverse la pièce.

— On pourrait aussi bien reconstruire le Colisée autour de moi, puisqu'on va me jeter aux lions.

Un article d'une page occupe le sommet d'une pile de contrats inachevés. La manchette lui saute aux yeux au premier coup d'œil : "L.A., cette grande île". Et juste à côté, à la place de l'habituelle photo de l'auteur, un angelot contemple la ville en pleurant.

— Ce type a appelé pour me parler, mais mon père s'est occupé de lui. Il a dit qu'il détenait des informations prouvant que j'avais falsifié certains documents relatifs à Belmont. Il a posé des questions sur mes relations avec Alicia Alvarez et demandé si je connaissais ses liens avec la pègre. On est en train de partir en brioche, Shay.

Burgess se tient près de la porte ouverte du jardin et sent monter la première vague d'une copieuse défonce. Il ferme les yeux; des parfums saturent l'air nocturne.

— J'ai demandé à la paysagiste de reproduire ici ce qu'elle avait planté autour du patio de Dee. Pour te dire à quel point j'étais accro à elle.

Shay replie la coupure de presse en un carré de plus en plus petit, jusqu'à ce qu'elle se glisse sans dépasser dans sa poche.

— Et mon père… (Burgess se retourne et ouvre les yeux.) Il me force à établir une piste de paperasses qui remonte jusqu'à ce fric, comme si j'avais été impliqué depuis longtemps.

Shay fait quelques pas en avant et lui agrippe le bras.

— Ils savent nous manœuvrer pour obtenir ce qu'ils veulent, hein?

Ses yeux rouges et voilés clignent légèrement pour signifier sa totale adhésion, pendant qu'elle le fait asseoir sur un fauteuil Shaker.

— Ouais… ouais. Sauf que tu encaisses mieux que moi.

Elle s'agenouille devant lui. Pose la main sur ses cuisses.

— On a plus que jamais besoin l'un de l'autre.

Il passe sa main ouverte dans les cheveux de Shay puis caresse la douce texture de sa joue. Trouve la clavicule, et elle sent palpiter sur son sternum le sang qui bat dans ses doigts. Il n'a guère changé depuis l'époque de ses quinze ans, quand il la faisait fumer en l'absence de Dee pour essayer de la tripoter en douce.

— J'ai l'impression que l'un de nous deux doit crever: le monde ou moi.

Elle se lève. Elle le toise à présent, les yeux dans les yeux.

— Tu ne vas pas me faire le coup du défaitisme, d'accord? On va régler ce problème. Tu vas dire à Foreman que tu lui livreras toi-même le fric, mais que je veux d'abord voir les papiers, comme la première fois. Et que toute la manœuvre a intérêt à être aussi peinarde qu'une visite au supermarché.

Burgess donne l'impression de n'être brusquement sorti d'un coma prolongé que pour être aussitôt mêlé à un violent affrontement.

— Il ne marchera pas.

— Eh… Oh ! Harnache-toi un peu la bite, Burgess. Va lui dire ! Persuade-le ! Ordonne. Si tu y vas seul, il prendra le fric et gardera les papiers… Et après ? Il pourrait essayer de te…

Même le fameux cerf épinglé par le pinceau des phares se rebifferait plus violemment que Burgess. Puis ce bloc d'inertie à demi défoncé déclare :

— J'suis qu'une pisseuse, d'accord. Comme disait Dee, j'suis qu'une pisseuse.

— J'ai vu la voiture de ton père garée en bas. Il est quelque part dans la maison, non ?

— Dans la salle vidéo.

Elle pivote sur les talons de ses bottes.

— Ne gaspille pas ta salive, Shay. Il refusera de te parler.

Harold Ridden se lève à l'entrée de Shay dans la salle de projection.

— On a à parler, fait Shay.

Il l'ignore et sort, sans mot dire, au moment précis où apparaît son fils. Shay poursuit le vieil homme dans le long corridor blanc, passe en s'époumonant devant des pièces peintes dans des tons délicats.

— Vic… Vic !

Tous quatre convergent vers l'atrium. Les projecteurs posés au sol derrière les plantes repeignent le plafond d'une jungle d'ombres inextricables. L'espace d'un instant, pendant que Harold Ridden essaie de comprendre ce que fait dans la maison de son fils ce hors-la-loi au physique brutal, la pièce évoque une silencieuse salle de musée.

— Vic... M. Ridden s'imagine qu'il peut refuser de me parler.

Faisant fi de l'évidence, Harold Ridden se dirige vers l'escalier, mais pour tomber sur Vic, qui lui bloque le passage de sa masse.

— Vous pouvez soit créer un problème, soit en résoudre un. C'est la seule alternative.

Puis, avant que Burgess puisse faire semblant d'avoir une quelconque réaction, Vic ajoute à son intention :

— Et toi, au moindre geste, je t'allonge.

La lune flotte à la surface de la piscine, qui reflète la lumière de la salle vidéo dont émerge Harold Ridden, Shay sur les talons.

— Je sais combien vous détestez ma mère.

— Si je pouvais envoyer au diable une carte de remerciement, je n'y manquerais pas.

— Oh, je suis bien persuadée qu'il y a eu une ruée sur les boutiques qui en vendent.

Harold Ridden croise les mains derrière le dos et observe un silence austère et renfrogné, pour inciter Shay à cracher le morceau et en finir avec elle.

— Quand Charlie Foreman vous appellera pour fixer le lieu et la date du rendez-vous, vous lui direz que je passerai au préalable afin de voir les documents, et que je ne donnerai qu'ensuite à Burgess le feu vert pour la livraison.

Harold Ridden lui tourne le dos et entreprend de longer un des côtés de la piscine.

— Charlie refusera, poursuit-elle. Il jouera les gros bras, mais vous lui répondrez que c'est le seul moyen, que vous en avez décidé ainsi.

Harold Ridden s'engouffre dans une flaque de lumière bleutée réfléchie par la piscine, et son visage se met à onduler et à ondoyer ; il continue d'avancer.

— Vous lui direz qu'il n'est pas question que vous risquiez la vie de votre fils après ce qui s'est passé, et que vous me payez pour que je règle ça. Que vous ne voulez pas de problèmes et que je ne lui en créerai pas de mon côté.

Il continue de progresser, en laissant courir de temps en temps ses doigts sur les bougainvillées qui festonnent de pastel les murs de la cour. Il émane de lui de sombres vibrations patriciennes. Une expression tout à la fois blasée et concentrée. *Allez, vas-y, fonce.*

— Peu importe où vous irez, monsieur Ridden. Il faudra bien que vous reveniez sur vos pas pour me répondre.

Il poursuit sur sa lancée.

— Charlie jure ses grands dieux qu'il n'a pas tué ma mère, à ce qu'on me dit. Soit c'est un menteur puant, soit une tierce personne a joué de bonheur. Vous ne chercheriez pas à semer la zizanie, au moins, monsieur Ridden ?

Il pile net. Mais son regard froid et cauteleux demeure indéchiffrable.

— Je n'ai nullement l'intention de court-circuiter votre pacemaker, d'accord ? Donc détendez-vous. J'ai la tête largement assez farcie d'idées de vengeance.

Elle fait quelques pas vers l'endroit où il est planté, au bord de la piscine… Si seulement il pouvait distinguer son visage à travers ce treillis d'ombres serrées. Assez près pour que la froide férocité des paroles qu'elle s'apprête à prononcer lui semble aussi limpide que cette lune pâle qui flotte à la surface.

— Si vous refusez de faire ce que je vous demande… Si, pour une raison quelconque, vous faites capoter mon plan… Si vous promettez de vous y plier uniquement pour vous débarrasser de moi… Eh bien… Un de ces quatre, quand vous aurez réintégré l'existence dorée que vous vous êtes bâtie à Studio City, un léger bruit vous tirera d'une douce sieste. Vous essaierez de tourner la tête pour découvrir ce qui l'a provoqué et vous vous rendrez compte que vous avez la gorge tranchée.

Le petit trou noir de ses pupilles scintille brièvement et Shay comprend que cette partie de lui qui doit absolument entendre ce qu'elle cherche à lui dire… a effectivement entendu.

— Oh oui, monsieur Ridden. Je suis une Storey. Mais le tout dernier modèle.

54

Père et fils. Deux silhouettes derrière une vitre. Regardant s'éloigner Vic et Shay ; il ne reste bientôt plus pour refléter leurs traits que les ombres moites d'une rue ténébreuse.

— Elle m'a demandé si j'avais tué sa mère, fait Harold Ridden.

Burgess, comme en lévitation derrière la vitre, se garde bien de le menacer d'une question ou d'un simple regard. Mais Harold Ridden prend conscience que la magie noire de la vie… non pas le temps qui passe, ni même l'hérédité… accentue de plus en plus leur ressemblance.

— Si ça ne marche pas, Burgess, tu ferais pas mal de laisser une foutue lettre de suicide.

Landshark s'inflige encore cinq cents mètres d'angoisse. Il s'éloigne suffisamment sur Mount Washington Drive pour contempler le canyon béant et voir sa forteresse de quatre étages se détacher sur fond de ciel. Autre première, dans le marécage du temps. Il s'assoit sur la rambarde qui borde le ravin et ses mocassins italiens, singulièrement déplacés en ce lieu, effleurent les mauvaises herbes et les tessons de bouteilles.

Ses entrailles ne sont qu'une malédiction amère et lui font l'effet d'un ballon qui, uniquement relié à la terre par un fil ténu, pourrait à tout instant se détacher, s'égarer ou… (une émotion éphémère l'étreint et tout son corps se raidit) se libérer. Oui, se libérer. Et, brusquement, cette idée ne lui semble pas moins effrayante que celle du piège. Qu'adviendra-t-il alors de sa vie ?

Au bout d'une heure, sa peur quasiment vaincue se réduit à une rigide inertie. Cette silhouette à peine ébauchée, qui n'est déjà plus l'homme qu'il a été, n'est pas encore assez honnête envers elle-même pour confier celui qu'il devrait être à l'Adam qui l'habite.

Il en est encore à affronter, figé dans un temps en suspension, l'effroyable symétrie de ce débat cornélien, lorsqu'il perçoit des bruits de pas éloignés. Il se retourne et Vic émerge de l'ombre oblique.

— Terry m'a dit que je vous trouverais quelque part sur la route…

— Quelque part… Comment ça s'est réglé ?

Vic balance l'une après l'autre ses jambes par-dessus la rambarde et s'assoit à côté de Landshark.

— Ça pourrait se faire demain.

— Si vite ? On sait où ?

— C'est le point noir. (Vic se penche et ramasse une petite poignée de cailloux.) Foreman a dit qu'il appellerait demain après-midi. Pour nous fixer l'heure du rendez-vous. Burgess se tiendra prêt avec l'argent. Et Shay ira d'abord jeter un coup d'œil sur les documents. Je l'accompagnerai. Une fois cette tâche remplie, le coup de fil suivant de Foreman nous donnera le feu vert. Shay et moi serons dans une première voiture et Burgess nous suivra dans une autre. Foreman nous a prévenus qu'il nous promènerait un peu. Il est très méfiant et n'a pas cherché à le cacher. Au cas où quelqu'un aurait de petites représailles derrière la tête. Arrivés au point de rendez-vous, nous entrerons les premiers. Ensuite, nous ferons venir Burgess.

Vic prend l'un des cailloux et le balance dans les ténèbres venteuses. L'air est glacé.

— Comment s'y préparer ? questionne Landshark. Le plan, au départ, c'était que Terry et Freek trouvent le moyen d'embarquer Burgess ensuite. À condition toutefois de savoir où ça se passe.

Vic projette une autre pierre dans la gueule charbonneuse du canyon.

— J'ai pas la moindre foutue réponse à cette question.

Vic agite les cailloux comme des dés.

— La fille pourra vous aider ? demande Landshark.

— Shay retourne ce soir chez sa mère. Dans la mesure où celle-ci devait rencontrer Foreman, on s'est dit qu'elle avait peut-être noté quelque part le lieu de leur rendez-vous. Une adresse, un numéro de téléphone, n'importe quoi.

— Quelles sont les chances pour que Foreman choisisse le même endroit ?

Pour toute réponse, Vic pousse un soupir de dépit et projette une autre pierre dans le canyon. Puis il plonge la main dans sa poche de chemise. Landshark le regarde déplier une page du *New Weekly*.

— Cadeau de Shay Storey. Elle m'a dit qu'elle l'avait trouvée sur le bureau de Burgess Ridden.

Landshark voit dans quelles limites Burgess Ridden a circonscrit sa longue diatribe, juste avant qu'elle ne prenne un tour diffamatoire.

— Elle vous a donné ça ?

— En ajoutant : "Tu es peut-être déjà au courant."

— Que lui avez-vous répondu ?

— À en juger par son ton, elle n'attendait pas de réponse.

Vic se lève et entreprend de faire les cent pas. Crissements de verre brisé sous ses bottes. Il secoue plus férocement encore les cailloux dans sa main.

— Je n'aime pas la tournure que ça prend.

— Que va-t-il arriver à la fille ?

— Que va-t-il m'arriver à moi ? Et à Terry ? À vous ? À Burgess Ridden ? Je suis brusquement devenu le prophète de Mount Washington, ou quoi ? Il ne s'agit pas d'un exercice programmé. Si jamais ça dégénère, ça va mitrailler à bout portant. Ce sera effroyable. À blêmir. De la pure démence en temps réel. Et vous risquez de ne récupérer, en guise de documents et de pièces à conviction, qu'un charmant petit boisseau d'étiquettes de la morgue, où les noms de vos amis n'auront guère plus de signification que ceux de vos ennemis.

Là-dessus, Vic se détourne à moitié et balance ses cailloux, qui fendent l'air comme de la mitraille.

De petites gouttes de sueur perlent à son front. Des taches s'élargissent à ses aisselles. Il contemple Mount Washington en contrebas, où des faisceaux de phares maraudent, remontant lentement les virages d'une route boisée. Se peut-il vraiment que quelques semaines à peine se soient écoulées depuis qu'il a grimpé pour la toute première fois cette côte, et rendu visite à Landshark ?

— Avant, je croyais qu'on ne pouvait pas être plus en sécurité que dans la carcasse de tôle d'une voiture de patrouille. (Vic pointe cette monstruosité qu'est la demeure de Landshark, de l'autre côté du canyon.) Si rien d'autre ne vous permet de souffler, cette baraque devrait faire l'affaire.

— Je suis assis depuis une heure sur cette immonde rambarde, à regarder les herbes humides de Californie abîmer mes jolies chaussures, à contempler le mausolée de maître William et à comprendre que…

Landshark s'arrête net. Il est conscient que Vic attend qu'il termine sa phrase mais il n'en trouve pas le courage. Ne parvient pas à regarder la réalité en face. N'arrive pas à atteindre le degré d'honnêteté requis pour se rétablir. De sorte qu'il tergiverse, repousse à plus tard l'instant décisif et demande :

— Il s'agit de la fille, n'est-ce pas ?

Vic s'accroupit.

— Dites-le.

— Il s'agit effectivement de Shay Storey.

— Il faudra bien qu'au final vous sachiez qui elle est. Ce qui signifie qu'elle saura qui vous êtes. Et alors, vous serez confronté à ce que vous allez faire, et à qui vous deviendrez après l'avoir fait.

Vic gratte le sol du bout des doigts, comme si la seule réponse à cette question était l'ensevelissement sous un linceul de terre. Les phares qu'il a aperçus un peu plus tôt en contrebas abordent le virage et se rapprochent. Les deux hommes doivent cligner des yeux pour n'être pas éblouis.

— Vous êtes-vous déjà montré totalement sincère envers quelqu'un ? demande Vic.

— Quand j'ai eu le courage de me regarder en face, voulez-vous dire ? Et à quel prix peu enviable ?

— Oui.

— William Worth n'a jamais été très sincère, répond Landshark. Mais Landshark s'efforce de… si je puis dire… de sortir de ce placard. Je suis un phobique, c'est sûr. Un maestro du mensonge. D'un mensonge forgé pour survivre. Nécessaire à ma survie. Un mensonge qui me permet de ne pas regarder le mensonge en face. Du genre de mensonge qu'on fait parce que c'est plus confortable, même si ça n'est confortable que dans cette étroite sphère dont on se persuade qu'elle est une certaine forme de vérité. Les phobiques apprennent à détourner le mensonge à leur avantage. À s'en repaître et à l'exploiter, même lorsqu'ils en ont le plus honte. C'est d'ailleurs dans ces moments-là qu'ils mentent le mieux. Qu'ils deviennent de si excellents menteurs que les gens de leur entourage ne peuvent concevoir qu'ils mentent. Les phobiques déploient une volonté autonome, une force brute qui les agresse atrocement. Le vieux coup tordu du "pourquoi moi ?". Encore un mensonge, mais idéal par un après-midi d'autoapitoiement, et rapidement oublié. Tous mensonges, bien sûr, qu'un phobique tel que moi partage avec le pékin moyen, le quidam ordinaire élevé en serre, le premier connard venu nanti d'un sourire à la Bart Simpson et d'un panier-repas, dès qu'il tente de s'arracher à la gueule du monde. Le mensonge considéré comme un smoking, comme je dis souvent. Qui vous habille dans toutes les circonstances, depuis un pas de danse sur la musique de Cole Porter jusqu'à une fracture du col du fémur.

Landshark ouvre ses mains immenses. Elles sont à la fois grandes et délicates et semblent assez douces pour vous persuader que tout sentiment confié à leur garde y serait en sécurité.

— Savez-vous comment le poison s'infiltre dans le sol, Vic ? Il naît dans nos cœurs et nous remonte dans la gorge, où nous lui donnons voix par nos actes ou notre refus d'agir.

Landshark croise les doigts et leur imprime la forme d'une pointe de flèche, braquée directement sur la poitrine de Vic.

— Si jamais vous deviez découvrir qu'il s'agit bien d'elle... avez-vous l'intention de la dénoncer ? De la tuer ? Réussirez-vous à le faire ? Et si elle le découvrait en premier, serait-elle capable de vous tuer ? Sera-t-elle contrainte de le faire ? Ces deux éventualités vous importent-elles un tant soit peu... à l'un ou à l'autre ?

Landshark presse l'arête de la flèche contre celle de son nez. L'extrémité de ses doigts effleure son front. Il ferme les yeux. L'espace d'un instant, il refoule soupirs et aigreurs.

Vic se lève.

— J'ai suggéré un peu plus tôt à Terry qu'il faudrait que vous grimpiez dans la voiture avec lui quand nous partirons, si nous devons jeter un coup d'œil sur ces documents.

Landshark relève violemment la tête. Sa bouche bée d'incrédulité.

— Vous venez avec nous dans les montagnes ou rien ne se fait. Burgess partira de son côté.

Landshark se redresse de toute sa taille. Terrifié, désemparé, courroucé.

— Vous ne feriez pas ça.

Vic balance une jambe, puis l'autre, par-dessus la rambarde.

— Vous ne feriez pas ça, répète Landshark.

— Essayez simplement de vous imaginer installé au Sunshine Hotel... et le tour est joué.

55

Sous le couvert des ombres de la nuit, Shay retourne chez Dee en empruntant le sentier des anciens jardins qui court à flanc de colline quand soudain elle voit, à travers la broussaille touffue des chardons, une silhouette noire et discrète passer devant la fenêtre du premier. Celle, spectrale, d'un homme vêtu d'un blouson de motard et dont les cheveux blancs sont coupés très court.

Shay se cantonne au ras du sol et, sous le clair de lune d'un bleu laiteux, scrute chaque carreau obscur. Il ne peut s'agir de Pettyjohn ni d'Englund. Le vieux type de Black Mountain… l'oncle de Travis… Avait-il les cheveux blancs ? Rien ne bouge derrière les carreaux, sinon les nuages chassés du désert par le vent. Foreman ? Quand as-tu vu ce paquet de linge sale pour la dernière fois ? Il avait les cheveux gris, à l'époque. Et coupés très court. Oui, c'est ça.

Shay dégaine son Guardian. Elle se faufile comme un lézard à travers un ténébreux carré de broussaille et contourne la maison jusqu'au garage. Elle compte entrer par cette porte, de manière à n'être pas obligée de traverser le séjour éclairé par la lune pour atteindre l'escalier.

Une porte s'entrouvre, si silencieusement que les bruits nocturnes, tout autour d'elle, ne sont même pas perturbés. Le bruissement d'abeilles des plantes n'est pas interrompu une seule fois par un grincement de gonds ou le claquement d'une poignée qu'on relâche. La porte estompe en se refermant les contours de sa silhouette et Shay se retrouve seule au beau milieu du garage. Seule avec, devant les yeux, le théâtre du meurtre de sa mère.

Elle traverse le sol glacé de béton en s'efforçant d'éviter la traînée sanglante laissée par Dee. Bruits de pas aussi légers que flocons de neige pour contourner l'avant de la Chrysler. Il fait trop sombre pour distinguer le siège avant à travers le pare-brise, mais elle le voit malgré tout. Elle est comme menottée à lui par droit de naissance.

Elle s'arrête. Cligne des paupières en un lent mouvement semblable au goutte-à-goutte du sang. La porte du garage n'est plus telle qu'elle l'a laissée. Le noir intervalle qui la sépare du mur s'entrebâille à présent d'environ soixante centimètres.

Elle scrute le silence, les yeux plissés, à chaque pas prudent qui la rapproche du rectangle de noirceur qu'elle va devoir franchir. Ses pieds négocient l'unique marche de ciment du seuil comme s'ils lisaient du braille. Elle pointe la tête par l'ouverture. Le long entonnoir du couloir débouche sur le séjour. Si quelqu'un s'avise de traverser cette nature morte au clair de lune, elle le verra la première.

Mais pourquoi sont-ils revenus ? Que veulent-ils ? Qu'est-ce qui peut bien les tracasser ?

Shay passe devant la porte sans l'effleurer. Elle entreprend de remonter le couloir resserré, le revolver à bout de bras. Aussi étroitement plaquée au mur qu'un châssis de fenêtre, en tenant le Guardian à hauteur de la poitrine, prêt à faire feu.

Une fulgurance la traverse au moment de passer devant le bar. Elle se revoit en train de laisser tomber dans la main de Burgess les possessions de la fille morte, ce dernier soir, quand ils étaient tous réunis dans le séjour. Lui injecter une dose de haineuse réalité. Eh bien, on lui a tout refourgué dans les pognes, aujourd'hui. Une mort après l'autr…

Un coup violent la frappe au milieu du dos. L'unique tresse qui pend le long de sa tempe est tirée en arrière et sa tête pivote au bout de son cou. La panique s'empare d'elle, tandis que la manche d'un blouson de cuir se referme sur sa gorge.

— Shay…

Elle trébuche en arrière; on l'oblige à se retourner.

— Pose ce putain de flingue…

Shay heurte le bar. Des bouteilles s'entrechoquent.

— Shay…

Shay entrevoit fugacement un visage par-dessus son épaule. Les yeux furieux de sa mère, couleur d'allumette calcinée. Elle vacille en arrière, se cogne contre le mur. Son coccyx poignarde rudement le plancher. La sombre et menaçante silhouette qu'elle a aperçue à travers la fenêtre l'agrippe.

Les cheveux de Dee sont coupés ras, et décolorés au point d'être blanc Croix-Rouge. Son teint d'accro au speed donne l'impression d'avoir été repeint à l'acrylique jaune fluo.

Dee empoigne le visage blême et pâmé de sa fille. Cette perversion de la femme qu'elle a été dit:

— J'étais sûre que ça marcherait, putain de merde.

Privée des cheveux qui adoucissaient ses pommettes, ses mâchoires et son cou, Dee n'est plus qu'un visage nu, et rien ne dissimule plus le fatras de ses appétits féroces. Ce qu'elle a commémoré par ses gestes et ses paroles apparaît désormais très nettement, parfaitement appréciable.

— Le sang dans la voiture…

— Je vais leur donner une foutue leçon à tous. Une leçon que je viens tout juste d'apprendre. (Elle arrache le Guardian de la main de sa fille.) Et puisque tu as été assez stupide pour revenir, alors que je te l'avais interdit, tu y auras droit aussi.

Son visage émerge de l'ombre et se rapproche de celui de sa fille unique; avec ces saillies osseuses, aux arêtes tranchantes soulignées de cernes par la pénombre, Dee Storey a tout l'air d'un diable à ressort peint à la main, jailli du livre des heures.

— Et tu sais ce que c'est, cette leçon, ma petite loqueteuse? (Sa voix est vipérine.) Méfiez-vous des morts.

QUATRIÈME PARTIE

L'ultimatum

56

— VIRE ton putain de cul de là et ne touche pas à la lumière. (Dee se retourne et tâtonne dans le noir le long du bar. Elle se sert un verre de la première bouteille d'alcool qui lui tombe sous la main.) Tu voulais en finir avec tout ça… j'ai pris des dispositions. Je t'ai donné de l'argent. Je t'ai dégotté une nouvelle identité. Et qu'est-ce que tu fiches ? (Elle pince les lèvres et pousse un sifflement entre ses dents passées à la Javel.) Tu déboules de nouveau comme une conne.

La silhouette cassée de Shay se redresse en s'appuyant au mur. Elle désigne le garage.

— Le sang. (Sa voix part dans tous les sens.) À qui appartient-il ?…

Dee soulève péniblement le bras gauche.

— B négatif. Direct de l'artère principale. (Elle baisse le bras.) M'envoyer tous ces petits shoots de xylocaïne, c'était pas du tout cuit. La majeure partie de mon bras est désensibilisée, mais par endroits… (Elle tend le verre à Shay.) Bois un coup.

Shay fixe le bras de sa mère derrière le verre. Et l'on viendra vous parler après de blessures auto-infligées !

— Shay, tu te souviens de cette dernière soirée sur Laguna Avenue, quand on s'apprêtait à partir dans le désert ? Que je t'ai dit qu'il ne suffisait pas de tuer quelqu'un ? Que ce n'était même pas le plus difficile, à côté du ménage qu'on doit se coltiner après coup. Des détails. Que c'était ça l'essentiel. Que ça faisait toute la différence entre l'impunité et la chute ?

Shay la coupe :

— Je m'en souviens très bien. Je porte la merde que tu vomis sur moi comme les victimes des camps de concentration portent leur numéro de matricule.

— Eh bien, ça fait justement partie de l'après. Telle que tu me vois, j'essaie de mon mieux de nettoyer ce bordel. Et tu es revenue, donc maintenant, te voilà toi aussi dans le coup.

— Je devrais avoir peur de toi ? C'est ce que tu essaies de me dire ?

— Je crois que tu hésites quelque part entre la mort et la survie. Bois ton coup, maintenant. Parce que tu m'as l'air salement déglinguée.

Shay prend le verre et en boit une gorgée.

— J'ai horreur du gin.

— Pourquoi, Shay ? Pourquoi es-tu revenue ?

— Peut-être que je n'apprécie pas que tes amis essaient de me baiser.

— Mes amis. On va commencer à échanger des fions, ça y est ? Je n'ai pas d'amis. Je n'en ai jamais eu. Je n'avais que toi, rappelle-toi.

Dee essaie de boire une autre gorgée, mais son bras amoché tressaille légèrement.

— C'est encore une de tes manœuvres ? demande Shay. Une de celles contre lesquelles tu m'as mise en garde ? C'est ça ? Un autre petit tour de ta danse de Saint-Guy ?

— Quelle manœuvre ? Je t'avais demandé de ne jamais revenir. Ne me reproche pas de t'être fourrée toute seule dans la gueule du loup.

Dee harponne son bras gauche et entreprend de remonter le couloir. Elle veut laisser mariner sa fille un bon moment, à ruminer ses dernières déclarations. Elle essaie péniblement de montrer du doigt les toilettes, près de la porte du garage.

— Je me suis dit qu'en laissant couler l'eau, ça ajouterait une petite touche pas cochonne à la mise en scène. Un peu comme si quelqu'un avait essayé de remettre de l'ordre et oublié de refermer le robinet dans son affolement. (Dee se laisse glisser au sol. S'adosse au mur.) Tu as vu Burgess ?

— Oui.

— Il t'a dit qu'il était passé ?

— Il a prétendu le contraire.

Dee secoue la tête.

— Ton prénom et le mot "bête" comptent le même nombre de lettres. Il est repassé dès qu'il a appris que je ne m'étais pas pointée au rendez-vous avec Foreman. J'espère simplement qu'il aura télescopé le facteur dans l'allée. J'ai l'impression que mes points de suture ont sauté. Aide-moi à enlever ma veste.

Shay ne fait pas un geste pour l'aider.

— Je ne comprends pas pourquoi tu fais tout ça.

Dee ouvre la veste et dégage son bras de la manche d'un coup d'épaule coulé, assez vif pour lui permettre de se débarrasser du vêtement.

— J'ai fait poser des micros sur la ligne privée de Burgess, il y a un paquet de temps. Ainsi que sur celles de son bureau et de ce cher Harold. Pour celle-là, ça n'a pas été de la tarte.

Elle niche son bras dans son giron.

— L'autre soir, quand tu m'as dit que j'avais intérêt à bercer de nouveaux rêves parce que j'allais probablement passer de sales moments… je t'ai entendue. Et tu avais raison.

Le bras de Dee est bandé du poignet à l'épaule. Des taches de sang toutes fraîches maculent la gaze blanche.

— Burgess est allé pleurer chez son père le lendemain. Ce cher Harold s'apprêtait à nous faire passer un mauvais quart d'heure. Pas seulement à moi. À moi et à toi. Il a même suggéré à Burgess d'aller débattre avec Charlie de leur "problème commun".

Shay se dirige vers sa mère et le mur, auquel elle s'adosse.

— Ça se barrait en couilles, Shay. Depuis que les deux autres bouffons et ce taré se sont fait photographier en ville. J'ai essayé de mon mieux de limiter les dégâts, mais c'était foutu.

— Tu parles d'une "mémoire sélective". Tu es une dingue, tu sais ça ? Ça se barre en couilles depuis le jour où tu as pris ta première respiration.

Dee lui décoche un coup de pied qui la frappe au tibia. Avec le même bruit qu'un marteau s'abattant sur un bardeau. Mais Shay ne s'effondre pas. Elle riposte d'un coup de pompe, qui cueille Dee à son mauvais bras. Le coup porte méchamment et Dee pousse un hurlement. Elle replie le bras en écharpe et son masque de tête de mort s'affaisse, ébauchant une grimace. Sa gorge se fait aussi étroite qu'une pipette et elle suffoque, mais s'efforce de parler en même temps.

— Pas… commode… de suturer soi-même… son bras. Parce qu'on… ne peut… se servir… que d'une seule main… J'avais pas… pensé à ça. J'aurais dû… me couper à la cuisse. (Son corps émacié nourri de strychnine se redresse, anguleux. Un arpège de lentes, très lentes inspirations. Le sommet de ce crâne blanchi au péroxyde chasse la douleur d'un soubresaut.) Fallait pas que je sois trop sobre… ni trop chargée en speed. Dans le premier cas, j'aurais eu la tremblote, et… dans le second… j'aurais probablement donné l'impression d'avoir été électrocutée par le docteur Frankenstein.

Son long cou se plie sur sa plaie. Elle profite de ces quelques secondes pour défaire le pansement. À mesure que l'épaisseur de gaze diminue, le sang ruisselle plus fort sur ses doigts.

— Faut redescendre sur terre. Savoir qu'on peut se trafiquer une veine, mais pas une artère. Et à quel endroit et à quelle profondeur…

Shay recule, tente de grignoter un peu plus d'obscurité. Elle ne veut pas voir ça. Parce que ça ressemble à une espèce de chute libre dans le masochisme. Dee aurait parfaitement pu se planter une aiguille dans le bras, se vampiriser un litre de sang et répandre cette cochonnerie dans la nature, sans pour autant se charcuter comme une cinglée.

Elle voit rouge, saisie d'une fureur subite. Impression qu'elle n'a déjà que trop vécu le spectacle auquel elle assiste, convaincue qu'il s'efforce encore une fois d'attenter à son être.

— Je n'ai pas l'intention d'écouter plus longtemps ta merde de camée à moitié menaçante.

— Il faudra bien que tu les écoutes si tu veux t'en sortir vivante. Va plutôt chercher une serviette pour envelopper mon bras.

Shay se plaque au mur sans autrement réagir. Dee se remet debout avec difficulté ; son sang ruisselle sur la moquette, sa veste pend encore à son autre épaule.

— Ne te presse pas trop de boire mon sang, fait-elle en passant devant sa fille. Tu pourrais bien t'étouffer avec, lorsque tu te rappelleras ce que je t'ai dit.

— Marre de tes métaphores de baraque foraine !

Dee passe derrière le bar, dans le noir.

— Quand tout se cassera la gueule, comme on peut déjà le prévoir, qui portera le chapeau, tu crois ? Ridden… Foreman… Ils essaieront de négocier en me collant tout sur le dos, cette fois-ci. Si je dois crever, autant que ce soit de ma main, tu ne trouves pas ? Qu'ils se démerdent ensuite, quand ils auront le proc au cul.

Dee déniche une serviette sous le bar. Elle se relève en comprimant sa blessure avec.

— Toute cette affaire ne va pas tarder à faire la une des journaux et nous le savons toutes les deux. Je me trompe… Je me trompe ?

— Non, chuchote Shay.

Dee contourne de nouveau le bar et vient se poster près de sa fille. Elle cherche à l'approcher d'assez près pour, littéralement, annexer son espace vital.

Sa voix retombe, réduite à une simple flamme nue :

— C'est la seule solution qui me soit venue à l'esprit… pour peut-être… peut-être… réussir à m'en tirer. Plus question de rester en cheville avec les Ridden et Foreman. Traite-moi si tu veux de pauvre connasse au bout du rouleau, mais c'est la triste réalité.

Le vieux coup du tapis magique. D'abord le raisonnement serein, puis la conclusion fatale.

— Prends mon speed dans la poche gauche de ma veste, tu veux bien ? Celle du haut.

Shay peut le lire sous le masque. Dee n'a jamais su dissimuler son désir féroce d'imposer sa volonté. Shay espère seulement qu'elle-même sera plus malaisée à déchiffrer. Le cuir de la veste de Dee crisse comme une peau trop sèche jusqu'à ce qu'elle trouve la came.

— Ouvre-le, tu veux bien ?

Shay débouche le flacon. Il est bourré d'amphétamines jusqu'à la gueule.

— Je t'ai dit que j'avais mis leurs téléphones sur écoute. Je sais que Ridden a annoncé à Foreman que tu passerais voir les documents avant que Burgess lui livre le pognon.

Shay tente de son mieux de garder son sang-froid. De maîtriser ses muscles faciaux, de leur interdire de frémir ou de tiquer, parce qu'elle tremble intérieurement. Comme si le sol sur lequel elle se tient s'ébranlait à chaque geste de sa mère. Elle connaît la chanson par cœur. On lui tend un piège.

— Tu veux t'enfiler les cinquante comprimés, ou quoi ?

— Un seul suffira amplement.

Dee presse la serviette contre la saignée de son coude. Shay laisse tomber un comprimé dans sa paume légèrement ensanglantée.

— J'ai entendu dire que deux personnes avaient été tuées dans le désert.

— Oui, répond Shay très calmement.

Dee gobe le comprimé puis le fait passer d'une gorgée de gin.

— J'ai horreur du gin, moi aussi. Ainsi, tu as fichu la trouille à Harold Ridden. Très bien. Mais qu'est-ce que tu manigances ?

Shay rebouche le flacon et le glisse dans la poche de la veste de Dee, juste au-dessus de son cœur. Puis elle tire la fermeture Éclair.

— Je vais les livrer aux flics.

Dee fléchit son mauvais bras.

— Parle-moi de Vic.

— Il a survécu, si c'est ce que tu veux savoir.

La langue de Dee gonfle sa lèvre inférieure.

— C'est ce que je voulais savoir. Et qu'avons-nous appris de Vic ?

— Vic veut les documents.

Dee s'arrache les mots de la bouche :

— Ça s'arrête là ?

Shay prend le verre de la main de sa mère et la contourne. Elle le remplit d'eau au bar et boit.

— Et comment c'était censé se passer ?

— Burgess se serait fait agrafer dès qu'il aurait embarqué les documents.

— Et tu comptais aider Vic ?

— Je vais le faire.

— C'est une idée à qui ?

— À moi.

— Bienvenue à Camelot, fait Dee.

Shay boit une autre gorgée d'eau.

— T'es complètement aux abois, pas vrai ?

Shay repose le verre. Dee resserre l'étau, de question en question.

— Oui, répond Shay. En effet. Je suis tellement aux abois que je crève d'envie de gagner un peu de respect pour moi-même.

— Ohhhhhhh, ça!

— J'ai dégringolé tant de pentes en ta compagnie que je suis complètement paumée. Je ne suis pas une simple silhouette en carton, dépourvue d'épaisseur. Ni une chose qu'on peut vaguement modeler en forme d'être humain. Je ne me laisserai pas repasser les menottes sans broncher, pour me retrouver encore assujettie à ton avenir, pieds et poings liés. Je ne permettrai pas qu'on m'anéantisse encore une fois, pour le salut de Dee Storey. (Puis elle regarde Dee droit dans les yeux et poursuit en langage des signes.) Je lis clairement en toi, même quand tu te tais, et il n'est pas question que je finisse dans une autre fosse que tu te chargeras de combler.

Sa mère lui retourne la politesse. Ses doigts émaciés, minces comme du fil de fer, s'activent âprement. "Tu découvriras bien assez tôt à quel point tu as bien choisi tes mots." Puis elle reprend la parole:

— Une chance que je sois morte. Comme ça, je peux veiller sur toi. Bon, qu'est-ce que tu veux exactement?

— On se doute que Foreman essaiera peut-être de nous tuer quand on viendra chercher les documents. Nous devons absolument découvrir à l'avance où l'échange aura lieu, dans la mesure du possible, afin de nous y préparer. Pour que ça ne se passe pas comme dans le désert.

— Pas comme dans le désert, non. Certainement pas comme dans le désert.

Les paroles de Dee semblent recéler un sous-entendu.

— Et je m'étais dit que, poursuit Shay, puisque tu étais censée le rencontrer de nouveau…

— … j'aurais peut-être laissé une carte punaisée au mur, avec d'énormes flèches au néon pour t'indiquer la direction. T'es complètement conne.

— Et toi, tu es un vautour en train de me manipuler. Tu tournes en rond au-dessus de moi dans la nuit. Si tu cherches à m'utiliser, atterris une bonne fois. Qu'on en finisse.

— T'es conne, et t'es sacrément entêtée.

— *Viva Verboten!*

— D'accord. Quand Foreman a été libéré sous caution en 1987, il retrouvait Alicia dans une maison du San Frasquito Canyon. Ils se sont tirés de leur baraque de Chatsworth, ce que tu sais sans doute déjà. Tu penses bien que le vautour que je suis a effectué quelques petits survols de reconnaissance. J'étais censée les retrouver dans cette même maison. C'est là qu'ils sont en ce moment.

— Je veux son adresse.

— Qui me la demande ? Ma fille... mon alliée... ou mon ennemie ?

— Ta fille aurait le trac de te le demander. Ton alliée n'aurait pas besoin de poser la question. Et une véritable ennemie ne la poserait même pas.

— En quoi ai-je mérité ma petite déclaration d'indépendance personnelle ?

Constatant que l'hémorragie est quasiment enrayée, Dee noue serré la serviette autour de son bras puis le tend et s'emploie à déplier et replier les doigts.

— Tu parles d'un bannissement... Tu as besoin de moi pour t'aider à les faire inculper. Pour leur trancher publiquement la gorge.

— Le seul crime que je compte commettre est celui qui me libérera, répond Shay.

Les doigts de Dee continuent de se plier et de se déplier.

— On fait la paire, en l'occurrence, ma petite loqueteuse.

— Qu'est-ce que tu veux ?

— Le fric. Je n'ai plus rien. J'ai tout donné à ma fille, mon alliée, mon ennemie. À ma... (Les amphètes commencent à lui échauffer les sangs, ses narines frémissent et ses yeux palpitent comme si elle était partiellement possédée.) Si Foreman te permet de t'en tirer, file. Je suis en train de lui organiser une petite fête surprise pour plus tard. Si ça ne se passe pas aussi simplement, tu comprendras ce que "avoir besoin de moi" veut dire.

— Et quoi encore ? Que je te fasse couler un bain ? Que je refasse le plein de ta caisse garée dans l'allée ?

— L'une de nous deux devra tuer Vic, déclare Dee, comme si ce constat venait seulement de lui traverser l'esprit.

Le corps de Shay se tend.

— L'une de nous deux va devoir combler cette fosse avec son corps, répète Dee en prenant son blouson de motard, posé sur le bar.

— Où veux-tu en venir avec ça ?

Dee enfile une manche.

— Tout se passera tellement vite que je n'aurais sans doute pas l'occasion de…

Shay agrippe violemment le blouson.

— Où veux-tu en venir avec ça ?

— L'une de nous deux devra le faire… Cette fois-ci.

Les rouages du cerveau de Shay se bloquent brutalement.

— Cette fois-ci ?... Qu'est-ce que tu veux dire ?

L'impitoyable, inexorable courant qu'elle appelle sa mère prend tout son temps pour endosser le blouson. Mais Shay n'a pas l'intention d'attendre que les froissements du cuir se soient tus.

— Cette fois-ci ?... Qu'entends-tu par là ?

— Parce que Vic apprendra tôt ou tard, s'il ne le sait pas déjà, que c'est nous – toi et moi – qui l'avons balancé dans ce trou, dans le Mojave.

Cette déclaration semble jaillir comme un éclair de la ligne d'horizon, pour frapper Shay droit au cœur.

— C'est John Victor Sully, annonce Dee en inclinant la tête de côté vers sa fille, au bout de son long cou d'épouvantail.

Shay s'efforce de réprimer son incrédulité. D'évacuer cette stupeur qui la pétrifie. De comprendre…

— Tu aimerais qu'on te plante dans le sol comme un putain de clou ? Tu commences enfin à comprendre ce qu'il est venu chercher ?

— Tu ne mens pas ?

— Pose-lui la question ! Vas-y ! Ensuite, tu verras bien si tu arrives à esquiver son premier coup de feu !

Shay tente de superposer l'image de l'homme qu'elle connaît au souvenir qu'elle a gardé de lui, dans une manière de court-circuit.

— Tu n'es pas une silhouette sans épaisseur découpée dans du carton ! aboie Dee. Oh que non !

L'homme en moi est-il ce garçon qui luttait contre la mort, le souffle court ?

— Pas question que tu me regardes te repasser les menottes sans broncher, pour te retrouver de nouveau ligotée à mon avenir ! Oh, non ! Tu préfères que Vic s'en charge !

Le désespoir la tenaille. Si puissant que seul son total anéantissement pourrait en desserrer l'étau.

— Non, tu ne finiras pas dans une fosse que je me chargerais de combler.

L'espace de quelques secondes, Shay reste sourde aux glapissements de sa mère.

— Je t'avais dit de ne jamais revenir. Je t'ai donné de l'argent. Je t'ai laissé une chance. J'essayais de te sauver la vie.

Quand a-t-elle compris ? Pourquoi ne m'a-t-elle rien dit ? Pourquoi…

— Tu as échoué la première fois et c'est pour ça qu'on en est là !

Shay se laisse glisser au sol. Ramène ses genoux contre sa poitrine. Dee fond aussitôt sur elle. Ses mains lui enserrent le visage, tel quelque instrument destiné à mesurer la veulerie.

— Après ça, on n'a plus la moindre branche où se poser.

Tout en Shay rétrécit, se recroqueville au point de passer dans le chas d'une aiguille. Pas de place pour la moindre bulle d'air. Elle se retrouve dans le coffre de cette Granada qu'elle n'aurait jamais dû quitter. Fonçant à tombeau ouvert loin de tout contact. Elle fond en larmes. Sanglots puant l'échec.

— Ça doit te faire salement plaisir de savoir que tu m'as encore brisée, place-t-elle entre deux hoquets. Que tu as encore laissé un truc détruit et toxique dans ton sillage.

Dee attire à elle le visage de Shay. Sa peau brûlante, écarlate, est mouillée des larmes de sa fille unique. L'instant est chargé d'empathie. Surréel. Dee est presque en train de la supplier.

— Est-ce que je te dirais la vérité dans le seul but de te briser ? plaide-t-elle. C'est pour te salir, tu crois, que je t'aurais donné cet argent et permis de déguerpir ? La seule chose qui compte, c'est ce qui se passe ici et maintenant, voilà tout… Sinon, je ne peux rien pour toi. Je t'en prie, ne sois pas stupide.

Le piège

57

— Tu m'as envoyée avec lui dans le désert pour y mourir, déclare Shay peu de temps après, dès qu'elle a réussi à se maîtriser.

— Je n'ai su qu'après que c'était lui.

— Oui… tu t'en doutais néanmoins ?

— Inutile de répondre.

— Pas le moindre mot, rien pour me protéger ?

— Inutile de répondre.

Chacune se rencogne dans sa petite zone d'ombre.

— Je sais que c'est toi qui as tiré sur ma maison.

Dee observe un silence hypocrite, de sorte que Shay se voit contrainte d'ajouter :

— Inutile de répondre ?

— Au moins, répond Dee, nous voilà maintenant fixées sur ce que nous sommes.

Au matin, Vic et Shay se retrouvent au DIS. Le ciel n'est qu'une grande chute d'eau californienne, grise et humide, avant la canicule. L'air est épais, saturé de brume et de moisissure. Shay attend dans sa Jeep, armée d'une cigarette et d'une tasse de café fumant. Vic traverse le parking, où quelques voitures et camions dessinent de petites arches, parquées dans un nuage de brouillard suintant. Il monte dans la Jeep, vêtu d'un blouson en jean délavé.

— Tu n'as pas l'air en forme, fait-il observer.

— J'ai mes règles et mal dormi. Alors contentons-nous de dire que je suis impropre à la consommation humaine ?

— Tu as découvert autre chose ?

Son visage crayeux dans le rétro, les cernes pâles sous ses yeux. Un regard éperdu, miné jusqu'au trognon.

— Oui, en effet.

Vic est dans une cabine téléphonique, près de l'entrée du café.

— Le San Frasquito Canyon, annonce-t-il à Landshark. Vous connaissez ?

Landshark contourne sa table de travail jusqu'à une étagère bourrée de cartes étroitement empilées.

— C'est près de Newhall, vers le haut. Là où l'aqueduc enjambe la montagne.

Shay observe Vic depuis la Jeep dont le moteur tourne au ralenti. Est-il au courant ? Serait-il capable de dissimuler assez bien ses émotions pour la manipuler ? Elle s'efforce de ne pas se souvenir de la sensualité de sa langue quand il la mettait en elle. S'attarde un long moment sur ce profil grisonnant, cherche à y découvrir le visage de ce garçon qu'elle a effacé de sa mémoire pour survivre.

— Shay me dit que le Service des eaux et de l'électricité possède des propriétés dans le coin. Des hangars, des ateliers et quelques vieilles baraques qu'ils louent à leurs employés. La sœur de Pettyjohn n'occupe qu'à temps partiel le poste de croupier à Vegas et Laughlin, à la table de baccara. Elle travaille depuis des années pour le Service des eaux et occupe l'une de ces maisons. C'est là que Foreman et Alvarez se retrouvaient en secret lorsqu'il a été libéré sous caution en 1987.

Pendant qu'ils conversent, les doigts de Shay palpent nonchalamment la veste de Vic et dessinent la forme d'un calibre dans son étui. Elle glisse le semi-automatique hors de la poche.

— Comment l'a-t-elle appris ?

Vic coule un regard vers Shay.

— Elle ne me l'a pas dit.

Son majeur appuie sur le cran de sécurité du chargeur et il jaillit dans sa paume.

— Vic, votre voix semble bien distante. Quelque chose qui cloche ?

Elle ôte une à une les balles et réinsère le chargeur. Sans que son visage ni son attitude trahissent quoi que ce soit.

— Je n'en suis pas encore certain, répond-il.

— Est-ce qu'il faut qu'on parle ? demande-t-il à Shay en remontant dans la Jeep.

Elle passe la première et détourne les yeux.

— Il faut surtout qu'on roule.

Ils empruntent la 15, vers l'est et le désert.

Vic risque une question :

— Que s'est-il passé hier soir ?

Shay donne l'impression de céder à une muette exhortation lorsqu'elle répond :

— La barque de mon esprit a brutalement chaviré.

Vic se plaque au dossier de son siège et adresse une prière au silence… *Je vous en prie, faites que ça ne soit pas ce qu'il paraît.*

Derrière le pare-brise, la lumière éclaire, tel un écho, le noir jardin de cette nuit où sa mère préparait le meurtre de John Victor Sully dans la cuisine de Laguna Avenue. Shay revoit les doigts de Dee s'activer sur le semi-automatique, en gestes raides et précis. Entre ses mains, le monstre d'acier bleu-noir avait presque l'air d'un jouet. Pas quelque chose dont il faut avoir peur, mais un bibelot inoffensif d'une drôle de forme et de style. Pas un objet de terreur, mais une chose qu'on pouvait dompter et contrôler. Dont quelqu'un pouvait se servir pour battre en brèche les récits effroyables qui dévorent son âme.

Mais, maintenant qu'elle roule de nouveau vers la tombe, elle se rend compte que ce qu'elle a ressenti en affrontant sa mère était bien réel. C'était elle, l'arme. Ce bibelot inoffensif d'une drôle de forme et de style. Cet objet qu'on pouvait dompter et contrôler. Cette chose dont on pouvait se servir pour battre en brèche les récits effroyables qui dévorent votre âme. La soirée d'hier n'était en rien différente : on l'a démontée et nettoyée pour le prochain meurtre.

LANDSHARK est installé devant son ordinateur et parle à Rog par le truchement d'un casque. Terry, assis derrière lui sur le bureau, explique à Freek, au téléphone, ce qu'il va devoir faire :

— Le San Frasquito Canyon se trouve à une trentaine de kilomètres de Copper Hill Drive, à Saugus, au nord du lac Hugues. Il est en majeure partie constitué de forêts domaniales. Plus quelques fermes et maisons isolées. (Terry jette un coup d'œil à Landshark.) Il s'apprête à te faxer une ou deux cartes routières.

Landshark fait signe à Terry, le pouce dressé, puis s'adresse à Rog :

— Tu as le Caméscope ? Et un nombre suffisant de cassettes ? Il te faut une cinquantaine d'heures. (Revenant à Terry.) Il se mettra en route dans cinq minutes.

— Freek, Rog devrait arriver chez toi dans une demi-heure. Bon, avant tout, je veux que tu filmes la route ; en la remontant lentement du sud au nord, du même côté. Puis tu la redescends pour filmer l'autre… Comment ça, si Rog sait conduire ? Il est maniaco-dépressif, pas aveugle.

Landshark, d'un geste de la main, signale à Terry que Rog est, au mieux, un conducteur très médiocre.

— C'est un conducteur hors pair, fait Terry. Il a son permis ?

Landshark se passe le tranchant de la main sur la glotte. Pas de permis.

— Bien sûr qu'il a son putain de permis, affirme Terry.

Vic roule vers Barstow, laissant derrière lui ville après ville. Le spectral gyrophare d'une ambulance fonce droit sur eux à travers les ondes de chaleur. Elle les croise en trombe et le lamento suraigu de sa sirène le renvoie brutalement au noir tunnel de son existence.

— Où va-t-on ?

— À Baker, répond-elle en lui décochant un regard intense.

L'habitacle de cette Jeep battue par le vent est devenu aussi étroit que le placard d'une cellule. Et Vic, dès qu'il le peut, cherche de la main son pistolet dans les replis de sa veste roulée en boule.

La journée est d'une beauté proprement époustouflante. La couleur du sable épouse la lumière qui l'inonde. Au nord comme à l'est, les montagnes dressent leurs pics enneigés, mais le regard de Shay reste inexorablement braqué vers le même azimut.

Baker, Californie. *Là-bas en bas,* ainsi qu'on a, en l'occurrence, intelligemment surnommé cette bourgade. La Jeep, à l'instar d'une interminable noria de voitures avant – et après – elle, se faufile par une sortie.

Le Davenport est toujours là, même s'il a été repeint en bleu. Et le terrain vague où il a patienté dans sa voiture de patrouille a été bitumé. Shay bifurque sur Kelbaker et entame le long et tortueux itinéraire vers le sud qui les conduira dans la réserve nationale du Mojave.

Le cœur de Vic s'emplit d'un sang noir. Il tient son arme, faisant bien attention à ce qu'elle ne puisse pas la voir. De nouveau, enfant et inconnu, inconnu et enfant s'enfoncent vers les confins. Et tous ces moments marqués par le scotch et le Percodan commencent à répandre leurs toxines dans son esprit.

Chaque nouveau kilomètre le trouve un peu plus tassé. Il est fin prêt, cette fois-ci, mais à quoi ? Shay ralentit pour chercher son chemin. Elle a le souffle affreusement court. Son visage blême et perlé de sueur découvre une pancarte : INDIAN SPRINGS TRAIL. Elle penche dans le virage et la Jeep chasse légèrement, mais poursuit sur sa lancée.

Long silence, pendant qu'ils dévalent cet entonnoir alluvial dont le sol craque sous les pneus. Ils descendent de plus en plus bas, vers ce lieu où ne règne que le silence. Le silence, et un monde qui cherche à s'en évader ; un monde plat et creusé d'ornières, où nul n'entendra un cri ni un hurlement. Où les tombes se ratatinent, oubliées. Où les gens se perdent dans la nuit des temps.

Shay est collée au volant. D'énormes blocs rocheux, noirs affleurements de la nuit, encombrent en partie les bas-côtés. Ses mains se crispent pour guider la Jeep sur le gravier sec, blanchi par le soleil, de plongeon en soubresaut et d'envolée en cahot. Tout ferraille, dans la cabine, ou dérive sur le tableau de bord.

Elle roule sans discontinuer. En dépit d'un soleil et d'un ciel aveuglants, Vic a l'impression de traverser une onde de noirceur. Une légère grimpette, puis la Jeep dévale la pente en cahotant, s'engage dans un pierrier et s'arrête.

Le vent balaie la poussière des pneus et la répand, pluie sèche et souillée, sur le fond du ciel, où elle forme un voile avant de retomber sur le capot et la capote noirs. Ils se retrouvent de nouveau comme la première fois.

Shay appuie sa tête au volant.

— T'es-tu déjà montré complètement sincère avec quelqu'un ? chuchote-t-elle.

Il tire l'arme de sa poche avant de répondre. Elle sort de la voiture. Longe le moteur de son côté. Celui-ci est brûlant après cette longue course.

— C'est là ? demande-t-elle.

Il longe à son tour le capot de son côté, en s'en servant comme d'un bouclier.

— C'est le même putain d'endroit ?

La voix de Shay frise l'hystérie.

Il scrute de son mieux les alentours, sans jamais la quitter des yeux. Des ombres se meuvent comme une eau noire dans le paysage, abysses de clarté et de pénombre qui trompent l'œil et gauchissent formes et symétrie. La nature s'emploie à accoucher du lendemain ; et fait la démonstration de tous ses talents.

— Oui, répond-il.

C'est à peine si sa voix porte.

Elle balance par-dessus le moteur les balles de son calibre. Celles-ci tintent et s'éparpillent. Vic en ramasse une de sa main libre et Shay abat violemment le Guardian sur le capot.

Il fixe l'arme qu'elle tient. Elle la serre si fort que sa main est blanche et exsangue.

— Tu es là pour me voir… me draguer… ou m'espionner ?

— Nous sommes au-delà de tout ça, désormais, répond-il. Nous le savons tous les deux.

Elle abat une seconde fois son arme sur le capot. Le son remonte le long de son bras, mat et creux.

— Tu comptes me tuer de nouveau ? s'enquiert Vic.

Sa bouche en cœur se plisse, dessinant une douloureuse goutte de sang. Elle pose la tête sur le moteur. En sent la chaleur sur sa tempe.

— Je ne peux pas rester ici. (Son cœur se serre.) Je ne peux pas. (Ses lèvres se pincent, elle halète.) Je ne peux pas rester ici. (Elle relève un visage inondé de larmes, recru de honte, défiguré par la conscience de sa défaite.) Je ne peux pas rester ici. Tu comprends ? (Elle se frappe la poitrine du poing et sa voix se brise.) Je ne peux pas.

Elle balance le Guardian sur le capot et l'arme en glissant vient se loger droit dans la main de Vic. Elle recule d'un pas.

— C'était moi, cette nuit-là.

Le lui entendre dire.

— C'est moi… moi qui t'ai conduit ici pour que ma mère te tue.

La cadence retenue de ses pas. Son visage, dominant les rebords déchiquetés de ce ravin.

Une froide colère le submerge. À l'idée qu'on soit plus ou moins en train de le manipuler. Qu'on l'invite à balancer ainsi entre pathos et haine sans mélange.

Elle s'effondre à terre, tel quelque acolyte devant l'autel de son propre sacrifice.

Il lâche le Guardian. Entreprend la longue et lente descente dans cette pâle caverne où le guette le pire de ce qu'il pourrait être – de ce qu'il est vraiment. Il glisse entre ses dents la balle qu'il a ramassée. Toutes ces années envolées sans qu'il ait jamais réellement quitté ce lieu. *As-tu déjà été vraiment sincère avec quelqu'un ?*

Il fait jaillir dans sa paume le chargeur du semi-automatique… entend entre deux lourds halètements la question résonner dans sa tête. *Non, jamais. Pas même avec lui-même.* Il insère la balle dans le chargeur. Il n'est pas comme Landshark; non… il est Landshark. Un arpenteur piégé dans l'ambre de son propre passé. Il remet le chargeur en place et le verrouille.

Pathos ou haine sans mélange ? Besoin égoïste ou aspiration à quelque chose de plus grand ? Il entreprend de traverser le pierrier. Karen Englund avait raison. Il a peur. Il est voué à rester tel qu'en lui-même, par les idées surannées de tierces personnes et les guerres qu'elles se livrent. Une imposture en noir sur blanc, à jamais piégée dans la carcasse pie d'une voiture de patrouille, pour y relever éternellement des numéros d'immatriculation.

Son ombre glisse sur les épaules voûtées de Shay et le fardeau de toutes choses pèse soudain sur lui. Des montagnes intérieures de souffrance et de compréhension. Il redoute les exigences d'un monde qui vous dépouille de votre carapace et souhaite vous voir nu et vulnérable, offert à la moindre blessure, ouvert à tout espoir ; qui prône qu'on doit pardonner à un univers dont seuls les péchés maintiennent la cohésion ; qui voudrait que la route de l'innocence soit pavée de votre propre sang. Ce qu'il sait, il refusera de l'admettre.

Ce visage secoué de sanglots, sous le canon de métal noir, n'est pas celui d'un crétin de chérubin en pleurs sur je ne sais quelle photo. Il ne permettra pas à cette idée d'empoisonner sa colère. Son long bras s'apprête à porter témoignage, à exercer une juste revanche. À rendre la justice – c'est l'ordre que lui intime sa volonté : rends justice.

Il fait monter la balle dans la chambre. Il est conscient que pour tendre vers autre chose, une certaine partie de John Victor Sully devra être abandonnée ici pour y trouver le repos. L'être humain dévasté qu'il a été naguère était tout ce dont il avait besoin pour engendrer un homme. L'horreur à laquelle il a survécu est le véritable giron qui l'a porté. Il sait que les péchés du monde nous dévoilent ceux que nous hébergeons en nous. Mais il ne se sent pas capable d'y faire face pour l'instant. C'est à une longue litanie de saintes admonestations qu'il va devoir fermer ses oreilles, parce qu'il sait déjà ce qu'on exigera de lui en dernier recours. De sorte qu'il s'efforce de voir au-delà des blessures auto-infligées qui bandent ses muscles et referment leur étau sur la poignée de l'arme. Sa cible est à l'autre bout. Le plus commode.

Pas une seule fois, elle ne demande pardon. Pas une seule fois, elle n'implore sa pitié. Est-ce encore une putain de ruse si des mots tels que "Je regrette" ne franchissent pas ses lèvres ? Pas même sous la forme d'un simulacre de quatre sous. N'est-elle pas assez futée pour débiter ces vieux clichés putassiers, ne serait-ce que pour sauver sa peau ? Ou bien est-ce sa façon à elle de rendre coup pour coup ? Œil pour œil ?

Il a sous les yeux une vérité qu'il refuse de voir. Il bande toute sa volonté pour la nier. Mais elle s'adresse à lui dans une langue qu'il ne comprend que trop bien. Elle est omniprésente dans le paysage de ce visage inondé d'un atroce dernier espoir, de ce visage trahissant un être humain pris au piège, qui a futilement tenté de ronger les os de son propre crâne pour se libérer. Oui, enfant et étranger sont ici à leur place. Enfant et étranger forment le couple idéal, l'image même de la façon dont une plaie morale peut fleurir, vivre et porter la mort.

Il l'agrippe par les cheveux.

Chaque plaie, chaque espoir le guette.

Il rejette sa tête en arrière.

Ils sont assis au bord du ravin, tels les spectateurs d'un Colisée de la vie réelle, le pouce levé ou baissé. Levé ou baissé.

Il colle le Guardian à son crâne.

Sous l'œil aveuglant et silencieux du soleil, il doit maintenant décider de ce dont il a réellement besoin pour être.

Une bourrasque déchirante l'aveugle. Puis il tire.

58

Une explosion. Une avalanche de son, digne d'un jet stream, près de son crâne, contre son oreille. Le monde se soulève. Elle empoigne sa tempe, hurle et s'abîme dans un long puits fracassant de douleur pure, qui cautérise ses terminaisons nerveuses et disloque ses tympans.

Tout son corps se recroqueville sur lui-même, à l'intérieur de sa carapace, tandis qu'elle tente de survivre au millier de cyclones minuscules qui lardent l'intérieur de son cerveau.

Terry appuie un doigt contre sa tempe et parle au téléphone avec un ami à lui, propriétaire d'une petite société du nom de Sidewinder & Fils, spécialisée dans le matériel de sécurité et d'autodéfense.

— Je monte une opération au San Frasquito Canyon. Tu connais ? Parfait. J'ai besoin que trois voitures restent en contact sans interruption. Un pivot et deux observateurs qui ne lâcheront pas la route d'une seconde. Ouais, je me fais un peu de bile pour la réception des mobiles, là-haut.

Landshark entre dans son bureau. Voit ce pouce planté juste derrière l'arcade de Terry et file vers le bar.

— Ondes courtes… Ouais. Faudra que je fasse un test. Quand ?… Tout de suite, hier si possible. Je vais faire pleurer le colosse et on s'y attelle.

Il raccroche. Landshark brandit un flacon d'Excedrin.

— Freek dit qu'il a plein de vidéos sur ce cul-de-sac du Service des eaux. (Terry hoche la tête.) Il aurait même débusqué un type au moment où il sortait de chez Pettyjohn.

Il balance l'Excedrin à Terry.

— Freek aimerait aussi te rappeler que Rog n'a pas le permis et qu'il a déjà embouti un garde-fou. Il songe très sérieusement à te botter le cul pour t'être payé sa tronche.

Terry sort quatre Excedrin du flacon, les ingurgite et les fait descendre d'une gorgée de bière.

— Tu pourrais m'expliquer pourquoi des types qui sont des as dans leur partie… vraiment des as… finissent par devenir de telles putain de mauviettes à la longue.

— C'est à cause de mon érudition digne de Thomas Mann en ce qui concerne l'âme humaine que tu me poses la question ? Ou bien parce que je suis une putain de mauviette ?

— Parce que tu es une putain de mauviette à la Thomas Mann. C'est qui, Thomas Mann, d'ailleurs ?

La migraine de Terry est un pur déchirement, de sorte qu'il décide de finir sa bière d'un trait, d'une seule longue gorgée.

— Depuis le temps que tu t'enfiles des substances illicites, fait Landshark, tu devrais peut-être te dire qu'il s'agit du signe précurseur d'une attaque cérébrale, plutôt que d'une migraine.

— S'il faut une attaque pour mettre fin à ta diarrhée verbale, qu'elle vienne, je l'attends avec impatience. Mais d'ici là… (Terry, du bout d'un crayon, attire l'attention de Landshark sur la carte du San Frasquito Canyon qu'il vient de surligner.) C'est là, presque au milieu du canyon, que se trouve le cul-de-sac du Service des eaux. Tu m'as entendu parler d'émetteurs-récepteurs à ondes courtes. Voilà ce que je me suis dit.

Il fait courir la pointe de son crayon le long de la route étroite, jusqu'à l'endroit où San Frasquito rejoint la Copper Hill Drive.

— Le plus gros de la circulation dans le canyon… le peu qu'il en existe… arrivera de Copper Hill nord. On installe Rog dans une caisse avec une radio à ondes courtes. Puis…

Le crayon traverse le canyon jusqu'à un virage de la route, au nord du cul-de-sac.

— On poste Freek quelque part par là. Mais pas dans sa voiture. Ça ne sera pas loin, mais il aura aussi une radio à ondes courtes. Sa mission sera de surveiller tout le trafic provenant du nord, et tous ceux qui entrent ou sortent du cul-de-sac. Bon, toi et moi, on sera dans la troisième voiture. Tu m'entends ? *Toi et moi.*

Terry scrute Landshark; celui-ci blêmit un peu à l'évocation de l'épreuve qui l'attend, mais se contente d'opiner faiblement du chef.

— J'ai très bien entendu.

— Nous attendrons quelque part dans une troisième voiture planquée légèrement en retrait, au sud ou au nord du cul-de-sac. Avec des radios à ondes courtes qui nous permettront d'entendre tout ce que Rog et Freek nous diront. Nous saurons dans quelle voiture arrivera Ridden. Quand ils entreront dans le cul-de-sac, à quel moment il en ressortira et la direction qu'il empruntera ensuite. Mais, dans la mesure où le trajet jusqu'à chez lui est plus court par le sud, il repartira à mon avis dans cette direction.

— Et avec les documents, espérons-le, ajoute Landshark.

— Y a intérêt. Parce qu'on fonce au premier signal de Freek.

— Comment on les lui reprend ?

La voix de Terry vacille un tantinet.

— Je n'en suis pas encore tout à fait sûr. Il vaudrait mieux que ça se fasse vite. Net et sans bavure. C'est bien pour ça que j'ai demandé à Rog et à Freek de surveiller la circulation.

Terry relève les yeux vers Landshark. Le visage de ce dernier est tendu.

— Si ça dégénère, ça pourrait devenir vraiment, vraiment moche.

Landshark commence à frotter ses doigts l'un contre l'autre, l'air singulièrement mal dans sa peau.

— Et si jamais ça ne se passe pas à cet endroit ? Et s'ils s'étaient fixés rendez-vous ailleurs ? Et si nous étions en train d'échafauder un plan qui…

— Pourquoi ai-je l'impression qu'on m'a planté un fer à souder dans le crâne, à ton avis ?

Shay reste étendue une bonne heure dans le sable, bercée par la douleur, tandis qu'une corne de brume continue de percer son tympan gauche.

Vic est assis, adossé à un gros rocher, le visage en plein soleil, et laisse au cagnard le soin de rendre un peu de couleur à ses joues.

Shay se redresse lentement sur son séant et regarde autour d'elle. Elle se relève, sonnée et prise de vertige, et Vic la regarde traverser le pierrier dans sa direction. Elle escalade quelques mètres de terre éboulée et se laisse tomber à côté de lui.

Tous deux se fixent droit dans les yeux, séparés par ce bref intervalle de lumière. Vu tout ce qui les a amenés ici – autant d'avanies désastreuses, intolérables à n'importe quel âge de la vie –, ils sont tous deux horriblement vannés et courbatus. Elle se penche et pose la tête sur ses cuisses. Il ne la repousse pas.

Ils restent un bon moment dans cette exacte posture, tandis que le désert silencieux tient à distance tout ce qui les entoure. Avec son paysage extrême et torturé, pure manifestation de beauté.

Vic se rend compte qu'il a besoin de parler, qu'il en meurt d'envie. Mais ce qui lui vient à l'esprit est trop fragmentaire, trop rudimentaire. Jusqu'à ce que :

— J'ai absolument besoin d'une réponse.

Elle ne bronche pas. Il baisse les yeux sur elle.

— Tu ne m'as jamais demandé de te pardonner.

— Je n'entends plus rien de l'oreille gauche. Je vais rester sourde ?

— Je n'avais pas la force de te pardonner avant de t'avoir fait souffrir d'une façon ou d'une autre.

Elle ferme les yeux.

— Je peux l'accepter, du moment que tu m'es rendu.

— Tu ne m'as jamais demandé de te pardonner, répète-t-il d'une voix hésitante.

— Je ne pensais pas être digne de le demander.

Il tend la main et lui empoigne l'épaule. Au bout d'un instant, Shay lève le bras et ses doigts minces se referment sur l'avant-bras de Vic. Il baisse les yeux sur la croisée de leurs bras, mariage de cals cicatriciels et de chair laiteuse. Puis scrute ses yeux fatigués, ces profondes flaques noires, immobiles mais rivées sur un point fixe dans le lointain.

Il détourne la tête. Sent le rocher brûlant contre sa nuque. Le vent chasse de petits fantômes de poussière sur les plats. Les collines se dressent derrière. Voilà une contrée qui s'enterre elle-même sous le sable et l'érosion millénaire. Il le voit aux éboulis de terre le long des pentes ravinées, aux flancs scarifiés des collines ciselées par la pluie et le vent comme autant de squelettes, que la roche a dévalées, s'arrachant aux failles mouvantes pour s'entasser en éboulements désordonnés. Oui, une contrée qui s'ensevelit sous le sable et l'érosion millénaire. Mais aussi une contrée qui se reconstruit, qui renaît au gré de la farouche volonté de la nature.

Il le voit à présent dans les couleurs vermillonnées de cette fin d'après-midi, qui teignent le paysage comme un incendie. C'est là un fait auquel il peut se raccrocher... Un fait qui restera vrai, même lorsque la vie s'évadera de lui ou tentera d'échapper à son emprise. Le pays de son enfance et de sa disgrâce, de son passé et de sa douleur, peut devenir le pays de sa force, le pays de son âme.

Il ferme les yeux et remercie silencieusement la puissance qui écoute. Quelle qu'elle soit.

Shay broie soudain plus fort l'avant-bras de Vic.

— Ma mère est vivante, dit-elle.

Elle sent ses muscles se crisper à cette annonce. S'assoit. Un accès de vertige s'empare d'elle, mais elle y résiste. Son visage, dans cette lumière mourante, n'est plus qu'un mur de détresse.

— Elle était chez elle hier soir. Elle a complètement quitté la piste. Elle s'est ratiboisé la tête et teint les cheveux. Elle s'est même ouvert le bras pour laisser des traces de sang. Du coude au poignet, je veux dire. Elle s'est complètement charcutée.

Vic prend le temps d'enregistrer ces nouvelles données brutes.

— Pourquoi ?

— Tout est en train de partir en couilles, et elle le sait. Elle a toujours eu une sorte de sixième sens, qui lui permettait de devancer les événements d'une courte tête. Elle sait qui tu es. Elle me l'a dit hier soir.

Il entreprend de reconstituer le puzzle complexe des mobiles et des actes. Contemple l'autre rive du ravin. Une tombe creusée jadis, moins l'homme qu'elle contenait.

— Ouais… Se faire passer pour mort présente certains avantages. (Il se penche sur Shay.) Elle t'a parlé de moi hier soir ?

— Oui.

— C'est pour ça que tu m'as amené ici ?…

Shay pose la main à plat sur sa poitrine et répète ce qu'elle lui a déjà dit :

— Je ne pouvais pas rester là-dedans. C'est pour ça que je t'ai amené.

Il peut concevoir ces trous qui se forment à l'intérieur de l'être, ces trous qu'on ne parvient jamais à refermer. Elle pose la tête sur la poitrine de Vic.

— Donne-moi une chance de te trouver, Vic, et je te rejoindrai, quoi qu'il m'en coûte.

Il va pour poser la main sur son épaule affaissée, mais hésite au dernier moment. Elle reste dans sa position, trahie par l'humaine exigence qui l'habite.

— Je te le jure. Je supporterai toutes les souffrances qu'il me faudra endurer pour y arriver. Mais tu verras que ça en vaut la peine.

La franchise se mue subitement en une toile d'araignée, aussi simple qu'effrayante.

— Si ta mère sait qui je suis, elle a sans doute décidé de t'envoyer dans le désert pour mourir.

Shay ferme les yeux et entend encore résonner la voix de sa mère dans le sombre couloir de la veille.

— Inutile de répondre.

— Que veut-elle ?

— Le fric. (Shay relève les yeux.) C'est pour ça qu'elle m'a donné le tuyau, pour le San Frasquito Canyon.

— Mais ce n'est pas tout… Si ?

— Elle veut ta mort. Si elle ne peut pas te tuer elle-même, elle veut que ce soit moi qui le fasse.

Ils quittent la réserve après la tombée de la nuit. S'arrêtent à Baker pour faire le plein. Shay traverse la rue jusqu'au Davenport et va acheter du café et des victuailles pour le trajet de retour. Son oreille gauche est un vide diluvial.

Vic la regarde traverser le parking où, onze ans plus tôt, elle s'est dirigée vers sa voiture de patrouille. Il parvient difficilement à se décrire, depuis le point de vue qui est désormais le sien, les sentiments que lui inspire ce retour sur son passé. C'est un peu comme si ses deux existences commençaient à fusionner, sans toutefois n'en plus faire qu'une.

Le parking est bourré de voitures. Les gens ont dressé des tables et des chaises. Ils contemplent les cieux, bien emmitouflés, armés de jumelles et de Caméscope.

— De quoi s'agit-il ? s'enquiert Vic au retour de Shay.

— Il doit y avoir cette nuit une pluie d'étoiles filantes, visibles d'ici jusqu'en Chine.

Shay monte dans la voiture, mais Vic continue de fixer le parking. Elle n'a aucun mal à imaginer le petit souvenir qui doit le titiller.

— Je n'ai jamais vraiment quitté cette ville, déclare-t-il. Jusqu'à ce soir. À présent, je peux le faire. Elle n'est plus qu'une partie de moi, au lieu que je sois une partie d'elle.

Ils ne sont pas sur la route depuis très longtemps quand les météores se mettent à traverser le ciel. Vic conduit. Ils ont actionné les ventilateurs et ouvert le toit. Ils sont au sein d'un grand maelstrom de chaud et froid, et de grands andains de courant électrique pleuvent d'un horizon à l'autre.

— Tu crois que ta mère nous ment, pour le San Frasquito Canyon ?

— Elle est capable de tout.

— Si tu ne t'en sors pas comme elle le souhaite, tu te doutes de ce qu'elle tentera…

Shay continue de fixer les zébrures blanches de la nuit, qui enveniment les cieux l'espace de quelques secondes. Elle regarde une étoile rose et bleu traverser le linceul de mer noire. Vic lui jette un coup d'œil.

— Tu m'as entendu ?

— Oui, je t'ai entendu. Avant même que tu le dises.

Vic éprouve brusquement le désir de la toucher. D'être à son contact. Sa main passe par-dessus le levier de vitesse et la trouve.

59

LANDSHARK et Terry se tassent devant un écran sur lequel défilent les vidéocassettes que Freek a enregistrées dans le San Frasquito Canyon.

LONGS, larges et lents panoramiques, à travers le pare-brise d'un fourgon mal piloté. On distingue quelques repères dans le canyon. Le plus souvent un tronçon de route rectiligne ou un virage, de temps en temps une habitation branlante ou un cube de deux étages, dépourvu de tout cachet et peint en rose californien. Un ranch, le Home Stretch. Et des kilomètres de grands arbres, coupés de quelques brèches de clairière broussailleuse. Le canyon est la pure et libre expression de ce que produisent en Californie misère, fric et isolement. Il doit bien faire un kilomètre, d'une paroi à l'autre.

La caméra tangue un peu à l'occasion d'un long virage boisé. Un édifice de béton se dresse dans les arbres sur le côté droit de la route. Voix de Freek sur la piste son :

— C'est la centrale électrique du Service des eaux et de l'électricité dont le ranger m'avait parlé au poste des pompiers. Le cul-de-sac devrait se trouver juste après.

La route tourne à gauche. La caméra filme le tableau de bord, montre un Rog qui grille fébrilement des cigarettes à la chaîne. La route revient en chaloupant à l'image. Les flots de lumière qui s'engouffrent à travers les grands arbres inondent le pare-brise.

— Là… Là. Ralentis, Rog.

Côté ouest. Une allée de gravillons qui s'enfonce dans les arbres.

— Ça doit être ça.

Une impression de sauvagerie, de solitude.

— D'accord, William, je vais y aller et vérifier que c'est le bon endroit. Si c'est bien là, on va le diagnostiquer.

ÉCRAN noir. Fondu d'ouverture sur la voix de Freek.

— Faut que je vous montre quelque chose, les gars.

Le fourgon est garé dans une friche, un peu en retrait de la route. Rog fume, assis sur le pare-chocs. Freek revient vers lui, après avoir filmé une colline située derrière le fourgon. Haute d'environ sept étages, la butée coupe les trois quarts du canyon d'est en ouest, dans sa largeur.

— Vous ne remarquez rien de bizarre dans cette colline, les gars ?

Il effectue un panoramique vers la gauche. Puis vers la droite. Rien qu'herbe rase et buissons. Terry et Landshark échangent un regard mystifié. La caméra zoome vers le sommet de la colline.

— Là non plus, vous ne remarquez rien, les gars ? demande Freek.

Gros plan suffisamment rapproché : le téléobjectif focalise sur ce qui ressemble, tout le long de la crête, à des monticules de gravats. On dirait des blocs de ciment d'où saillent à angle baroque des tiges de fer et des étançons de béton étrangement brisés. Le tout évoque vaguement la carcasse d'une pile de pont effondrée.

— Souviens-toi de ton histoire, William… 1927… La catastrophe du barrage de St-Francis… Dans le San Frasquito Canyon.

Coupure. Écran noir. Long fondu enchaîné. Nous sommes au sommet d'une colline surplombant Rog et le fourgon. Rog fait un doigt d'honneur à la caméra. Celle-ci se redresse et filme la crête.

Panoramique de Freek sur les vestiges d'un parapet de béton. Une route cimentée de plus de trois mètres de large, que la catastrophe et l'érosion semblent avoir défoncée.

— C'était la dernière digue à l'est de Mulholland, fait Freek. La cérémonie d'inauguration s'est déroulée la veille du jour de l'an, en 1927. Tu as oublié toutes ces conneries, William ? Puis tout le monde est rentré chez soi et le barrage s'est effondré dans la nuit de la Saint-Sylvestre. C'était sa partie en terre.

Terry compte les minutes. Agacé de devoir rester assis là à se tartiner une putain de leçon d'histoire, il s'apprête à appuyer sur avance rapide quand Landshark l'arrête d'un geste.

Noir. Lent fondu sur la crête de la colline qui surplombe directement la San Frasquito Canyon Drive, laquelle coupe d'est en ouest la route qui court au fond du précipice. À l'est de la route et parallèlement à celle-ci, une rivière épouse la paroi rocheuse du canyon. Le vent fouette méchamment à cette altitude et le Caméscope parvient tout juste à s'offrir un zoom tremblant sur les monceaux de béton blanc fendillés que la rivière doit contourner dans sa course vers le sud.

— Je lui enfoncerais bien une botte dans le gosier pour lui apprendre à nous faire perdre notre temps, dit Terry.

— C'est là que se trouvait la partie en béton du barrage, continue Freek. Et c'est là qu'il a cédé. Le tracé de la route passe à l'endroit exact de son effondrement. C'est de là que les dix kilomètres de la retenue d'eau ont jailli et tué quatre cents personnes à Newhall. Tu parles d'une conception défectueuse, William. Tu parles d'une catastrophe oubliée.

La caméra recule pour capter la vaste étendue de canyon où, jadis, une muraille de béton armé haute de sept étages et large de cent mètres a été enfoncée par un bélier d'eau.

— Je suis persuadé que Terry me casse du sucre sur le dos pour cette petite digression, mais j'ai mes raisons.

La caméra pivote vers le sud. Cadre la route.

— Très bien, Terry. Ôte tes paluches de ta bite bien rembourrée et regarde un peu ça.

Freek effectue un zoom progressif, remonte la route et dépasse la centrale électrique. Il traverse pas à pas cette matrice de barrage éboulée, cadre de nouveau le San Frasquito, là où il s'incurve vers l'ouest, et passe devant le cul-de-sac. Puis il zoome plus serré, jusqu'à ce que la lumière immaculée accroche quelques toits et une longue rangée de hangars blancs.

— C'est là que vit Pettyjohn. Tu commences à comprendre, Terry? Tu m'as posté ici avec une radio à ondes courtes pour que je repère toutes les bagnoles qui remontent ou descendent le canyon.

— Voilà donc le San Frasquito, fait Vic. (Les deux hommes se retournent brusquement. Vic entre dans le bureau.) On dirait que Freek a fait du beau boulot.

Landshark reluque Terry.

— C'est justement ce que me disait Terry.

Le regard de Terry se coule vers Vic, ignorant délibérément ce dernier commentaire.

— Où étais-tu passé?

— Dans la réserve nationale du Mojave.

Landshark coupe le son avec la télécommande. Vic se dirige vers le bar, se sert un café et le corse de whisky. Puis va s'effondrer sur une chaise, devant la table de travail.

L'espace de quelques secondes, il regarde la vidéocassette se dérouler sur l'écran et la caméra remonter lentement le cul-de-sac, puis il reporte son attention sur Landshark.

— L'autre soir. Sur la route. Quand nous avons discuté et que vous m'avez dit qu'il me faudrait bien au final apprendre qui elle est et affronter ensuite ma réaction, puis l'homme que je serais devenu ?

— Oui ?

— Nous savons la vérité, maintenant.

Le silence qui s'ensuit semble réduire l'exaltation de Vic aux dimensions d'un simple et paisible épuisement.

— Que s'est-il passé ? demande Terry.

— Elle m'a conduit dans la réserve, m'a dit qui elle était et m'a donné son arme.

Vic fixe le contenu de sa tasse. Boit. Landshark et Terry attendent qu'il poursuive, mais il se remet à fixer l'écran. Le fourgon négocie son premier virage dans le cul-de-sac et là, sur la droite, la caméra cadre une petite maison puis, juste derrière, une longue rangée de hangars blancs.

— C'est exactement ce qu'on disait l'autre jour, Terry. Le passé n'arrête pas de se modifier sous nos yeux, dit-il sans quitter l'écran du regard.

Au moment où le fourgon contourne ce vieux cottage à la charpente de bois à demi effondrée, un homme surgit de derrière la moustiquaire de la porte d'entrée. La caméra recule à l'intérieur du fourgon pour éviter de se faire remarquer puis on la porte jusqu'à la lunette arrière, où elle continue de tourner.

— Le vieux type sur le perron, fait Vic. C'est l'oncle de Pettyjohn. L'un de ceux qui ont essayé de nous liquider dans le désert.

— Elle vous a donné son calibre, dit Landshark. Qu'avez-vous fait ?

— J'ai eu la cruauté de lui pardonner.

Le mot suscite un rude choc. Les deux hommes sont durement ébranlés.

— Où est-elle ?

— Dans un motel de la banlieue de Western, où elle attend le coup de fil de Burgess. (Vic regarde l'un après l'autre les deux hommes.) J'ai besoin d'une voiture.

Quelque chose de discret, que je puisse garer quelque part dans le canyon. Vous pouvez m'arranger ça ? Même pour ce soir ?

Landshark jette un regard à Terry, qui opine.

— Il y a encore autre chose que vous devez savoir tous les deux… et qui pourrait bien tout chambouler… (Il repose son café.) Dee Storey est vivante.

60

Hugh Englund exècre le San Frasquito Canyon. Il hait cette baraque qui craque et grince sans arrêt. Le seul fait de s'y trouver transforme son estomac en une vague boule de chair; la même que lorsqu'il a rencontré Charlie Foreman pour la première fois.

— Je pense pas qu'on devrait le faire. Je pense que c'est le mauvais moment.

À l'intérieur de cette pièce mal éclairée, Alicia Alvarez, Foreman, John et son oncle. Mais pas un seul regard en faveur de Hugh.

Ce dernier se lève.

— Je la sens là, dans mes tripes… La cata. (Foreman s'apprête à dire quelque chose, mais Hugh le coupe.) Charlie, si tu me dis encore que j'ai besoin qu'on me remonte les couilles, je te jure devant Dieu que…

Charlie brandit une paume.

— *No mas. No mas,* lui répond-il cyniquement.

Pettyjohn se dirige vers Hugh, planté seul au beau milieu du petit salon. Pettyjohn a bien du mal à respirer à travers les couches de gaze et de sparadrap qui maintiennent en place son nez et sa pommette brisés.

— Qu'est-ce qu'on devrait faire, selon toi ?

— On a les documents. Ça peut encore attendre quelques semaines.

Alicia ne veut pas en entendre parler :

— Un canard a déjà cité mon nom. J'ai reçu un coup de téléphone du *Daily News.* C'est maintenant ou jamais. Pas question que je commence à répondre à des questions avant qu'on en ait terminé.

— Le journal pourrait bien se ranger de ton côté. On contrôle la situation.

— Non… non ! Charlie ! C'est hors de question !

— On n'attendra pas, fait Charlie.

— Donne-moi une meilleure raison d'abandonner, demande Pettyjohn à Hugh.

— La seule idée de faire entrer cette fille ici me pue au nez. Ou ce connard qui lui colle au train. Sans parler de Storey. Que lui est-il arrivé ? À croire qu'elle a été balayée de la surface de cette planète juste avant de venir nous trouver.

— Je pense que Harold Ridden l'a butée, répond Charlie. Il m'a presque supplié de le faire.

— Juste ici, renchérit Hugh en se frappant la bedaine. Juste ici… le désastre.

Il sort sur le perron. Pettyjohn fait signe aux autres de patienter une seconde puis l'y rejoint.

Les deux hommes se tiennent sous une simple ampoule nue. La nuit fraîchit autour d'eux. À l'autre bout du perron, un mobile de verre tintinnabule au vent.

— Ce doit être un vieux truc de flic.

— Peut-être, fait Hugh. Et ton oncle. Je n'en ai rien dit là-dedans, mais il compte bien se faire cette fille, vu ce qui est arrivé à Travis.

— Je me charge de le contrôler.

Alicia pousse la contre-porte.

— Faut qu'on passe ce coup de fil.

Pettyjohn pivote brusquement et frappe de la paume le treillis métallique, à la hauteur de son visage ; Alicia fait un bond en arrière.

— Carre-toi-le sous le coude, chérie, d'accord ?

Elle l'insulte en espagnol puis tourne les talons. Pettyjohn fait volte-face vers Hugh.

— Pas moyen d'arrêter ce cirque. Mais on peut déménager certaines choses. Les emporter plus loin. Je sais que cette baraque pue les mauvaises ondes. On devrait boucler ce dossier ailleurs.

LE silence, l'obscurité, la sécurité d'un garage de ciment bien frais. Burgess est assis au volant de sa voiture, ses pieds nus ramenés sur le siège. Là-haut, Dieu le Père patiente auprès du téléphone.

Cette nuit-là, dans le Franklin Canyon, tandis que Dee conduisait Shay au Mexique, il a prié pour qu'ils meurent tous. La lente caravane de ses vœux vient tout juste de s'ébranler, cauchemardesque cadeau du monde à un homme qui n'est que bluff et trouille bleue sur deux pattes.

Ses yeux se posent sur le revolver que lui a donné Dee. Une pensée le traverse et se répand dans toutes les fibres de son corps : il existe, quelque part, une seconde chance portant son nom gravé. Pas le simple échange d'un joug contre un autre, mais un changement significatif.

Tout en fixant dans le miroir obscurci du rétroviseur le blanc de ses yeux éreintés, il prend définitivement sa décision.

Puis il entend sonner le téléphone dans le tunnel d'un noir d'encre de la cage d'escalier. Et sent la réaction se diffuser dans toutes ses veines.

— TU l'as conduit à Baker ? Sur place ? Alors… Sa putain d'âme s'est recroquevillée sur elle-même ?

— C'est bien ce que j'ai fait, dit Shay.

Se profilant sur fond de pénombre, les paupières de Dee se relèvent pesamment à chaque battement de ses cils, tandis qu'elle s'efforce frénétiquement de percer à jour les raisons du comportement de Shay.

— Et il s'est tout pris dans la gueule sans réagir ?

Shay campe sur ses positions ; debout, adossée au bureau, les bras croisés, elle tâte le cercueil fétiche du bout des doigts.

Dans la chambre de motel voisine, des hennissements en boîte montent d'un poste de télévision.

— Tu as fait tout ça pour gagner sa confiance, ou pour me damer le pion ?

— Désormais, je suis le seul obstacle entre toi et lui, répond Shay.

— Je vois.

Shay s'en tient à la vérité brute, mais se garde bien de tout divulguer :

— S'il te savait encore en vie… Ce qu'il ignore… C'en serait fait de toi.

— Non. Tu fais erreur. Je suis le seul obstacle entre toi et lui. Ça fait une différence. Il a besoin de toi pour se payer Foreman et les autres. Mais ensuite…

— Ta réponse me suffit.

Shay tend la main vers sa cigarette qui se consume dans un cendrier.

Dee tente de mieux jauger l'aspect tragique de l'affaire :

— Pourquoi ne lui as-tu pas dit que j'étais encore vivante ?

Un mince pinceau de fumée grise puis quelques mots, lentement articulés.

— Je n'ai pas eu à mentir. Tu ne l'es pas.

Dee se lève.

— Tu veux quelque chose. C'est pour ça qu'on en est là.

Elle tripote les lames des jalousies et son visage se zèbre de lumière. Depuis la fenêtre de leur chambre, au premier étage du Harvard House Motel, Dee peut voir Hollywood Boulevard s'étirer vers l'est. Les boutiques et les vitrines du quartier portent maintenant des enseignes en alphabet thaï. Et cet étrange salmigondis d'iconographie bariolée fait salement tache dans ce grave décor architectural.

— On est de retour à la case départ, pas vrai ?

Dee se tourne, affronte Shay.

— Dans une chambre de motel sordide, où l'on entend les gens s'envoyer en l'air et les chasses d'eau des chiottes sur le palier. Même Laguna Avenue était plus luxueux. Mais tu m'en vois ravie. On ne peut guère rêver mieux comme fin de parcours.

— Sans toi…

— Commence pas, ordonne sèchement Shay en se servant de sa cigarette comme d'un bâton blanc. N'essaie pas de faire passer ta vie pour une foireuse ballade des sixties, histoire de mener de nouveau la danse. Parce que mon ouïe n'est pas très…

Le téléphone sonne. Brisant un silence mortel de quelques secondes. Shay répond.

— Ouais ? Bon sang, Burgess, cesse de bouffer tes mots. Ralentis. On y sera.

Elle raccroche.

— Espérons qu'ils ne changeront pas de lieu de rendez-vous à ton détriment, la prévient Dee. Tu verras bien alors de qui dépend réellement ta survie.

Shay désigne son propre cœur.

— Mon seul espoir de survie est là. Et tu ne t'en approcheras pas ce coup-ci. (Elle écrase sa cigarette.) Et je veux effectivement quelque chose. Il n'y aura pas de faire-part de décès au nom de Vic. Pas cette fois-ci.

Dee doit rassembler toute son énergie pour vaincre sa fureur et franchir cette passe étroite. Shay contourne le lit et se plante devant sa mère.

— Je sais qu'à tes yeux, j'ai toujours représenté une espèce de police d'assurance mal comprise, une béquille pour t'aider à traverser la vie. Mais je sais aussi que s'il m'arrivait quelque chose…

— Pourquoi tu crois que j'aie fait venir les flics au Jardin d'Allah ?

— … tu ne tiendrais pas le coup. Tu ne pourrais plus te confier à personne. Il n'y aurait plus personne devant qui craquer. Plus personne à intimider. À dominer. Ni à aimer, à ta façon complètement tordue.

— J'ai disposé des indices qui incriminent ton petit copain.

— Il te resterait Burgess, bien sûr. Mais personne qui soit sorti de ton estomac. Ta part de chance se serait envolée.

— Il sera sous les verrous avant la fin de la nuit.

— Tu m'as entendue ?

Ces craques glissent sur le visage de marbre de Dee.

— Je peux comprendre la lutte intestine que se livre à elle-même Dee Storey. Une partie de toi a tiré sur ma maison ; m'a envoyée crever dans le désert. Et l'autre m'a donné son fric pour m'enfuir ; m'a mise en garde contre ce que tu es réellement. Je suis ton champ de bataille. Je le sais.

— Je ne te donnerai pas ce que tu veux.

Shay agrippe Dee si violemment qu'elle manque de trébucher. Elle la traîne devant le miroir.

— Regarde-toi. Tu te désagrèges complètement. Tu n'es qu'une terre stérile, dévastée et empoisonnée, qui se cramponne envers et contre tout. Regarde !

Le miroir attend que Dee le scrute. Côte à côte à présent, mère et fille, dans le féroce retour de bâton de la mémoire.

— Je ne compte que sur une seule chose, déclare Shay. Que tu te rappelles que je suis sortie de ton ventre et que j'ai eu la chance de trouver mon salut. Et qu'une partie de toi aspire à me voir m'en tirer, afin d'offrir au moins une raison d'être à ton existence ravagée. Je compte là-dessus, sinon…

Dee n'arrive pas à s'arracher à leur reflet dans la glace. C'est exactement comme si ce souvenir s'était emparé d'elle et la possédait. Aussi réel et tangible que tout ce qu'elle a jamais pu toucher de chair et de sang.

Oui, le souvenir est bien là, sous ses yeux. Comme s'il était venu la ramener à cet instant de leur vie où, à Laguna Avenue, elles se préparaient à mettre à mort John Victor Sully. Sauf qu'aujourd'hui elle s'est rasé la tête, porte des vêtements en loques et qu'un noir et terrible dessein s'est douillettement logé au plus profond de cette fosse d'aisances qu'est Dee Storey.

— Je ne peux pas, fait-elle d'une voix presque chevrotante.

— Tu sais qu'une partie de moi aimerait te tuer, chuchote Shay. Donc je te comprends. Mais je sais également que j'aurai peut-être besoin de toi ce soir. Que *nous* aurons peut-être besoin de toi ce soir.

Shay s'empare de la main de sa mère et, usant du langage des signes, trace sur sa paume ce mot suppliant :

— Je t'en prie… Je t'en prie.

Puis elle replie les doigts de sa mère autour des siens et les y laisse.

61

TERRY est en train d'installer les postes à ondes courtes à l'arrière de la voiture qu'il conduit quand Vic sort de la maison avec les clichés du San Frasquito Canyon.

— On vient juste de recevoir le coup de fil, annonce-t-il.

Terry se glisse hors de la voiture et consulte sa montre.

— Freek et Rog devraient déjà être là. Et la voiture que tu voulais est en chemin.

— J'aimerais te montrer quelque chose avant de partir, déclare Vic en posant les clichés extraits de la vidéo sur le capot.

Terry s'approche pour mieux voir. Ils commencent par la route qui conduit au cul-de-sac puis remontent vers le nord, cliché après cliché, en longeant le flanc est du San Frasquito. Ils disposent ainsi un panorama boisé allant du cul-de-sac jusqu'aux vestiges d'une route coupe-feu ou d'une voie d'évitement.

— Il doit y avoir trois cents mètres de terrain boisé entre ce champ et l'installation du Service des eaux. Planque la voiture dans les buissons. Ce sera mon échappatoire si ça tourne mal.

Vic lui rend les photos. Terry les tasse comme un paquet de cartes.

— J'ai quelque chose pour toi, annonce-t-il.

Vic le suit jusqu'au coffre. Il l'ouvre et en sort un gilet de Kevlar modifié façon maillot de corps.

— Un ami à moi participait à des descentes de police dans les boîtes à crack de Pacoima. Il a fait fabriquer ces machins pour n'avoir pas l'air trop rembourré, de peur de se faire suriner. (Il le tend à Vic.) Ne mets pas de chemise.

Coupe les manches de ton blouson de jean et boutonne-le. Tu n'auras pas l'air de porter un pare-balles.

Vic prend le gilet. Les deux hommes fixent le vêtement gris sombre. Ils se la sont jouée très prosaïque au cours des dernières minutes, comme si le sujet était anodin. Mais ils savent parfaitement ce que masque ce prétendu détachement. Ils sont suffisamment entraînés pour comprendre la gravité de ce qui n'est pour l'instant qu'un simple départ en voiture.

LANDSHARK est tourné vers un écran où repasse la vidéo du long segment de colline qui faisait naguère partie du barrage de St-Francis. Lorsque Vic pénètre dans le bureau, Landshark est absorbé dans ces pensées : combien le temps incommensurable a modifié le paysage ! Et comment le théâtre d'une tragédie s'est transformé en un anonyme kilomètre de pure splendeur.

— Nous devrions commémorer les catastrophes, déclare-t-il en se tournant vers Vic, afin de ne jamais les oublier. Une digue… Une école. Tout cela relève de la même vieille scie : nous ne parvenons pas, semble-t-il, à créer une société potable. Des êtres humains convenables.

— Il faut que j'y aille, fait Vic.

Landshark se lève.

— Je sais. Je vous ai entendu parler au téléphone.

Il constate que Vic tient son blouson de jean bleu et le gilet de Kevlar que Terry lui a apporté.

Vic balance le blouson sur la table.

— Vous pourriez couper les manches jusqu'à l'épaule ?

Landshark s'empare des ciseaux.

— Êtes-vous bien certain de vouloir agir en vous basant sur les informations d'une femme qui souhaite votre mort ?

Vic ôte sa chemise.

— Qui a simulé sa propre disparition. Envoyé sa fille à une mort certaine. Qui…

— Je ne peux pas vous donner la réponse que vous voulez entendre.

Vic jette sa chemise sur la table et Landshark aperçoit la large aréole de chair noire qui ponctue sa cage thoracique, souvenir d'une balle reçue bien des années plus tôt.

— Et quelle est-elle, cette réponse que j'ai envie d'entendre ?

— La certitude. (Vic enfile le gilet de Kevlar.) Je ne suis pas en mesure de vous l'apporter. (Il entreprend d'attacher les lanières de Velcro.) Je peux uniquement vous dire que nous devons accepter l'incertitude. Et même l'embrasser. (Dès qu'il a terminé de nouer serré les courroies, Vic vérifie que ses bras ont une totale liberté de manœuvre.) Et l'incertitude implique le chaos. La balle perdue qui décide de votre mort.

Sur ces mots, Landshark se rassoit. À la perspective des quarante kilomètres de ville qu'il lui faudra bientôt traverser, une onde de terreur parcourt l'arrière de son crâne.

Vic prend ses cigarettes sur la table et la photo de l'angelot en larmes accroche son œil.

— Savez-vous ce qui vous terrifie le plus ?

Landshark commence à découper la première manche et demande d'un ton dégagé :

— Quoi ?

— La liberté. Et la responsabilité qui l'accompagne. L'incertitude en fait partie. Et le chaos. Et la mort. (Vic tapote le gilet de Kevlar.) Et ce n'est pas un de ces gadgets qui les arrêtera. (Il allume une cigarette. Regarde la pendule murale. Constate qu'il ne lui reste plus que quelques minutes.) J'aurais pu refaire ma vie à El Paso, pendant toutes ces années. Mais j'étais acharné à m'enraciner dans le passé. Et vous devez vous pardonner à vous-même pour pouvoir avancer, exactement comme j'ai pardonné à cette fille pour pouvoir avancer.

Landshark cesse de couper et se contente de fixer la manche à demi détachée.

— Qu'est-ce que vous avez dit, déjà, le soir de mon arrivée ? À propos du jeu d'échecs et de la vengeance ?

Landshark rumine encore le "vous pardonner à vous-même".

— Vous vous en souvenez, William ?

Il se remet à découper la manche.

— Dans les cérémonies du cavalier, le pion lui-même doit ourdir une revanche.

— Eh bien, ce soir, tous les pions pourront régler leurs comptes. Vous compris, peut-être.

Landshark s'attaque à la seconde manche. Vic fume. Il regarde de nouveau la pendule, puis l'enfant en larmes. Contraint ses yeux à s'imprégner du moindre détail de la pièce.

— Vous pouvez mettre dès ce soir un terme à votre emprisonnement.

Landshark continue de couper jusqu'à ce qu'il en ait terminé. Il n'a pas la réponse à cette question.

— Je ne vous reverrai plus après mon départ, fait Vic.

Il continue imperturbablement de couper. Puis prend une profonde inspiration, relève les yeux et pousse le blouson vers Vic, à travers la table.

— Que voulez-vous dire ?

— Si je suis encore debout… je disparais.

— Pour aller où ?

Vic enfile sa veste.

— Avec la fille ?

Il entreprend de la boutonner.

Landshark espère une réponse, mais sait qu'on l'invite à laisser tomber.

— J'espérais qu'on se connaîtrait encore lorsque je serai devenu quelqu'un… (sa voix se fêle) que vous pourriez sans honte considérer comme un ami.

Vic va s'asseoir à côté de lui, sur le rebord de la table. Les coudes de Landshark reposent sur cette dernière et ses paumes relevées soutiennent son visage autant qu'elles le dissimulent. Vic se penche.

— Sans vous, déclare-t-il, je serais encore à El Paso. Rongé par la colère… égaré… brisé. Persuadé d'avoir perdu tout contrôle sur ma vie. Mais vous m'avez trouvé.

Il se penche davantage et serre Landshark contre lui comme s'il était son frère unique et dévoué.

— Bon, écoutez-moi bien, maintenant. Vous avez purgé votre peine. Vos parents eux-mêmes seraient de cet avis.

Lorsque Landshark entend cette brutale déclaration et prend conscience de ce qu'elle implique, son visage exprime une intense stupéfaction. Il s'apprête à répondre, mais Vic l'interrompt.

— Le passé se modifie sans cesse autour de nous. Rien ne vous oblige à lui céder corps et âme.

62

Vic et Shay attendent dans la petite pièce où Vic était assis avec Burgess deux soirs plus tôt. L'atmosphère est lugubre. Un silence insupportable, dont Vic profite pour tenter de réfléchir à toutes les catastrophes imprévisibles.

— Une arme, demande-t-il à Shay dans un murmure. Une arme. Est-ce que Burgess a une arme ?

Landshark sort de chez lui. Il se retrouve nez à nez avec Terry, debout près d'une voiture dont le moteur tourne. L'allée débouche sur un portail grand ouvert. Et une nuit anormalement torride les attend au-delà.

Il aimerait que rien de tout cela n'existe. Regrette de ne pouvoir rentrer chez lui en rampant, pour s'abriter derrière ses priorités comme on se cache sous un drap.

Il se contente de balancer sur la banquette arrière, d'un geste maussade, la musette qu'il porte à l'épaule, de recroqueviller sa longue carcasse sur le siège et de feindre de croire et de ressentir intensément ces mots : "Le passé se modifie."

Vic montre à Shay les clichés du cul-de-sac et de la zone qui s'étend au nord et où sera cachée l'autre voiture, si besoin est. Burgess entre dans la pièce, accueilli par un silence glacial. Vic rassemble les photos.

— Qu'est-ce que c'est ? Vous pouvez parler devant moi.

Ils se taisent. Vic empoche les photos.

Le seul fait de descendre de Mount Washington en voiture évoque à Landshark une séance de montagnes russes, dans un wagonnet sans toit roulant à tombeau ouvert. Il est d'ores et déjà en proie aux premières vagues de panique. Son cerveau déchiquète ces beaux mensonges. Plante autour de sa gorge et de ses poumons la cage dont il est prisonnier. Le persuade qu'il sombrera dans la démence s'il ne rentre pas immédiatement chez lui. Que sa seule chance de continuer à respirer, d'éviter la crise cardiaque, de défaire le nœud cyclonique de ses terreurs mentales réside dans une fuite éperdue, un sprint jusqu'à ce portail qui donne accès au monde extérieur et s'est refermé derrière lui.

Il doit faire un effort titanesque pour se contrôler. Quelle force de volonté ne faut-il pas déployer, dans une confrontation avec sa propre volonté ?

Le téléphone sonne. Burgess fixe le combiné noir. Celui-ci sonne de nouveau. La troisième sonnerie rompt l'envoûtement.

Shay regarde Burgess prêter l'oreille à la voix de son correspondant. Il s'empare d'un calepin. Écrit. Shay le regarde noter. Sa main évoque un oiselet frémissant de terreur et Shay prend conscience que sa vie et que la vie de Vic reposent presque entièrement entre les mains de cet homme et de ce qu'il est.

— Je suis en train de flipper, hoquète Landshark lorsqu'ils s'engouffrent dans les néons du quartier commercial de Figueroa Street.

Terry brûle le feu à l'orange et emprunte la Pasadena Freeway.

— On ne revient pas en arrière.

Ces paroles frappent Landshark en pleine poitrine. Le compteur accuse cent vingt à l'heure et l'aiguille continue de grimper. Ça ressemble au décollage de la navette spatiale. Ton corps tout entier est propulsé dans l'espace infini, désarmé, impuissant, par une poussée de plusieurs millions de tonnes.

Burgess raccroche le combiné.

— On prend l'autoroute d'Hollywood vers le sud, jusqu'à la 10. Là, on pique à l'ouest sur la 10 jusqu'à Robertson. On sort de l'autoroute. Il y a un café à l'angle nord du carrefour. On patiente sur son parking. Foreman m'appellera sur mon portable.

Burgess sort de la pièce.

— Je vais chercher le fric.

Il s'arrête devant la porte.

— Charlie tient à ce que ce soit net et sans bavure. Il dit qu'il nous surveillera, pour vérifier qu'on se pointe bien seuls.

Une fois Burgess sorti, Shay se tourne vers Vic :

— Si on allait à San Frasquito, on prendrait au nord sur Hollywood ; pas au sud puis vers l'ouest sur la 10.

Vic crispe les mâchoires en songeant à ce prémonitoire petit laïus sur l'incertitude qu'il a servi à Landshark.

— Ça n'en a pas l'air, fait-il.

Chaque kilomètre parcouru inspire au cerveau de Landshark un nouveau souhait inexaucé. Si seulement un pneu pouvait éclater… Si seulement un semi-remorque pouvait franchir le terre-plein… Si seulement la terre pouvait arrêter de tourner sur son axe…

Il s'efforce d'endiguer cette phobie maniaque qui le flagelle en se remémorant sardoniquement que sa vie tout entière a été un calvaire d'immortelle torture, une promesse d'intarissables souffrances, et en se persuadant que la mort, avec un peu de chance, surviendra avec les noires affres du désespoir, au terme d'une vie à peine vécue et d'un vain gaspillage de temps.

Il se retrouve dans le hangar à avions. Le nœud gordien de son existence. Il fixe les clavettes d'arrêt, tandis que son père mène le Navion à la lumière du soleil.

Burgess sort de la maison avec deux mallettes. Vic et Shay l'attendent devant la voiture. Burgess les dépose sur le siège avant.

— Vous avez un revolver ? demande Vic.

— Ma mère t'en a donné un quand tu as emménagé ici, fait observer Shay.

Il tente de les regarder droit dans les yeux, de deviner leurs pensées.

— Je l'ai perdu.

Vic le pousse contre le capot.

— Qu'est-ce que vous faites ?

Il entreprend de le palper avec rudesse, pendant que Shay fouille la boîte à gants puis regarde sous les sièges.

— Je ne comprends pas. Vous vous comportez comme si c'était moi l'ennemi.

Ce capot qui fend la nuit sur l'autoroute et pique vers le San Frasquito Canyon ramène Landshark aux dangereux tonneaux du Navion qui tombe en piqué. Il suit des yeux la course folle des lignes blanches sur la route et s'avoue, en son for intérieur, que sa vie tout entière n'a été qu'une incessante répétition de cette unique minute de débat cornélien où il a laissé mourir ses parents.

Il se couvre le visage de ses mains. “Vous avez purgé votre peine”, entend-il encore lui dire Vic. Il savait. Il savait.

— J'ai menti à tout le monde, déclare-t-il avec la passion d'un écorché vif, assez fort pour que Terry l'entende.

VIC suit de près les feux de position de la voiture de Burgess sur la Hollywood Freeway puis sur la 10.

Shay baisse les yeux sur le portable qu'elle tient à la main.

— S'ils ont changé de lieu de rendez-vous, elle doit être au courant, maintenant. Elle sait.

Vic jette un coup d'œil au portable puis s'adresse à Shay :

— Aucun coup de fil ne pourra nous renseigner.

Shay repose l'appareil sur le tableau de bord, comme si elle s'efforçait de se l'ôter de l'esprit. Elle fixe les feux de position de la Mercedes qui louvoie de file en file. Elle ne cesse de revoir le visage de sa mère, surgissant de l'obscurité quelques heures plus tôt.

Tuer n'est pas le plus difficile. C'est l'après qui fait toute la différence entre crever et continuer. Shay ferme les yeux.

— J'ai peur, Vic. J'ai le droit de le dire ?

LES yeux hermétiquement clos, Landshark avance sur une corde raide ; en proie à un état d'esprit funambulesque, entre panique et sérénité, où, alors qu'il se retrouve arraché pour la première fois à la douillette sécurité d'une porte fermée, il peut enfin contempler distinctement et même toucher du doigt les ombres détraquées de la peur.

Il conçoit enfin comment l'homme qu'il est devenu – issu du conflit intime qu'il s'est livré à lui-même pour se châtier d'avoir laissé mourir ses parents – a contribué à mettre en branle cette phobie qui a ravagé des années entières de son existence et nourri simultanément, parfois avec de hideuses conséquences, son besoin de créer des événements dans le cours de sa propre vie, afin de s'octroyer un jour, peut-être, la liberté de l'intégrité.

En conservant des dossiers sur ceux qui, comme Vic, ont été lésés. En jetant Magale dans la gueule du loup, sur la promesse d'un bel avenir. En poussant Vic à carburer de nouveau, à plein régime, sur son énergie, sa vigueur et sa volonté. Vic et Terry. Vic et la fille. Roger et Freek. Son entêtement à découvrir la vérité dans l'affaire du meurtre. Toutes ces batailles lui ont tenu lieu de passerelle. Une passerelle d'énergie, qui lui a permis d'avancer chaque fois un peu plus loin. D'être davantage éperonné.

Kilomètre après kilomètre. Virage après virage. Il visualise la confluence de tous les événements qu'il a contribué à créer en reproduisant la guerre qu'il a livrée contre lui-même en son for intérieur, de façon à pouvoir guider le Navion de William Worth vers l'extérieur et la lumière de l'expiation, fusionner enfin avec Landshark et ne plus former qu'un unique être humain dans le firmament de l'incertitude.

La radio à ondes courtes posée sur la banquette arrière crépite et la voix de Rog se fait entendre :

— C'est vous, les gars ? William… Terry ? Ce putain de poste marche, ou merde ?

Landshark ouvre les yeux. Ils s'engouffrent dans la solitude enténébrée du San Frasquito Canyon.

Le parking de ce café, c'est la cour des miracles. Un tas de mecs défoncés avec leurs greluches en bas noirs. Burgess patiente dans sa 560 SL aigue-marine. Vic et Shay se tiennent à moins de dix pas, devant leur voiture.

Elle jette un coup d'œil à la pendule du tableau de bord. Déjà une heure de passée, les nerfs en pelote, sans trop savoir si on les observe, si on les surveille ou si cette longue attente n'est qu'une main gantée se refermant sur leur gorge, dans le seul but de les inciter à se sentir plus vulnérables qu'ils ne le sont.

— Désolée, Vic. Désolée d'avoir joué un rôle dans cette affaire. D'avoir rendu possible ce qui va se passer.

La lumière sur son visage. Les notes qui s'échappent de la radio de bord d'une voiture qui les dépasse en trombe. Sa sincérité totale et son pur besoin. Cet instant devrait appartenir à un autre lieu, à une autre époque. Vic se retourne, pour que Burgess ne le voie pas prendre la main de Shay.

Pendant qu'ils parlent, Burgess profite de l'occasion pour passer le bras par-dessus le siège, ouvrir une des mallettes et en sortir le revolver de Dee.

— Allez vous faire foutre tous les deux, pense-t-il en le planquant dans la boîte à gants.

UN bouquet d'arbres se dresse au-delà du portail d'un ranch qui porte l'enseigne THE HOME STRETCH. L'air de la nuit est sec à vous parcheminer la gorge, plus été indien que douceur automnale. Landshark observe une muette passivité. Trop épuisé nerveusement, il ne ressent ni les affres de la panique ni le calme serein d'une mer d'huile.

L'attente a été si trompeusement longue que Freek se surprend à fredonner dans l'émetteur à ondes courtes. Lorsqu'il entonne le refrain nasillard de *Sgt. Pepper's Lonely Hearts Club Band,* Terry lui dit de la fermer.

Bref répit, puis Landshark demande :

— Ils peuvent nous entendre ?

— Non.

— Avant, quand j'ai dit que j'avais menti à tout le monde…

— Oui.

Sa carcasse ravagée de honte se penche sur le tableau de bord puis, au bout de quelques instants, Landshark déclare :

— Je les ai tués.

Les yeux de Terry continuent de fixer, au-delà du portail du ranch, le virage par lequel ils devraient survenir. S'ils surviennent.

— J'ai vu les clavettes. Une certaine partie de moi-même aurait voulu les arrêter, mais l'autre… Et je savais que je pouvais m'en sortir impunément. Du moins si l'on peut appeler mon existence une impunité.

Le moindre souffle d'air, dans ce canyon desséché, vous transperce comme une décharge électrique.

— J'ai menti à Vic. Mais je crois qu'il a vu clair en moi.

Landshark s'empare de sa musette. Y pioche une bouteille.

— C'est quoi ? demande Terry.

— Soit du cognac, soit de l'acétone. J'espère que c'est de l'acétone. (Avant de boire, il pose une dernière question à Terry.) Tu savais que je mentais, tout ce temps ?

Terry se tourne vers lui.

— Oui, William, je…

La radio le coupe. Voix surexcitée de Rog :

— Je crois que c'est eux. Deux voitures viennent de tourner dans le San Frasquito Canyon. Vous m'entendez ?

Le meurtre

63

DEE Storey a dit une fois à Shay que le San Frasquito Canyon lui semblait une planque idéale pour les cadavres et les conspirations. Ce soir, elle va prouver qu'elle avait raison sur tous les points.

PETTYJOHN, Foreman et Alicia descendent les marches du perron du cottage, précédés par le rayon d'une torche. Dee, à couvert dans les broussailles, les regarde traverser en file indienne l'allée de gravier puis escalader un talus séparant les deux propriétés et poursuivre leur chemin, à travers une pelouse détrempée, jusqu'à une maison de deux étages que le Service des eaux est en train de rénover. La route du canyon est une berge mouvante, qui ne cesse de se soustraire au pinceau de ses phares. Un fossé inaccessible et fuyant.

Lorsqu'ils passent devant le portail d'un ranch portant les mots THE HOME STRETCH, Vic scrute le décor et avise finalement le bouquet d'arbres, un peu en retrait de la route.

— C'est là qu'ils sont ? demande Shay.

— Je l'espère.

L'ODEUR de sauge est entêtante dans cette obscurité broussailleuse, au sein de laquelle Dee crapahute, de recoin d'ombre en recoin d'ombre, en s'efforçant de se rapprocher du petit groupe rassemblé autour de la lumière d'une torche. Lorsqu'elle réussit enfin à s'approcher suffisamment pour les entendre, une porte se referme et la lumière est avalée.

Le regard de Terry suit le faisceau des phares jusqu'à ce qu'il s'évase dans un virage. Il appuie sur un bouton du poste à ondes courtes :

— Rog, il faut absolument que je sache tout ce qui entre dans ce canyon. (Il presse le bouton voisin.) Freek, on est en plein dedans, maintenant.

Il se tourne vers Landshark, qui se cramponne à la poignée de la portière comme s'il en allait de sa vie.

— J'espère, déclare Landshark, que nous aurons tous la joie de fêter le premier anniversaire de la mort de l'imposteur que j'ai été.

Le pinceau de la lampe-torche escalade une volée de marches. Longe un couloir de l'entresol où s'entassent des ardoises. Pénètre dans une chambre à coucher mansardée aux murs béants. Vide. Épingle l'unique chaise qu'elle contient, posée devant la fenêtre.

Pettyjohn se tourne vers Alicia et lui tend le portable.

— Tu surveilleras d'ici. Si tu vois le moindre truc louche, tu nous appelles.

Elle jette à Charlie un regard nerveux.

— Il ne t'arrivera rien, fait-il.

Elle contemple par la fenêtre l'allée gravillonnée par où arriveront les voitures.

— Revoyons tout une dernière fois, dit-elle.

— Minute… J'entends quelque chose, chuchote Charlie à cet instant précis.

Leurs visages se braquent vers le vacillant cercle de lumière que Pettyjohn projette au fond du couloir.

Un ciel sans lune surplombe les parois du canyon. Une vaste étendue noire, piquetée de quelques étoiles et festonnée de corniches en dents de scie et de cimes d'arbres.

Shay a déjà vu ce ciel gris acier. Une certaine nuit, dans le désert.

— Quoi qu'il arrive, déclare Vic, je veillerai à ce que tout se passe bien pour toi.

Elle se tourne vers lui. Devant eux, les phares de Burgess découpent un sentier aveuglant dans la nuit.

— Tu veilleras à ce que tout se passe bien pour *moi* ? Qu'est-ce que tu veux dire ?

LE faisceau de la torche balaie un salon vide, une salle à manger où s'empilent, attendant lundi matin, des matériaux de construction. Le rayon laisse des lambeaux de noirceur dans son sillage. Dee aspire un peu d'air entre ses dents. Observe une immobilité si totale qu'elle ressent des brûlures incandescentes, là où les amphètes réactivent la chaudière de son organisme.

— Rien, laisse tomber Pettyjohn. Alicia va tenir le coup ?

Foreman fixe le plafond.

— Il faudra bien.

FREEK sur les ondes courtes :

— Ici Freek, depuis le sommet du défunt barrage de St-Francis. Je vois leurs phares, les gars.

Terry vérifie son arme.

— Trouduc.

— *We're Sgt. Pepper's Lonely*... entonne derechef Freek.

Landshark se jette sur le bouton en luttant de toutes ses forces pour ne pas larguer les amarres.

— Ferme-la avec cette rengaine nasillarde de merde, tu veux bien ?

— *We hope you will enjoy the show*, fredonne l'autre pour toute réponse.

Quatre hommes s'éparpillent dans le salon du cottage, uniquement reliés entre eux par la lampe de bureau allumée sur la cheminée. Seule une porte grillagée les sépare de la nuit qui s'annonce.

Hugh scrute la lourde tension qui s'est installée, digne d'une ménagerie, et émane des postures éloquentes de chacun de ces corps. Le vieux fixe le sol comme si quelque horreur venait de surgir d'un caveau. Charlie Foreman tente de maintenir des ciseaux en équilibre sur une seule de leurs pointes.

— On pourrait se contenter de les laisser filer, suggère-t-il une dernière fois.

Au moment de s'engager dans l'allée, Vic sent bouillonner en lui toutes les intangibles arrière-pensées qui sous-tendent son existence. À la lumière de ces phares qui gravissent la route, chacune retourne à la source première de sa vie. Ils grimpent une petite côte dont le virage débouche sur le cul-de-sac et, dans ce silence qu'aucun souffle ne rompt, son existence tout entière se résume à quelques résolutions définitives. Il perçoit dans le crissement des pneus sur le gravier comme l'écho de sons démoniaques, qui anéantissent jusqu'à la moindre fibre de son âme. Ce qui s'est ébauché à Baker – et avait été prémédité bien avant, et encore avant – va peut-être se concrétiser.

Le visage blême du vieux, presque collé à la porte.

— Les voilà.

Dès qu'Alicia voit la première lueur des phares étoiler la vitre, elle sent poindre dans sa nuque un cercle glacé gros comme une pièce d'un sou.

Demi-tour. Une main gantée se presse sur sa bouche. Ses yeux se révulsent de terreur à la vue du visage étiolé qui la considère.

— Souhaite-moi la bienvenue à la maison, *cholla*, murmure une voix d'outre-tombe.

DANS ses jumelles, Freek voit des phares ondoyer à travers les arbres. Un quadrillage de faisceaux qui s'éteignent, puis se rallument par paires. Des portières s'ouvrent. Les lumières des plafonniers, tels de petits îlots dans cette vaste baie de ténèbres. Des silhouettes humaines indistinctes se dressent dans la nuit. Des portières claquent.

Freek rapporte ce qu'il voit par le poste à ondes courtes puis, histoire de faire bisquer Terry et Landshark, fredonne encore une fois : *We're Sgt. Pepper Lonely Hearts Club Band… Sit back and let the evening go.*

ALICIA est traînée dans le noir, implorante ; sur un plancher jonché de gravats, dans une chambre isolée où l'on plaque contre le sol, au milieu des seaux de peinture, sa vilaine gueule de pétasse mal embouchée. Elle n'est plus désormais qu'une pisseuse secouée de sanglots.

BURGESS relève les yeux vers le cul-de-sac. Une rangée d'arbres se dresse à une centaine de mètres, que la route contourne en direction de quelques lumières isolées.

Il se tourne vers Vic et Shay.

— Ils ne tenteront rien ici, déclare-t-il. Pas ici.

DEE enfonce un chiffon crasseux dans la bouche d'Alicia et la roule sur le flanc, à moitié asphyxiée. Elle lui ligote les mains derrière le dos avec d'autres chiffons, puis la retourne de force sur le ventre et la contourne. Alicia doit rejeter sa lourde masse en arrière pour respirer. Dee sort de sa poche un couteau dans son étui, qu'Alicia ne peut pas voir.

Comme on pouvait s'y attendre, sa résistance est pitoyable.

LE calibre occulté par la hanche, Vic balaie lentement le cul-de-sac du regard : la jungle de broussailles le long de la route, l'enfilade de longs hangars blancs, la façade silencieuse de la maison de deux étages.

— Vic.

Shay désigne la silhouette massive qui se presse contre la contre-porte.

Il reconnaît Hugh Englund.

— Tu entres, oui ou non ? demande Burgess à Shay.

Le vent fait chanter herbes et rameaux avec des accents de cithare. Vic ordonne à Burgess de se taire. La voix vaguement féminine que colporte l'air chaud du canyon n'est que trop effroyablement humaine. Semblable au chant des sirènes qu'Ulysse devait entendre, ficelé à son mât.

LANDSHARK à Freek, sur les ondes courtes :

— Que se passe-t-il ?

Freek :

— Ils sont encore dans l'allée.

Landshark regarde Terry qui patiente au volant, conscient de leur impuissance.

— J'ai envie de filer en courant, dit Landshark. (Masque hérissé de Terry.) Ça me démange, mais je ne le ferai plus. Je le jure. Cette nuit a percé comme un trou en moi et je sais que je dois le combler.

Dee empoigne Alicia par les cheveux.

— Navrée de ne pouvoir utiliser le fusil à pompe comme promis.

Alicia ne verra jamais la lame qui mord dans sa chair jusqu'à la jugulaire.

Shay se dirige vers la porte d'entrée. Elle frôle Vic au passage.

— Tout ira bien pour nous, promet-elle.

Il fixe le petit cottage. Les apparitions aux contours flous qui bougent derrière les vitres.

Il songe au prêche qu'il a entendu une fois dans une chapelle du désert sur le boulevard des Rêves: "La trame complexe du destin attend son tour avec une simplicité sans faille."

Il la dévisage, s'imprègne de la tension bouillonnante que trahissent ses traits, et qu'il préférerait ne pas trouver là.

— *Cada diá mejor.*

Chaque jour davantage. Ça me va, songe-t-elle. *Cada diá mejor.*

Dee contemple la pauvre parodie de sang qui tapisse le plancher de bois nu. L'enchevêtrement frénétique des contorsions nerveuses et physiques. Les frétillements, spasmes, clapotis et soubresauts d'un poisson tentant d'échapper à la mort.

Les seaux de peinture reçoivent maints coups de pied. Certains vacillent. L'un d'eux bascule et vomit son encre pâteuse.

Shay atteint la porte grillagée. Voit de petites résilles de fumée monter dans la lumière. Charlie Foreman, assis à son bureau devant l'âtre. Les jambes étendues d'un homme, légèrement en retrait. Hugh Englund, adossé à l'appui d'une fenêtre, le visage lugubre. Voit beaucoup trop de choses et pas assez. Sent la peur et les cœurs qui battent. Sent rôder dans les ténèbres la frêle silhouette de sa mère.

On n'entre pas dans une maison de fous sans mettre toutes les chances de son côté. Elle tend la main vers la porte.

UNE bouche qui suffoque, bourrée d'un chiffon. Sang et latex couleur pastel. Collage hétéroclite et désespéré, baratté par le fléau de deux jambes épaisses.

Le visage spectral de Dee, ses yeux comme une plaie suturée. Ainsi dopés au speed, à la haine, à la rage et au fric, ils ont su transformer l'horreur des ultimes coups de griffe de l'agonie en un fatal maelstrom d'éternelle jubilation.

SHAY ouvre la porte, suivie des yeux par Vic. Elle fait un pas en avant, se retourne, regarde en arrière. S'encadrant dans cette pièce à l'éclairage vaporeux, face à cette fragile ouverture et à ce qui l'attend derrière, elle donne à présent la preuve – il en est conscient –, leur montre, à lui comme à elle-même, qu'elle est prête à prendre la place qu'il a occupée bien des années plus tôt.

Et qu'ils ne seront jamais plus vulnérables qu'au cours des quelques minutes qui viennent, si elle tient assez ardemment à ce fric et souhaite assez ardemment sa mort.

L'air sec de Californie vous chamboule les sens. Un peu comme de se mettre un os tout frais sous les narines, d'y foutre le feu et de le humer jusqu'à ce que vos synapses aient l'impression d'être calcinées.

Burgess tente d'évacuer sa crise d'angoisse en se balançant le long de la Mercedes, tout en marmonnant aigrement dans sa barbe : "Partez pour les colonies... Une chance unique de refaire sa vie..." Il repère soudain Shay.

— La voilà !

Dee voit Shay s'encadrer dans l'embrasure de la porte du cottage et faire signe à Burgess de venir. Ce dernier se dirige vers la plus proche portière de la Mercedes, l'ouvre et pose les deux mallettes sur le capot.

Dee tergiverse. Vic se trouve toujours de l'autre côté de sa voiture et elle doit franchir quarante mètres à découvert. Et s'il la voyait ?

La portière de la Mercedes se referme en claquant. Burgess soulève les deux mallettes. Vic s'avance à sa rencontre.

Plus que quelques pas. Toute la drogue et tous les désirs qui la consument et l'éperonnent n'ont plus besoin que de franchir ces quelques pas. Juste besoin qu'il cesse un court instant de se démancher furtivement le cou dans tous les sens, en brèves saccades de la tête qui la rendent vulnérable et risquent de la faire découvrir prématurément.

Shay disparaît à nouveau dans la maison. Le vent s'engouffre dans le canyon. Vic agrippe Burgess par le bras au moment où il passe devant lui :

— Changement de plan.

Dee voit Vic lui reprendre les mallettes. Quelque chose cloche. La panique se referme sur elle comme une lourde bâche.

— Qu'est-ce que vous fabriquez ?

Les yeux de Vic fouillent le moindre recoin d'ombre où l'on pourrait se dissimuler, la moindre cachette dérobée au regard par les ténèbres, le moindre pan coupé d'où pourrait surgir la mort. Ça ne se passera pas comme dans le désert.

— Quand Shay ressortira avec les documents, reprenez-les-lui en vitesse et filez. Pied au plancher. Sans vous retourner. Et tâchez de ne pas merder.

— Je ne comprends rien à tout ça.

Burgess affronte un regard impassible et Vic recourt à la vérité, avec tout son potentiel de haine.

— Vous comprendrez plus tard.

Voix paniquée de Freek sur les ondes courtes :

— Il se passe un truc bizarre ici. C'est Vic qui apporte le fric, pas Ridden.

Tout le corps de Terry se raidit. Landshark jaillit hors de la voiture comme si elle venait brusquement de prendre feu.

L'esprit de Dee brasse follement le vide. Qui en a décidé ? Vic... Shay ? N'est-elle donc plus qu'une petite tache de foutre à cause de ce taré ? Sa plus belle occasion s'évanouit sous ses yeux, tandis qu'il se dirige vers le cottage de son étrange démarche chaloupée, à grandes enjambées rapides.

Burgess réintègre sa Mercedes en catimini. Met le contact et fouille dans la boîte à gants.

Dee fait un brutal crochet qui la ramène vers les arbres, à l'abri desquels elle pourra traverser le cul-de-sac sans se faire voir, pour réapparaître ensuite derrière la rangée de hangars blancs.

Landshark implore une réponse de Terry.

— Pourquoi fait-il ça ?

Terry brandit les deux poings devant son visage.

— Tu ne t'en doutes pas ? Toi, entre tous ?

Dee se fraie un chemin, spectrale, sur l'asphalte jonchée d'aiguilles de pin. Se faufile en crabe entre un motoculteur et l'angle du hangar le plus proche du cottage. Elle jouit désormais d'un point de vue limité sur le perron. Son bras recousu la lance. Elle repousse l'idée démentielle que Shay soit derrière tout ça.

Le vent redouble le long du rebord du canyon et de la crête de l'ancien barrage de St-Francis. Vic scrute tour à tour toutes les fenêtres, tandis que les branches les plus basses raclent le toit du cottage en faisant un ramdam d'enfer.

Landshark se penche à la vitre de la voiture.

— Je suis responsable de tout ça, fait-il d'une voix fêlée.

— On doit récupérer ces documents, rétorque Terry.

— Je t'en supplie, fais qu'il ne lui arrive rien.

— Je sais, tu sais, il sait. On est venu reprendre ces docs. Et tu n'es pas plus responsable que n'importe lequel d'entre nous. On a tous une part de responsabilité dans cette affaire.

Vic gravit les marches affaissées en s'efforçant de son mieux de rester dans l'ombre ; lorsqu'il se trouve suffisamment proche de l'unique ampoule nue qui brûle au-dessus de l'entrée, il brandit une mallette et la fauche à la volée.

On entend une petite explosion. Un fracas de verre brisé. Le vieil homme jaillit de sa chaise et le perron est plongé dans le noir. Pettyjohn et Foreman se relèvent prestement, mais vacillent sur leurs jambes.

— Burgess ? appelle Englund.

Vic se faufile à l'intérieur par l'embrasure enténébrée de la contre-porte. Shay n'en croit pas ses yeux : c'est bien lui. Avec l'argent.

— Tiens, tiens, dit Pettyjohn. Voilà Charlie Manson.

Vic garde le nez baissé.

— Les mallettes étaient trop lourdes pour M. Ridden, je les ai donc apportées moi-même.

Les hommes présents dans la pièce restent plantés là, à s'interroger du regard telles des créatures effarées, jusqu'à ce que Foreman ordonne à Vic d'apporter le fric.

— J'ai une meilleure idée, répond-il. Je vais vous le montrer. (Il s'accroupit.) D'ici.

Et il s'exécute. Il repose précautionneusement les mallettes à terre. Défait les fermetures de la première. La pousse à la lumière. Puis la referme et la repose. Réitère l'opération avec la seconde. Se lève.

— Donnez les documents à la fille. Dès qu'elle sera sortie, j'entrerai.

— Apportez l'argent, répète Foreman.

— Laissez sortir la fille.

— Pas question, hurle Pettyjohn avant de braquer son index sur Shay. Toi, tu ne bouges pas.

Shay n'a pas bronché. Elle n'a pas quitté des yeux Vic, qui se cantonne dans la semi-sécurité de la pénombre du porche. Il ne lève pas une seule fois les yeux sur elle.

Pendant les quelques secondes qui suivent, on frise le désastre ; Pettyjohn ordonne rageusement à Vic d'apporter le fric, pendant que Foreman reluque son portable du coin de l'œil. Alicia a probablement vu Vic se substituer à Burgess. Pourquoi n'a-t-elle pas appelé ? Peut-être a-t-elle jugé que c'était sans conséquence... Mais pourquoi ?

Le vieux, à l'instar de Pettyjohn, démarre à son tour sur les chapeaux de roues et Hugh se rend compte que la pièce risque à tout moment de se transformer en pétaudière, ce qu'il cherchait précisément à éviter. De sorte qu'il s'empare du dossier et le fourre dans les mains de Shay.

— File !

Tout se passe si vite que les autres n'ont pas le temps de réagir. Hugh lui fait traverser en trombe toute la pièce, en tirant sur sa veste comme sur un licol, tout en s'adressant à la silhouette obscure plantée derrière la contre-porte :

— Dès qu'elle est sortie, vous entrez.

Les autres, derrière, tentent véhémentement de le dissuader, mais il ne les écoute pas.

— On va procéder de cette manière. Pas de problèmes. Aucun !

Il tire Shay derrière lui comme une chienne en laisse pour que Vic puisse bien voir et ajoute à son attention :

— Et toi, ne fais pas l'idiot !

Hugh la pousse carrément sur les quelques derniers mètres. Elle heurte la contre-porte et il recule d'un pas. Les hommes se redressent aux quatre coins de la pièce. Shay, qui tient à deux mains le lourd dossier, entrouvre la moustiquaire d'un coup d'épaule. Elle se faufile dehors et Vic entre en la contournant.

Ils se croisent sur le seuil. Ce bref intervalle où sacré et profane se rejoignent. Où toutes les frontières se rencontrent.

Avide de savoir, elle l'interroge à mi-voix :

— Pourquoi… prendre ce risque ?

Quels mots pourraient bien, en quelques secondes, exprimer tout ce qu'il ressent ? Comment lui répondre qu'il renoncerait volontiers – confronté à la question de décider s'il doit ou non se rendre là où tout tend à prouver qu'il ne survivra pas – à la piètre poignée d'exigences qui portent son nom, car le poids et la symétrie de toutes choses se sont imposés à lui comme jamais ?

Car il a senti que cette terre qui lui a donné le jour, dans laquelle il a été enseveli et dont il a ressuscité, recèle en son cœur, par le seul jeu de l'appel au pardon et à l'abnégation et en dépit de tous ses errements et de toute sa folie, ses luttes et ses desseins sinistres, ses appétits et son absence apparente de bonté, ses manifestations et ses escamotages de la vérité, un pouvoir époustouflant.

Comment le lui expliquer ? Un court silence, durant lequel ses yeux tentent de croiser les siens dans l'ombre chaotique et qu'il met à profit pour lui dire :

— Je souhaite qu'on me trouve… de bonne composition.

Avant qu'elle ait pu lui répondre qu'elle comprend, serait-ce d'un regard, il la repousse loin de lui, vers la nuit.

— La fille sort en portant quelque chose, transmet Freek à Terry.

Dee regarde Shay dévaler les marches du perron.

La voix de Terry se fait entendre :

— Où est Vic ?

La contre-porte vient de se refermer sur lui en claquant.

Il se dirige droit sur le bureau. Ses bras nus et massifs portent ces deux mallettes comme un commis voyageur quelques échantillons de mauvaises nouvelles. Le col de son blouson de jean boutonné est relevé. Ses cheveux défaits rebiquent de profil.

Toute la confrérie d'âmes damnées le regarde poser les mallettes sur le bureau. Vic a remarqué que la pièce n'était éclairée que par une seule lampe de bureau et le mince rai de lumière qui s'infiltre par la porte battante, fermée, de la cuisine. Il lui est certes impossible de dispenser à ces pièces l'obscurité d'un cercueil… Mais pas bien loin peut-être.

Shay court vers la voiture de Burgess. Celui-ci passe la première en faisant gicler des graviers, pour se rapprocher d'elle le plus possible.

Vic jette un coup d'œil à Pettyjohn, puis chambre le malheureux handicapé mental qu'ils ont croisé dans le désert.

— Bien entendu, Charlie Manson n'est pas mon nom. Mais ma quintessence.

Shay balance le dossier sur le siège du passager par la vitre ouverte.

— Roule. Prends l'itinéraire par lequel on est arrivé. C'est sûrement le plus rapide.

— Tu ne viens pas ? hurle Burgess.

— Non !

Vic se tourne vers Foreman, debout face à lui, derrière le bureau.

— Tu connais mon nom, bien sûr.

Puis il se tourne vers Hugh, planté sous la voûte cintrée entre séjour et salle à manger :

— Et toi aussi.

S'ensuit un bref instant de confusion, suivi d'un silence ignominieux et de regards intrigués frisant l'abasourdissement. Vic tourne le visage à la lumière, comme pour les mettre au défi.

La Mercedes dévale la route gravillonnée. La voix de Freek sort du poste à ondes courtes :

— Notre homme bouge.

Et Dee voit Shay rebrousser chemin vers la maison. Qu'est-ce qu'elle a foutu… Qu'est-ce qu'elle fiche ?

Hugh avance d'un pas. Le voile du temps commence à se déchirer. On prétend que les mêmes mésaventures ne cessent de vous arriver tant que vous ne vous lassez pas de vos échecs. Puis, les traits de Hugh s'assombrissent brutalement. Et cette phrase vieille de plusieurs années retentit de nouveau dans sa tête, chargée de toute sa sinistre infamie : "Une tombe s'ouvre, une autre se referme."

— Sully… John ?

Vic le distingue très nettement pendant cette brève seconde : un visage d'homme décomposé, déformé par la terreur et l'incompréhension.

— Pile dans le mille, fait Vic.

Puis il agrippe la lampe et la balance au visage de Foreman.

65

Pendant quelques silencieuses secondes, la pièce n'est plus qu'un utérus ténébreux. Foreman bascule en arrière, par-dessus le dossier de sa chaise, pour tenter d'esquiver la lampe. Des hommes s'éparpillent et dégainent. Hugh rampe à quatre pattes jusqu'à la salle à manger et renverse la table au passage. Une silhouette bloque de sa masse le mince rai de lumière qui s'infiltre par la porte close de la cuisine. Vic tombe à genoux et tire. Une féroce giclée de sang jaillit du ventre de Pettyjohn.

Shay passe le haut du corps par la fenêtre de la voiture et met le contact, en prévision de l'instant où Vic sortira de la maison… À condition qu'il en sorte. Alors que la Mercedes la dépasse en vrombissant, fonçant vers le bout du cul-de-sac, elle distingue des étincelles électriques derrière les fenêtres éteintes.

— Burgess taille la route, fait la voix de Freek sur les ondes courtes.

Le séjour est le théâtre d'une démence aveugle. Le vieux s'agrippe à une table au dessus tout poisseux de ronds de verre et une tasse de café brûlant s'abat sur son visage et l'ébouillante. Une balle frappe Vic au beau milieu du dos de son gilet de Kevlar et il est projeté violemment contre le bureau. Pettyjohn se traîne à terre en suffoquant dans l'atmosphère surchauffée.

Dee se relève. Elle se guide sur les hurlements et les escarbilles. Fait monter une balle dans la chambre de la carabine, bien décidée à décimer toute la population du cottage.

— Tu m'entends, Terry? glapit Freek. Ridden se dirige vers toi.

La Mercedes enquille trop vite sur le San Frasquito et son avant emplafonne un mur de broussailles et de branches mortes. Le temps qu'elle remonte sur la route d'une embardée, l'un de ses phares avant est fracassé puis arraché.

Foreman tire sur Vic à travers le bureau. Des esquilles de bois se plantent dans ses pommettes et sa joue. Shay fonce vers le perron et distingue la forme pliée en deux de sa mère contre un entrelacs de branches griffues affaissées. Dee commence à arroser la maison. Des éclats de verre fulgurants jaillissent et Shay plonge au sol. Des tessons tranchants, parfois aussi gros qu'une dent, fendent l'air qui pue la cordite. Un battant de fenêtre s'effondre et pend à son huisserie sur fond de ciel nocturne, telle une croix de Saint-André. Vic, d'une ruade de nageur de crawl, se propulse contre le mur; le sang pisse sur son visage, ruisselant de ses plaies ouvertes.

Terry entreprend d'éloigner discrètement leur voiture du paravent des arbres. Tous phares éteints et les suspensions malmenées par le sol bosselé.

— Appelle Rog. Annonce-lui que c'est pour tout de suite. Plus question de foirer maintenant.

Landshark se faufile entre les sièges. Il est encore coincé là, sur le siège arrière, à s'activer sur l'émetteur en suant à grosses gouttes, en proie à dix paniques différentes, quand Freek reprend la ligne:

— On entend des coups de feu. Seigneur! Je vois les flammes d'ici. (Il commence à perdre les pédales.) Tuyaute-moi. Je peux me casser?

— Dis-lui de ne pas bouger son cul de là. Je dois absolument savoir si des caisses se pointent dans le canyon.

Landshark passe à la vitesse supérieure. Ses doigts s'activent fébrilement sur les commutateurs. C'est coincé entre les sièges comme un enfant surdimensionné qu'il expose l'affaire à Freek, pendant que Terry scrute du regard le puits de ténèbres du San Frasquito.

Le cul-de-sac n'est qu'à quelques minutes de là. Vic n'est qu'à quelques minutes de là. Landshark pressent déjà l'horreur qui risque de survenir. La promesse qu'il s'est faite de mener cette affaire à bien est mise à contribution, de sorte qu'il ressasse sans réagir toutes les excuses justifiant sa non-intervention et son incapacité à lui venir en aide, conscient qu'elles devront être assez bonnes pour qu'il puisse ensuite vivre avec.

Pettyjohn se faufile vers Vic sur le ventre ; il se vide de son sang et les quelques derniers mètres semblent à ses jambes mortes un interminable et exténuant calvaire.

Le vieux se lève. Et tente de traverser cette informe grisaille au moment précis où la flamme bleue d'une onde de choc fracasse mur et fenêtre juste à côté de lui. Ses poumons et sa poitrine sont criblés de mitraille. Il s'affale sur la porte grillagée, tandis que Hugh tente de s'écarter des meubles renversés, de s'éloigner en rampant à reculons du maelstrom qu'est devenu le séjour, tout en se demandant qui peut bien leur tirer dessus, comment Sully a débarqué, comment il s'est acoquiné à Shay et comment lui-même pourrait bien sauver sa peau, maintenant que l'enfer s'est déchaîné.

La veste du vieux est percée de trous gros comme des pièces de vingt-cinq cents, par où suinte son sang. Pettyjohn tire du sol sur une cible plausible. Vic est touché. Les os de son poignet ne sont plus que des éclats arrachés à leurs ligaments. Le choc et la douleur obligent les nerfs de son bras à se rétracter et le pistolet lui tombe de la main.

Foreman se redresse laborieusement le long du mur et tire par-dessus le bureau. Vic harponne de sa main gauche le couteau planqué dans sa ceinture.

Shay gravit le perron à quatre pattes pour essayer de rejoindre Vic et s'accroupit derrière la marche du haut. Elle distingue à travers le treillis de la moustiquaire des panaches de fumée jaune et, à chaque coup de feu, les éventails des flammes. Pendant tout ce temps, le monde extérieur poursuit sa course indifférente.

La lame du cran d'arrêt de Vic jaillit en position létale. Pettyjohn n'arrive plus à stabiliser son arme et ses balles vont se perdre dans un océan de ténèbres. Vic plonge vers l'œil isotrope du canon qui le vise et atterrit sur le dos de Pettyjohn. Trouve l'endroit qu'il veut larder. La lame s'enfonce droit dans la nuque de l'autre, à la base de son crâne. La moelle épinière est sectionnée. La lame heurte l'os et se brise. Un gémissement guttural échappe au visage voilé de sang, tandis que Pettyjohn s'enfonce aveuglément dans la mort. Toutes ces années passées ne sont plus qu'un abîme inutile et béant, que comblent les derniers râles d'une atroce et crucifiante agonie… que Hugh entend distinctement mais à laquelle il ne peut répondre. Ne répondra pas. Il les avait prévenus. Il les avait tous prévenus.

Un phare borgne dévale comme une boule de neige le San Frasquito.

Landshark plisse les yeux pour mieux voir.

— C'est une moto.

— Freek n'a pas parlé d'une moto.

— Peut-être qu'il n'a pas vu que…

Ils devraient sans doute se déplacer, mais ils attendent, dans l'expectative, et la Mercedes leur passe sous le nez comme un boulet.

— Merde !

Terry fonce plein pot sur ces noirs arpents de terre creusée d'ornières, laissant dans son sillage un mur tourbillonnant de cailloux et de terre. Ils feraient bien d'atteindre la route rapidement, faute de quoi il risque de les semer. C'est, jusqu'à ce qu'ils remontent sur l'asphalte, une charge aveugle à se fracasser les os, puis l'arrière de la caisse décolle avant que Terry ait eu le temps de redresser.

Au moment précis où Vic arrache l'arme de Pettyjohn à son poing ensanglanté, Foreman bondit par-dessus le bureau.

Ses pieds survolent Vic et les bras de celui-ci se détendent comme des ressorts ; Foreman manque de s'affaler, mais continue néanmoins de trébucher dans le noir, en renversant une chaise au passage. Dee voit Shay monter sur le perron.

— Va-t'en ! lui hurle-t-elle. Va-t'en, j'te dis !

Mais Shay continue d'avancer vers la contre-porte, qui s'ouvre sous son nez à la volée, tandis que l'autre vieux chien courant de dépotoir sort de la maison en titubant et lui tombe dans les bras.

Burgess pousse à fond la 560 SL dans les virages du canyon. Étourdi par toute l'adrénaline qui a inondé son organisme, terrifié à l'idée qu'il pourrait s'évanouir sur place, la bouche béante et la mâchoire tombante, telle une pelle cherchant à écoper l'air. Il débouche sur une enfilade rectiligne de canyon et de ciel. Ses yeux se rivent avec avidité sur le ruban de route éclairée qui s'étire devant lui. C'est gagné. C'est gagné, jusqu'à ce que quelque chose ne scintille dans le rétroviseur. Il regarde en arrière, alors que l'aiguille du compteur atteint les cent quarante… et les voilà, remontant sur lui en trombe, blanc éblouissant, glacés.

Foreman enfonce la porte de la cuisine de ses bras tendus. Vic se ramasse et court à ses trousses. Le vieil homme déglingué au visage de traviole a enfin réussi à mettre la main sur quelque chose qu'il peut tenter de tuer avant de crever et, se servant de son bras comme d'une massue, envoie rouler Shay sur le plancher du perron.

Alors que Dee se dirige vers le cottage, une silhouette passe devant une rangée de fenêtres de la cuisine et elle tire à bout portant. Le corps tout entier de Foreman se replie autour de la chevrotine qui l'a criblé de la pommette à la cuisse. Il s'engouffre en chancelant dans le réduit de la buanderie et s'effondre. Son visage barbouillé de sang s'abat avec un craquement sourd sur la machine à laver. Il s'y cramponne, en essayant de ne pas tomber dans les pommes.

Une vieille femme appelle les flics en tremblant dans le noir et leur explique qu'elle a entendu des coups de feu quelque part en contrebas, près de l'entrée du cul-de-sac. Shay se redresse en ruant des quatre fers et bat en retraite le long du perron, loin des coups de griffes presque involontaires du vieux, tout en essayant de dégager son arme. Vic se précipite à travers la porte battante au moment précis où un second éclair blanc déchire l'air de la cuisine. Fracas de verre brisé. Le téléphone mural est arraché à la paroi et soufflé vers le plafond. De cuisantes écorchures lacèrent son cou et son épaule là où le fusil a planté ses dents. Les yeux du vieux riboulent sauvagement lorsqu'il voit la fille brandir un semi-automatique, et il la charge en trébuchant, avec un cri de rage venimeux.

Vic se laisse choir avec rudesse derrière le chambranle de la porte : il vient de voir Foreman s'apprêter à vendre chèrement sa peau dans la buanderie. Le Guardian cueille le vieux net et sans bavure. Le sang gicle d'un petit volcan de chair creusé dans sa gorge et il s'effondre comme un bloc de pierre, fauchant la jambe de Shay et l'envoyant bouler, hors du perron, dans un nid de cailloux et de ronces épineuses.

Alors qu'ils se rapprochent de Burgess, Landshark tend à Terry un gyrophare escamotable de la police. Terry passe le bras dehors et le fixe au toit.

À la vue de ce spectre rouge tournoyant, Burgess se décompose littéralement. Est-ce une voiture d'une société de surveillance privée ? Une unité banalisée du shérif ?

— Il se range pas.

Des traînées de sang souillent le sol tout autour de Foreman, qui arrose la porte de la cuisine alors qu'elle se referme en pivotant. Des rais de lumière s'infiltrent par les orifices des balles et viennent éclairer le mur de la salle à manger contre lequel Vic se pelotonne. Sa main droite est pratiquement inutilisable, mais il rassemble néanmoins toute son énergie pour s'emparer d'une chaise.

Dee traverse un fouillis de branches entrelacées le long de la maison. Vic ouvre la porte de la cuisine d'un violent coup de pied et Foreman tire. Vic balance la chaise dans le réduit et Foreman tire de nouveau. La chaise rebondit contre le mur et le frappe à la tête. Il la projette au loin pour s'en débarrasser et Vic en profite pour se glisser, cassé en deux, sous les fenêtres de la cuisine enfumée, la traverser de biais et vider l'arme de Pettyjohn. La première balle transperce avec une telle puissance la chair molle du ventre de Foreman que le métal éclaté heurte avec un cliquetis la machine à laver derrière lui.

Burgess s'interroge avec une atroce appréhension sur l'identité de ses poursuivants et les raisons qui les poussent à le pourchasser. Il patauge. Constate que le feu rouge du prochain carrefour est encore loin. Ils n'ont peut-être pas noté son numéro d'immatriculation. Pourra-t-il les semer avant Copper Hill ?

Rog beugle sur les ondes courtes qu'un minivan vient d'entrer dans le San Frasquito. Landshark ressent intensément la terreur panique du fugitif qui doit harceler Ridden. Il a affronté au moins une fois cette réalité et s'est frayé un chemin jusqu'à la santé mentale à force de mensonges. Enfin, presque.

Mais, alors qu'ils continuent de gagner du terrain, une pure et surprenante extase le submerge soudain, manifestation du sombre plaisir qu'il éprouve à traquer un être vivant.

— Pourquoi ne se range-t-il pas ?

Vic rampe sur le carrelage de la cuisine jusqu'au calibre de Foreman. Dee fait monter une cartouche dans la chambre. Elle entend l'autre tache de foutre appeler Vic, tandis qu'une ombre décrit un arc sur le plafond décoloré de la cuisine. Hugh se relève le long d'un pan du mur sombre de la salle à manger, avec une seule idée en tête : survivre. *Tire-toi de là et survis.*

Dee fonce jusqu'à la porte de la buanderie à une allure démoniaque, la poitrine haletante, ses doigts de fil de fer prêts à tirer, la mâchoire incurvée comme une serre. Elle appuie sur la détente. Le Plexiglas armé opaque explose au nez de Vic et il roule en arrière. Tout autour de Foreman, la pièce s'emplit de l'odeur écœurante de la fumée bleu-jaune, tandis que le canon de la carabine écarte les tiges de l'armature et tire de nouveau.

Stoppe ou fonce. La lumière rouge est désormais gravée dans son rétroviseur et il faut qu'il prenne une décision. *Fonce ou stoppe.* Burgess jette un coup d'œil au dossier posé sur le siège avant. Son cerveau commence à forger des réponses aux questions auxquelles il s'attend. Où est passé votre phare avant? Pourquoi êtes-vous sorti à cette vitesse du cul-de-sac? Puis il se rappelle que l'arme de Dee est dans la boîte à gants, avec son permis de port d'arme.

Shay, à plat ventre sur le porche, presse la tête contre le chambranle de la moustiquaire. Le peu de clarté qui tombe du ciel est rapidement réduit à néant. Elle se plaque au treillis, à l'orée de ce jardin de ténèbres, aperçoit une main qui gît sur le sol comme un crabe retourné et appelle à voix basse:

— Vic?

Les faisceaux des phares inondent de lumière la nuque de Ridden.

— Pourquoi il ne s'arrête pas?

Terry passe la main sous le tableau de bord:

— Il faudra bien qu'il s'arrête, sinon on le force à sortir de la route.

— Et cette bagnole qui remontait le canyon?

Terry n'a pas la réponse à cette question et, à cet instant précis, une sirène en carton-pâte emplit la nuit, tout autour de Burgess, d'un ululement mortellement terrifiant. Laissant entendre que l'autel expiatoire des conséquences pourrait bien chercher son prochain Isaac. Et le poussant à s'emparer hystériquement du revolver planqué dans la boîte à gants.

— On va bien voir comment réagit cet étron, maintenant.

Derrière la maison, Dee fend de hautes herbes qui lui arrivent à la poitrine. Le vent les recourbe et leurs extrémités friables s'entrechoquent en cliquetant, tels des scarabées en grande conversation. Le canon de la carabine fume encore légèrement tandis qu'elle longe ce cottage d'ardoise grise à demi effondré sur toute sa longueur, tout en surveillant les fenêtres et en tendant l'oreille, à l'affût du moindre être encore vivant, à part sa raclure de bidet de fille.

Une voix porte jusqu'à la moustiquaire :

— Shay... Je suis là.

Hugh retient de son mieux son souffle, pour essayer d'avoir une idée approximative de sa localisation.

— Tu as vu Englund ? demande Vic.

— Non.

— Le vieux ?

— Mort.

Hugh se mord la langue. Il se sait désormais seul. Les morts y ont veillé. Puis il entend Vic déclarer à Shay :

— Ta mère est quelque part dehors, avec une carabine.

La Mercedes commence à ralentir. Ses pneus labourent la terre du bas-côté. Burgess, déchiré entre deux espoirs de survie, fixe des yeux l'arme qu'il serre dans sa main. Peut-être s'agit-il tout simplement d'une histoire de phare brisé ou d'un léger excès de vitesse ? Peut-être ferait-il mieux de se débarrasser de cette arme, tant que ses roues soulèvent un rideau de poussière assez épais pour le dissimuler ?

Dee Storey est vivante. Ces mots rongent les entrailles de Hugh comme un venin toxique. Il ferme les yeux. Muettes vitupérations d'un pauvre taré pris au piège, privé de la parole, aux abois et quasiment rétamé.

— J'ai besoin d'une arme, entend-il alors chuchoter Vic. Tu en as une ?

Une petite lueur d'espoir brille soudain en lui.

Un bac à sable maintenu en place par des planches vermoulues, une balançoire rouillée : le temps perdu de l'enfance jalonne la progression de Dee alors qu'elle tourne en rond dans les maigres buissons, de l'autre côté de la maison. La police va débarquer, quelqu'un, dans les confins de ce cul-de-sac, a dû entendre la fusillade. Elle en est persuadée. Il ne lui reste plus que quelques malheureuses minutes, au mieux, pour régler ses comptes.

Terry enfonce le 608 dans sa ceinture :

— Dès que je l'ai fait s'allonger sur le siège, tu remontes à notre hauteur. Je lui prends les documents et ses clés, et on dégage… D'accord ?

Landshark contemple un paysage confit en sauvagerie. Il fixe les feux de position, tandis que les derniers grains de poussière retombent en neige sur le pare-brise. *Tu as décollé dans ce Navion,* lui souffle son cerveau. *Tu as décollé après avoir vu les clavettes sur la table.*

— William, tu peux t'en charger ?

Accroupi devant le bureau, Vic passe sa main valide dessus, telle une baguette de sourcier, lente et prudente, en quête d'un objet contondant.

— Fais glisser ton arme vers moi et file.

— Non.

Ses doigts manquent de renverser un cendrier de verre.

— Je t'en prie… fais ce que je te demande.

Landshark se glisse derrière le volant. Des rameaux touffus aux feuilles entremêlées masquent la progression de Dee vers le perron. En entendant grincer les gonds, Hugh empoigne son .45, le serre à deux mains sur son cœur et adopte la position de tir la plus efficace dont il soit capable. Le monde se referme lentement sur lui.

Le semi-automatique chromé ripe sur le carrelage éclairé par le seul clair de lune, mais s'arrête prématurément. Burgess voit dans son rétroviseur un homme surgir des ténèbres en sortant un insigne de sa poche. Terrifié, paralysé… *Doit-il utiliser le revolver ?* Dee, à travers les ombres bruissantes des feuilles, voit sa fille longer le mur du perron en se plaquant à la paroi et en cherchant quelque chose des yeux dans la maison. Mais quoi ?

Vic rampe par-dessus le cadavre de Pettyjohn ; le sang s'est recueilli en flaques superficielles dans les replis de sa chemise vert-de-gris. La portière de la Mercedes déploie son aile. Ridden se lève et se retourne. Vic balance le cendrier. La lumière qui sort du minivan détoure le dos de Ridden et Landshark, le premier, aperçoit le métal qui scintille au bout de son bras tendu.

— Un revolver ! hurle-t-il en pesant de tout son poids sur le klaxon.

Dès qu'il entend le son du ricochet, Hugh allume aussi sec. Dee pivote sur elle-même et fait face à cet œillet qui clignote furieusement. *J'ai un boulot surhumain à abattre, alors finissons-en, bordel !*

La silhouette d'ébène de Terry s'affale promptement sur l'asphalte. Vic riposte, mais rate son coup, et Hugh trouve enfin l'entrée du couloir et s'éclipse. Burgess tente de tirer par-dessus l'angle droit formé par le coffre de la voiture et les mains de Landshark obéissent presque machinalement à la pensée qui vient de traverser son esprit : *Tu ne peux pas le laisser blesser Terry. Tu ne peux pas le laisser...*

La contre-porte s'ouvre à la volée et les silhouettes s'enveloppent d'ombre, tandis que Vic agrippe Shay et l'entraîne hors de la ligne de mire de cet éclair éblouissant, qui semble évaser les murs du couloir.

Les vitres de la salle à manger explosent derrière eux, et ils baissent la tête, cinglés par une pluie livide d'échardes de bois et d'éclats de verre. Elle agrippe le visage de Vic. La brève vie des secondes. Va-t-il bien ? D'autres encore s'égrènent. Sa mauvaise main décrit une douloureuse trajectoire, affreusement ensanglantée, et la touche.

— Grimpe dans la voiture et file. Je te retrouverai dans...

Un nouveau coup de feu abat la fenêtre de la salle à manger et la fait tournoyer comme une toupie à travers la pièce.

— On se barre ensemble
— On ne peut pas laisser Englund en vie. Ta mère…
Nouvelle déflagration. D'un mur à l'autre, l'intérieur du cottage n'est plus que grise et fumante puanteur.

Terry vide son égaliseur dans le coffre. L'impact seul suffit à envoyer Burgess s'affaler en chancelant contre le pare-chocs chromé et le phare avant de la voiture qui fonce sur lui en ricanant. Hugh arrache une couverture d'un lit et, s'en servant comme d'un bouclier, se précipite à travers une fenêtre oblongue, poursuivi par un bruit de bottes et une respiration haletante.

Ridden est projeté dans les airs et atterrit sur le capot de Terry. Les phares du minivan inondent la route de lumière puis chassent. Vic bondit dans le noir à la poursuite de Hugh, marchant sur ses brisées dans les hautes herbes.

Landshark imprime un brutal coup de volant, les yeux mi-clos de terreur. La Mercedes en prend un coup. Des ronces se referment sur la jambe, les mains et la nuque de Hugh. Burgess martèle le capot de la voiture qui le charge de monstrueux coups de boutoir. Vic plonge dans une noire piscine de ronces, sur les traces d'un souvenir qu'il ne connaît que trop.

Verre et crâne entrent en collision. Crissements de pneus. Terry se remet laborieusement debout. Le minivan fait une embardée sur le talus sablonneux. Une mâchoire est fendue, des dents cèdent. Des os explosent sous les yeux de Landshark, tandis qu'un visage se transforme en une parodie concassée d'être vivant.

Shay cherche son chemin à tâtons dans le couloir envahi de fumée. Landshark freine. Le corps sans vie glisse du capot, et se répand sur le sol au moment où il saute de la voiture pour aller voir si Terry n'a rien. Hugh escalade un terrain en pente à découvert. Vic le repère et tire. Terry agrippe le dossier dans la Mercedes. Le flanc de Hugh le lance, mais il continue de cavaler et les bois l'engloutissent.

Le grincement de la contre-porte déchire l'obscurité et Shay pile, mais trop tard… Landshark jette un regard en arrière sur le puits noir de ce canyon, tandis qu'un homme terrifié s'extirpe gauchement du minivan. Sur les ondes courtes, la panique fait monter la voix de Freek dans les aigus. Une voiture descend le San Frasquito, on entend encore des coups de feu, pas question qu'il s'incruste ici plus longtemps… Le monde s'effondre autour d'eux et Terry, d'une bourrade, pousse Landshark vers la voiture.

Dee Storey émerge de la frise de fumée charbonneuse. Mère et fille se mesurent du regard comme des étrangères. Hugh charge à travers des branches tranchantes qui lui lacèrent les bras, mais la pente est de plus en plus impraticable. Les ronces l'étranglent un peu plus à chaque pas. La balle prélève son tribut de sang. Terry tire un coup de sommation juste au-dessus du gyrophare tournoyant pour refouler l'intrus à l'intérieur de son minivan. Lui interdire de s'approcher assez près pour mémoriser les détails d'un visage.

La brève vie des secondes. D'autres encore s'égrènent. Le canon de la carabine se relève, décrivant une courte et douloureuse trajectoire, tandis que Dee pose la question :

— Qui sommes-nous ?

L'homme n'a pas le temps de se rencogner sur le siège du conducteur. La portière du minivan, côté chauffeur, claque au nez de la nuit et le véhicule fonce vers la route bitumée en faisant gicler des nuages de sable. Une autre paire de phares éclaire un virage du San Frasquito et la voiture de Terry écrase les jambes de Ridden.

Vic s'enfonce dans les ténèbres d'une haute pinède ; son corps laisse dans son sillage les dernières vapeurs de l'adrénaline. Il entend se rapprocher, de plus en plus, le souffle haletant de locomotive de son vieil ami, son supérieur, son partenaire.

Shay, par-dessus le canon de la carabine, scrute l'inlassable, inflexible regard de sa mère, qui répète : "Qui sommes-nous ?" Et sa réponse est lourde de menace :

— Nous n'existons pas.

La dernière vision du San Frasquito dont jouira Landshark s'inscrit dans un rétroviseur, cauchemardesque grand-angle d'un corps recroquevillé sur la chaussée, tandis que deux phares exécutent une brusque embardée pour éviter la collision.

— Tu crois qu'on peut nous identifier ?

— Appelle Freek sur les ondes courtes, ordonne Terry. Dis-lui de décamper. Raconte-lui ce qui s'est passé.

La brève vie des secondes. D'autres encore s'égrènent. Et toutes les paniques qu'a pu éprouver Landshark lui semblent soudain irréelles, tandis que la route se fond derrière lui dans le noir.

— Va falloir se débarrasser de cette caisse, et plus vite que ça.

— Tu crois qu'on peut nous identifier ?

L'épuisement, l'hémorragie et la confusion mentale ont poussé Hugh à escalader poussivement une butte escarpée, sur la crête de laquelle il s'arrête, décidé à vendre chèrement sa peau. Il tire sur le vacarme qui fonce sur lui. Sur les broussailles que déchiquète une charge de buffle, sur les sous-bois vert sombre. Sur le mur de branchages et de fougères qui ondoie follement. Mais rien ne semble affecter cette charge dans la pénombre cohérente, jusqu'à ce qu'elle se transforme en un corps humain et qu'en un tourbillon de quelques secondes, l'espace qui les sépare se dissolve pour les précipiter tous les deux dans un ravin.

— Il est mort ?

Le canon effleure le visage de Shay. Elle voit le regard de sa mère se déporter momentanément vers l'endroit où débouche ce couloir.

— Il ne te reste pas des masses de temps, si tu veux te faire la malle avec le fric, dit-elle.

— Il est mort ?

Shay touche l'extrémité du canon pour détourner son regard. D'un geste brusque, elle abaisse le canon puis écarte Dee et pique vers le séjour en répétant :

— Il ne te reste pas des masses de temps, si tu veux te faire la malle avec le fric.

Dee se retourne vers elle.

Des corps s'abattent en grognant. Dévalent le flanc de la colline. Pas question que Vic lâche ce salopard, ce fumier d'escroc. L'empierrement de gravier et les branches qui cèdent leur lacèrent le dos, jusqu'à ce qu'ils atterrissent au fond d'une ravine rocheuse, tapissée d'une couche haute de plusieurs centimètres de feuilles mortes en putréfaction.

Dee poursuit sa fille dans le couloir plongé dans le noir et la voit sortir du bureau et revenir vers elle, une mallette à la main.

— Il est mort ?

Les deux hommes épuisés s'efforcent en titubant de se relever le premier pour porter l'estocade ; épaves sanguinolentes drossées sur le noir écueil de la nuit, ils n'y parviennent que pour découvrir que l'un d'eux est armé et l'autre non.

— Il est mort ?

Shay balance la mallette à Dee :

— Il ne te reste pas des masses de temps, si tu veux te faire la malle avec le fric.

Au fond de Bouquet Canyon, les voitures des services du shérif négocient déjà les premiers virages ; leurs pneus chassent, mais tiennent la route et, si les hommes sont un peu crispés, ils n'en sont pas moins prêts à tirer.

Shay rampe sur le sol. Ses mains tâtonnent à l'aveuglette, cherchant la seconde mallette, et heurtent les restes sanglants de l'autre salaud au visage bandé.

— Il est mort ? hurle Dee.

Le Guardian, si minuscule qu'il puisse paraître dans la grosse pogne de Vic, ne saurait passer inaperçu. Hugh s'effondre dans la mélasse putride, brisé et saigné à blanc. Vic se dirige vers lui en faisant chuinter les feuilles qui adhèrent encore à ses cuisses. Il ne reste plus à Hugh Englund qu'à pousser ce hurlement blasphématoire :

— Regarde-toi. Tu vas crever. Tu es couvert de sang. C'est foutu. Tu vas mourir, tout comme moi.

— Non, rectifie Vic. Pas comme toi.

Shay jette l'autre mallette à Dee. Elle se relève, pique vers la porte.

— Tue-moi sur place si ça te chante. Parce qu'il n'est pas mort. Et il n'est pas près de mourir.

Vic relève le Guardian. Il n'est qu'à une portée de baiser de la main de Hugh. L'œilleton chromé à la pupille ténébreuse marque le pas.

Dee sort en trombe de la maison, en agrippant les deux mallettes d'une main et la carabine de l'autre. Shay se dirige vers sa voiture. Dee la suit de près, braquant sur le dos de sa fille le calibre 50 de ses yeux.

Hugh continue de psalmodier son mantra frénétique tandis que Vic raffermit son emprise sur le Guardian. Sa fin va survenir de nuit, dans un étroit ravin où nul mensonge, nulle preuve forgée de toutes pièces, nulle conspiration ne pourront le sauver. Et elle ne différera guère de celle qu'il avait réservée à l'homme qui va le tuer, mis à part ce décor de broussailles et de pins desséchés.

Dee assomme Shay d'un coup de crosse sur la nuque au moment où elle se glisse derrière le volant.

Le Guardian fait feu. S'ensuit une blanche seconde de flottement puis un trou noir se forme dans la pommette de Hugh. Son corps bascule en avant, la tête la première, sur un moelleux tapis de pourriture.

Dee projette la mallette au fond de la voiture de Shay. Elle traîne sa fille à demi inconsciente par les cheveux et l'installe sur la banquette arrière. Les bras de Shay flagellent l'air.

Vic s'écarte du cadavre. Il s'effondre, toute volonté annihilée. Traverse un bref passage à vide, se cramponne et s’efforce de rassembler ses dernières forces. Sa mâchoire remue, l’exhorte à se relever.

Shay se cogne le visage aux mallettes. La voiture entame un virage sur les chapeaux de roues pour sortir du cul-de-sac et le contenu de son estomac lui remonte dans la bouche.

Lorsqu’il se remet sur pied, les jambes de Vic flageolent. Il incline faiblement la tête, examine ses jambes, ses bras et sa poitrine. À croire que le vent a chassé tout le sang qui a été versé ici pour lui en asperger le corps.

Il sent une blessure quelque part sous le gilet de Kevlar, une sorte d’invisible fragment. Encore un petit souvenir qu’il lui faudra emporter avec lui, s’il sort jamais de ce canyon en vie.

Mise en terre

66

Shay, le sang à la tête, ballottée en travers du siège arrière et du plancher de la voiture, s'efforce de refouler des vagues de nausée. Les mallettes lui heurtent le visage à chaque tournant. Les ombres délirantes de la route défilent en noir et blanc derrière le toit ouvrant, tandis que son avenir s'éloigne à vitesse grand V. Elle entend les cinglantes vitupérations de sa mère à travers l'étroit intervalle qui les sépare.

Elle a déjà connu ça. S'est déjà retrouvée dans ce cercueil qui roule à tombeau ouvert. A purgé sa peine d'incarcération lorsqu'elles ont tenté de se soustraire au noir sacrement de cette nuit, dans la réserve du Mojave. Voit se découper la silhouette d'illuminée de sa mère à la faveur d'une brève seconde de clarté. Respire l'air noir de ses mots.

— Faut que tu te tiennes tranquille, gamine.

Pas question de franchir à nouveau cette frontière. Pas cette fois-ci. Les rouages de son cerveau ne moulinent qu'une seule pensée… Retrouver Vic. Elle s'en sert comme d'un cuir pour affûter ses muscles. Elle essaie de bouger ; son corps est comme de la pierre.

— Arrête la voiture ! (C'est à peine si elle peut inspirer assez d'air pour respirer, de sorte que les mots sortent comme ils peuvent.) Arrête la voiture !

Alors que ses doigts cherchent une prise à laquelle s'agripper pour se redresser, la voiture donne l'impression de faire une embardée. Les cahots d'une route de terre martèlent le châssis. La nuit qui s'engouffre par les vitres est coupée par d'énormes blocs de ciment décrépi, d'où saillent des poteaux agressifs. Les décombres du barrage de béton, charriés sur plus d'un kilomètre près d'un siècle plus tôt.

La voiture escalade une petite côte puis freine en dérapant.

— Pas question que tu me regardes te repasser les menottes sans broncher, pour te retrouver de nouveau ligotée à mon avenir.

Dee ouvre la portière de Shay, la pousse à l'extérieur et la remet sur pied :

— Eh bien, pas question non plus que je te permette de m'anéantir totalement parce que tu as viré à la tache de foutre.

Shay jette à la dérobée un regard sur la route qui s'étire derrière elle. Elles ont quitté le San Frasquito pour se garer dans un long pierrier. Dee sort la carabine par une vitre ouverte et la braque tout autour d'elle, spectre livide de la vengeance.

— Regarde là-bas, fait-elle en montrant du bout du fusil.

Shay suit la direction indiquée par le canon, jusqu'à l'endroit où un monticule de terre s'élève de la pierre blanche, à une quinzaine de pas de la voiture. C'est une tombe. Déjà creusée. Qui attend.

Les voitures du shérif s'engouffrent dans le cul-de-sac, forment un V aux branches écartées et stoppent. Des policiers en descendent, dans les éclairs stroboscopiques de leurs gyrophares.

L'endroit est désert et silencieux, à l'exception du mobile qui tintinnabule au portail du cottage, au beau milieu des arbres. Les policiers se déploient en éventail sans cesser de bavarder entre eux et vont voir ce qui cloche, si du moins il y a quelque chose qui cloche.

Le regard de Dee délaisse la tombe pour se reporter sur Shay :

— C'était pour ton copain. Mais peut-être qu'on devrait tous s'y allonger, maintenant.

Shay sent que toutes les tares de sa mère guettent la première brèche pour s'y engouffrer et en finir. Si une basse besogne se prépare, elle compte bien la subir en silence.

— Rien ?

L'une des oreilles de Shay est sourde. Mots et bruits nocturnes lui parviennent à travers une cloison liquide. Elle éponge la sueur de son visage. Sans répondre.

Ce silence empoisonne Dee. Elle sait ce qu'il signifie : une extinction majeure vient de se produire. Celle de la peur. Et rien n'est plus dangereusement incontrôlable que l'absence de peur.

— Je te hais, déclare-t-elle. Je te hais parce que j'avais tellement besoin de toi, et ça ne signifiait rien à tes yeux. J'ai encore besoin de toi… et je t'en déteste d'autant plus, parce que tu n'as pas…

Elle refuse de se livrer davantage en exprimant ce qu'elle ressent et se contente de hurler :

— Dis quelque chose !

Shay sent la sérénité remonter le long de ses jambes et gagner tout son corps. Les hurlements se sont suffisamment tus sous son crâne pour qu'elle articule :

— Tu vas te débrouiller toute seule, maintenant, sale gosse.

Sarcasme aussi méprisant que brutal, qui les ramène tout droit dans ce lugubre parking de Baker où elles regardaient John Victor Sully et où Shay a tellement flippé.

Un adjoint du shérif grimpe sur le perron et distingue une forme humaine gisant sur la pelouse. Il braque sur elle le pinceau de sa torche. S'il n'y avait pas tout ce sang, on pourrait croire qu'un poivrot a trouvé là l'endroit idéal pour cuver son vin.

Les yeux de Dee, couleur de flamme noire, s'éteignent.

— Tu nous as tuées toutes les deux, mais tu l'ignores encore.

La carabine bascule brusquement et Shay saute en arrière, persuadée qu'on va l'assassiner, mais Dee se contente de diriger ses pas vers la voiture.

— Où que t'ailles, tu peux y aller à pied, bordel !

Dee ouvre la portière. Shay ne pige pas. Est-ce un ultime camouflet avant qu'elle ne l'abatte ? Ou bien la laisse-t-elle vraiment partir ? Certes, elle ne parvient pas à déchiffrer ce fuyant visage d'ombre, mais il est totalement exclu de laisser Dee s'éclipser en voiture. Cette route recèle encore trop d'incertitude : Vic est-il vivant ? Est-il étendu quelque part dans un sous-bois, trop grièvement blessé pour bouger ? Est-il déjà reparti dans la voiture qui était planquée dans les buissons ?

Dee s'installe au volant, la tête baissée. Peut-être attend-elle que Shay signe sa propre fin, en tentant de s'emparer de la carabine.

Sous le noir regard scrutateur de sa mère, Shay affiche une impassibilité poignante et suit des yeux la carabine qui disparaît dans l'habitacle obscur. Elle voit se refermer la portière, fixe les quelques centimètres d'entrebâillement par lesquels on aperçoit encore le canon gris sombre, dressé entre le panneau latéral et le carreau de la fenêtre, en pleine vue.

Ces quelques centimètres, ces quelques secondes, encore moins nombreuses – elle ne disposera peut-être pas de plus… – peuvent faire toute la différence entre mourir et survivre. Si bien qu'elle plonge en avant, consciente qu'on ne peut pas toujours tout remettre aux calendes grecques.

Elle tamponne la voiture de l'épaule et le canon reste coincé dans l'étau de sa poitrine qui comprime la portière. Son bras gauche s'engouffre par la vitre ouverte, ses ongles ratissent le visage de Dee, y traçant de profonds sillons.

Dee réagit avec une venimeuse fulgurance et se projette à son tour, de tout son poids, contre la portière. Son corps est déjà à demi sorti de la voiture, mais Shay se cramponne au canon d'une poigne de fer et attire sa mère à elle. Le bras de Dee est tendu et Shay se propulse de nouveau contre la portière, qui se referme avec force sur le bras suturé de sa mère.

Un sifflement sourd. La poigne de Dee faiblit. Elle décoche un violent coup de pied dans la portière. Le rebord de celle-ci cueille Shay en pleine bouche et elle recule en chancelant, tandis que la crosse de la carabine heurte le sol de pierre et bascule en avant.

Cette étroite corniche pentue se transforme en un lit d'agonie : bouches vociférantes et yeux exorbités d'électrocuté. Elles basculent rudement au sol, imbriquées dans une mortelle étreinte. Mère et fille rampent vers le fusil, tentent de s'en emparer des pieds et des mains, telles une sorcière possédée du démon et la queue d'une bête gigantesque s'entortillant l'une autour de l'autre, se tournant et se contorsionnant, tandis que leurs ruades et leurs gesticulations soulèvent des nuages de poussière. Des mains raclent gorges et poitrines, mais le canon gris sombre gît hors de portée.

Féroce et désespéré. Le vent souffle du sable par-dessus le versant abrité de la tombe. Le langage patent de la violence humaine. Râles déchirants. Visages déformés, ataviques. Un pur chaos charnel, jusqu'à ce que Dee parvienne à glisser les doigts sous le collier du cercueil fétiche.

La tête de Shay est rejetée en arrière comme celle d'un pantin. Dee plante un genou dans son épine dorsale. Shay fouette violemment l'air, mais la chaîne refuse de céder. Elle est incapable de passer une main derrière le dos, pour placer le puissant coup de poing qui la libérerait. Une étrange ligne blanche lui scie la gorge, mais la chaîne ne rompt pas. Une mince strie de sang la remplace, mais la chaîne ne cède toujours pas.

Elle commence à perdre conscience. Des voiles noirs se succèdent au coin de son œil, oblitérant la nuit. La voix de Dee, vengeresse, du côté de son oreille sourde :

— Je t'ai suppliée. Je t'ai suppliée.

Elle tombe dans le puits profond de l'oubli. Là, dans ce canyon où les morts ont un long passé de doléances. La vie s'évade d'elle frénétiquement ; elle s'efforce de puiser de l'énergie dans ce mensonge que sa mère a toujours utilisé à son détriment.

Je suis plus forte que toi... Paroles rongées... *Je suis plus forte que toi...* Les muscles de son cou se tendent dans l'effort désespéré qu'elle fait pour se soustraire à l'étau étouffant de cette chaîne sur son larynx.

Je suis plus forte que toi... Elle revoit Vic en train de lutter contre sa mère dans l'obscurité de la réserve... *Je suis plus forte que toi...* Ses dents qui tentaient de se planter dans le cou de Dee alors qu'elle palpait le sol à l'aveuglette, en quête d'un caillou.

Leurs deux corps s'imbriquent et se nouent en contractions forcenées. Les mains de Shay ratissent le sable froid et pulvérulent, cherchant une pierre. Ses doigts commencent à s'engourdir...

Je suis plus forte que toi... La chair de son cou, mordue, déchirée une fibre après l'autre, jusqu'à mettre le larynx à nu.

Je suis plus forte que toi... Et, puisant dans les dernières réserves de volonté qui subsistent en elle, juste avant que ses souvenirs ne soient totalement éradiqués, Shay s'arrache à l'étreinte de sa mère.

La chaîne claque. Shay se tortille sur le sol en suffoquant, bouche bée, tout en cherchant une arme des yeux. Sa mère revient à la charge au moment précis où sa main se referme sur une petite pyramide de ciment, guère plus large que sa paume, au milieu de foutus gravats.

Elle roule sur le flanc, mais réussit à porter un coup. Un seul. La massue brune cueille proprement Dee à l'occiput. Tout s'allume à l'intérieur de sa tête. Brûle. Elle s'affaisse sur le monticule de terre arraché à la tombe.

Shay s'éloigne à quatre pattes de ce cri d'agonie. Elle retrouve la carabine. Se retourne pour affronter sa mère, recroquevillée sur elle-même telle une bête blessée qui vient de s'échapper d'un piège.

Elle gît sur le monticule, allongée sur le flanc. Au-dessus de son œil gauche et immédiatement derrière, son crâne pisse le sang, fendu comme une coquille d'œuf. Le sang jaillit de ses narines et coule dans sa bouche. Elle essaie de s'asseoir, mais n'y parvient pas. Essaie de parler, mais n'y parvient pas. Ses bottes pédalent, comme si elles s'imaginaient qu'elles allaient se lever pour marcher, mais elles ne laissent que quelques miettes de terre dans leur sillage.

Shay s'approche de la femme qui lui a donné le jour. Son souffle est fébrile. Même ainsi, alors que Dee agonise, brisée, Shay redoute qu'elle n'ait encore le pouvoir de surmonter une blessure mortelle par la seule force de sa volonté.

Encore un pas en avant. Les yeux de Dee papillotent puis retombent en chute libre sur ses doigts inertes. Ceux-ci se mettent à parler par signes, en brèves saccades :

— S'il te plaît… S'il te plaît…

C'est une parodie bouffonne des quelques derniers instants qu'elles ont partagés dans la chambre du motel. La chair ne parvient pas à saisir ce que la chair exprime. Tue-moi ?… Aide-moi ?… Épargne-moi ?… Pardonne-moi ? Ou bien n'est-ce que le dernier et glacial sarcasme d'un esprit corrosif ? Le masque ciselé du doute ne peut séparer le vrai du faux. Quoi qu'il en soit, toute décision se soldera par une lourde croix à porter.

Le canon se braque en position de tir. Les doigts de Dee cessent d'implorer. Shay ferme les yeux. Elle perçoit encore le souffle futile de sa mère, et le vent qui sculpte les collines.

Elle tire. Le temps se fige en une unique explosion, assortie d'un féroce recul de la crosse. Un écho douloureux fait tanguer la proue de son oreille valide, tandis que l'autre ne contient que du silence.

Shay rouvre les yeux. Non pas pour voir, mais pour essayer de savoir ce qu'elle va faire ensuite. Sa mère lui a toujours dit que le meurtre n'était pas le plus difficile. Que c'était ce qui vient après… le nettoyage. Que c'est bien souvent ce qui fait la différence entre la belle et le placard.

SHAY enterre sa mère et l'argent dans une tombe qu'elle creuse elle-même, en se servant de la carabine et de ses mains comme de bêches. Ses yeux sont des têtes d'allumettes incandescentes, qui repoussent la nuit environnante.

Elle ressent une haine profonde et un chagrin incontestable. Mais quelque part en son for intérieur, au-delà de la réalité des choses et des causes qui les produisent, hurle déjà le remords. La pitié. La douleur pour l'être perdu que les gravats recouvrent lentement.

La dernière bribe de sa naissance qui, défiant toute logique, aspirait à un monde qui aurait précédé tout cela, assiste à l'ensevelissement définitif de ce souhait. Une bonne fois pour toutes.

67

Shay ralentit à l'approche du cul-de-sac. Là-haut, dans cette clairière silencieuse, des torches s'agitent, gigantesques lucioles maniées par l'homme et voletant d'arbre en arbre.

Probablement les hommes du shérif. Elle continue de rouler. Son cœur bat si fort contre son sternum qu'il lui fait mal. Il faut qu'elle découvre l'entrée du bosquet où cette voiture était – ou est encore – cachée. C'est à peine si le compteur marque vingt à l'heure, tandis qu'elle inspecte recoin après recoin. Rien. L'aurait-elle raté ? Peut-être est-il parti ? Le vent balaie le canyon, transformant chaque coin d'ombre silencieux en un mirage indéchiffrable.

Faites qu'il soit parti. Faites qu'il soit en route pour le désert où ils voulaient le…

Ses phares accrochent un reflet métallique dans un creux charbonneux. Elle traverse la route en douceur, vers le bas-côté opposé. Fixe le long tunnel d'arbres. C'est bien la voiture. Il n'est pas parti. Une atroce panique s'empare d'elle. Serait-il mort ? Ou étendu quelque part dans les bois, trop grièvement blessé pour bouger ? Comment va-t-elle le retrouver ? Comment ?

Elle maraude, le pied levé, s'engouffre dans un bourbier de hautes herbes et arrête la voiture derrière une rangée de saules perchés sur un talus. Alors qu'elle approche de la route à pied, une sirène déchire les ténèbres.

Elle se jette à terre, sur le sol rocheux, juste avant la lisière d'asphalte. Un grand mur de lumière envahit le virage, arrivant du sud, puis l'épingle. Elle s'aplatit au sol. Sa nuque est cuisante et elle sent sur son cou son col de chemise imprégné de sang. Une onde de chaleur et de gaz d'échappement la balaie, emportant la sirène avec elle.

Elle traverse la route à toute allure, pliée en deux et morte d'angoisse. Atteint les arbres. Elle entend le moteur tourner, tout au bout de cette longue caverne de branchages.

Pourquoi est-ce que le moteur tourne alors que la voiture ne bouge pas ? Faites que ce soit pour n'importe quelle raison, sauf celle qui occupe son cerveau. Tout sauf ça.

Elle entre dans cette tonnelle de rameaux. Les feuilles s'expriment en rafales au-dessus d'elle, le vent monte, la nuit est chaude et belle. Elle distingue le tuyau d'échappement, et le châssis lui-même, qui vibre puissamment, secoué par le ralenti. Mais la bagnole n'avance pas. Le moteur tourne à un régime régulier, mais la voiture ne bouge pas.

— Vic ? crie-t-elle, dans ce corridor battu par les vents.

Sa voix déportée reste sans réponse. Elle franchit le rideau de feuilles susurrantes et s'approche de la portière côté conducteur. L'intérieur de la voiture plongé dans la pénombre emplit son champ de vision puis son cœur se pétrifie : il est étendu de tout son long sur la banquette.

— Vic !

Il ne répond pas. Ses mains agrippent encore le volant et ses doigts se cramponnent si fort au plastique noir que la chair de leurs jointures est marbrée de rouge et de blanc.

Il faut qu'il soit vivant. Elle force la portière bloquée par un entrelacs de ronces puis se faufile à l'intérieur, à côté de lui.

Elle ne permettra pas aux absurdes forces des ténèbres d'arriver à leurs fins. Pas tant qu'elle pourra les en empêcher.

DURANT les quelques heures qui suivent ce cauchemar, Landshark n'est plus qu'une loque tremblotante, scotchée au poste de télévision de son bureau. Rog était si salement ébranlé qu'on a dû l'enfermer pour la nuit sous camisole chimique. Quand le téléphone sonne, Landshark est d'ores et déjà persuadé qu'il s'agit de Terry, et qu'il va lui annoncer que la voiture qu'ils conduisaient n'est plus qu'une compression.

Mais c'est Freek. Qui se lance de but en blanc dans un soliloque surexcité, expliquant comment il s'est extirpé du canyon pour rentrer chez lui. Landshark tient pendant quelques secondes sur sa poussée d'endorphines puis pose la seule question exigeant une réponse immédiate.

— Je ne sais pas s'il s'en est tiré, avoue Freek.

Puis il ajoute, avec une sincérité désinvolte :

— Mais demain matin, quoi qu'il ait pu se passer, la vérité s'imposera d'elle-même.

Landshark lui raccroche au nez.

LE lendemain matin, la seule vérité qui s'impose d'elle-même est la nuée vampirique de reporters qui s'abat sur le San Frasquito Canyon. Les unes des journaux regorgent de phrases du genre : "multiples meurtres sanglants" et "fusillade dans le plus pur style du règlement de comptes entre gangsters".

Le nom de Burgess Ridden est cité dans la presse comme étant celui d'une des victimes, et le bruit court qu'un témoin oculaire collabore avec la police à la confection des portraits-robots de deux hommes qui auraient commis au moins un de ces meurtres, en se faisant passer pour des policiers.

LANDSHARK réunit tous les renseignements qu'ils ont pu collecter sur Belmont. Il y ajoute le contenu du dossier que Terry a récupéré dans la voiture de Ridden, puis tape une notule non signée annonçant : *Les informations recueillies par Magale Huapaya sur le scandale du chantier de Belmont School.*

Il adresse le paquet à la journaliste du *Daily News* qui a photographié Burgess et Harold Ridden en train de se disputer devant le chantier de construction.

Les cadavres sont identifiés. Vic n'en fait pas partie. Harold Ridden tient le choc de son mieux sous cette averse de nouvelles désastreuses. Son unique déclaration :

— Nous n'avons pas la moindre idée des raisons qui ont pu provoquer l'horrible fin de notre fils, ni de la manière dont ça s'est produit.

ROG, Terry et Landshark restent cloîtrés dans le bureau. Freek est trop parano pour s'aventurer hors de chez lui. Les premiers portraits-robots bénéficient d'un temps de passage à l'antenne considérable.

À quel point sont-ils proches de leurs modèles ? Celui de Terry n'est guère plus ressemblant que celui de Shay Storey en 1987. Mais celui de Landshark l'est suffisamment pour coller la tremblote à un homme pendant des années.

UNE voiture aurait été découverte dans les bois, environ trois cents mètres au nord du cul-de-sac.

JOSEPH Stinson, avocat à la retraite qui se rétablit d'une opération du cancer de la prostate à Cedars Sinai, apprend avec stupéfaction que Charlie Foreman, Hugh Englund et Jon Pettyjohn ont été victimes d'un homicide.

Pour lui, cette triplette de patronymes est liée à une affaire fort différente. Il demande à son fils de sortir le dossier, puis appelle le procureur de Barstow et un ami qui travaille en free-lance pour le *L.A. Times* sur les affaires de meurtre.

Pour la première fois depuis 1987, le nom de John Victor Sully est ressuscité des morts et tiré de l'oubli.

Le *Daily News* publie l'affaire de corruption assortie d'usage de faux mettant en cause Burgess Ridden et Alicia Alvarez. Une kyrielle de documents confirme sobrement qu'ils ont falsifié la vérité. S'ils n'étaient pas morts, ils seraient incontestablement inculpés.

Harold Ridden se fend d'une déclaration par l'entremise de son avocat :

— Ni moi, ni mon épouse, ni aucun des membres de notre société n'avons eu connaissance de la participation de mon fils à ces agissements. Si ces allégations devaient s'avérer, nous en éprouverions la plus grande honte en tant que parents, et présenterions nos excuses à la communauté dans son ensemble, que nous nous sommes toujours efforcés de servir de notre mieux.

Plusieurs procès sont intentés à la San Fernando Land Development Company, dont Burgess Ridden était un cadre dirigeant.

Un hélicoptère de la télévision assiste à l'enlèvement par une dépanneuse de la voiture qu'on a retrouvée dans les bois, trois cents mètres au nord du cul-de-sac. Il ne s'agit pas de celle que Terry a planquée, mais de celle dans laquelle Vic et Shay sont arrivés dans le canyon.

La vie intime de Burgess Ridden fait couler beaucoup d'encre et donne lieu à de nombreux débats télévisés. Le fils à papa qui a mal tourné. L'ascension et la chute d'un yuppie à l'avenir prometteur. Un véritable pot-pourri de rumeurs et de réalités, dans lequel chacun peut piocher à loisir.

On découvre que la maison et le garage de la concubine dont il partageait épisodiquement l'existence ont été, semble-t-il, le théâtre d'un meurtre. Lorsque la police s'avise d'interroger la fille sur sa mère, on apprend qu'elle a quitté son emploi de barmaid au Nightland et s'est évanouie dans la nature, quelques jours avant le massacre du San Frasquito.

Les murs du salon de ladite fille présentent des impacts de balle et les gouttelettes de sang coagulé qui parsèment le carrelage de la cuisine correspondent exactement au sang qu'on a trouvé dans le garage. Celui de sa mère.

Les photos de Dee et Shay Storey hantent le petit écran. La première est considérée comme une victime, la seconde comme un témoin à charge dans une affaire de meurtre.

Les inspecteurs de la Criminelle soumettent aux pensionnaires du Jardin d'Allah une série de photographies, pour vérifier si, parmi tous ces morts, un visage n'éveillerait pas en eux quelques souvenirs.

Le gérant de nuit, Roger Worth, désigne avec une candeur quasi incompréhensible la photographie de l'identité judiciaire de Charlie Foreman, en précisant qu'il y a de fortes chances pour qu'il s'agisse de l'homme qu'une prostituée aurait entendu crier, dans la chambre de motel voisine de la sienne, qu'il venait de tuer une fille sur le chantier de Belmont.

Les semaines suivantes débouchent sur un labyrinthe touffu de faits sans aucun lien entre eux. Les équipes de détectives ne parviennent toujours pas à comprendre qui sont les éminences grises de ce drame, pas plus que les mobiles qui ont présidé à la liquidation de cinq individus dans le San Frasquito Canyon.

La photo de remise des diplômes de John Victor Sully passe aux infos. L'affaire de 1987 dans laquelle il était inculpé prend soudain une dimension tragique, au vu des relations, désormais mises en lumière, qu'entretenaient Pettyjohn, Foreman et Englund.

Les gens se demandent pourquoi il ne se présente pas pour exiger une réhabilitation parfaitement justifiée. On commence à se poser les questions habituelles sur sa prétendue innocence.

La réponse la plus évidente, mais sans doute la moins plausible, étant qu'il est effectivement revenu pour clamer son innocence, et que le San Frasquito Canyon en est la preuve éclatante.

L'UNE des leçons les plus sous-estimées qu'on peut tirer de l'expérience humaine, c'est qu'un crime viendra toujours en remplacer un autre dans notre conscience et, atrocité toute fraîche mieux à même de titiller et taquiner notre imagination, estomper l'intérêt que nous portions au précédent. Éveiller notre curiosité malsaine et nombriliste, et lever l'hypothèque de quelques *happy few* qui capitalisent, pour ce que ça vaut, sur l'avilissement.

Une authentique hotte du Père Noël de nouveaux malheurs retient l'intérêt des lecteurs, parmi tous les jouets neufs qu'ils se doivent de posséder. Dès la Saint-Sylvestre, les noms des morts se confondent dans les têtes avec ceux des dernières victimes d'un meurtre, et s'y perdent à tout jamais.

Un seul détail persiste, abandonné sur la grève par le jusant, dans cette marée d'articles occasionnellement consultés : est-il ou non bien salubre de bâtir une école sur un terrain à ce point pollué ?

Serait-ce là une version de la fameuse parole censée sortir de la bouche d'un dieu ?

PENDANT tout le printemps, Landshark convoque un psychologue à demeure, pour tenter de triompher de son agoraphobie. L'été venu, il se risque deux fois par semaine à l'extérieur pour aller le consulter dans son cabinet de Pasadena. Dès l'automne, il ose passer quotidiennement l'épreuve ultime d'affronter le monde extérieur.

Freek a surnommé leur petit groupe le Sgt. Pepper's Lonely Hearts Club Band. Nulle mise en examen n'a encore été décidée dans l'affaire du massacre du San Frasquito Canyon. Le chantier de Belmont School attend, inachevé, au sommet d'une falaise de onze hectares qui surplombe le centre-ville à l'ouest. Il est question de le murer pour l'hiver, pour le protéger des vandales et de la pluie.

À la fin de l'automne, un tremblement de terre ébranle le Joshua Tree National Monument, guère éloigné de cet endroit de Baker, Californie, où a été tiré le premier coup de feu, réveillant quelques souvenirs dans le paysage mnémonique d'une certaine personne. Landshark rassemble les autres et, pour la première fois depuis cette nuit tragique, ils s'aventurent dans le San Frasquito Canyon.

Landshark escalade la crête de terre qui faisait jadis partie de l'ancien barrage. Il en arpente le parapet fissuré et éboulé. Terry est présent, de même que Rog. Freek est resté dans la voiture.

Le canyon s'étend sur des kilomètres sous la caresse veloutée du soleil. Une brise nord-sud vivifiante donne vie à un paysage d'une beauté sans pareille. Qui soupçonnerait tous les drames révolus qui se sont déroulés ici et y ont trouvé un tragique dénouement ?

Landshark contemple la chute, haute de sept étages, qui donne sur la route puis reporte les yeux sur le cul-de-sac. Le cottage s'y dresse toujours, à demi occulté par un ondoyant rideau d'arbres.

L'objectif secret du temps est de devenir la tombe très privilégiée de l'Histoire. Il passe sur le paysage, cet être invisible et silencieux, oblitérant tout ce qui fut. Remodelant le passé, le refaçonnant encore et encore.

Landshark scrute le silence paisible de ce canyon élevé. Il a évolué d'un meurtre à l'autre. Où en est-il ? Où est-ce que ça le mène ?

Dans la rubrique “Lettres au rédacteur en chef” du *L. A. Times,* des jeunes qui devaient s'inscrire au lycée de Belmont ont fait part de leurs impressions. En dépit des risques assez problématiques que pose l'ouverture de cet établissement, ils semblent très partagés sur la question.

Les premières notes d'un CD sortent de la stéréo de la voiture, en contrebas. Le vent porte la musique jusqu'au sommet de cette longue crête.

We're Sgt. Pepper's Lonely Hearts Club Band…

Freek s'adonne à son petit *egotrip.*

Landshark s'avance jusqu'au rebord de la verte et broussailleuse saillie.

— Je vous vois partout, vous savez ? déclare-t-il alors au silence. Dès que je pose les yeux sur cet angelot en larmes, au-dessus de mon bar. Dès que je sors sur le balcon. Ou quand je passe devant ces deux endroits sur la route du Mount Washington où nous avons discuté, la nuit.

Les nuages sont d'un blanc si éblouissant qu'ils semblent gravés dans le ciel.

— Je sais que vous êtes vivant. Je le sais parce que vous faites partie de mon être. Et je tenais à venir vous dire ici que je vous porte dans mon cœur et que…

Il hésite. Si seulement l'univers des mots pouvait exprimer tout ce qu'il ressent à son propos.

— Il y a quelque chose en vous que j'aimerai à jamais. Pas un jour ne passera, pas un, je l'espère. Mais je ne suis pas dupe.

Landshark suit du coin de l'œil l'unique voiture qui chemine dans les profondeurs du canyon puis poursuit :

— Merci d'avoir été mon courage quand j'en manquais totalement. Merci d'être mon ami.

Épilogue

La pluie hivernale n'a pas perturbé la tombe à fleur de terre, au sud du barrage de San Frasquito. Pas plus que les vents du désert qui sculptent le sol vivant.

Le temps se livre à la longue, lente et juste tâche de nettoyer les ossements de Dee Storey. De la rendre, convenablement parée, au giron de l'espèce humaine.

Bientôt, le seul souvenir de sa fin sera un pendentif en forme de cercueil si souvent mis en valeur, sur les photos de presse, à la gorge de sa fille, et qu'elle serre encore aujourd'hui, rageusement, dans son poing brisé.

Remerciements

J'AIMERAIS remercier John Cunningham de St Martin's Minotaur pour la chance qu'il m'a donnée. Kelley Ragland de St Martin's Minotaur pour son soutien enthousiaste, sa discipline éditoriale et son dur et constant labeur. Mari Evans de MacMillan pour ses conseils éclairés lors de cette course d'obstacles qu'est la publication d'un livre. Mon agent, David Haie Smith, de DHS Literary, qui maîtrise parfaitement le sens de l'expression “détermination nécessaire pour atteindre un but”. Seth Robertson, de DHS Literary : vous êtes diligent, diligent, diligent.

De façon plus personnelle : comme toujours, merci à Deirdre Stephanie et feu le grand Brutarian… à Mz. El… à B. Kuhl – sans notre conversation de l'autre jour sur le L. Boulevard, je n'aurais jamais trouvé ce titre pour mon roman… à Harriett Bara, qui a réussi à faire de ce que j'avais pensé et écrit ce que j'avais pensé et écrit, mais en mieux… à Constanza et Jinx… à Barbie, Don et Baby Jack (Mega)… à Iona Harry… à G.G. et L.S… à Janet Wade, pour sa lucidité en matière de musique… et enfin, à Nadine Cutright pour m'avoir permis d'utiliser *Alia*, son incroyable photographie, pour en faire un des motifs émotionnels de cette œuvre.

CATALOGUE TOTEM

178 Wallace Stegner, *Lettres pour le monde sauvage*
177 Peter Swanson, *Vis-à-vis*
176 Boston Teran, *Méfiez-vous des morts*
175 Glendon Swarthout, *Homesman*
174 Ross Macdonald, *Le Corbillard zébré*
173 Walter Tevis, *L'Oiseau moqueur*
172 John Gierach, *Une journée pourrie au paradis des truites*
171 James Crumley, *La Danse de l'ours*
170 John Haines, *Les étoiles, la neige, le feu*
169 Jake Hinkson, *Au nom du Bien*
168 James McBride, *La Couleur de l'eau*
167 Larry Brown, *Affronter l'orage*
166 Louisa May Alcott, *Les Quatre Filles du docteur March*
165 Chris Offutt, *Nuits Appalaches*
164 Edgar Allan Poe, *Le Sphinx et autres histoires*
163 Keith McCafferty, *Les Morts de Bear Creek*
162 Jamey Bradbury, *Sauvage*
161 S. Craig Zahler, *Les Spectres de la terre brisée*
160 Margaret Mitchell, *Autant en emporte le vent*, vol. 2
159 Margaret Mitchell, *Autant en emporte le vent*, vol. 1
158 Peter Farris, *Dernier appel pour les vivants*
157 Julia Glass, *Une maison parmi les arbres*
156 Jim Lynch, *Le Chant de la frontière*
155 Edward Abbey, *Le Feu sur la montagne*
154 Pete Fromm, *Comment tout a commencé*
153 Charles Williams, *Calme plat*
152 Bob Shacochis, *Sur les eaux du volcan*
151 Benjamin Whitmer, *Évasion*
150 Glendon Swarthout, *11 h 14*
149 Kathleen Dean Moore, *Petit traité de philosophie naturelle*
148 David Vann, *Le Bleu au-delà*
147 Stephen Crane, *L'Insigne rouge du courage*
146 James Crumley, *Le Dernier Baiser*
145 James McBride, *Mets le feu et tire-toi*

Retrouvez l'ensemble de notre catalogue sur
www.gallmeister.fr

CET OUVRAGE A ÉTÉ COMPOSÉ PAR
ATLANT'COMMUNICATION
AU BERNARD (VENDÉE).

ACHEVÉ D'IMPRIMER EN NOVEMBRE 2020 SUR LES PRESSES
DE NORMANDIE ROTO IMPRESSION S.A.S., 61250 LONRAI
POUR LE COMPTE DES ÉDITIONS GALLMEISTER
13, RUE DE NESLE, 75006 PARIS

IMPRIMÉ EN FRANCE

DÉPÔT LÉGAL : FÉVRIER 2021
N° D'IMPRESSION : 2004812